U0895682

-ANNE OF GREEN GABLES-

绿山墙的安妮

[加]露西·莫德·蒙哥马利——著

马爱农——译

浙江文艺出版社

图书在版编目（CIP）数据

绿山墙的安妮 /（加）露西 · 莫德 · 蒙哥马利著；马爱农译．—杭州：浙江文艺出版社，2020.11（2025.6 重印）

ISBN 978-7-5339-6240-1

Ⅰ.①绿… Ⅱ.①露… ②马… Ⅲ.①儿童小说—长篇小说—加拿大—现代 Ⅳ.①I711.84

中国版本图书馆 CIP 数据核字（2020）第 190129 号

绿山墙的安妮

作　　者：[加] 露西 · 莫德 · 蒙哥马利
译　　者：马爱农
责任编辑：王晓乐　周琼华
封面设计：木春
封面插画：呼呼 CASSIE
内文插画：木香子
出版发行：浙江文艺出版社
地　　址：杭州市环城北路 177 号
网　　址：www.zjwycbs.cn
经　　销：浙江省新华书店集团有限公司
印　　刷：浙江新华印刷技术有限公司
开　　本：880 毫米 ×1230 毫米　1/32
字　　数：263 千字
印　　张：10.125
插　　页：5
版　　次：2020 年 11 月第 1 版
印　　次：2025 年 6 月第 19 次印刷
书　　号：ISBN 978-7-5339-6240-1
定　　价：42.00 元

致中国读者

《绿山墙的安妮》和《通往绿山墙的小路》

中文版序言

我于二〇二〇年秋天撰写这篇序言时，世界正在流行大规模的疫情。这样的时代确实很有意思！充满了不安与恐惧，不知道未来会是怎样。我的祖母，L.M.蒙哥马利，在一九一八年流感大流行时也经历了与此非常相似的时期。她深爱的爱德华王子岛的几个家庭成员感染那种致命流感，她与他们有过接触，所幸并未感染。一九一八年，她最好的朋友和堂妹弗兰德·坎贝尔死于那场流感。那是加拿大历史上一段非常令人不安的时期，让我想起当今世界上正在发生的事情。

一九一七年一月一日，我的祖母应《女性世界》杂志编辑的要求，写了《通往绿山墙的小路》（又译《阿尔卑斯山的小路：我职业生涯的故事》），最初在这份杂志上连载发表。“阿尔卑斯山的小路”指的是她漫长的成功之路，出自《献给带穗的龙胆草》一诗。后来它以图书形式出版，是我最喜欢的书之一！

我的祖母对爱德华王子岛乡村以及生活在那里的人们的描述，笔触亲切，反映了内心对他们的珍视。她从未否认自己渴望成为一名职业作家，也从未在任何时候放下手中的笔！她说，她写这本书是为了“可以给那些正在我曾经追逐成功的艰难道路上挣扎的苦行者一些鼓励”。这是一个充满灵感的故事，她对深爱的爱德华王子岛的描述极富魅力。希望《通往绿山墙的小路》中文版的读者也有同感。

L.M.蒙哥马利的写作大多是乐观的，但她的生活却充满了挑战。一九〇五年，她创作了小说处女作《绿山墙的安妮》，这也是她最著名的一部作品。

我一直知道《绿山墙的安妮》有一种神奇的特质，跨越了时间、地点、年龄、性别和国籍的障碍。《绿山墙的安妮》的开篇区区一两百字，就使读者立刻知道了阿冯利小镇，同时领略到大自然灵性与豪放的力量，以及既是整体，又各自独立的和谐生活的可能性。我认为这是一段十分高妙的开场白。

安妮令我们感动，因为她是这样一个初心不变的人物，在小说的一开始，我们就发现她真诚坦率，有一颗博大的心，渴望爱与被爱，完全忠实于自己。

《绿山墙的安妮》的世界里满满的都是寻常生活——居家过日子，鲜花和自然，那份安静和温柔——尽管偶有暴雨来袭，以及孩子和大人们的喜怒哀乐。它讲述的是善良与爱，心碎与孤独，以及彼此接受。它讲述的是家庭、友谊和“融入”。

它还讲述了安妮因为是孤儿、红头发、与众不同而无法融入集体，以及最后接受了自己的独特。我想，我们都能从安妮夸张的性格、冲动的脾气，从她对梦想的信念、对认同的渴望中找到共鸣。

我从小就为祖母的成就感到无比自豪，并将继续尊重她留下的伟大遗产。《绿山墙的安妮》已出版超过一百一十二年，被翻译成三十七种语言，并被改编成音乐剧、舞台剧、电影和电视连续剧、故事片和音频剧。专家学者们编写了《绿山墙的安妮》的评论版本，学者与学生们都写过关于L.M.蒙哥马利的研究论著，还撰写了几部我祖母的传记，并出版了她的私人日记。全世界的人对安妮和L.M.蒙哥马利的痴迷依然未减。

不管你是第一次读这本小说，还是带着怀旧之情重新翻开书页，我都欢迎你阅读这个故事，它的主人公是世界上最受喜爱的文学人物之一。希望读者们喜欢这个新的中文版本。

凯特·麦克唐纳·巴特勒——伊万·斯图亚特·麦克唐纳（L.M.蒙哥马利次子）之女——和露丝·伊丽莎·麦克唐纳

二〇二〇年秋

目录

第1章

雷切尔·林德太太大吃一惊

雷切尔·林德太太就住在阿冯利干道插入一个小山谷的地方。小山谷两边桤树成荫，结满了像女士们的耳坠一样的果子。一条小溪横穿路面，它发源于远处古老的卡思伯特领地的森林，流经森林部分的上游，有着幽僻的池塘和瀑布，以错综复杂的小溪著称；可当它流到林德山谷时，却变成一条安安静静、规规矩矩的小河了。这是因为，任何事物如果不适当地考虑一下体面和礼节，是通不过雷切尔太太的门前的，就连一条小溪也不例外。也许，小溪意识到雷切尔太太正坐在窗口，犀利的目光老是盯着窗外经过的一切，从小溪和孩子注意起，一旦发现有什么奇怪或者不顺眼的事情，她便非打听个水落石出，才会安下心来。

在阿冯利和它外面的一带地方，许多人由于忽略他们自己的事情，能够密切地注意乡邻的一举一动；可是有些能干的人却既能安排好自己的事情，又能兼顾别人的事情，雷切尔太太就是其中之一。她是个会当家的家庭主妇，手头的工作总是很早就做完，而且完成得呱呱叫；她“创办”了缝纫组，帮助开办了主日学校，她还是教会救助团体和国外布道附属机构的最得力的支持者。然而即使这样，雷切尔太太还是能找出大量的时间，接连几个小时坐在厨房的窗口，绗缝“衬棉絮的”被子——她已经缝好十六床这样的被褥啦，阿冯利的管理家务的主妇习惯用肃然起敬的口吻这样告诉别人——同时用锐利的目光扫视着这条穿过山谷，向远处陡峭的红山丘蜿蜒而上的干道。阿冯利拥有一个三角形的小半岛，直伸入圣劳伦斯海湾，半岛两面临水，所以出入其中的每一个人都得经过山丘干道，受到雷切尔太太洞察一切的目光的无形监视。

在六月初的一个下午，她又坐在那儿了。温暖明亮的阳光透过窗户照了进来，屋下斜坡上的果园里开着白中带粉红色的花朵，就像新娘面颊上泛起的红晕一样，成千上万的小蜜蜂围着花朵嗡嗡叫着，托马斯·林德——阿冯利那一带的人管他叫“雷切尔·林德的丈夫”，一个瘦小、温顺的男人——正在谷仓后面山坡的田地里种晚萝卜籽；这会儿，在绿山墙农舍近旁那一大片红色的溪边田地里，马修·卡思伯特也该在种他的晚萝卜了。因为前一天晚上，在卡莫迪的威廉·J.布莱尔的杂货店里，雷切尔太太听到他告诉彼得·莫里森，他打算第二天下午种萝卜籽，所以她知道。当然啰，这是彼得问起以后他才说出来的，因为众所周知，马修·卡思伯特有生以来从未主动地把他的情况告诉过别人。

可是，在大忙日子的下午三点半，马修·卡思伯特却跑到这儿来了，不紧不慢地驾着车穿过山谷上了山坡；更奇怪的是，他戴了一条白色的硬领，还穿上了一套最好的衣服，显而易见，他是要到阿冯利小半岛的外面去了；他赶着栗色母马拉的轻便马车，这表明他准备走相当长的一段路程。那么，马修·卡思伯特上哪儿去呢？他又为什么要上那儿去呢？

如果当时阿冯利大道上的是另外一个男人，那么善于巧妙地把一些情况综合起来的雷切尔太太或许就可以对这个问题猜得八九不离十了。可是马修难得出门，准是有什么紧迫的、不寻常的事要他去处理；他是世上顶顶羞怯的男子，不喜欢在陌生人中间周旋或者到他可能要同人家交谈的地方去。可现在呢，马修戴着一条白色硬领，还驾着一辆轻便马车，这可不是件常有的事。雷切尔太太绞尽脑汁，苦苦思索了好久，却一无所获，于是她一下午的兴致就这样给一扫而光了。

“吃过茶点，我就步行去绿山墙农舍，从玛丽拉那儿探问出他去哪儿，去干什么。”这位可敬的妇人最后做出决定，“在一年的这个时候，他一般是不到镇上去的，而且，他也从不探亲访友；如果是萝卜籽用光了，他也不至于要如此穿戴打扮，驾着马车去买；说是去请医生吧，他又走得不够匆忙。对啦，从昨晚到他出发，一定发生了什么事情。我真完全给难住了，这究竟是怎么回事，不弄清楚是什么事情促使马修·卡思伯特今天走出阿冯利，我的心情或良心是不会有一分钟安宁的。”

这样，吃了茶点，雷切尔太太就出发了，她并没有多少路要走。卡思伯特家居住的草木蔓生、果树成荫的大房子在路的那一边，离林德的山谷不到四分之一英里远。当然，狭窄幽长的小路使路程看起来远得多。马修·卡思伯特的父亲像他的这位儿子一样羞怯、沉默，当初创建家宅时，他尽可能地远离他的同胞，就差没整个儿退缩到森林里去了。绿山墙农舍筑在他开垦出的那片土地的边缘，从干道上几乎看不见。阿冯利其他居民的房屋友好地紧密排列在干道的两边。雷切尔太太认为住在那种幽僻的地方，根本不能叫生活。

“这只能算是待在那儿。”她走在留着深深辙印的小路上时这么说。小路上长满了青草，路边是野玫瑰丛。“独自避开别人，住在这种地方，也就怪不得马修和玛丽拉都有点孤僻的味道了。树木可不是什么呱呱叫的伙伴，不过老天知道，如果它们真的是好伙伴，那倒是要多少就有多少。我可是宁愿把人当作观察的对象。可以肯定，他们看上去倒是挺满足的；不过我猜想，他们多半是习以为常了。人对任何事情都会逐渐适应的，就连被人绞死也不例外，正像那个爱尔兰人所说的那样。”

这么想着，雷切尔太太离开了小路，走进绿山墙农舍的后院。院子里一边是德高望重的大柳树，一边是形态拘谨的伦巴第树，整洁干净，随风流翠。看不到一根散落的树枝或一块碎石，要有的话，雷切尔太太早就收入眼底了。她暗自点头，认为玛丽拉·卡思伯特打扫院子同她自己打扫屋子一样勤快。

雷切尔太太轻快地敲了敲厨房的门，得到准许后，她走进屋子。绿山墙农舍的厨房是个令人感到愉快的房间——或者本来是会令人感到愉快的，如果它不是过分干净，看起来像一间废弃不用的客厅的话。厨房的东西两面都有窗子；通过朝西的那扇，可以看到后院，六月里柔和的阳光打窗口直泻进来；可是如果朝东面的窗子瞥上一眼，你会看到果园左边开着雪白花朵的樱桃树，以及溪边山谷下摇曳生姿的修长的白桦树，这个窗口被悬挂在上空的错综纠结的葡萄藤染成了一片绿色。玛丽拉·卡思伯特要坐就坐在这里。她对阳光总有点不太信任，觉得在这需要认真看待的世界里，阳光似乎过于轻佻和不负责任了。现在她坐在这里，手中织着毛线，身后的桌上已做了开晚饭的准备。

雷切尔太太刚刚关好房门，就已经把桌上的一切东西在脑海里做了记录。桌上放了三只盘子，这么说玛丽拉一定是在等着马修带回一个什么人来喝茶；可盘子里却都是家常食品，只有酸苹果酱和一种饼子，看来她盼望的客人不会是什么特别的人物。可是，马修的白硬领和那匹栗色的母马又是怎么回事儿呢？雷切尔太太简直被平静而毫不神秘的绿山墙农舍中的这件非同寻常的蹊跷事儿给弄糊涂了。

“晚上好，雷切尔，”玛丽拉欢快地说，“今儿晚上天气真好，是不是呢？坐下吧，你们家里人都好吗？”

玛丽拉·卡思伯特和雷切尔太太之间存在过、并且一直存在着一种友谊——没有别的词儿可用，只能这样称呼那种关系——说不定正因为她们彼此截然不同，才会有往来。

玛丽拉是个精瘦的高个儿女人，棱角分明，没有曲线。她乌黑的头发已有几丝灰白，在脑后盘成一个结实的小发髻，两只金属发夹毫不松动地穿插在里面。她看上去阅历短浅、思想刻板，实际上她也正是这样一个女人，不过她的嘴巴四周的神情弥补了她那严峻态度的缺陷，这样的神情如果再稍稍发展一点，就可能被认为带有幽默感了。

“我们大家都挺好，”雷切尔太太说，“可是，当我今天看见马修出远门时，我还担心是你身体不舒服呢。我想他可能是去请医生了。”

玛丽拉的嘴唇会心地扭动了一下。她已经料到雷切尔太太会来；她知道，看到马修这样不可理解地离家出门，她的这位邻居是无论如何也按捺不住好奇心的。

“啊，不，我身体挺好，虽然昨天头疼得很厉害，”她说，“马修到布赖特河去了。我们从新斯科舍的一家孤儿院领回一个小男孩，他乘今晚的火车来。”

即使玛丽拉说马修是去布赖特河接一只来自澳大利亚的袋鼠，雷切尔太太也不会比这时更加惊讶。她着实愣了五秒钟。玛丽拉是绝对不可能和她开玩笑的，可雷切尔太太却差点不得不这么认为了。

“你是在跟我开玩笑吧，玛丽拉？”她好不容易又能说话时，这样问道。

“不，不是。”玛丽拉说，好像从新斯科舍的孤儿院领回男孩，是每家管理有序的阿冯利农舍的一桩春季寻常事务，而不是从来没听说过的新鲜事。

雷切尔太太感到自己的精神大为震动。她用带有感叹号的语句思考着。一个男孩！在所有的人当中，居然是玛丽拉和马修·卡思伯特首先要领养一个男孩！从一家孤儿院！天哪，这世界无疑是翻了个儿啦！她以后不会再对任何事情感到吃惊了！再也不会了！

“你怎么想出这个点子的?”她不以为然地盘问道。

没有征求她的意见就做出这样的事来，当然是得不到赞成的。

“哦，我们考虑这个问题有一段时间了——实际上已经盘算了整个冬季。”玛丽拉回答道，“圣诞节前有一天，亚历山大·斯潘塞太太上这儿来，说她打算春天到霍普顿的孤儿院去领一个小姑娘。她的表妹住在那儿，斯潘塞太太去看过她，对那儿的情况了解得很清楚。从那以后，我和马修就时常谈论这个问题。我们想要个男孩。你知道，马修渐渐上了年纪——他已经六十了——手脚不像从前那么敏捷灵活了。他的心脏又给他带来不少麻烦。你也知道，要雇人帮忙是多么不容易。除了那帮蠢头蠢脑的还未成年的法国小男孩，谁也请不动；当你真的让一个法国小男孩闯进你的生活圈子，学到一些本领，他就马上不安心工作，离开这里到龙虾罐头厂去干活，或者干脆到美国去了。起初马修提议要一个养育院的男孩，但我断然否定了。‘也许他们不错——我没说他们不好——但我可不要伦敦街头的阿拉伯人，’我说，‘至少得给我一个土生土长的。当然，不管领谁都有冒险的成分。但是，如果领回一个本国出生的加拿大人，我会感到安心些，夜里也会睡得安稳些的。’所以最后我们决定请斯潘塞太太去领她的小姑娘时帮我们也挑一个回来。上星期我们听说她要去了，就让理查德·斯潘塞的住在卡莫迪的家人捎信给她，请她给我们带一个十到十一岁的伶俐可靠的男孩。我们认为这是最好的年龄——岁数不算太小，一来就能派点用场，干点杂活；又不很大，可以适当地加以调教。我们打算给他一个温暖的家，还要送他上学。今天，我们收到了亚历山大·斯潘塞太太的电报——邮递员从车站捎来的——说他们乘今晚五点半的火车到。所以马修到布赖特河去接那男孩。斯潘塞太太会把他留在那儿的。她自己嘛，当然是继续乘火车去白沙站啰。”

雷切尔太太一贯对发表自己的见解感到得意；如今，在调整了她的精神状态以适应这桩惊人的消息之后，她又开始侃侃而谈了。

“听着，玛丽拉，老实对你说，我觉得你正在干一件傻透了的事—— 一件担风险的事，纯粹是这样。你不知道你会得到个什么样的孩子。你要把一个陌生的孩子带进家里来，可关于他的情况你却一无所知，不知他的性情怎样，父母是谁，他将来又可能变成个什么样的人。对啦，就在上星期我还在报上读到，说小岛西部的一对夫妇从孤儿院领养了一个男孩，他半夜里放火烧了房子——是故意放火的呀，玛丽拉——几乎把床上的他们烧成灰了。我还知道另外一个例子，一个被收养的孩子有吮吸生鸡蛋的嗜好，他们没法让他改掉这个毛病。如果你征求我对这件事情的意见——事实上你并没有这样做，玛丽拉——我会说老天保佑，这种事情想都别想，就是这么个意思。”

这种只会增加对方痛苦的安慰话似乎并没有触怒或吓住玛丽拉。她不慌不忙地继续织着毛线。

“我不否认你说的话有一定的道理，雷切尔。我自己也有过疑虑。可是马修却对此下了很大的决心，我看得出来，所以就让步了。马修很少对什么事情固执己见，一旦他做出决定，我总觉得我该让步才好。至于冒险嘛，人在这个世界上无论干什么，差不多都要承担风险。自己生孩子还有风险呢，更何况碰到三长两短，人总是难以摆脱不幸的命运。再说，新斯科舍离这个岛很近，我们又不是到英国或美国去领他回来。他不会和我们有多大差别的。”

“好吧，我希望会有圆满的结果。”雷切尔太太说，她的口气明显地透露出她对此深表怀疑，“如果他放火烧了绿山墙农舍，或者往井里放了毒药，到时候你可别埋怨我没提醒你——我听说在新不伦瑞克就发生过这样的事，那里孤儿院的一个孩子就这么干了，结果全家痛苦不堪地丧了命。不过，这个例子里的孩子是个女孩。”

“对啊，我们又不是去领一个女孩，”玛丽拉说，似乎往井里放毒纯粹是女性的壮举，就男孩来说是无需担心的，“我们从来没有想过要领养女孩子。我不明白亚历山大·斯潘塞太太为什么要这么做。可是在这方面，如果她冒出收养整个孤儿院的念头，她也会毫不退却地坚决去做的。”

雷切尔太太本想等马修和他带回来的孤儿到家后再走，可是又想到至少还要等长长的两个小时他才能回来，就决定取道往罗伯特·贝尔家去，告诉他们这桩新闻。这肯定会引起极大的轰动，而雷切尔太太正是非常喜欢引起人们激动的人。于是，她起身告辞了，这多少使玛丽拉松了口气，因为后者感到在雷切尔太太悲观情绪的影响下，自己的疑虑和恐惧正在复苏。

“哎哟，这里发生的一切和将要发生的一切真有意思！”雷切尔太太平安地走在小路上时，脱口说道，“看起来我仿佛是在做梦。唉，我为那可怜的小家伙感到惋惜，这是毫无疑问的。马修和玛丽拉对于孩子一无所知，他们还指望那孩子比他的祖父更聪明、更稳重呢，这是说如果他有祖父的话，而他有没有祖父，实际上还是个疑问。不管怎么说，想到绿山墙农舍将要有个孩子，总似乎有点不可思议；那儿还从来没有过孩子，新房子建起来时，马修和玛丽拉已经成人了——即使他们曾经是孩子，现在看他们的神情也难以令人相信。说什么我也不愿变成那个孤儿。哎呀，不过我可怜他，就是这么回事。”

雷切尔太太满怀着诚挚的激动心情对野玫瑰丛这么说；如果这时她看到那个正在布赖特河车站耐心等待的孩子的话，她的怜悯心理还会更加沉重，更加深沉。

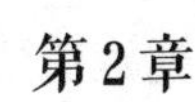

第2章

马修·卡思伯特大吃一惊

马修·卡思伯特和那匹栗色母马优哉游哉地慢慢走过八英里的路程，前往布赖特河。这是一条风光宜人的路，路两旁是排列得整整齐齐的农庄，不时有一小片胶冷杉林从中穿过，要么就是一道山谷，那里野李树伸出它们蒙着薄雾的花枝。空气里弥漫着苹果园和草地的芳香气息。草地顺着斜坡，直伸向远方笼罩着蓝灰色和紫色雾霭的地平线；这时“小鸟儿纵情歌唱，仿佛这是全年唯一美好的夏日时光”。

马修一路按照自己的方式自得其乐地驾着马车，除非有时碰到妇女，他必须向她们点头致意——因为在爱德华王子岛，人们应该对路上遇到的人一一点头，不管认识与否。

马修惧怕所有的女人，只有玛丽拉和雷切尔太太不在此列；他总局促不安地感到，这些不可思议的家伙正在私下里讥笑他。他这么想也许是对的，因为他是个长相古怪的人，身材粗笨，铁灰色的长头发一直垂到佝偻的肩头，那一大把软软的褐色胡子是他自二十岁就开始留起来的。实际上，他二十岁时的模样和他六十岁时差不多，只是缺少点灰白色罢了。

他来到布赖特河，不见火车的影子；他以为自己来得太早了，就把马拴在布赖特河小旅馆的院子里，往火车站的站房走去。长长的站台上几乎不见人影，唯一看到的是一个小姑娘，她坐在站台尽头的一堆木板上面。马修一注意到那是个女孩，就侧着身子尽快从她身边走了过去，根本不看她一眼。他如果注视她一下，就不会不注意到她那姿势和表情里所包含的紧张的执着和期待了。她正坐在那儿等待着什么事情或什么人，因为那时她只有坐等，没有别的事情可干，所以她坐在那儿全神贯注地等待着。

马修遇到了火车站站长。他正在锁售票处的房门，准备回去吃晚饭。马修就问他五点半的火车是不是快要到了。

“五点半的火车已经来过了，半小时前就开走了，”这个精力充沛的高级职员说，“可是留了个乘客给你呢—— 一个女孩子。她正坐在那边的木板堆上。我请她到女候车室去，可她非常严肃地告诉我她喜欢待在外面，‘那里有比较开阔的天地，可以让我运用自己的想象力。’她说道。我不得不说，她真是个怪孩子。”

“我不指望接到一个女孩，”马修茫然地说，“我是来接一个男孩子的。他应当在这儿。亚历山大·斯潘塞太太把他从新斯科舍带来给我的。”

火车站站长发出一声口哨。

“我猜这一定是搞错了，”他说，“斯潘塞太太领着那个女孩子下了火车，把她交给我照管。她说你和你的妹妹把她从孤儿院领出来抚养，还说你马上会来接她。我就知道这些——我也没有把别的孤儿藏在这附近。”

“我不明白。”马修束手无策地说，满心希望玛丽拉在场来应付这种局面。

“好啦，你最好问问那个小姑娘吧，”火车站站长漫不经心地说，“我敢说她是能够解释清楚的——她自己有舌头，这是可以肯定的。说不定你要的那种男孩，他们一时没有。”

站长感到饥饿，便自顾自地走了，留下不幸的马修去做一件对他来说比到狮子洞里拔狮须更难办的事——走到一个女孩子跟前——一个陌生的女孩——一个失去父母的女孩——问她为什么不是个男孩。马修转过身去，拖着脚步慢慢地顺着站台向她走去，心里叫苦不迭。

自从他在她身边经过，她就一直瞅着他，这时她的目光还没有从他身上移开。马修没有看她，即使他瞧她一眼，也不会看清她到底是什么模样，可是一个普通的观察者却会得到这样的印象：

一个大约十岁的孩子，身上穿着一件非常短、非常紧、非常脏的泛黄的灰绒布罩衫。她戴着一顶褪了色的褐色水手帽，地地道道的浓密的红头发梳成的两条辫子从帽子底下伸出来，拖在背后。她那苍白瘦小的脸上长着好些雀斑，嘴巴和眼睛都挺大，她的眼睛在表示某些神情和情绪时看起来是绿的，在别的情况下则是灰色的。

这些是普通的观察者所看到的；一位非同寻常的观察者却可能已经发现，她的下巴很尖，棱角分明，两只大眼睛里充满了精神和活力；嘴唇线条优美，表情丰富；脑门宽阔饱满；总之，我们那位有眼力的非凡观察者会得出这样的结论：这个无家可归的女孩的身体里存在着非同凡响的灵魂，而羞怯的马修·卡思伯特却对她怀有荒唐可笑的畏惧心理。

然而，马修用不着因先开口说话而遭受折磨了，因为当她断定他是向她走来时，她就站了起来，一只瘦瘦的棕色小手抓住一个破烂的旧式手提包的把手，另一只手向他伸来。

“我想你就是绿山墙农舍的马修·卡思伯特先生吧？”她用一种异常清脆动听的声音说，“非常高兴见到你，我刚才还担心你不会来接我了，我想象着各种可能发生的使你不能脱身的事情。我已经决定了，如果你今晚不来接我，我就顺着铁轨走到拐弯处的那棵大野樱桃树下，爬上去待它一夜。我是一点也不会害怕的，睡在月光下一棵开满白花的野樱桃树上准是非常愉快的，你不认为是这样吗？你可以想象自己住在大理石筑成的大厅里，是吗？如果你今晚不来，我敢肯定明天早上你准会来接我的。”

马修尴尬地握住这只骨瘦如柴的小手，他当场决定该采取什么行动。他不能对这个眼睛闪闪发光的孩子说事情出了差错，他要带她回家让玛丽拉跟她解释。无论出了什么差错，也不能把她扔在布赖特河车站不管，因此所有的问题和说明都不妨拖到他平安返回绿山墙农舍以后再说。

“对不起，我来迟了，”他羞赧地说，“来吧，马车停在那边的院子里。把提包给我。”

“哦，我拎得动，”孩子高兴地回答，“它不沉。我把自己的所有财产都放进去了，但它还是不重。而且，不用一种特别的方法拎它，把手就会脱落——所以最好还是我拿着，我知道其中的窍门。这是一只很旧很旧的提包了。啊，你来了我非常高兴，虽然在野樱桃树上睡一觉也很不错。我们要坐车走老远一段路，是吗？斯潘塞太太说有八英里远呢。我真高兴，因为我喜欢乘车。我就要和你们在一起生活，并且成为你们家庭的一员，这看起来真是太妙了。我还从来没有属于过哪一个家庭呢——没有真正属于过。可是要数孤儿院最糟糕了。我在里面只待了四个月，已经够受的了。我想你不会在孤儿院待过，所以你不可能理解那是什么样的地方。你想象不出它有多糟。斯潘塞太太说，我这么讲是有罪过的，可我并没有恶意。一个人很容易不知不觉地就变坏了，是吗？他们是好人，你知道——孤儿院里的那些人。可是孤儿院里没有多少供你想象的余地——只有在其他孤儿的身上打主意。想象有关他们的种种事情，真是很有趣的——想象坐在你旁边的那个女孩也许实际上是位有权有势的伯爵的女儿，在她还是婴儿时，一个残酷的奶妈把她从父母身边偷走，还没来得及坦白交代，这个奶妈就死了。我常常在夜里醒着躺在床上，想象诸如此类的事情，因为白天我没有时间。我想正是因为这样，我才这么瘦的——我是瘦得吓人，是吗？我的骨头上捏不出肉来。我老爱想象我身材丰满，相貌美丽，胳膊肘上还有肉窝呢。”

说到这里，马修的小伙伴停住了口，这一半是因为她已经喘不过气来，另一半是因为他们到了马车跟前。在他们离开村子，坐着马车驰下小山丘的斜坡以前，她没有再说一句话。一部分路面深深地陷在松软的泥土里，道路两侧的边缘比他们的头顶还要高出几英尺，上面栽着一行行繁花盛开的野樱桃树和修长挺拔的白桦树。

野李树的一根树枝擦着了车身，孩子伸出手去把它折了下来。

“那棵树真美，是吗？它浑身雪白，镶着花边，从路旁探出身子，这种情景会使你产生什么感想呢？”她问道。

“嗯，我不知道。”马修说。

“哎呀，当然是一位新娘啰—— 一位穿着一身白衣裳，披着薄雾般美丽的面纱的新娘。我从没见过新娘，可是我想象得出她是什么样儿的。我从来没有指望自己成为新娘。我长相太一般了，谁也不会娶我——除非是一位外国传教士。我想外国传教士是不会太挑剔的。不过我真希望哪一天我能有一件白色的衣服。这是我享受人世间幸福的最高理想，我就是喜欢漂亮的衣服。我真想不起这一生里自己有过一件漂亮的衣服——不过，当然啦，更重要的是必须存有希望，是吗？这样我就能够想象自己穿得非常华丽。今天早上离开孤儿院时，我觉得够害臊的，因为我不得不穿上这件讨厌的旧绒布衫。你知道，所有的孤儿都得穿这种衣服。去年冬天，霍普顿的一位商人捐赠给孤儿院三百码绒布。有人说，这是因为他卖不出去，可是我却宁愿相信他是出于善心，你说呢？我上了火车，觉得肯定每个人都在瞧着我，可怜我。但是，我还是开动脑筋，想象自己穿着一件顶顶美丽的淡蓝色的绸衣服——因为你在想象的时候，不妨想象一样值得向往的东西——还戴着一顶插满鲜花和颤巍巍的羽毛的大帽子，还有一只金表、一副童手套和一双靴子。我一下子就快活起来，尽量享受到这个岛屿来短途旅行的乐趣了。乘渡船时，我一点也没晕船。斯潘塞太太平常总要晕船，这次也没有犯这个毛病。她说她没有时间晕船，因为要照看我，不让我掉到水里去。她说她总看不见我又溜达到哪儿去了。可是，幸亏我各处溜达，她才没有晕船，是不是呢？我想把船上能看到的东西都看个够，因为我不知道以后还有没有机会再乘船。哦，那边又有一些野樱桃树，全都开花了！这个岛真是花开得最多的地方。我真的已经爱上它了，我将要住在这儿，这真使我高兴。我常常听说爱德华王子岛是世界上最美丽的地方。我经常幻想自己就住在这儿，可是并没有料想真的会有这么一天。想象一旦变成了现实，确实令人高兴，是不是呢？咦，那些红色的道路真有趣。我在夏洛特敦上了火车，红色的道路就开始在身旁闪过，我问斯潘塞太太是什么东西把它们染红的，她说她不知道，还求求我别再问她问题了。她说我准是已经问了她一千个问题。我想也是，可是不提出问题，你怎么能弄清情况呢？那么，究竟是什么东西把道路染红的呢？”

“嗯，我不知道。”马修说。

“那么，这就是以后应该弄明白的事情了。一想到所有的问题都会水落石出，这难道不叫人心里十分痛快吗？它真使我为活着而高兴——这样的世界确实是充满着乐趣。如果我们对所有的事情都一清二楚，世界就会失去一半的乐趣了，是不是呢？那时就不会有想象的余地了，对吗？不过，我话说得太多了吧？人们总是说我话多。你是不是希望我不说话呢？如果你表示这个意思，我就住口。如果我下了决心，我是能够闭嘴的，尽管这很不容易。”

马修听得津津有味，这连他自己也感到惊讶。像大多数寡言少语的人一样，他喜欢别人能说会道，只要他们愿意自己滔滔不绝，并不希望他也兴高采烈地参加进去。不过，他从来没有料到自己会乐意同一个小女孩待在一起。妇女当然很坏，但是小女孩更讨厌。她们鬼鬼祟祟地从他身边溜过，斜着眼睛瞧他一两眼，似乎以为只要她们胆敢说一句话，他就会把她们一口吞下似的；对于她们的这种行径，他简直是深恶痛绝。那是阿冯利有教养的小姑娘的类型。可是这个满脸雀斑的小女孩却截然不同，尽管他感到自己比较迟钝的脑子很难跟上她那活跃的思维步伐，他还是认为自己“有点喜欢她的唠叨”。于是他像平时一样嗫嚅地说：

“哦，你只管想说多少就说多少，我并不计较。”

“啊，我太高兴了。我知道你和我会相处得很融洽的。想说就说，而不是受到约束，那可是极大的安慰。只准孩子待在眼前，不准他们在耳边唠叨，这种教训孩子的话我已经听过无数遍了，只要我一说话，就被人训斥。人们还笑话我说大话。可是，如果你有伟大的思想，就必须用大话来表达，是不是呢？”

“嗳，这话似乎很有道理。”马修说。

“斯潘塞太太说我的舌头一定是悬空吊着的，没有拴住。但它不是——它的一头是牢牢地拴住了的。斯潘塞太太说你们那个地方叫绿山墙农舍。我向她打听绿山墙农舍的情况。她说房屋的四周绿树成荫。我当时高兴得要命。我就是喜欢树。孤儿院一棵树也没有，只有门前几株瘦不拉叽的破玩意儿，树干上面斑斑点点地留下刷过白灰的痕迹。它们就像孤儿们自己一样。看着它们，我忍不住要哭。我常常对它们说：‘啊，你们这些可怜的小家伙！如果你们生长在大森林里，周围树木茂密，你们的树根上面长着小小的苔藓和六月铃，近处小溪潺潺，小鸟儿在你们的枝头啾唱，那么，你们准会长得很好的，是不是呢？可是你们不能到你们应该去的地方。可怜的小树啊，我非常理解你们的心情！’今天早上，我恋恋不舍地离开了它们。你也是十分喜爱那样的一些东西的，是不是呢？绿山墙农舍附近有小溪吗？我忘了问斯潘塞太太了。”

“有的，就在房子的南面。”

“太妙啦！住在小溪边上，一直是我的一个理想。不过，我从来没有指望它真会实现，理想往往不会真的成为现实，是吗？如果真的成为现实，该有多好啊！现在，我差不多感到彻底的幸福了。我不可能真正感到彻底的幸福，因为——瞧，你说这是什么颜色？”

她把一条光滑的长辫子从瘦削的肩头后面拽过来，举到了马修的眼前。马修不习惯判断女性的头发的颜色，可是这一次却不可能有多少疑问。

“是红色的，是吧？”他说。

女孩把辫子甩回到肩后，叹了口气，这声叹息似乎发自心灵的深处，倾吐出了长年累月的一切悲哀。

“不错，是红色的，”她顺从地说，“现在你该明白我为什么不会彻底地高兴了吧。长着红头发，谁也不会高兴。别的东西我可以不在乎——雀斑、绿眼睛、瘦骨嶙峋。我可以在想象中把它们排除掉。我可以想象我有一张玫瑰花瓣那样美丽的脸庞和一对明亮可爱的紫眼睛。可是，我不能把红头发从我的想象中排除出去。我竭尽全力。我暗自思忖：‘现在我的头发是乌黑油亮的了，黑得像乌鸦的翅膀一样。’可是每时每刻我都知道它是纯红色的，这真使我伤心透顶。它将成为我一生的遗憾。我在一本小说里读到过一个女孩有一件终生遗憾的事，但那不是红头发。她的头发纯粹是金黄色的，从她那雪花石膏般的额头向后成波纹形状披散下去。什么叫雪花石膏般的额头？我一直没有弄清楚。你能告诉我吗？”

“嗯，我怕解释不了。”马修说，他开始有点头晕了。他这时的感觉仿佛就像当年他还是个莽撞的小伙子，在一次野餐会上被别的男孩骗去骑旋转木马时的那阵头昏眼花的难受劲儿。

“呃，不管怎样，那一定是叫人看了赞不绝口的，因为她像天仙般美丽。如果一个人像天仙般美丽，你想她会有什么样的感觉？”

“唔，不，我没有想过。”马修坦率地承认。

“我可常常在脑子里想象着呢。天仙般美丽、绝顶聪明或天使般善良——如果由你选择，你愿意挑哪一种呢?”

“嗯，我——我不太清楚。”

“我也不知道。我怎么也决定不了。可是，这实际上没有多大的差别，因为我不可能占有其中的任何一项。我绝对不会像天使那样善良，这是可以肯定的。斯潘塞太太说——哎哟，卡思伯特先生！哎哟，卡思伯特先生!! 哎哟，卡思伯特先生!!!”

这可不是斯潘塞太太所说的话；小姑娘并没有滚到马车外面去，马修也没有做什么令人吃惊的事情。马车只是在路上拐了个弯，来到了“林荫道”上。

“林荫道”是新布里奇居民的叫法，这是四五百码长的一段道路，好多年前一位性情古怪的老农在两边栽下的许多苹果树，如今长得高大茂盛，它们的枝叶汇合成弓形，把道路上空罩得严严实实。头顶上是一大片雪白、芬芳的花朵，像一长溜覆盖在上面的天棚。树枝下的空气里飘荡着一种紫色的柔光，向前看去，隐约可见被落日染红的天空像教堂走廊尽头的大圆花窗一样发出光芒。

这番美景似乎把孩子惊得瞠目结舌。她靠在马车里，把两只瘦小的手紧握在胸前，欣喜若狂地仰起小脸庞，看着上面那一片白色的光辉。后来出了林荫道，马车已经行驶在通往新布里奇的长长的斜坡上，她还是一动不动，一声不吭。她脸上仍是那副全神贯注的表情，凝视着远处西方的落日余晖，眼里看到的无数幻象在那片红光闪耀的背景的衬托下匆匆闪过。经过新布里奇时，他们仍然沉默无语。新布里奇是个喧闹的小村子，狗朝他们吠叫，成群的小男孩叫喊着，向窗子里探进好奇的面孔。他们又走了三英里，把上述的一切抛在后面，这时孩子还是默不作声。很明显，她是能够保持沉默的，正如她能够那么精力充沛地跟你聊个不停一样。

"我猜你一定感到很累很饿了吧，"马修终于大胆地问道，这孩子好长时间没有讲话，他只能想到用这个原因可以解释，"不过我们没有多少路要走了，再走一英里就到了。"

她这才深深地叹了口气，从出神的沉思中惊醒过来，用一种恍恍惚惚的目光看着他，好像她的灵魂曾被星星领着，飘游得很远很远。

"哦，卡思伯特先生，"她低声说，"刚才我们经过的地方——那片雪白的地方——是什么呀？"

"哦，你一定是指林荫道吧，"经过片刻的深思，马修说，"那可是个漂亮的地方。"

"漂亮？不，漂亮这个词儿似乎用得不太恰当。用美丽这个词儿也不行。它们都还不够味儿。哦，是神奇——神奇。这是我第一次看见无法用想象来改善的东西。现在单是这一点就使我很满足了。"她把一只手搁在胸口，"它使我心里感到一种莫名其妙的奇怪的痛苦，不过这是一种愉快的痛苦。你可曾有过这样的痛苦，卡思伯特先生？"

"哦，我记不起是不是有过。"

"我有过许多次——每当我看见事物的美丽达到庄严肃穆的程度时，我就有这样的感觉。可是他们不应该管那风光秀丽的地方叫林荫道呀。这类名字毫无意义。他们应该管它叫——让我想想——'白色的欢乐之路'。这是不是个富有想象的好名字？每当我对一个人或一个地方的名字不满意时，我总为他们想象出一个新的名字，并在脑子里使用这个称呼。孤儿院有个女孩叫赫普齐巴·詹金斯，可我总把她想象成罗莎莉娅·德弗尔。别人可以管那地方叫林荫道，我可始终要称它为'白色的欢乐之路'。真的只要再走一英里我们就到家了吗？我真高兴，又很难过。我难过是因为这段旅程太令人赏心悦目了，每当赏心悦目的事情突然结束时，我总感到心里难受。或许以后还会有更加令人愉快的事情出现，可是你并没有很大的把握。令人懊丧的事情还是常常会碰到的。这多少是我的一点经验。可是想到我们就要到家了，真叫人高兴。你知道，从我能够留下记忆的时候起，我还从来没有一个真正的家呢。想到就要加入一个真正的家庭，又使我感到那种令人愉快的痛苦。啊，这真是太妙了！”

他们已经越过了一个小山顶。山顶下面是一方池塘。池塘很长，蜿蜒曲折，看上去几乎像是一条河。一座桥横跨池塘中央，池塘的尽头有一条琥珀色的带状沙丘将它同下面深蓝色的海湾隔开。水面闪动着多种灿烂的色彩——橘黄色、玫瑰色和淡雅的翠绿色那样一些出神入化、明暗多姿的色调，其中夹杂着其他忽隐忽现、不可名状的色泽变化。在桥的上首，池塘直伸入靠近岸边的冷杉林和枫树林，使它们摇曳的影子呈现出半透明的黑色。到处都有一棵野李树从岸上探出身子，像一个身穿白衣服的小姑娘踮着脚尖欣赏自己在水面上的影子。池塘上端的泥沼里传出青蛙清晰的哀怨而又动听的合唱声。下面斜坡上一座白色的苹果园中间，隐隐约约露出一所灰色的小房子，尽管天还不太暗，但有一扇窗子已射出灯光。

“那是巴里的池塘。”马修说。

“哦，我也不喜欢这个名字。我要叫它——让我想想——‘闪光的小湖’。对，给它起这个名字正合适。我知道合适，因为这个名字很动听。每当我突然想出一个恰如其分的名称时，我总是非常激动。有什么事情曾使你心情激动过吗？”

马修苦苦思索着。

“嗯，对了。看到那些从黄瓜地里挖出来的丑陋不堪的白蛴螬时，我总感到有点震颤。我讨厌它们那副模样。”

“哦，我认为那不是同一种激动。你觉得它们有什么共同点吗？蛴螬和‘闪光的小湖’之间没有多大联系，是不是呢？可是为什么人们管它叫巴里的池塘呢?”

“我想是因为巴里先生就住在那边的那所房子里。他住的地方叫果园坡。要不是果园坡后有那一大片树丛，你从这里就可以看见绿山墙农舍了。可是我们还得通过小桥，顺着道路拐个弯儿，大概还要再走半英里。”

“巴里先生家有小姑娘吗？哦，也不要太小——像我这么大的。”

“他有个大约十一岁的姑娘，名叫黛安娜。”

“啊!”她深深地吸了口气，“多么可爱的名字!”

“嗯，我说不准。我觉得这名字里有某种可怕的异教色彩。我倒情愿要简·玛丽或者诸如此类实用的名字。黛安娜出生时，有一位小学教员在那儿搭伙，他们请他给孩子起个名字，他就起了个黛安娜。”

“我真希望当初我出生时附近也有个小学教员才好。喔，我们走到桥上了。我要把眼睛闭得紧紧的。我总是害怕过桥。我不由自主地会想到，也许正当我们走到桥中间时，它会像把大折刀那样折叠起来，把我们夹在当中。所以我闭上眼睛。不过，每当我觉得我们快到桥中间时，我总要把眼睛睁开。因为你知道，如果桥真的塌掉了，我也要看看它是怎么塌掉的。它发出的轰隆声该多么有趣呀！我总喜欢听轰隆轰隆的声音。这个世界有这么多东西让你喜欢，难道不是妙不可言吗？好啦，我们过来了。现在我得回过头去瞧瞧。晚安，亲爱的‘闪光的小湖’。我总对自己喜爱的东西道声晚安，就像对人一样。我想它们一定很欢喜。那湖水看起来好像是在对我微笑呢。”

他们又翻过一座小山丘，拐了个弯，这时马修说：

“我们离家很近了。绿山墙农舍就在那——”

“啊，别告诉我，”她气喘吁吁地打断了他的话，一边紧紧抓住他举了一半的手臂，闭上眼睛，这样就看不见他的手势了，“让我猜一猜。我肯定会猜对的。”

她睁开眼睛，环顾四周。他们正处在一个小山丘的顶上。太阳落山已有一会儿了，可是在柔和的余晖下，景色仍很清晰。西边一座黑色教堂的尖塔在金黄色天空的衬托下高高耸起。下面是一条小小的溪谷，远处是一长条缓缓升起的斜坡，沿着斜坡散布着一些温暖舒适的农舍。孩子的目光从这一座扫向那一座，满怀着热切的心情和渴望。最后，它们停留在左边的一座房屋跟前。这个农舍离道路远一些，它周围树林的朦胧夜色中露出一片淡白色的花朵。上面，在那纯洁的西南天空中，闪耀着一颗晶亮的大星星，像一盏给人指路和给人希望的明灯。

“那座就是，对吗?”她用手指点着说。

马修高兴地拍拍母马背上的缰绳。

“对啦，你猜中了！不过我想斯潘塞太太给你形容过，所以你说得出来。”

“不，她没有——真的没有。她描述的情况完全可以适用于大多数其他的地方。在此以前，它究竟是什么模样，我没有什么明确的想法。可是我一看到它，立即就感到那是家。哦，我真像在做梦。你知道吗，我的手臂从肘部以上一定是青一块紫一块的了，因为今天我已掐了自己那么多次。每过一会儿，我心头就笼上了一种可怕的、忐忑不安的感觉，真怕今天经历的这一切是一场空梦。那时我就掐自己，看看是不是真的——直到后来猛然想起，即使这仅是一场梦，我还是宁可让这场梦尽量继续做下去；所以我就不再掐自己了。但这不是梦境，我们快到家了。”

她欢天喜地地舒了口气，又陷入了沉默。马修不安地走动着。他感到高兴，因为势必要由玛丽拉而不是他自己来告诉这个无家可归的孩子，她所期待的家根本不会成为她的家。在走过林德山谷时，暮色已经很浓了，但雷切尔太太还能从她窗口的有利位置看见他们，目送他们爬上山丘，进入绿山墙农舍长长的山间小路。当他们来到屋前时，马修用一种他自己也不理解的劲儿，躲避着将要到来的暴露真相的场面。他想到的不是玛丽拉或者他自己，也不是这场误会可能给他们带来的麻烦，而是这个孩子的失望。当他想到她眼睛里闪动的欣喜光芒就要被扑灭时，他局促不安地感到自己将要帮着去扼杀某种东西——很像他在不得不宰杀一只小羊、小牛或任何其他无辜的小生命时心头升起的那种感觉。

他们走进房屋时，院子里已经很黑了，周围的白杨树叶正在发出轻柔的沙沙声。

“听，树在说梦话呢，”他把她抱到地上时，她悄声说，“它们一定是在做非常美好的梦！”

然后，她紧紧拎着那只装有她“所有财产”的手提包，跟他走进了房子。

第3章
玛丽拉·卡思伯特大吃一惊

马修开门时，玛丽拉轻快地迎了上来。可是当她的目光落在这个长着一对热切明亮的眼睛，把红彤彤的头发梳成两条长辫，穿着僵硬难看的衣服的古怪瘦小的身影上时，她惊奇地停住了脚步。

“马修·卡思伯特，这是谁?”她脱口问道，“那个男孩子呢?”

“没有什么男孩，”马修可怜巴巴地说，“只有她在那儿。”

他朝那孩子点点头，突然想起他一直没有问过她的名字。

“没有男孩！可是一定要有个男孩才行。”玛丽拉不肯罢休地说，“我们托人带信给斯潘塞太太，是请她领一个男孩的。”

“嗯，她没有。她带了她来。我问过火车站站长了。我不能不带她回家。不管出了什么差错，总不能把她扔在那儿不管。”

“好啊，这事儿干得妙极了!”玛丽拉突然说道。

在这场对话中，孩子一直保持沉默，目光在两人身上移来移去，脸上的全部兴奋神情正在渐渐消逝。突然，她似乎完全明白了那些话的意思。她扔下那珍贵的手提包，冲上一步，两手紧紧握住。

“你们不要我!”她嚷道，“你们不要我，因为我不是个男孩！我本来是应该想到这一点的。以往谁也不要我。我本来应该知道，太美满的事情很快就会消失。我本来应该知道谁也不会真正要我。

咳，我怎么办呢？我快要哭了！”

她真的委屈地哭了。她坐进桌子旁边的一张椅子里，猛然把手臂搁在桌上，将脸埋进臂弯，号啕大哭起来。玛丽拉和马修隔着炉子不满意地相互对视着，谁也不知道该说些什么或做些什么。最后还是玛丽拉笨拙地挺身而出。

“好了，好了，犯不着为这事儿那么哭。”

“不，犯得着！”孩子骤然抬起头来，露出一张满是泪痕的脸和颤抖的嘴唇，“如果你是孤儿，来到一个你本以为会成为自己的家的地方，结果发现他们并不要你，因为你不是个男孩子，那么，你也会哭的。啊，这是我遇到过的最悲惨的事情！”

一丝由于久不使用而显得迟钝的勉强的笑意，缓和了玛丽拉冷冰冰的表情。

“好啦，别再哭了。今晚我们是不会把你赶出门去的。你必须先待在这儿，等我们把这件事情调查清楚以后再说。你叫什么名字？”

孩子迟疑了一下。

“请你叫我科迪莉娅吧。”她热切地说。

“叫你科迪莉娅？！这是你的名字吗？”

“不——是，准确地说，这不是我的名字，可是我喜欢人家叫我科迪莉娅。这是个多么优雅的名字。”

“我不明白你究竟是什么意思。既然科迪莉娅不是你的名字，那么你的名字是什么呢？”

“安妮·雪莉，”这个名字的主人勉强支吾道，“不过求求你们叫我科迪莉娅吧。如果我只在这儿待一会儿，你们无论叫我什么也没有多大关系，是不是呢？安妮这个名字没有一点浪漫色彩。”

“什么浪漫色彩，胡说八道！”冷酷无情的玛丽拉说，“安妮是个既普通又实用的好名字。你不必为它感到丢脸。”

“不，我并不为它感到丢脸，”安妮解释道，“我只是更喜欢科迪莉娅。我总想象着我的名字是科迪莉娅——至少最近几年我总这么想。小时候，我常想象自己的名字叫杰拉尔丁，可现在我更喜欢科迪莉娅了。不过，如果你们叫我安，请在‘安’字的后面加个‘e’，可以读成安妮。”

“字怎么拼又有什么关系呢?”玛丽拉提起茶壶问道，嘴角又露出一丝迟钝的微笑。

“噢，关系可大了。它看上去好看多了。当你听人说出一个名字的时候，你不是总能看到它写在你的脑海里吗，就像印出来的一样?我就能够这样；安这个字看上去糟糕得很，可安妮就显得出众得多。只要你们叫我带有‘e’的安妮，不叫科迪莉娅，我就会竭力顺从你们的意见。”

“好吧，就拼成带‘e’的安妮。你能告诉我们这场误会是怎么产生的吗?我们是捎信请斯潘塞太太替我们领个男孩的。难道孤儿院里没有男孩吗?”

“有，有一大堆呢。可是斯潘塞太太明确地说你们要一个十一岁左右的女孩。女总管说她觉得我挺合适。你们不知道我当时有多么高兴。我昨天兴奋得整整一夜睡不着觉。啊，”接着她转向马修责备地说道，“你为什么不在车站上就告诉我你们并不要我，并把我留在那儿呢?如果我没有看到‘白色的欢乐之路’和‘闪光的小湖’，事情就不会这么残酷了。”

“她究竟说的是什么意思?”玛丽拉盯着马修问道。

“她——她指的是我们在路上的一些谈话，”马修赶忙说道，“玛丽拉，我要去把马牵进来了，在我回来以前请把茶备好。”

“除了你以外，斯潘塞太太还领回了什么孩子?”等马修走出了房门，玛丽拉继续问道。

“她自己领了莉莉·琼斯。莉莉只有五岁，长得可漂亮啦。她的头发是深棕色的。如果我很漂亮，也有深棕色的头发，你们会收留我吗?”

“不。我们要个男孩帮助马修干地里的活。女孩子对我们毫无用处。把帽子脱了，我把它和你的提包放到门厅的桌子上。”

安妮顺从地脱掉帽子。不一会儿马修就回来了，他们坐下吃晚饭。可是安妮吃不下去。她一点一点地啃着涂了黄油的面包，慢慢地吮着盘子边上那只扇形小玻璃碟中的酸苹果酱，但很难下咽。她事实上没有吃进什么东西。

“你什么也没吃。”玛丽拉看着她严厉地说，仿佛这是个严重缺点似的。

安妮长叹了一声。

“我吃不下，我正处在绝望的深渊。当你处在绝望的深渊时，你吃得下吗?”

“我从来没有掉进过绝望的深渊，所以说不上来。”玛丽拉回答道。

“是吗?那么，你有没有试着想象自己坠入绝望的深渊呢?”

“不，我不曾有过。”

“那么我想你是不会理解这是什么滋味的了。这实在是一种非常难受的感觉。你想吃饭时，就有一块东西堵在喉咙口，弄得你什么也咽不下去，即使是一小块巧克力。两年以前，我吃过一块巧克力，真是好吃极了。从那以后，我常常梦见自己有好多好多的巧克力，可是就在准备吃的时候，总是醒过来了。我希望你别因为我吃不下东西就生气。所有的东西都好极了，可我还是吃不下。”

“我想她是累了。”马修说。他从牲口棚回来，一直没有开口。“最好打发她去睡吧，玛丽拉。”

玛丽拉一直在考虑，她不知让安妮睡在什么地方好。她曾在厨房里放了一张沙发长椅，是为他们所等待着的、受欢迎的男孩子准备的。可是，尽管那里整洁干净，让一个女孩子住进去总似乎不大合适。不用说，客房是不能给这样一个漂泊的流浪儿住的，那么，只有东边靠山墙的屋子了。玛丽拉点亮一根蜡烛，叫安妮跟着她走。安妮无精打采地这样做了，走过大厅桌子时，拿了她的帽子和提包。大厅收拾得十分干净，而那间她就要住进去的靠山墙的屋子似乎还要干净。

玛丽拉把蜡烛放在一张三条腿、三只角的桌子上，掀开了被子。

“我想你大概有睡衣吧?”她问道。

安妮点了点头。

“是的，我有两件。孤儿院的总管替我做的。它们又小又短。在孤儿院里，东西不够分配，所以总是不合尺寸——至少像我们那样穷的孤儿院是这样。我讨厌短小的睡衣。可是穿着它们照样能做好梦，不比穿那领口镶着褶边的、拖到地上的美丽睡衣差，这使我感到安慰。”

“好了，赶快脱衣服上床吧。过一会儿我回来取蜡烛。我可不敢相信你自己能吹灭它。说不定你会把房子烧着的。”

玛丽拉走后，安妮愁闷地环顾四周。刷得雪白的墙壁没有任何装饰，十分刺眼，她想它们一定也为了自己没有装饰品而感到痛苦。地板上也是空荡荡的，只是中间有块圆圆的草编地席，这是安妮以前从来没有见过的。屋子的一个角落里有一张高高的老式床，有四根底部向外弯曲的黑柱子。另一角落放着前面提到的三角桌，桌上放着一个肥大的红天鹅绒针插，这个针插很硬，哪怕最尖利的针头也容易折断。桌子上方挂着一面六英寸宽八英寸长的小镜子。在床和桌子中间有一扇窗子，上面有一段洁白的细纱布饰边，窗子对面是脸盆架。整个屋子弥漫着一种难以形容的刻板气氛，使安妮感到浑身打寒战。她啜泣了一声，飞快地脱掉衣服，穿上短小的睡衣，一下子扑到床上，把脸朝下深深地埋进枕头，又抓过被子蒙住脑袋。当玛丽拉走来拿蜡烛时，地上乱七八糟地扔着各种各样马马虎虎缝制成的衣服，床上一片狼藉，这些显示出除了玛丽拉自己以外屋子里还有人在。

她从容地捡起安妮的衣服，将它们整整齐齐地放在一把干净的黄椅子上，然后端起蜡烛，走向床边。

"晚安。"她说，有点拗口，但不乏善意。

安妮苍白的小脸和大大的眼睛冷不防从被子底下露了出来。

"你明知道这是我所度过的最坏的夜晚，怎么还能说是晚安呢？"她责怪地说。

随后她又钻进了被窝。

玛丽拉缓步走到厨房，开始洗涤吃晚饭用过的碟子。马修在抽烟——这是他内心烦闷不安的可靠标志。他很少抽烟，因为玛丽拉认为抽烟是一种恶习而坚决反对；可是在某些时候、某些季节，他不由自主地要抽上两口。这时玛丽拉便佯装不见，她心里知道一个真正的男子汉总需要有某种发泄自己感情的机会。

"咳，这真是乱了套了，"她怒气冲冲地说，"这就是自己不去光让人带信的结果。罗伯特·斯潘塞先生的家里人不知怎么曲解了那个口信。明天我们两人总得有一个驾车去找斯潘塞太太，这是肯定的。这个女孩还得送回孤儿院去。"

"是的，我猜应该这样。"马修勉强回答说。

"你猜应该这样！难道你自己不知道吗？"

"话得说回来，她真是个讨人喜欢的小家伙，玛丽拉。她那么一心一意想留在这儿，现在要送她回去，未免有点那个。"

"马修·卡思伯特，你的意思不是想说我们应该留下她吧！"

即使马修表白自己酷爱拿大顶，玛丽拉也不会更惊奇了。

"啊哟，不，我想不是——确实不是。"马修结结巴巴地说，他心神不宁地被逼入困境，不得不明确表示他的态度，“我想——我们是不大可能收留她的。”

“我必须说不能收留。她会给我们带来什么好处？”

“也许我们会对她有好处。”马修突然出人意料地说。

“马修·卡思伯特，我相信那个孩子已经把你迷住了！我看得清清楚楚，你是想收留她。”

“唉，她真是个有趣的小家伙。”马修固执地说，“要是你听到我们从火车站回来时她一路的谈话，那该多好。”

“噢，她能够讲得滔滔不绝，这一点我一下子就看出来了。这也不能说明什么问题。我不喜欢专爱唠叨的孩子。我不想要一个无父无母的女孩子，即使想要，我也不会选中她这种类型。她身上有某种我无法理解的东西。不行，得赶紧把她打发走，从哪儿来回哪儿去。”

“我可以雇一个法国男孩帮我干活。”马修说，“她可以和你做伴。”

“我不想找个伴儿受罪，”玛丽拉立刻说，“而且我也不准备收留她。”

“嗯，当然就照你的意见办，玛丽拉，”马修说，一面站了起来，放下烟斗，“我去睡了。”

马修上床了。玛丽拉收拾好碟子，果断地皱着眉头，也去睡了。

在楼上靠东山墙的屋子里，一个孤苦伶仃、心灰意冷、无亲无眷的孩子哭着哭着，也慢慢睡着了。

第4章

绿山墙农舍的早晨

安妮醒来，从床上坐起，天已大亮了。她心情慌乱地凝视着窗外，一片活泼的阳光正在泻进窗来，窗外蓝色的天空，因有某种轻软的、洁白的东西飘过而时隐时现。

有一会儿，她记不起自己是在什么地方。首先感到的是一种令人欢乐的震颤，好像是由于她遇到某种惬意的事情而产生的；接着她回忆起了一件可怕的事实：这里是绿山墙农舍，他们并不要她，因为她不是个男孩！

不过现在是早晨，况且她的窗外还有一棵缀满花朵的樱桃树。她从床上蹦下来，奔到房间的另一头。她把窗框推上去——木头滞涩，发出吱吱嘎嘎的声音，好像很久没有打开似的，事实上也是如此；它嵌得很紧，不必用什么东西支撑。

安妮跪在地上，凝视着窗外六月的早晨，她的眼睛闪耀着喜悦的光芒。啊，这不是很美吗？这不是个令人留恋的地方吗？尽管她并不会真正留在这里！她可以想象自己是待在这个环境里的。这里大有让她的想象任意驰骋的天地。

外面长了一棵大樱桃树，同房屋贴得很近，它的树枝轻轻地拍打着屋檐，枝上繁花似锦，几乎看不到一片叶子。房屋的两旁是个大果园，一边栽着苹果树，另一边栽着樱桃树，也都是盖满了花朵；草地上全点缀着蒲公英。在下面的花园里，丁香树开着紫色的花儿，早晨的风将它们甜蜜醉人的清香送到窗口。

花园的地上长满了青葱茂密的三叶草，顺着斜坡蔓延到山谷。山谷里小溪潺潺，许多修长的白杨树拔地而起，树下的低矮丛林里是一些羊齿草、苔藓和木质植物，使人联想起可能发生的愉快事儿。山谷那边是个山丘，上面长着云杉和冷杉，树叶碧绿轻柔；透过树林中的一道隙缝，可以瞧见她在“闪光的小湖”彼岸看到过的那所小房子灰色山墙的一角。

左边远处是几座宽敞的谷仓，越过那边山坡低处翠绿的田地，隐约可见发出闪光的蔚蓝的大海。

安妮那双爱美的眼睛在所有这些景物上停留很久，贪婪地摄取一切；可怜的孩子，她一生中见过许许多多不堪入目的地方，而眼前的一切正像她梦想过的那么美好。

她跪在那儿，浑然忘记了一切，脑子里只留下她四周的美好景物，直到一只手搁在她的肩膀上，她才猛然惊醒。小小的梦想家竟没有听见玛丽拉已经走进了屋子。

“这时你该穿好衣服了。”她简短地说。

玛丽拉实在不知道该怎样对这孩子说话，这种不舒服的茫然失措的情绪使她话说得简单生硬，其实她并不想用这样的口吻。

安妮站起身来，深深地吸了口气。

“啊，真是了不起，是不是?”她一边说着，一边朝窗外那个美好的世界挥了挥手，好像要把一切都包括进来。

“这是棵大树，”玛丽拉说，“花开得大，可它结的果子却总是不怎么样——又小又有蛀虫。”

“哦，我不是单指那棵树；当然，它是很可爱的——是的，它可爱得光彩照人——它开起花来好像是有意要开得这样又美又多似的——但我指的是所有的东西，花园、果园、小溪和树林，整个儿可爱的宽广世界。在这样一个早晨，难道你不感到自己真是热爱这个世界吗？我能听到小溪的洪亮笑声一路传到这里。你留神过小溪有多么快活吗？它们总是在欢笑。即使在严冬，我都能听到它们在冰层下面的笑声。有条小溪紧挨着绿山墙农舍，这使我太高兴了。你可能觉得这跟我没多大关系，因为反正你们不打算收留我，其实关系可大着呢。我会始终以欢快的心情想起绿山墙农舍有一条小溪，即使我再也见不到它了。如果绿山墙农舍没有小溪，那么一种不舒服的感觉就会老缠着我：那里应该有条小溪才对呀。今天早上，我并不从心底感到绝望了。在早晨，我是不会绝望的。人间有早晨，真是灿烂辉煌，是吗？可是我觉得非常悲哀。我脑子里一直在想象，不管怎么说，你们还是要我的，我就可以永远永远地住在这里了。在浮想联翩的时候，你可以感到极大的安慰。但利用想象力的最大缺点是，时候一到，你不得不停止想象，这就会使你惘然若失。”

“你最好穿好衣服下楼去，别再理会你的想象活动了。”玛丽拉瞅准了个空子，赶紧插口说，“早饭准备好了。去洗脸梳头。窗子让它开着，把被子叠好，放回到床脚。要尽量做得利索。”

安妮如果决心要做好什么事情，显然是能够做得很利索的，因为她不到十分钟就下楼来了，衣服穿得整整齐齐，头发已经梳过，编成了辫子，脸也洗过了，一种轻松自在的感觉渗透她整个心灵，因为她已经完成了玛丽拉要求她干的所有事情。然而，她其实忘记把被子放回到原处了。

“今天早晨我饿得很。”当她滑进玛丽拉给她安排的椅子时，她这么说，“世界似乎不像昨晚那样乱作一团了。这是个晴朗的早晨，使我很高兴。可是我也确实喜欢下雨的早晨。各种早晨都是有趣的，你说是吗？你不知道一天下来会发生什么事情，所以有充分的想象余地。但我高兴的是今天不是个下雨天，因为在阳光灿烂的日子容易振奋起来，也容易在忧愁的折磨下毫不气馁。我觉得我需要在很多场合遇到挫折而不悲观失望。理解种种不幸并想象你自己能够英勇地一一闯过，那是值得称道的，可是，当你真正开始遇到不幸时，那就不会好受了，对吗？”

“请你发点慈悲，堵住你的嘴巴，”玛丽拉说，“像你这样一个小女孩，根本不该讲话讲得太多。”

因此，安妮顺从地、彻底地住了嘴，但她持续很久的沉默倒使玛丽拉有点不安了，仿佛眼前的情景不怎么自然似的。马修也默不作声——但这至少是自然的——所以早餐桌上一点声音也没有。

当早餐还在进行的时候，安妮变得越来越心不在焉了，她一边机械地吃着东西，一边用她的大眼睛怔怔地、惘然地盯着窗外的天空。这使得玛丽拉比以前更加不安了；她有一种不愉快的感觉，觉得尽管这个古怪的孩子的身体还可能待在餐桌边上，可她的精神却已鼓着翩翩浮想的翅膀离开这里，高飞到远处某个虚无缥缈的云层中去了。谁需要身边有这样的孩子呢？

然而，马修却出于无法解释的理由想留下她！玛丽拉认为，他今天早晨正如在昨晚一样，想留下她的念头并没有动摇，而且他还会坚持下去。那是马修的作风——脑子里突然产生一个怪念头，然后用那种令人十分惊奇的、默不作声的固执态度坚持到底——而那以极端沉默的方式表现出来的固执，总是在力量和效率上比畅所欲言高出何止十倍。

当早餐结束时，安妮从她出神的沉思中摆脱出来，主动提出要去洗涤餐具。

“你能把餐具洗好吗？”玛丽拉不信任地问道。

“完全能够洗好，不过我照顾孩子更拿手。对于这一点我已经积累了很多经验。可惜你们这里没有什么孩子要我照顾。”

“我觉得好像我不需要有比现在更多的孩子来照顾。凭良心说，你已经够成问题的了。我不知道该拿你怎么办。马修是个非常荒唐的人。”

“我想他是可爱的，”安妮用责备的口吻说，“他富有同情心。他不在乎我话讲得多——他似乎还喜欢听我唠叨。我一看见他就觉得他同我有相似的气质。”

“你们俩都很古怪，如果这就是你所说的相似的气质，”玛丽拉嗤之以鼻地说，“是的，你可以去洗涤餐具。多用一点热水，一定要把它们擦干。今天上午我要注意的事情很多，因为午后我得赶车到白沙镇去找斯潘塞太太。你跟我一起去，我们要商定处置你的办法。洗好餐具你就上楼铺床。”

玛丽拉仔细地瞧着安妮洗涤餐具，看出她洗得很熟练。后来她铺床的时候不太顺利，因为她还没有学会拉扯鸭绒褥子的方法。可是褥子总算拉扯开了，并且铺平了；接着，玛丽拉为了遣开她，告诉她可以到户外去散散心，到吃中午饭的时候再回来。

安妮飞快地走到门口，脸上发亮，眼睛里射出热烈的光芒。她跨上门槛时迟疑了一下，倏地转过身子，走回来坐在桌子旁边，光和热一下子消失殆尽，仿佛有谁把灭灯器盖在她头上似的。

“怎么回事？”玛丽拉问道。

“我不敢出去，”安妮说，很像一位放弃一切尘世欢乐的殉道者的口气，“如果我不能留在这里，我纵然把绿山墙农舍爱得要命也是白搭。要是我跑到外面，同所有那些树木花草、果园和小溪交上了朋友，我就免不了要爱上绿山墙农舍。如今已经是难以忍受的了，所以我不愿再加重心理上的负担。我很想跑出去——每样东西似乎都在招呼我，‘安妮，安妮，来到我们身边吧。安妮，安妮，我们需要一个同我们一起玩耍的伙伴。’——但还是不出去的好。如果你硬是非同它们分开不可，向它们倾注爱情是没有用处的，是不是呢？硬要抑制自己的感情不去爱各种东西是非常困难的，是不是呢？所以，当我自认为要住在这里的时候，我多么高兴。我那时想，将有许许多多东西让我喜爱，没有任何东西可以阻挡我。然而那个短暂的梦想已经过去了。现在我只好听从命运的安排，所以我不想跑出去，免得又不甘心顺从天命。请问，窗台板上那株老鹳草属的植物叫什么名字？”

“那是带有苹果香味的天竺葵。”

“噢，我不是指那样的名称。我的意思只是问你自己究竟给它起个什么名字。你没有给它起过名字吗？那么我可不可以给它起个名字呢？我可不可以叫它——让我想想——‘邦妮’这个名字也许行——我待在这里的时候管它叫‘邦妮’好不好？噢，就让我这么叫吧！”

“天晓得，我并不在乎你怎样叫法。不过你究竟怎么会想到给天竺葵起个名字的呢？”

“啊，我喜欢各种东西都有称号，哪怕只是一棵天竺葵。这样它看起来就更像人了。你不知道光是称它天竺葵而不给它别的名称会伤它的感情吗？如果别人老是叫你‘妇女’，不称呼具体的名字，你是不会愿意的。不错，我要称它为‘邦妮’。今天早晨我给卧室窗外的那棵樱桃树起了个名字。我管它叫‘白雪皇后’，因为它全身雪白。当然，它不会长年开花，但你可以想象它四季花开不谢，是不是呢？”

“我生平看见过或听到过的任何事情都无法同她相比。”玛丽拉咕哝着，一边到地窖去取土豆，作为脱身之计。“正如马修说的，她倒真有点使人产生兴趣。我已经在琢磨，不知她接下去究竟会讲些什么。她也会把我迷住的。她已经把马修迷住了。他走出去的时候让我看到的那种神气再次充分说明了他昨天夜晚所吐露的或暗示的意思。我希望他像别人一样，愿意把心里话都讲出来。这样就使人能够反驳他的话，用说理的办法使他清醒过来。可是，一个人只是脸上有某种表情，你能拿他怎么办呢？”

当玛丽拉从地窖那儿回来时，安妮已经双手捧着下巴，眼睛凝视着天空，又陷入了沉思。玛丽拉没有管她，直到提前准备的午饭放到桌上，才破坏了她那出神的表情。

“我想今天下午我能够用一下母马和轻便马车吧？”玛丽拉说。

马修点点头，愁闷地瞅着安妮。玛丽拉截断他的神态，冷酷无情地说：

“我要赶车前往白沙镇，把这件事情了结掉。我要带安妮同我一起去，斯潘塞太太也许会做出安排，立刻把她送回新斯科舍。我会替你预备好茶点，并准时赶回来给奶牛挤奶。”

马修仍旧一言不发，玛丽拉感到已经浪费了口舌。没有任何事情比一个人不愿跟你答话更叫人恼火的了——除非那是个不愿开口的女人。

马修及时给栗色马套上马车，于是玛丽拉和安妮出发了。马修给她们打开院门，当她们慢慢地赶车经过时，他说道（这好像不是专对哪一个人讲的）：

“溪流那边的小杰里·波特今天早晨到这儿来了，我告诉他或许会雇用他一个夏季。”

玛丽拉没有答腔，但她用鞭子狠狠地抽了一下不幸的栗色马，这匹肥壮的母马从来没有受过这样的对待，它狂怒地迈开大步，冲下那条窄路。当马车蹦跳着向前行进时，玛丽拉回过头来看了一眼，瞧见满脸怒容的马修靠在院门上，惆怅地目送她们离去。

第5章 安妮的身世

“你可知道，”安妮很贴心地说，“我已经打定主意享受这趟乘坐马车的旅程的乐趣了。我根据经验体会到，如果你下定决心要喜欢什么东西，你差不多总是能够对它产生好感的。不消说，决心要下得坚定。在我们一路乘马车的时候，我是不会想到还要回孤儿院去的。我只会想到这趟旅程。啊，你瞧，那儿有一棵小野玫瑰树提前绽开花朵儿来啦！它是不是很可爱呢？你不认为它一定很高兴担任玫瑰花这个角色吗？如果玫瑰花能够讲话，那不是太妙了吗？我相信它们是会告诉我们这样动听的故事的。还有粉红也是世界上最令人心醉的颜色。我喜欢它，但我不能穿那种色彩的衣服。红头发的人不能穿粉红色的衣服，即使在想象中也不会得到赞同。你以前知道有谁年轻时头发是红的，长大成人后头发就变成另一种颜色?”

“不，我不记得我从前见过这种情况。”玛丽拉冷酷地说，“而就你来说，我想也不可能发生这样的事。”

安妮叹了口气。

“唉，又一个希望落空了。我的一生真是个埋葬各种希望的墓地。这是我在一本书上读到过的句子。每当我对什么事情感到失望时，我总是反复背诵这句话来安慰自己。”

“我不知道自己会从哪里产生这种安慰。”玛丽拉说。

“嘿，你知道，因为它十分动听，还带有浪漫的色彩，正好像我是书中的女主人公似的。我非常喜欢不平凡的事情，一块葬满希望的墓地就像你能想象的那样浪漫，是不是？我真愿意有一番浪漫的经历。我们今天还会走过‘闪光的小湖’吗？”

“我们不会走过巴里的池塘，如果那就是你所说的‘闪光的小湖’。我们要沿着海滨的道路走。”

“海滨道路，听起来多么悦耳，”安妮神情恍惚地说，“它像它的名称一样美吗？只要你说‘海滨道路’，我马上就在心中闪现的一幅图景中看到它了！白沙镇这个名称也不错，可是我对它不如对阿冯利的感情深。阿冯利是个可爱的名字，听起来带有铿锵的音乐声。到白沙镇还有多远？”

“五英里。既然你一门心思想说话，你就不妨也适当地对我谈一谈你所知道的有关自己的情况。”

“哦，我所了解的自己的情况实际上是不值得一谈的。”安妮热切地说，“不过如果你让我跟你讲讲我想象中的有关自己的情况，你就会认为有趣得多。”

“不，我不想听你的什么想象。要毫不掩饰地叙述事实。从头上开始。你出生在什么地方？今年几岁？”

“我今年三月刚十一岁，”安妮说，轻轻叹了一口气，顺从地讲出了实际的情况，“我出生在新斯科舍的波林布罗克。我的父亲名叫沃尔特·雪莉，是波林布罗克中学的教员。我的母亲叫伯莎·雪莉。沃尔特和伯莎不是很动听的名字吗？我很高兴我的父母取了这么两个合适的名字。如果父亲取名叫——嗯，比如说杰德迪亚，那不是太丢人了吗？”

“我想一个人只要行为端正，叫什么名字都没有关系。”玛丽拉说，觉得自己应该向安妮灌输有益而实用的道德教育了。

“嗯，我不知道。”安妮带着一种沉思的表情说，“以前，我看到一本书上讲，玫瑰即使叫别的名字也会同样香气宜人的，可我无论如何不能相信这一点。如果玫瑰被叫作蓟草或臭松，我不相信它还会如此可爱。我想即使我的父亲名叫杰德迪亚，他仍然会是个好人；但我敢肯定这将成为一种烦恼。嗯，我的母亲也是中学教员，当然啦，她嫁给我父亲以后就不再教书了。一个丈夫理应充分负起责任来嘛。托马斯太太说他们是一对婴孩，穷得像教堂里的耗子。他们到波林布罗克，住在一所简陋窄小的黄房子里。我从来没有见过那所房子，可我曾经成千上万次想象过它。我想那里客厅的窗子外面一定爬满金银花一类的植物，前院里种着紫丁香，大门里面盛开着铃兰花。对了，所有的窗子上都有薄纱窗帘。薄纱窗帘给整个房子增添一种奇特的气氛。我就出生在那所房子里。托马斯太太说我是她所见过的最难看的婴孩，我骨瘦如柴，小得可怜，只有两只眼睛还算神气，可是母亲却认为我非常漂亮。我想一个母亲的评论总要比一个穷困的临时女佣高明些，你说是不是呢？不管怎样，她对我满意，我现在想想也感到高兴；如果想到我给她带来失望，那我是会非常伤心的。因为你知道，在这以后，她没有活多久。当我只满三个月的时候，她染上热病死了。我真希望她能活得再长些，使我记得曾叫过她妈妈才好。我觉得能够叫声‘妈妈’，会令人多么回味无穷呀，你说是吗？四天以后，父亲也死于热病。这样我就成了孤儿，大家束手无策，不知该拿我怎么办，这是托马斯太太说的。你知道，那时就没有人要我了。这似乎是我注定的命运。父亲和母亲都从老远的地方迁来，大伙儿都知道他们没有亲戚活在世上了。最后，托马斯太太说她准备收养我，尽管她很穷，还有个酒鬼丈夫。她把我一手拉扯大。你说拉扯孩子是不是有点学问，好让那些被拉扯大的人比别人好？因为每当我调皮捣蛋的时候，托马斯太太就质问我，既然是她把我一手拉扯大的，我怎么能够做这样坏的女孩子呢—— 一副责怪的样子。

“托马斯先生和太太从波林布罗克搬到了马里斯维尔，我和他们在一起待到八岁。我帮着照看托马斯家的孩子——他们有四个比我小的孩子——照看他们可费事了，我告诉你。后来托马斯先生被火车轧死了，他的母亲表示愿意将托马斯太太和孩子们接过去，可是她不愿要我。这下轮到托马斯太太自己束手无策了，她也说不知该拿我怎么办。这时住在河上游的哈蒙德太太跑来说她要我，因为我对照看孩子很有一手，所以我就跟她到河的上游，住在树桩丛中清理出来的一小片空地上，那真是个冷清寂寞的地方。如果我没有丰富的想象力，我相信自己在那儿是活不下去的。哈蒙德先生在那儿开了个小锯木厂，哈蒙德太太有八个孩子。她生了三对双胞胎。一般说来，我是喜欢孩子的，但接连生三对双胞胎也未免太多了。当最后一对出生时，我严肃地向哈蒙德太太说明了这一点。那时候抱着他们走来走去，真把我累死了。

“我和哈蒙德太太在河上游住了两年多，后来哈蒙德先生死了，哈蒙德太太把家庭拆得四分五裂。她把孩子分送给了亲戚，自己去了美国。因为没人要我，我只好进了霍普顿的孤儿院。孤儿院也不收我，他们说他们那儿已经塞不下了，实际上也是如此。可是他们不得不收下我，我在那儿待了四个月，直到斯潘塞太太来领我为止。”

安妮讲完后，又叹了口气，不过这次是表示减轻了心理负担。显然，她不喜欢谈论个人在这没人需要自己的世界上的悲惨遭遇。

“你以前上过学吗？”玛丽拉问道，一边将马车赶到海滨道路上。

“没上过多少学。和托马斯太太住在一起的最后一年里，我才上了点学。住到河上游后，离学校太远了，冬天没法走去，夏天学校又放暑假，所以我只能在春天和秋天去上学。当然啦，在孤儿院我是一直上学的。我有很好的阅读能力，背下了好多诗歌——《霍亨林登战役》《弗洛登后的爱丁堡》和《莱茵河畔的狂欢》，以及詹姆斯·汤普森写的《湖上小姐》中的好多诗句和《四季》的大部分。你难道不喜欢那些使你浑身感到波澜起伏的诗歌吗？第五册课本上有一首诗——《波兰的陷落》——通篇都激动人心。当然，我没有学到第五册课本，我只学到第四册——可是那些大一点的女孩经常把她们的课本借给我看。”

“那些女人——托马斯太太和哈蒙德太太——对你好吗？”玛丽拉睨视着安妮，问道。

“嗯——嗯，”安妮支支吾吾地说，她那敏感的小脸蛋突然涨得通红，眉宇间露出窘迫为难的神情，“哦，她们的用意是好的——我知道她们打算尽可能表现得和蔼可亲。如果人们存心对你好，那么即使他们并不总是很好，你也就不必太介意了。好多事情够她们操心的了，你知道；有个酒鬼丈夫那是很难对付的，你知道；接连生三对双胞胎，也一定够麻烦的，是不是？可是我敢肯定，她们是想要对我好的。”

玛丽拉没有再问什么。安妮也沉默着，惊喜地欣赏着海滨道路。玛丽拉心不在焉地驾驭着马车，陷入了沉思。她的心里突然翻腾起对这孩子的同情。她过的是怎样一种饥寒交迫、孤苦伶仃的生活呀——一种做牛做马、凄凉贫困的生活。玛丽拉敏锐地从安妮所叙述的身世的字里行间推测出了事实真相。怪不得她那么高兴地期待着一个真正的家。可惜她还得被送回去。如果她玛丽拉迁就马修的那种不可理解的怪念头，让她留下来，那又会怎样呢？他的决心牢不可破，这孩子似乎是个可以调教的蛮不错的小家伙。

“她的话是太多了些，”玛丽拉暗自思忖，“可是我们可以训练她改掉这个毛病。而且，她所说的话里没有一点粗鲁下流的东西。她倒很像个贵妇人呢。她很可能来自一个有教养的人家。”

海滨道路草木丛生，荒凉孤寂。右边的矮冷杉树生长茂盛，长年同海湾强风的抗争并未摧毁它们的坚强意志。左边是陡峭的红砂岩崖，有时候离道路很近，换了一匹不像栗色马这么稳重的牲口，它身后的人可就要提心吊胆了。下面悬崖的底部，是一堆堆被海浪侵蚀的礁石，或是一些小沙坑，里面嵌满了鹅卵石，就像嵌着海洋的珠宝一样；远处便是微光闪烁的湛蓝的大海了，海鸥飞翔着掠过海面，翅膀在阳光下闪着银白色的光。

“大海真了不起，是不是呢？”安妮说着，从长时间的瞠目结舌的沉默中醒了过来，“我住在马里斯维尔时，有一次托马斯先生雇了一辆运货马车，载着我们大家到十英里外的海滩过了一天。那天的每分每秒我都愉快极了，尽管我一直要照看孩子。在之后的好几年里，它充实了我愉快的梦境。不过这个海滩比马里斯维尔的海滩还要美。那些海鸥多么光彩夺目啊！你愿意自己变成一只海鸥吗？我想我是愿意的——我是说如果我不能做个人世间的小姑娘的话。你想，随着日出醒来，飞掠在水面，整天在那一片可爱的蓝色上空翱翔，入夜后再飞回自己的窠里，该是多么美妙！唉，我只能在想象中过着这样的生活罢了。请问，前面那所大房子是什么？”

“那是白沙旅馆，柯克先生开的，不过这个季节还没有开始营业。夏天，成群结队的美国人来这里度假，他们认为这片海滩大体上不错。”

“我还猜想它可能是斯潘塞太太的家呢，”安妮愁眉不展地说，“我真不想去那儿。总觉得那里似乎会把一切希望都断送掉。”

第6章

玛丽拉打定了主意

她们正巧在适当的时候赶到那里。斯潘塞太太住在白沙山坳的一座黄色的大房子里，她出来开门时，仁慈的脸上露出又惊又喜的神情。

“亲爱的，亲爱的，”她大声说道，“我怎么也没想到你今天会来。不过，见到你我真高兴极了。要把马牵进来吗？还有安妮，你好吗？”

“要多好有多好，谢谢你。”安妮板着脸说。她似乎已经遭到了严重的打击。

“我打算进来坐一会儿，让马休息一下，”玛丽拉说，“不过我答应马修早点回去的。情况是这样的，斯潘塞太太，不知哪儿出了一点奇怪的差错，我来就是想弄清这个问题。我们，马修和我，托人带信请你从孤儿院给我们领一个男孩。我们请你的哥哥罗伯特转告你我们要个十岁或者十一岁的男孩子。”

“玛丽拉·卡思伯特，这不可能！”斯潘塞太太苦恼地说，“啊，罗伯特让他的女儿南希来转告我们的，她说你要个女孩——她是不是这么说的，弗洛拉·简？”她对已经走出屋子来到台阶上的女儿求助道。

“她当然是这么说的，卡思伯特小姐。”弗洛拉·简认真地进一步证实说。

“实在对不起，”斯潘塞太太说，“这事办得太糟糕了。不过你瞧，卡思伯特小姐，这显然不是我的过错。我是尽心尽力的，并且我是遵照你的指示办理的。南希是个轻浮得要命的傻东西。我经常骂她粗心大意，没有头脑。”

“是我们的错，”玛丽拉无奈地说，“我们本来应该自己直接来告诉你的，不该把这么重要的消息让人家以那样的方式传口信带给你。不管怎么说，误会已经发生了，现在唯一的办法是把它纠正过来。我们可以把这孩子送回孤儿院去吗？我想他们会收回她的，是不是？”

“我想会的，”斯潘塞太太沉思着说，“可是我想没有必要把她送回去。彼得·布卢伊特太太昨天上这儿来，对我提起她多么希望当初托我领个女孩来做她的帮手。彼得太太家里人口很多，你知道，找帮工很困难。安妮给她正合适。我说这纯粹是老天的安排。”

玛丽拉好像并不认为老天的巧妙安排同这件事情有多大关系似的。这里有个出乎意料的好机会，可以把这个不受欢迎的孤儿打发掉，但是她却并不对此心存感激。

她同彼得·布卢伊特太太只见过面，并不熟识。她只看到她是个长着一副泼妇般嘴脸的小女人，骨头上没有一丝多余的肉。不过，她听到过不少关于她的传闻。彼得太太被说成是个“厉害的劳动力和可怕的监工”，被她解雇的那些小女佣谈到过她性情暴躁和禀性吝啬的吓人故事，还说起她家那么多的没有礼貌、吵吵闹闹的孩子。想到要把安妮交给她，玛丽拉觉得良心不安，她心头涌起了一股亲切的怜悯感。

“嗯，让我进来，我们把这个问题商量解决好吧。”她说。

“那不是彼得太太从小路上走来了吗？来得太巧了！”斯潘塞太太嚷道，一边催促她的客人穿过厅堂走进会客室。她们走进屋子，一股阴森森的冷气迎面扑来，好像这里的空气是许久以前从关得死死的墨绿色百叶窗缝里渗进来的，其中所包含的每一丝温馨都早已荡然无存了。"运气太好了，这下我们可以立刻解决这个问题了。请坐在这张椅子上，卡思伯特小姐。安妮，你过来坐在垫脚凳上，别扭来扭去的。把你们的帽子脱下来给我。弗洛拉·简，出去烧一壶茶。下午好，布卢伊特太太。我们刚才说呢，你碰巧打这儿路过，真是太凑巧了。让我给你们两位介绍一下。这是布卢伊特太太，这是卡思伯特小姐。对不起，请等一下。我忘记叫弗洛拉·简把炉子里的面包取出来了。"

斯潘塞太太把百叶窗打开后，就飞快地走了出去。安妮默不作声地坐在垫脚凳上，双手紧握着放在膝盖上，两眼直直地盯着布卢伊特太太。难道自己就要被移交给这个尖嘴猴腮、目光苛刻的女人了吗？她感到喉头一阵哽咽，眼睛也因悲伤而刺痛起来。她开始担心自己忍不住要掉下眼泪，这时，斯潘塞太太回来了。她红光满面，神采奕奕，看来她很善于将所有的困难，无论物质上的、思想上的还是精神上的，都考虑周到，使问题迎刃而解。

"关于这个小女孩，似乎事情出了差错，布卢伊特太太。"她说，"在我的印象中，卡思伯特先生和小姐是想收养一个小女孩的。人家肯定是这么对我说的。可现在看来，他们要的是个男孩，所以，如果你昨天的念头还没有改变，我想把她交给你正合适。"

布卢伊特太太很快地把安妮从头到脚打量了一下。

"你多大了，叫什么名字？"她问道。

"安妮·雪莉。"这个胆怯畏缩的孩子用颤抖的声音回答，再也不敢就其名字的拼法做一番规定了，"我今年十一岁。"

"哼！你看上去没那么大嘛。不过，你是瘦长型的。我说不清楚，不过瘦长型的人再合适不过了。好吧，你知道，如果我收下你，你可得做个好女孩——循规蹈矩，手脚伶俐，对人恭敬。我希望我不至于白白养活你，这点是含糊不得的。对啦，我想我现在就可以把她从你的手里带走吧，卡思伯特小姐？我那个小东西脾气非常急躁，我忙着照顾他，真累得精疲力竭了。如果你没有意见，我现在就可以带她回家。”

玛丽拉看着安妮，这个孩子苍白的小脸和神情中那种无言的凄苦使她恻然心动——那是个孤苦无依的小生命感到自己又陷入她曾跳出的牢笼时表现出来的凄苦。玛丽拉忐忑不安地意识到，如果自己不去理会这种神情所流露出来的哀求，它将永远萦回在自己的脑际，直到死去的那一天为止。而且，她不喜欢布卢伊特太太。怎能把一个敏感而“容易激动的”孩子交给这样一个女人呢！不成，这样做她可负不起责任！

“嗯，我不知道，”她慢条斯理地说，“我并没有说马修和我断然地决定不打算收下她。其实，我可以说马修倒是想留下她的。我来只是想弄清楚这场误会是怎么发生的。我想我最好还是把她带回家去，同马修商量商量再说。我觉得如果不同他商量，我就不应该对事情做出决定。如果我们决定不收留她，明天晚上我们会把她带来给你，或者打发人把她送来给你的。如果明天晚上我们没有把她送来，那你就可以知道她将和我们住在一起了。这样安排你没有意见吧，布卢伊特太太？”

“我想理应如此。”布卢伊特太太粗鲁地说。

玛丽拉说话时，安妮的脸上泛起了旭日般的光辉。首先，绝望的神情渐渐消失了；然后，脸上出现了一抹淡淡的希望的红晕；她的眼睛变得深邃而明亮，宛如黎明时分的星星。这个孩子的容貌完全变了样子。片刻之后，当斯潘塞太太和布卢伊特太太出去找一本布卢伊特太太特意来借的食谱时，她一蹦而起，紧跨几步，奔向玛丽拉。

“啊，卡思伯特小姐，你真的说你们也许会让我留在绿山墙农舍吗?”她气喘吁吁地低声说，好像声音大了就会把这辉煌的机会吹散似的，“你真的说了吗？或者仅仅是我想象你说过的?”

“我认为，安妮，如果你分辨不出哪些是事实，哪些不是，那你最好还是学会控制你的那个想象吧。”玛丽拉生气地说，“是的，你听见了我说的那番话，再没有别的了。事情还没有敲定，说不定最后还要让布卢伊特太太领你去呢。她无疑比我更需要你。”

“我宁可回到孤儿院，也不愿去同她一起生活，”安妮激动地说，“她活像一把—— 一把螺丝锥。”

玛丽拉感到安妮必须为这样一句话遭到训斥，便竭力忍住了脸上快要绽开的微笑。

“像你这样的小姑娘这么谈论一位太太、一个陌生人，应当害臊才是。”她严厉地说，“回到那儿安安静静地坐下，别再说话了，要表现得像个好孩子。”

“不管你叫我干什么和怎样做人，我一定尽力办到，只要你能收下我。”安妮说，温顺地坐回到她的垫脚凳上。

那天晚上，当她们回到绿山墙农舍时，马修在小路上迎接她们。玛丽拉老远就注意到他在小路上徘徊，并且猜出了他的用意。当他看到她毕竟还是把安妮带回来了时，他的脸上露出了宽慰的神情，对此她并不感到意外。可是关于这件事情，她什么也没有对他说。等到他们俩都到牲口棚后的院子里挤牛奶时，她才简单地对他谈了安妮的身世，以及同斯潘塞太太会谈的结果。

“我连自己喜欢的一只狗都不愿送给那个姓布卢伊特的女人。”马修精神抖擞地说，这般神气在他的身上是难得见到的。

“我也不喜欢她那副样子。”玛丽拉承认道，“可是要么给她，要么咱们自己留着，马修。既然你好像想要她，我想我也愿意——或者说是迫不得已吧。我一直在动这个念头，直到对它大体上适应了为止。这似乎是一种责任。我从来没有带过孩子，尤其是女孩，我多半会把事情搞得一塌糊涂的。可是我要尽力去做。就我来说，马修，她可以留下。”

马修那张羞涩的脸上闪耀着喜悦的光芒。

“嗯，我那时就认为你已经开始从这个角度考虑问题了。”他说，“她是个多么有趣的小东西，玛丽拉。”

“如果你能说她是个有用的小东西，那才算是说到点子上了。”玛丽拉反驳道，“可是我要承担起责任，把她调教成一个有用的人。请注意，马修，你不得对我的教育方法横加干涉。也许一个老处女不大懂得该怎样培养孩子，可是我想她总比一个老单身汉懂得多些。所以你干脆让我来管她。等我失败了，你再插手也不迟。”

“好的，好的，玛丽拉，就照你的办法去做吧。”马修再三向她保证说，“只要尽可能对她和蔼亲切，同时又不要娇惯她。我想她是这样的一种人：只要你能使她爱你，你就可以让她做任何事情。”

玛丽拉嗤之以鼻，表示她瞧不起马修发表的牵涉女性问题的观点，随即提着奶桶向牛奶房走去。

“今天晚上我不想对她说她可以留下，”她把牛奶过滤后倒进器皿时这样想，“不然她会兴奋得一夜睡不着觉的。玛丽拉·卡思伯特，你现在可真是骑虎难下了。你什么时候想到过有一天会收养一个无家可归的女孩子呢？绝对意想不到；更出人意料的是，这事竟是马修引起的，可是他一向似乎对小女孩们有一种执拗的敬而远之的情绪。不管怎么说，我们已经决定进行一番试验了，只有老天爷知道结果会是怎样。”

第7章 安妮念她的祷告词

那天夜晚，当玛丽拉领安妮到楼上去睡觉时，她生硬地说：

“喂，安妮，我昨晚注意到你脱衣服的时候把它们扔了一地。这是个很邋遢的习惯，我根本不能容许。每件衣服一脱下来，就得把它叠整齐了放在椅子上。我一点也不喜欢不爱整洁的女孩子。”

“昨天晚上我心里悲痛万分，压根儿没有想到我的衣服。”安妮说，“今天晚上我会把它们叠得整整齐齐的。在孤儿院里，他们一直叫我们这么做的。不过我多半会忘记，我总是急急忙忙地上床，安安静静、舒舒服服地躺着，展开我的想象。”

“如果待在这儿，你得有点记性，”玛丽拉告诫道，“对啦，这就像样了。现在念你的祷告词，然后上床睡吧。”

“我从没念过祷告词。”安妮声明道。

玛丽拉一副大惊失色的样子。

“啊哟，安妮，你说什么？难道没有人教你念过祷词吗？上帝总是要求小姑娘念她们的祷词的。你知道上帝是谁吗，安妮？”

“上帝是个永恒的、广博无边的、始终不变的神灵，他代表着智慧、权力、神圣、正义、仁慈和真理。”安妮迅速而流利地回答。

玛丽拉似乎舒了一口气。

“那么你还是懂得一些的，谢谢上帝！你还不算是个异教徒。

那是你从哪儿学到的？”

“哦，在孤儿院的主日学校。他们教我们学习整本的教义问答手册。我非常喜欢它。有一些字眼里闪烁着某种光辉。‘永恒的、广博无边的、始终不变的。’那不是很伟大吗？它能产生一种声势——仿佛有一架大风琴在弹奏。我想叫它诗歌并不完全正确，可是它读起来却很像诗，是不是？”

“我们现在不谈什么诗歌，安妮，我们是在谈论你念祷词的问题。你不知道每天晚上不念祷词是件很可怕的罪恶吗？我怀疑你是个很坏的小女孩。”

“你如果长着红头发，就会发现变坏比学好容易得多。”安妮责怪地说，“没有红头发的人是不明白其中的烦恼的。托马斯太太告诉我，上帝是故意把我的头发搞成红颜色的，从那以后我就不关心上帝了。而且，晚上我总是精疲力竭，没有心思念祷告词。你不该指望要照顾几对双胞胎的人念祷告词。怎么，你真的认为他们也能这样做吗？”

玛丽拉决定必须立刻开始对安妮进行宗教训练。显然，时间必须抓紧才好。

“在我的家里，你一定得念你的祷告词，安妮。”

“噢，当然啦，如果你要我这么做的话，”安妮欣然同意，“我要做一切事情来满足你的要求。不过，这一次你得告诉我该说些什么。上床以后，我要想象出一段真正优美的祷告词，以后可以经常用。我相信这一定是非常有趣的。那么我就开始想啦。”

“你必须跪下来。”玛丽拉局促不安地说。

安妮在玛丽拉膝边跪下，神情严肃地向上看着。

“为什么一定要跪下来祷告呢？如果我真的想祷告，我会告诉你我要怎么办。我要独自一人出去，走进辽阔的旷野，或者走进幽深、幽深的树林，然后我抬头仰望天空——往上——往上——往上——直到望进那仿佛蓝得无边无际的可爱的蓝天。这时，我就会感觉到一段祷词。哦，我准备好了。我该说些什么?”

玛丽拉从没这么尴尬过。她本打算教安妮念小孩子们念的传统祷词：“现在我躺下睡觉了。”不过，正如我前面告诉过你们的那样，她有一点幽默感——这也就是说她懂得怎样把事情安排得合乎情理；她突然想到，那段简短的祷词尽管对身穿白色罩衣在母亲膝边牙牙学语的孩子们来说是神圣的，对于这个满脸雀斑的怪丫头却根本不合适，她对上帝的爱一无所知，毫不在乎，因为这种爱从来没有通过人类的爱传入她的心里。

“你年纪不是太小，可以自己祷告了，安妮。”最后她说，“就是感谢上帝赐福给你，然后恭敬地提出你对他的要求。”

“好吧，我尽力而为。”安妮保证道，一边把脸埋进玛丽拉的膝盖间，“仁慈的天父——牧师在教堂里就是这么说的，我想用在私人祷告词里也行，是吗?”她插进一句说明，抬起脑袋想了一下。

> 仁慈的天父，感谢你给了我“白色的欢乐之路”“闪光的小湖”“邦妮”和“白雪皇后”。为了它们，我心里无比感激。这是如今我能想到的要为此感谢你的感恩祷告。至于我想得到的东西，那可就多得数也数不清了。把它们全部列出来，要花好长时间，所以我只提两件顶顶重要的。请让我留在绿山墙农舍，请让我长大以后变得漂亮些。永远是
>
> 尊敬你的安妮·雪莉

“你看，我说得对吗?”她急切地问，一边站起身来，“如果考虑的时间再多一点，我会使它在词藻上华丽得多。”

幸亏可怜的玛丽拉想到，安妮说出这段不寻常的祷告词并非不虔诚，而只是对宗教的无知，她才没有完全精神崩溃。她把孩子在

床上安顿好，一边心中发誓第二天就要教她念祷告词。当她拿着蜡烛正准备离开屋子时，安妮在身后喊了起来。

“现在我想起来了。我应该用‘阿门’代替‘尊敬你的’，是不是？——牧师就是这么说的。我把这忘了，不过我觉得祷告词总该用某种方法来结束，就用了另外一个词。你说这要紧吗？”

“我——我想不要紧。”玛丽拉说，“现在像乖孩子一样睡觉吧。晚安。”

“今晚我可以问心无愧地说晚安了。”安妮说着，惬意地蜷着身子躺下了。

玛丽拉退到厨房里，把蜡烛稳稳地放在桌上，然后愤怒地瞪着马修。

“马修·卡思伯特，到这时候该有人收养这个孩子并教她一些东西了。她差一点就是个十足的异教徒。直到今天晚上，她这一生中还从没说过一句祷告词，你相信吗？明天我要打发人到牧师住宅去把那套《黎明时分》丛书借来，我一定要这样做。等我给她做好几件合适的衣服，就让她去主日学校。我料到我要忙个不停了。是啊，是啊，我们在这个世界上活下去，都有自个儿的一份烦恼。到现在为止，我一直活得很轻松，但是我也是个快要入土的人了，我想我一定要充分利用这点剩余的时间才好。”

第8章
对安妮的培养开始了

为了一些只有她自己才最清楚的原因，玛丽拉直到第二天下午才告诉安妮她可以留在绿山墙农舍了。上午，她让孩子不停地完成各种各样的任务，在孩子干活时，她在一旁用挑剔的目光监视着。到了中午，她终于得出结论，安妮顺从听话，手脚伶俐，乐意干活而且接受新事物很敏捷；她的最严重的缺点似乎是往往在干活中间耽于幻想，把工作忘得一干二净，直到被厉声斥责或是出了差错，才猛然回到现实中来。

安妮洗好了午餐盘子，突然露出一副决心要了解最糟糕的消息的神情，面对着玛丽拉。她瘦小的身体整个儿都在发抖，脸涨得通红，眼睛睁得大大的，直到几乎变得暗淡为止；她紧紧地握住双手，用恳求的口吻说：

"啊，求求你，卡思伯特小姐，你肯不肯告诉我，你是不是要把我送走了？整个上午，我耐着性子等待，可是我真的感到再也受不了不知道结果的折磨了。这种感觉真可怕。请你告诉我吧。"

"你还没有把洗碟布放在滚热的清水里烫干净，正像我所吩咐的那样。"玛丽拉冷淡地说，"去把这事做了，再来向我提问题，安妮。"

于是安妮专心去对付洗碟布了。然后，她回到玛丽拉身边，用恳求的目光紧紧盯着后者的脸。

“好吧，”玛丽拉说，她再也想不出借口来拖延她的解释了，“我想我不妨告诉你。马修和我已经决定要留下你了——那就是说，如果你愿意争取做个好样儿的小姑娘，并且让我看出你是感恩不尽的话。啊哟，孩子，出什么事啦？”

“我在哭，”安妮用一种着慌的口吻说，“我也不明白为什么。我高兴得没法儿再高兴了。哦，高兴这个词压根儿不合适。我曾为白色的道路和樱桃树的花朵感到高兴——可是这不同！它远远胜过高兴这个含义。我真是幸福。我要争取做个很好的孩子。我想，这是一件艰难的任务，因为托马斯太太一再对我说，我是个坏透了的孩子。不过，我会尽力去做。可是，你能告诉我为什么我在哭吗？”

“我想这是因为你太激动、太兴奋的缘故。”玛丽拉不满地说，“坐到那张椅子上，尽力使自己平静下来。恐怕你的哭和笑都太容易了。没错，你可以留在这儿，我们一定不歧视你。你必须上学；可是再过两个星期就要放假了，你现在就去也划不来，还是等到九月份开学再去吧。”

“我称呼你什么？”安妮问道，“我一直叫你卡思伯特小姐行不行？我可以叫你玛丽拉阿姨吗？”

“不，你就叫我玛丽拉得啦；我不习惯别人叫我卡思伯特小姐，这会让我感到紧张不安的。”

“仅仅叫你玛丽拉，听上去太不恭敬了。”安妮不以为然地说道。

“我想只要你注意在说话的时候不让别人觉得你放肆，这样叫我就没有什么不恭敬的。在阿冯利，不分老幼，人们都叫我玛丽拉，只有牧师除外。他叫我卡思伯特小姐——这也只有在他想起来的时候才这么叫的。”

“我倒喜欢叫你玛丽拉阿姨，”安妮沉思地说，“我从来没有过阿姨或别的亲属——连姥姥也没有。这么叫你会使我感到我是实实在在属于你的。我可以叫你玛丽拉阿姨吗?”

“不行，我不是你的阿姨，我也不相信用并不属于人家的名字称呼他们会有什么好处。”

“但我可以想象你就是我的阿姨。”

“我可不行。”玛丽拉严厉地说。

“你从来没有把事情想象得与现实的情况不同吗?”安妮睁大眼睛问道。

“没有。”

“哦!”安妮深深地吸了口气，“哦，卡思——玛丽拉，你错过了多少好东西呀!”

“我不相信把事情想象得与现实的情况不同会有什么好处。”玛丽拉反驳道，“当上帝把我们安排在特定的环境里的时候，他是不希望我们在想象中忘掉现实的。对啦，这倒提醒了我。你到起居室去，安妮—— 一定要把脚洗干净，别把苍蝇带进去——然后把壁炉台上那张带有图画的卡片拿出来给我。上面写着基督祷词。在今天下午的空余时间里，你就专心致志地把它背下来。昨天晚上我听到的那种祷告不该再出现了。”

“我想我当时很不熟练，”安妮辩解道，“不过，你知道，我没有过这方面的训练。一个人生平第一次祷告，你不能真正指望她说得很好，是不是?我上床以后想出了一段精彩的祷词，就像我向你保证的那样。它和牧师的祷告差不多长，非常富有诗意。可是你愿意相信吗?今天早上醒来，我一个字也不记得了。恐怕我再也想不出另一段同样精彩的祷词了。不知道为什么，第二次想出来的东西总不及第一次的好。你可曾注意到这一点?”

“这儿有个问题要你注意，安妮。当我叫你做一件事情时，我希望你立刻服从我的命令，而不是站着不动，唠叨个没完没了。快照我吩咐的去做吧。”

安妮立刻朝厅堂对面的起居室走去；她没有回来；等了十分钟，玛丽拉放下手里的毛线活儿，带着严厉的神情跟了过去。她看到安妮一动不动地站在两扇窗户之间的墙壁上挂着的一幅图画跟前，双手在身后紧紧地握在一起，仰起脸蛋，眼睛里闪烁着梦幻般的光芒。窗外透过苹果树和一束束葡萄藤射来的白色和绿色的光辉洒落在这个如痴如醉的小身躯上，给她染上了一层超凡脱俗的光彩。

“安妮，你在想些什么？”玛丽拉厉声责问。

安妮吃了一惊，回到了现实中来。

“那幅画，”她说道，指着那幅画——这是一幅非常生动的彩色石印画，题目叫“耶稣基督为孩子们祝福”——“我刚才正在想象我就是他们中间的一个——就是这个穿蓝衣服的小姑娘，她独自一人站在角落里，好像无依无靠，正像我一样。她看起来感到孤独和悲伤，你不觉得是这样吗？我猜想她准没有亲生父母。可是她也渴望得到上帝的赐福，于是她羞怯地悄悄靠近人群外围，希望谁也不会注意到她——除了上帝。我敢肯定我了解她的心情。她的心一定在怦怦乱跳，她的两只手一定是冰凉的，就像我问你我是否可以留下的时候一样。她担心上帝可能不会注意到她。但是他很可能会注意她的，你说是吗？我一直在竭力想象当时的一切情景——她始终一点一点地向前慢慢靠近，最后总算和上帝挨得很近了；这时，他便会看着她，用手抚摸着她的头发，于是，哦，她心花怒放，浑身一阵激动！不过，我希望画家不要把上帝画得这么愁容满面。如果你留心细看，就会发现所有关于上帝的画都是那样的。但是我不相信他的面容会真的这么悲哀，那样孩子们会怕他的。”

“安妮，”玛丽拉说，她不明白自己为什么不老早就打断这一通演说，“你不该这样说话。这是不恭敬的——确实不恭敬。”

安妮的眼睛流露出惊异的神情。

“嘿，我觉得再恭敬也不过了。我肯定我没有不恭敬的意思。”

“好啦，我想你也没有——不过，用这种随随便便的口吻谈论这类问题是不对的。另外，安妮，当我叫你取一样东西时，你就应该立刻把它拿来，不要站在图画面前呆呆出神，胡思乱想。记住这一点。把那张卡片拿来，立刻到厨房去，坐到角落里，把那段祷词背下来。”

安妮竖起卡片，把它靠在她采进来装饰饭桌的满满一大壶苹果花的边上——玛丽拉也斜着眼睛瞅了瞅这壶装饰品，什么也没有说——然后用手掌托着下巴，一声不响，专心致志地认真学习了几分钟。

“我喜欢这段祷词，”最后她宣布道，“它好极了。我以前听过——我听孤儿院主日学校的总管念过一次。可是，那时候我不喜欢它。他的声音沙哑，祷告时满脸苦相。我确实可以肯定，他把祷告看作一项讨厌的义务了。这不是诗，但它使我感到诗一样的意境。‘我们的在天之灵，你神圣无比。’这仿佛是一段乐曲。哦，我真高兴你想到让我学这个，卡思——玛丽拉。”

“好啦，闭上嘴巴用心去学习吧。”玛丽拉简短地说。

安妮把插满苹果花的壶倾斜了一点，轻轻地吻了吻一朵花萼呈粉红色的花骨朵儿，然后又用功学习了一会儿。

“玛丽拉，”过了片刻，她问道，“你认为我在阿冯利能找到个知心朋友吗？”

“一个—— 一个什么样的朋友？”

“一个知心朋友—— 一个亲密的朋友，你知道—— 一个可以说知心话的知音。我有生以来一直梦想能够遇到她。我从没有真的认为我有这样的运气，可是我的这么多美好的梦想一下子都成了现实，也许这个也是会实现的。你觉得有可能吗？”

“黛安娜·巴里住在那边的果园坡上，年纪同你差不多，是个很好的小姑娘。她回来后，可能会成为你游戏的伙伴。现在她去看望住在卡莫迪的阿姨了。不过，你得留神你自己的行为。巴里太太是个很不一般的女人。她不会让黛安娜同一个行为恶劣的小姑娘一起玩耍的。”

安妮透过苹果花瞅着玛丽拉，眸子里闪耀着饶有兴趣的光芒。

“黛安娜是什么样儿？她的头发不会是红的吧？哦，我希望不是。我自己长着红头发就够糟糕的了，如果我的知心朋友也披着红头发，我是真的会忍受不了的。”

“黛安娜是个很漂亮的小姑娘，长着黑头发、黑眼睛和红润润的面颊。而且她心地善良，聪明伶俐，这比长相漂亮更可贵。”

玛丽拉就像《爱丽丝漫游奇境》里的公爵夫人一样酷爱道德教训，深信在对所抚养的孩子说的每一句话里都要坚持这个原则。

可是安妮满不在乎地把这道德教训丢在一边，只抓住了她认为更重要的令人高兴的可能性。

“哦，我真高兴她长得漂亮。一个人除去自己长得好看——在我来说是不可能的——此外，最好就是有个美丽的知心朋友。我和托马斯太太住在一起时，她有一个带玻璃门的书架放在起居室里。里面没有书籍；托马斯太太把她最精致的瓷器和她的果酱放在里面——如果她有果酱可以保存的话。有一扇门破了。一天晚上，托马斯先生喝得有点醉醺醺的，把它打碎了。可另一扇是完整的。那时候我总假装把我在玻璃里的影子当作住在里面的另一个小姑娘。我叫她卡蒂·莫里斯，我们俩亲密无间。我经常同她谈话，一谈就是个把钟头，尤其是在星期天，向她倾诉一切。卡蒂是我生活中的安慰和鼓舞力量。我总是假想这个书架中了魔法，只要我知道咒语，就可以打开门直接走进卡蒂·莫里斯居住的屋子，而不是进入托马斯太太放果酱和瓷器的书架。然后，卡蒂·莫里斯就会牵着我的手，带我到一个奇妙的地方，那里百花齐放，阳光灿烂，仙女翩翩起舞，我们可以永远在那里幸福地生活。后来我要去和哈蒙德太太住在一起了，离开卡蒂·莫里斯时我真是心如刀割。她也感到很伤心，我知道这一点，因为她隔着书架的门向我吻别时，泣不成声。哈蒙德太太家没有书架。可是就在离房子不远的河上游，有一条长长的翠绿小山谷，那里有最动听的回声。它能把你所说的每一个字都传回来，即使你说话的声音并不高。于是我想象这是一个名叫维奥莱特的小姑娘。我们成了好朋友，我爱她几乎像我爱卡蒂·莫里斯一样——不是完全，而是几乎，你知道。去孤儿院的前一天晚上，我向维奥莱特告别，哦，她回答我再见时的调子好悲哀、好悲哀啊。我深深地依恋着她，因此在孤儿院里，我再也没有心思去想象一个知心朋友了，即使那里还有一些容许我想象的余地。”

“我想幸亏没有。”玛丽拉干巴巴地说，“我对这种行为很不赞成。你好像真的有点相信你自己的想象了。对你来说，结交一个活着的真诚朋友，把你脑子里那些胡思乱想的念头驱除得一干二净，倒是很有好处的。不过，可别让巴里太太听到你谈论你的卡蒂·莫里斯和你的维奥莱特，要不然她会以为你在编故事呢。”

“噢，我决不那样做。我不会对任何人谈论她们的——关于她们的回忆太神圣了，不应当随便提起。不过我想我很愿意让你了解她们的情况。哦，瞧，这里有一只大蜜蜂正从一朵苹果花里翻滚出来。想想吧，多么可爱的栖身之地——在一朵苹果花里！想象当风轻轻地摇动着花朵时，躲在里面安然入睡，该是多么美妙啊。如果我不是个人世间的女孩子，我想我会愿意成为一只生活在花丛中的蜜蜂的。”

“昨天你希望变成一只海鸥，”玛丽拉冷笑道，“我想你是个朝三暮四的孩子。我刚才就叮嘱你学习那段祷告，不要说话。可是看来只要有人在听，你是不可能住嘴的。那就到你的房间里去学习吧。”

“哦，我现在已经差不多都记熟了——除了最后一行。”

“得啦，没有关系，照我的吩咐去做吧。到你的房间里去，认真地把它学全，然后待在那儿，直到我喊你下来帮我准备茶点为止。”

“我可以把苹果花带上去和我做伴吗？”安妮恳求道。

“不行；你总不至于希望你的房间里乱七八糟地堆满花吧。本来你就不应该把它们从树上采下来。”

“我也有一点这样的感觉，”安妮说，“我似乎感到自己不该把它们采下来，缩短它们可爱的生命——如果我是一朵苹果花，我就不愿被人采下来。可是，那种诱惑是不可抵挡的。如果你遇到一种不可抵挡的诱惑，你怎么办呢？”

“安妮，你没听见我叫你回到你的屋子里去吗？”

安妮叹了口气，退到东山墙屋，在窗口边的一把椅子上坐了下来。

“瞧——我记得这段祷词了。上楼梯时我记住了最后一句。现在，我要想象出有许多东西放进这间屋子，这样它们就会经常在我的想象中出现了。地板上铺着白色的天鹅绒地毯，上面绣满粉红色的玫瑰花，窗子上有粉红色的丝绸窗帘。墙上挂着金色和银色的锦缎壁毯。家具是红木制成的。我从没见过红木，可它听上去多么豪华，这是一张沙发长椅，上面堆满了鲜艳夺目的靠垫，有粉红色的、天蓝色的、深红色的和金黄色的，我正悠悠自得地斜躺在上面。从墙上挂着的那面华丽的大镜子里，我可以看到自己的影像。我身材苗条，仪态高贵，穿着绣有白色花边的拖到地上的睡衣，胸前缀着一颗珍珠，头上也戴着好些珍珠。我的头发乌黑油亮，皮肤是一种清爽的乳白色。我的名字叫科迪莉娅·菲茨杰拉德小姐。不，不是的——我无法使它听起来像真的一样。”

她跳起来，跑到那面小镜子跟前，往里面瞅着。镜子里映出她那棱角分明、长满雀斑的小脸蛋和严肃的灰色眼睛。

“你不过是绿山墙农舍的安妮，”她认真地说，“每当我竭力想象自己是科迪莉娅小姐时，都发现你不过是现在这副样子。可是，做绿山墙农舍的安妮比做其他任何地方的安妮都要好上一百万倍，是不是呢?”

她把身子凑上前去，满怀深情地吻了吻镜子中的自己，然后来到敞开着的窗户前。

“亲爱的‘白雪皇后’，下午好。下午好，下面山谷里亲爱的白桦树。下午好，山丘上亲爱的灰房子。我不知道黛安娜会不会成为我的知心朋友。我希望她成为我的知心朋友，我会非常爱她的。可是我一定不能把卡蒂·莫里斯和维奥莱特忘得一干二净，要不然她们会感到非常伤心的。我可不愿伤害任何人的感情，即使是一个小书架姑娘或一个小回音姑娘的感情。我一定要牢牢记着她们，每天给她们一个飞吻。”

安妮用指尖挥过樱桃树的花朵，抛出了几个飞吻，然后双手托着下巴，沉浸在无边无际的丰富的幻想之中。

第9章

雷切尔·林德太太吓得心惊肉跳

雷切尔太太前来看安妮的时候，她已经在绿山墙农舍住了两个星期。说句公道话，这不能怪雷切尔太太。从她上一次访问绿山墙农舍以来，一场严重的、不合时宜的流行性感冒把这位好心肠的太太困在了家里。雷切尔太太很少生病，并且毫不含糊地瞧不起病病歪歪的人；不过她说，流行性感冒和世界上其他任何疾病不同，只能说是一场特殊的天灾。医生刚准许她出门，她就急急忙忙赶到绿山墙农舍，满心好奇地想看看马修和玛丽拉收养的孤儿。关于这个孩子的各种传闻和猜测已经传遍了阿冯利的各个角落。

在那两个星期里，安妮充分利用了每天清晨醒来后的时光。她已经熟悉了周围的每一棵树、每一丛灌木。她发现了一条小径从苹果园底下开始，穿过森林地带，盘旋而上；她曾追寻到它最远的尽头，一路上景物变幻莫测，令人心旷神怡，有溪流和小桥，冷杉树丛和野樱桃树枝叶相接，形成连绵不断的树荫，还有长满丰茂三叶草的拐角，以及点缀着枝条倾斜的枫树和花楸树的幽僻小路。

她和山谷下的泉水——那条奇幻幽深、清澈冰凉的溪流成了好朋友；小溪里布满了光滑的红砂岩，边缘上长着一丛丛棕榈叶般的大水草；再过去是架在小溪上的一座小木桥。

那座小木桥把安妮轻灵的双足引向远处林木葱茏的山丘。在那里，冷杉和云杉遒劲挺拔，遮天蔽日，永远是朦朦胧胧的弱光萦回其间；那里仅有的花是千朵万朵雅致的六月铃，这些是林地里最娇羞、最可爱的花，另外还有一些随风摇曳的淡雅的七瓣莲，像去年盛开过的花的精灵。绿树丛中，闪现着像银线一般的蛛丝，冷杉的大树枝和流苏状的茎叶像是在发表友好的讲话。

所有这些使安妮如痴如醉的探路旅行，都是在她可以用来玩耍的半个多小时里进行的，然后安妮喋喋不休地向马修和玛丽拉讲述她的发现，把他们的耳朵都快吵聋了。毫无疑问，马修是绝对不会抱怨的，他脸上始终带着一些沉默的、愉快的微笑，静听着安妮的叙述；玛丽拉没有阻止这种“叽叽喳喳”，直到发现自己对此变得太感兴趣为止，这时，她总是立刻三言两语命令安妮住嘴，使她戛然而止。

雷切尔太太来到的时候，安妮正在外面的果园里，依着自己美好的意愿在被傍晚的阳光染红的茂密轻颤的草丛中徜徉；因此，这位好心的太太就有了个绝好的机会来详尽地叙述自己患病的经过。她津津有味地描绘了每一丝疼痛和每一次脉搏，使得玛丽拉感到，她即使患了流行性感冒，也一定要从中得到补偿。等到所有的细节都说完了，雷切尔太太才说出了这次来访的真正原因。

“我不断地听到了关于你和马修的一些令人吃惊的事情。”

“我想你不会比我自己更感到吃惊了，”玛丽拉说，“目前我正在克服我的惊奇。”

“出了这样的差错，真是太糟糕了，”雷切尔太太满腹同情地说，“你们不能打发人把她送回去吗？”

“我想我们是可以的，但我们决定不那么做。马修爱上了她。而且，不瞒你说，我自己也喜欢她——尽管我承认她有她的缺点。这个家好像已经变了样啦。她真是个聪明活泼的小东西。”

玛丽拉说的话比她开头打算说的多，因为她从雷切尔太太的表情上看出她是不赞成的。

“你给自己压了一副重担，”那位太太愁容满面地说，“特别是你对于孩子毫无经验。我想，你不大了解她和她的真正性情，因此谁也猜不出那么一个孩子最后会变成什么样子。不过，我敢说我并不想给你泼冷水，玛丽拉。”

“我并不感到灰心丧气。”玛丽拉一本正经地回答，“如果我打定主意去做某一件事，我此后就决不动摇。我认为你是想见见安妮吧。我去叫她进来。”

安妮立刻奔了进来。她的脸上闪耀着漫游果园的喜悦；但是，当她意外地发现自己面前是个陌生人时，她慌乱地在门槛里面停了脚步。她穿着那件从孤儿院穿出来的又紧又短的绒布衣，下面露出两条似乎瘦长得很不雅观的细腿，这无疑使她看上去是个怪模怪样的小生物。她的雀斑比以往任何时候都更多、更突出；风把她那没有戴帽子的头发吹得乱蓬蓬的，极为显眼；她的头发从没像这一刻这么通红。

“我说，他们选你的时候没有考虑你的长相，这是毫无疑问的。”雷切尔·林德太太着重评论说。雷切尔太太属于那样一种人，他们可爱，受人爱戴，以无所畏惧和无所偏袒的态度直抒己见而感到自豪。“她又瘦又丑，玛丽拉。上这儿来，孩子，让我看看你。我的天，你见过谁有这么些雀斑吗？头发又红得跟胡萝卜似的！我说，上这儿来，孩子。”

安妮照办了，但并不完全像雷切尔太太所指望的那样。她一个箭步从厨房的这边蹿到那边，站到雷切尔太太的面前，小脸气得通红，双唇颤动着，她那纤弱的身子从头到脚都在发抖。

“我恨你，”她用气得几乎说不出话来的声音嚷道，一边用脚跺着地板，“我恨你——我恨你——我恨你——”每一句仇恨的声明后面跟着就是一记更响亮的跺脚声。“你怎么敢说我又瘦又丑？你怎么敢说我雀斑脸、红头发？你是个粗暴无礼、毫无感情的女人！”

“安妮！”玛丽拉惊恐万状地喊道。

可是安妮仍旧勇敢地面对着雷切尔太太。她仰着脑袋，眼睛里冒出怒火，双手紧紧地攥成拳头，满腔的激愤像一股气流那样从她的内心喷射出来。

“你怎敢说这些话来评论我？”安妮怒不可遏地重复道，“如果别人这样说你，你会觉得怎么样？如果别人说你既肥胖又笨拙，很可能一点想象力也没有，你又会怎样想？如果我这么说伤害了你的感情，我才不在乎呢！我正希望伤害你的感情。你使我的感情所受的伤害比以前任何一次都严重，就连托马斯太太的酒鬼丈夫也没这样干过。为了这，我永远不会原谅你，永远，永远！”

跺脚！跺脚！

“谁曾见过这么大的脾气！”吓得不知所措的雷切尔太太惊呼道。

“安妮，到你自己的屋子里去，待在那儿，直到我上去为止。”玛丽拉说，她好不容易才恢复了说话的能力。

安妮号啕大哭着向厅堂的门冲去。她用力把门砰地关上，使得外面走廊墙上的那些罐头也受了震动，砰砰地响个不停。然后，她像一股旋风般穿过厅堂，跑上楼梯。上面传来一记低沉的响声，表示东山墙屋子也被安妮以同样激烈的情绪关上了。

“嘿，我并不羡慕你抚养那个丫头的工作，玛丽拉。”雷切尔太太带着无法形容的严肃神情说。

玛丽拉开口想说几句她自己也不知道的表示道歉或责怪安妮的话。但实际上她说出口的话却使她当时和事后都惊诧不已。

“你不该挖苦她的长相，雷切尔。”

“玛丽拉·卡思伯特，你总不是想说你赞成她发一通我们刚才看见的那么可怕的脾气吧？”雷切尔太太怒气冲冲地责问。

“不,”玛丽拉慢吞吞地说,“我并不想原谅她。她刚才很不听话,我得跟她切实地谈谈这个问题。可是我们必须替她着想。还从来没有人通过教育让她知道什么是对的,什么是错的。再说,你刚才对她未免太残酷了,雷切尔。”

玛丽拉情不自禁地加上了最后的一句话,尽管她对自己说出这句话来又一次感到诧异。雷切尔太太带着她的尊严受到冒犯的神气站了起来。

“好吧,我明白了。既然要首先考虑孤儿们——天晓得他们是从哪儿被弄到孤儿院去的——可爱的感情,玛丽拉,我今后说起话来一定要当心才是。哦,不,我并不生气——你别自寻烦恼。我替你难过,也就没有心思生气了。你自个儿也会同那孩子闹纠纷的。可是,如果你听取我的劝告——我想你是不会听的,尽管我拉扯大了十个孩子,埋葬了两个——你应该用一根长度适中的桦树枝去完成你所说的‘切实地谈谈’。我觉得那才是对那种孩子最为有效的语言。我想,她的脾气倒挺配她的头发。好啦,晚上好,玛丽拉。希望你同往常一样经常下来看我。不过,如果我有可能受到这种方式的攻击和侮辱,你就不能指望我很快再来拜访了。这在我的经验中可是件新鲜的事儿。”

说到这里,雷切尔太太健步如飞地——如果一位向来步履蹒跚的胖女人能够被说成是健步如飞的话——走了出去,走远了,玛丽拉紧绷着脸向东山墙屋子走去。

在上楼梯的当儿,她不安地思考着自己该怎么办。对于刚才发生的一幕,她感到很沮丧。多么不幸啊,安妮偏偏在雷切尔·林德太太面前发了这么大的脾气!接着,玛丽拉突然意识到自己为此所蒙受的耻辱,超过了她发现安妮的性格中有这么严重的缺陷而产生的悲哀,这使她不安,也使她深感惭愧。那么自己该怎样处罚她呢?关于桦树枝的友好建议——雷切尔太太的所有孩子都忍受过皮肉之苦，由此可以证明它的有效程度——玛丽拉并不欣赏。她不相信自己能抽打一个孩子。不，一定要想出其他的处罚办法，使安妮正确地意识到她的过错的严重性。

玛丽拉发现安妮脸朝下伏在床上伤心地哭着，一条干净的床单印上了几个泥靴印，相当醒目。

“安妮。”她说，语气带点温和。

没有回答。

“安妮，”她比较严厉地说，“立刻离开床铺，听我必须对你说的话。”

安妮蠕动着身子从床上爬起来，直挺挺地坐在床边的一张椅子上。她面庞浮肿，满脸泪痕，两只眼睛死死地盯着地板。

“你表现得真好，安妮！你不为自己感到害臊吗？”

“她没有权利说我长得丑，红头发。”安妮躲开玛丽拉的问话，不服气地抗辩说。

“你也没有权利对她发那么大的火，也不该用那种腔调对她说话，安妮。我为你害臊——真是为你害臊。我要你和气地对待林德太太，结果呢，你给我丢了脸。我实在不明白为什么仅仅因为林德太太说你长着红头发，相貌不漂亮，你居然就发那么大的脾气。你自己还三天两头这么说呢。”

“哦，自己说一件事情和听别人说，可有很大的不同，”安妮哀哭道，“自己也许知道事情是这样的，可总是不由自主地希望别人并不完全这么认为。我想你一定以为我的脾气坏透了，可我克制不住。她说那些话时，我胸口有团东西直蹿上来，使我透不过气来。我不得不把她痛骂一顿。”

“哼，我必须说，你这下可大出风头了。林德太太会到处宣扬你的精彩事迹——她也会把这一幕讲得有声有色的。你那样发脾气是很可怕的，安妮。”

“请你设想一下吧，如果有人当着你的面，说你又瘦又丑，你会感到怎么样？”安妮泪流满面地辩解道。

玛丽拉的眼前突然闪现出一段很久以前的往事。当她还是个小不点儿时，她听见一个阿姨对另一个阿姨谈论她，“她是这么个黑不溜秋、相貌平常的小东西，真可惜。”五十年来的每一天，玛丽拉都感到那段往事的刺痛。

“我并非说我认为林德太太对你说的那些话是完全正确的，安妮，”她用一种较为温和的语气承认道，“雷切尔过于心直口快。可是这不能成为你做出那种行为的借口。她是一个陌生人，一个长辈，还是我的客人——这三点充分的理由都要求你对她恭恭敬敬。你粗暴鲁莽，所以，”——玛丽拉突然灵机一动，想出一种处罚的方法——“你一定要上她那儿去，告诉她你对自己的坏脾气感到很难过，请求她的宽恕。”

“我决不能那样做，”安妮无精打采但却很坚决地说，“你可以任意处罚我，玛丽拉。你可以把我关进一间住着蛇和癞蛤蟆的昏暗潮湿的地窖，只给我水和面包维持生命，我不会有半句怨言。可是，我不能请求林德太太的宽恕。”

“我们不习惯把人关进昏暗潮湿的地窖，”玛丽拉冷冰冰地说，“何况在阿冯利，这类地窖很难见到。可是你一定并且应该向林德太太赔礼道歉。你得一直待在自己的屋子里，直至你告诉我你愿意去道歉为止。”

“这样说，我就得永远待在这儿了，”安妮悲哀地说，“因为我不能对林德太太说我因自己向她说了那些话而感到难过。我怎么能够呢？我不难过。我为自己使你苦恼而难过；不过，我刚才对她说了那些话，反而感到高兴。这是一种极大的满足。我不能在我并不难过的时候说我难过，是不是呢？我甚至无法想象自己感到难过。”

“也许到了早上，你的想象会在比较正常的状况下运转，”玛丽拉说着，起身准备离开，“你可以利用夜晚好好地反省一下自己的行为，进入一种比较健全的精神状态。你曾说过，如果我们把你留在绿山墙农舍，你会争取做个好女孩，可是我必须说，根据今天晚上的情况来看，好像并不是那么回事。”

玛丽拉临走前留下的这几句话使安妮心潮起伏的胸中产生了深切的痛苦。她下楼来到厨房，心里非常不安，又很苦恼。她对自己也像对安妮那样感到气愤，因为，每当她回想起雷切尔太太那副目瞪口呆的面容，她的嘴唇就会快活得颤动起来，并感到一种理应受到责备的想要放声大笑的欲望。

第10章
安妮的道歉

玛丽拉对马修只字不提那天晚上的事件；第二天早上，安妮仍未答应去道歉。对于她没有上桌吃饭，玛丽拉不得不做一番解释。于是她将整个情况原原本本地告诉了马修，煞费苦心地想让马修充分意识到安妮的所作所为是何等无法无天。

“把雷切尔·林德教训一顿，是件好事；她是个爱管闲事的老长舌妇。”马修表示宽慰地回答道。

“马修·卡思伯特，你真让我吃惊。你明知道安妮的行为是可怕的，可是你还为她说话！我思量接下去你就会说咱们压根儿不该惩罚她了吧。”

“嗯——不——不完全是，”马修局促不安地说，“我觉得她应该受点惩罚，可是别对她太狠了，玛丽拉。你想想，至今还没有人正确地教导过她。你——你要给她点东西吃吧，是不是?”

“你什么时候听说过我用饥饿迫使人们改邪归正的?”玛丽拉气呼呼地问道，“她会按时吃到饭的，我自己端上楼去给她吃。不过，她得待在那儿，一直到她愿意向林德太太赔礼道歉为止，这点是不可更改的，马修。”

早饭、午饭和晚饭都是在沉默中吃完的——因为安妮还是那么倔强。每顿饭后，玛丽拉将一个装满饭菜的托盘端到靠近东山墙的那间屋子里去，一会儿又端下楼来，盘里的食物几乎不见减少。马修担忧地看着托盘最后一次被端下楼来。难道安妮什么也没吃吗？

那天晚上，玛丽拉出去把母牛从后面的牧场上牵回来，这时，一直在牲口棚周围转悠并窥视着的马修溜进屋子，像个夜盗一样蹑手蹑脚地蹿上楼梯。平时马修只在厨房和厅堂边上他睡觉的小卧室之间往来，偶尔牧师来用茶，他才壮着胆子拘谨地走进会客室或起居室。可是，自从那年春天帮助玛丽拉给备用的卧室糊上墙纸以后，他再没有到自家房子的楼上去过，这样一晃已经有四年了。

他踮着脚尖走过厅堂，在东山墙屋门外站了几分钟，这才鼓足勇气用指尖敲了敲门，然后推门朝里面偷偷看去。

安妮坐在窗边的黄椅子上，悲哀地凝视着窗外的花园。她的样子瘦小可怜，马修看得心都要碎了。他轻轻关上门，踮着脚尖向她走去。

“安妮，”他悄声说，好像怕给别人听见似的，“你怎么样了，安妮？”

安妮惨淡地笑了笑。

“蛮好。我想象了许许多多事情，这帮助我打发时间。当然啦，待在这里怪寂寞的。不过，我照样可以心平气和。”

安妮又露出了笑容，毫不怯弱地面对着前进道路上的孤寂而漫长的囚禁生活。

马修想起自己得赶快把要说的话都说了，免得玛丽拉提早回来碰上。

“嗯，安妮，你不觉得还是去说一下，把事情了结妥当为好吗？”他低声说，“你知道，迟早要这么做的，因为玛丽拉是个寸步不让的女人——固执得要命哪，安妮。我说，立刻去做吧，把问题结束了完事。”

“你是说向林德太太道歉？”

“对——道歉——正是这个词儿，”马修急忙说道，“就是把问题搪塞过去，可以这么说。这就是我想要说明的意思。”

“我想我可以满足你的要求，去向她道歉，”安妮若有所思地说，“说我感到后悔是确实的，因为我现在是感到后悔了。昨天晚上，我一点也不懊悔。我分明是疯了，整个夜晚我还是在发疯。我自己知道这一点，因为昨夜我醒了三次，每次醒来都气得不行。可是今天早上，一切都烟消云散了。我不再生气了——并且还感到这事无法挽回，非常糟糕。我真为自己害臊。可是，要我去向林德太太这么说，我还没有转到这个念头。那太丢人了。我打定主意，宁可永远被关在这儿，也不去道歉。不过我还是——愿意为你做一切事情——如果你真的要我去——”

“嗯，我当然真有这个意思。楼下没有你，冷清清的叫人难受。去把事情了结了吧——那才是个好姑娘。”

“好吧，”安妮顺从地说，“玛丽拉一进这个屋子，我就对她说我感到后悔了。”

“这就对了——这就对了，安妮。可是别告诉玛丽拉我对此说过什么。要不然她会认为我横加干涉，而我是答应过她不过问这件事的。”

“我会把秘密藏在心底，野马也拉不出来。”安妮严肃地保证道，“不过，野马会用什么办法从一个人的心底拉出秘密来呢？”

可是马修已经走了。他对自己的成功感到吃惊，赶紧逃到牧场最远的角落里，生怕玛丽拉会怀疑他在楼上干了些什么。玛丽拉回来走进房子时，又惊又喜地听到楼梯栏杆上一个哀怨的声音喊着“玛丽拉”。

“怎么啦？”她说着走进厅堂。

“我后悔自己发了脾气，说了些粗鲁的话，我愿意去对林德太太这么说。”

“很好。”玛丽拉简单地说，没有流露出内心宽慰的迹象。她一直在发愁，不知道如果安妮不屈服的话究竟应该怎么办，“挤完奶，我就带你去。”

因此，挤完奶以后，只见玛丽拉和安妮走在小路上，前者昂首挺胸，得意扬扬，后者没精打采，垂头丧气。可是走到半路，安妮好像着了魔似的，满腹的沮丧情绪消失得无影无踪。她昂着脑袋，迈着轻快的步子向前走去。她凝视着太阳落山时的天空，周身显露出一种克制着的喜悦神情。玛丽拉看到她的这种变化，很不满意。她应该带着一种谦卑、悔过的态度去见那位被得罪了的林德太太，可是在她身上却见不到一丝一毫这样的情绪。

“你在想什么呀，安妮？”她严厉地问道。

“我在想我应该对林德太太说些什么。”安妮神情恍惚地答道。

这还差不多——或者说本该如此。但玛丽拉还是放心不下，总觉得自己的惩罚计划中出了点偏差，安妮没有理由这么欢天喜地。

安妮就这么欢天喜地地一直来到林德太太的面前。她正坐在厨房的窗口缝被子呢。接着，安妮的喜悦神情消失了，脸上的每一部分都流露出痛不自禁的悔恨。在开口说话之前，安妮突然跪倒在惊愕不已的雷切尔太太跟前，恳求地伸出双手。

“啊，林德太太，我真是难过极了，”她用颤抖的嗓音说道，“我没法倾诉心中的所有悲哀，即使用尽了整部字典也不成。请你想想看，我对你的态度多么恶劣——我给我亲爱的朋友马修和玛丽拉丢了脸，他们让我在绿山墙农舍住下，尽管我不是个男孩。我是个坏透了的忘恩负义的女孩子，应该永远受到正派人的处罚和唾弃。因为你对我说了实话，我就朝你发火，真是太坏了。你说的是实话，每一个字都是千真万确的。我长着红头发，满脸雀斑，骨瘦如柴，丑陋不堪。我对你说的也是实话，可是我不应该那么说。啊，求求你，求求你，林德太太，原谅我吧。如果你拒绝的话，这对我来说将是终生的遗憾。你大概不愿让个孤苦伶仃的可怜小女孩终生受到悔恨的折磨吧，即便她的脾气坏得要命？啊，我相信你不会的。那么，请你说一声原谅我的话吧，林德太太。”

安妮紧握双手，低下脑袋，等待着判决。

她的诚恳是毫无疑问的——她的语调里渗透着诚恳。玛丽拉和林德太太都听出了这种显而易见的口气。但是前者不无惊愕地看出，安妮实际上是在欣赏自己所蒙受的痛苦的耻辱——为自己能够摆出一副彻头彻尾的谦卑态度而扬扬得意。她玛丽拉曾经以此自夸的有益的惩罚哪儿去了？安妮已经把它变成了一种无可怀疑的快乐。

好心的林德太太可没有这么敏锐的观察力，也就没有看到这一点。她所看到的，只是安妮做了一次十分彻底的道歉，于是，所有的愤恨都从她那颗虽说有点好管闲事却颇为善良的心中消失了。

“好了，好了，起来吧，孩子，”她亲切地说，“我当然原谅你。我想我对你也多少有点过分了。可我就是这样一个心直口快的人，你千万不要介意，就那么回事。你的头发红得厉害，这点不可否认，可是以前我认识一个女孩——其实我和她一块儿上过学——她小的时候头发红得完全和你一样，可当她长大了，头发的颜色加深了，变成一种美丽的纯金棕色。如果你的头发也变成金棕色，我一点也不会感到惊奇—— 一点也不会。”

“啊，林德太太！”安妮深深地吸了口气，站了起来，“你给了我希望。我会永远把你当作一个大恩人的。啊，只要想到我长大以后头发会变成漂亮的金棕色，我什么都能忍受。如果有了金棕色的漂亮头发，做个好人就便当多了，你说是吗？现在我可以出去到你的花园里去吗？当你和玛丽拉谈话的时候，我就坐在苹果树下的那张板凳上，好吗？在那儿，该有多么宽广的空间可以让我的想象力任意驰骋呀。”

“啊呀，当然可以，去吧，孩子。如果你喜欢，还可以在墙角采一束六月的雪白的水仙花。”

安妮出去关上了门，林德太太轻快地站起来点亮了灯。

“她真是个古怪的小家伙。坐这把椅子吧，玛丽拉，它比你坐的那把舒服些。那把是专门留给帮工的男孩坐的。是呀，她的确是个古怪的孩子，可不管怎么说，她身上有点让人兴奋的气质。我不再为你和马修收下她而感到奇怪了，也不再替你们感到难过了。她会有出息的。当然啦，你知道，她表达自己观点的方式与众不同——有一点过分——是的，过分咄咄逼人；不过，她现在既然开始住在文明人中间了，是可以慢慢克服这种缺点的。而且，我想她的脾气也急躁了些；不过这也有一点好处，躁脾气的孩子不过是火气上升，然后平静下来，不会狡诈欺骗。老天保佑，别给我弄来个诡计多端的孩子，就那么回事儿。总的说来，玛丽拉，我有点喜欢她了。”

玛丽拉动身回家时，安妮手捧一束雪白的水仙花从香气袭人、幽静昏暗的果园里走了出来。

“我的道歉很不错，是不是？”她们走在小路上时，她颇为得意地说，“我想既然非得这么来一下不可，我就不妨好好地搞一下。”

“你的道歉很透彻，相当不错。”玛丽拉这么评论道。她发现自己一回想起刚才的场面就忍俊不禁，这使她感到震惊。她还不安地觉得应该把安妮责骂一通，因为她的道歉太精彩了；可这又是多么荒唐！她向自己的良心妥协了，只是严厉地说：

“我希望你不再有机会做更多这样的道歉。我希望你现在竭力管住自己的脾气，安妮。”

“只要人家不嘲弄我的长相，做到这点并不难。”安妮叹了口气说，“对其他事情我是不会轻易发火的；可我真讨厌别人挖苦我的头发，它使我的火气一下子蹿了上来。你说，等我长大了，我的头发真的会变成漂亮的金棕色吗?”

“你不该对自个儿的长相考虑得这么多，安妮。我担心你是个很爱虚荣的小姑娘。”

“我知道自己的长相不怎么好看，怎么还会爱虚荣呢?”安妮抗议道，“我爱美丽的东西，我不愿照镜子时看到什么难看的东西。我的面容使我太伤心了——就像我看见丑陋的东西时所感到的那样。我为它感到遗憾，因为它不美。”

“行为漂亮才算真正的漂亮。”玛丽拉引经据典地说。

“以前有人也对我这么说过，可是我不相信。”安妮怀疑地说，一边嗅了嗅手中的水仙花，“哦，这些花好香呀！林德太太把这花送给我，真是太慷慨了。现在我一点也不讨厌林德太太了。乞求宽恕并被人原谅，这给人一种美妙而惬意的感受，是不是呢？今晚的星星真亮呀！如果你能够住在一颗星上，你愿意选择哪一颗呢？我喜欢那边悬在黑色山丘上的那颗又大又亮又可爱的星。”

“安妮，闭上嘴巴吧。”玛丽拉说，为了竭力跟上安妮那些飞速旋转的思想，她感到筋疲力尽。

安妮没再吭声，一直到她们走进自家的小路。一股飘浮不定的轻风向她们迎面扑来，带着被露水打湿的嫩蕨草那股沁人心脾的芳香。在远方高处的黑影里，绿山墙农舍厨房里的令人欢欣的灯火穿过树林闪闪发光。突然，安妮挨近玛丽拉，将她的手塞进老妇人粗糙的手掌里。

“走回家去，并且知道这就是自己的家，真叫人高兴。”她说，“我已经爱上绿山墙农舍了，以前我还从没爱过什么地方呢。从前的那些地方似乎都不像个家。嘿，玛丽拉，我多么幸福呀。我现在就可以祈祷，并且觉得一点也不困难。”

玛丽拉的手触到那只瘦巴巴的小手时，心里涌起一股温暖而甜美的柔情——也许这就是她早先没有体会到的母性的颤动。这股柔情陌生而又甜蜜，搅得她心慌意乱。她赶紧给安妮灌输道德教育，以便让自己激动起来的感情恢复到正常的平静状态。

“如果你是个好女孩，你就会始终感到幸福，安妮，也就绝对不会感到说不出祷告词了。”

“说祷告词和祈祷并不完全是一回事。”安妮沉思着说，“可现在我要想象自己是那些树梢上吹拂的风。当我对树厌倦时，我就会想象自己轻轻地飘落在这里的蕨草丛中——然后，我还要飞到林德太太的花园里去，让花儿翩翩起舞——然后，我要猛烈地刮过三叶草地——然后，我要吹皱‘闪光的小湖’，让它翻卷起吐着泡沫的小浪花。嘿，要想象风的种种情景，真是说也说不尽！因此，从现在起我不再说话了，玛丽拉。”

“谢天谢地。”玛丽拉这才如释重负地低声说。

第11章

安妮对主日学校的印象

“喂，你觉得它们怎么样?”玛丽拉说。

安妮站在靠山墙的屋子里，神情严肃地看着摊在床上的三套新衣服。一套是用玛丽拉去年夏天从一个小贩手里买来的鼻烟色方格花布做成的，因为这种布看起来经久耐用，她才买下的；另一套是用她冬天在廉价货品柜台上选中的黑白格子花的棉缎布料做的；还有一套是那个星期她在卡莫迪的一家商店买的硬邦邦的印花布，上面染着难看的蓝颜色。

衣服都是她亲手做的，每一件都做得一模一样——简简单单的裙子，紧巴巴的，腰身也毫无花饰，袖子紧得不能再紧，而且同腰身和裙子一样单调。

“我可以想象我喜欢它们。”安妮认真地说。

“我可不要你的想象，”玛丽拉恼火地说，“哦，我看出来了，你不喜欢这些衣服！它们有什么不好？难道它们不是又新又整洁吗?”

“是的。”

“那你为什么不喜欢?”

“它们——它们不——漂亮。”安妮勉强说出了口。

“漂亮！”玛丽拉嗤之以鼻，“我可没有伤脑筋给你做漂亮衣服。

我不相信放纵你的虚荣心会有什么好处，安妮，我这就对你挑明了。这些衣服是牢固耐穿的好衣服，上面没有什么褶边或装饰，今年夏天你只能得到这些衣服了。等你上了学，就穿棕色花格布和蓝色印花布的衣服到学校去。棉缎布衣服是穿着到教堂和主日学校去的。我希望你把它们保持得干净整齐，别把它们扯破了。你可以换下你一直穿着的那些短小的绒布衣服，我想你该感激才是。”

“哦，我是很感激，”安妮抗辩道，“可是，如果——如果你把其中的一件给我缝上宽松鼓起的袖子，我就会更加感激不尽的。现在，那种袖子可时兴啦。如果能穿一件那种袖子的衣服，玛丽拉，那会使我多么激动呀。”

“行了，没有激动，你也得生活。我没有多余的布料花在做宽松鼓起的袖子上。而且，我觉得它们看上去总有点荒唐可笑。我还是喜欢朴素耐穿的衣服。”

“可是，如果别人都穿那种袖子的衣服，我宁可显得荒唐可笑，也不愿一个人去穿朴素耐穿的衣服。”安妮伤心地坚持说。

“相信你会这么做的！好了，把这些衣服小心地挂到你的衣橱里去，然后坐下来学习主日学校的功课吧。我从贝尔先生那里为你要来了一本教会季刊，明天你就上主日学校去。”说着，玛丽拉气冲冲地下楼去了。

安妮紧握双手，端详着那几件衣服。

“我真希望有一件缝上宽松袖子的白衣服。”她闷闷不乐地低声说，“我曾为此祈祷过，可是我并不抱多大希望。我想，上帝是不会有工夫来管一个孤苦伶仃的女孩子的衣服的。我知道我必须靠玛丽拉来达到这个目的。不过，幸亏我可以把其中的一件想象成用雪白的薄纱布做成，有精美的褶边和三处鼓起的宽松袖子。”

第二天早上，玛丽拉感到自己又要犯讨厌的头痛病，不能同安妮一起上主日学校去了。

“你得去邀请林德太太同你一起去，安妮。”她说，“她会注意让你走进合适的班级。好啦，留神你的一举一动都要循规蹈矩。此后待在那儿听牧师布道，请林德太太告诉你我们的座位在哪儿。这是捐助的一分钱。别盯着别人看，不要扭动身子。等你回来，我要你告诉我所教的课文。”

安妮无可挑剔地上了路，她穿着那件硬邦邦的黑白格子花棉缎布做的衣服。这件衣服在长度上还说得过去，自然也就不会被人指责为布料抠得太紧了。可是它却使安妮瘦弱的身体的每一部分棱角毕露。她的帽子是一顶新的表面挺光滑的平顶小水手帽，这顶帽子没有任何装饰，同样也使安妮大失所望。她暗自想象着自己的帽子上飘着丝带，缀满鲜花。不过，在走上大街前，她就得到了鲜花。在穿过小路时，她遇见了一丛蓬蓬勃勃、随风起舞的金黄色的金凤花和一片盛开的野玫瑰。安妮毫不犹豫地随便采了一大捧，编了个沉甸甸的大花环，套在帽子上。不管人家对这事的后果可能有什么想法，安妮却心满意足地走着。她轻快地走在路上，骄傲地昂起她那有了粉红色和黄色花朵的装饰而显得红润的小脑袋。

她来到林德太太家，发现那位夫人已经走了。任何事情都难不倒安妮，她继续独自朝教堂走去。在门廊里，她看到一群小女孩，穿着白色、蓝色和粉红色的衣服，差不多都打扮得鲜艳夺目。她们都目不转睛好奇地打量着这个闯进她们中间来的头顶上戴着离奇装饰品的陌生女孩子。阿冯利的那些小女孩对于安妮的古怪传说早有所闻；林德太太说她的脾气坏透了；绿山墙农舍的帮工小男孩杰里·波特说，她像个疯丫头似的整天自言自语，或是同果树和花朵说话。她们瞧着她，用季刊遮着脸互相窃窃私语。没有人做出友好的表示。过了一会儿，课前的仪式结束了，安妮发现自己来到了罗杰森小姐的班上。

罗杰森小姐是个中年妇女，在主日学校教了二十年的书。她的教学方法是就季刊上印着的那些问题提问，然后用严厉的目光从季刊边缘上望出去，看着她认为应该回答这个问题的那个小女孩。她经常看着安妮。多亏了玛丽拉的训练，安妮总是不假思索地回答出来；不过，她对所提问题及其答案明白多少，就很成问题了。

她觉得自己不喜欢罗杰森小姐，同时她感到寒碜，因为班上所有别的女孩都穿着袖子宽松而鼓起来的衣服。安妮觉得没有那种袖子，活着真没有意思。

“喂，你觉得主日学校怎么样?”安妮一到家，玛丽拉就问她道。安妮的花环枯萎了，她已经把它丢在小路上了，所以玛丽拉有一段时间一直不知道这件事。

“我一点也不喜欢。那里真讨厌!”

“安妮·雪莉!”玛丽拉厉声训斥道。

安妮长长地叹了口气，在摇椅上坐下。她亲吻了一片“邦妮”树叶，又朝一朵盛开的倒挂金钟挥了挥手。

“我不在，它们多半已经感到寂寞了。”她解释道，“好了，现在我就来谈谈主日学校的事情。我表现得很好，完全是按照你的嘱咐去做的。林德太太已经走了，我就自个儿去了。我和其他许多小女孩一起进了教堂。举行课前仪式时，我坐在靠窗口的一条长凳的边角上。贝尔先生的祷词长得要命。要不是我坐在窗口，我肯定不等他讲完就累坏了。坐在那里，正好可以看到窗外‘闪光的小湖’，所以我就一直凝视着它，想象了各种各样光辉灿烂的事情。”

“你不该这么做。你应该认真地听贝尔先生的讲话。”

“可他不是对我说话，”安妮不服气地说，“他在对上帝说话，而且看上去他自己也没有多大兴趣。我想他一定认为上帝离咱们太遥远了，不值得为此花费精力。不过，我自己说了一段短短的祷告词。一长排雪白的桦树悬在湖边上空，阳光穿过树的枝叶洒落在湖里，然后一直钻到水的深处去了。哦，玛丽拉，这真像个美好的梦！它让我感到一阵激动，于是我说：‘上帝，为了这我谢谢你。’连说了两三遍。”

“我希望你不是高声说出来的。”玛丽拉担心地说。

“哦，没有，我是压低了嗓子说的。后来，贝尔先生终于讲完了，人家叫我和罗杰森小姐的那个班一起进教室去。教室里另外还有九个女孩，她们都穿着带宽松袖子的衣服。我竭力想象我的袖子也是那样，可是办不到。怎么会办不到呢？如果我一个人在东山墙的屋子里，就可以毫不费劲地把袖子想象成宽松而隆起的，可是在那些真有这种袖子的女孩中间，就非常非常困难了。”

“在主日学校，你不该总想着自己的袖子。你该集中精力听课才对，我希望你是明白这一点的。”

“哦，我是集中精力听课了，还回答了不少问题呢。罗杰森小姐提的问题可真多。我觉得都让她来提问是不公平的。我这儿有好多问题要问她呢，不过，我不想问她，因为我觉得她不是我精神上的知音。后来，所有其他的女孩子都背诵了一条释义。她问我是不是也知道几条，我对她说我不知道，不过如果她喜欢，我可以背诵‘主人墓旁的狗’。那是在皇家课本第三册上的。虽然它不是真正的宗教诗篇，可是它非常忧郁感伤，似乎也可以充个数。她说不行，并且叫我学习第十九条释义，准备下个星期天起来背诵。后来，我在教堂里把它读了一遍，真是美极了。其中两行特别使我感到激动。

在米狄亚罪恶的一天里，
被杀戮的骑兵中队猝然倒地。

“我不知道‘骑兵中队’和‘米狄亚’是什么意思，可听上去真是悲壮。要到下个星期天才能背诵，我可等不及了。这个星期我要不断地练习。主日学校下课后，我问罗杰森小姐你那长凳的座位在哪儿——因为林德太太离得太远了。我尽可能坐得笔直。接下来讲的课文是启示录，第三章的第二节和第三节。这篇课文可真长呀。如果我是牧师，我就宁可选一些短小精悍的段落。布道也长得要命。我想这是因为牧师必须让它和长课文配上对儿。我觉得他乏味极了。他的毛病似乎是想象力不够丰富。我没怎么听他讲课。我让自己的思绪自由飞翔，想到了许多最出人意料的事情。”

玛丽拉束手无策地感到，所有这些理应受到严厉的谴责，但安妮所说的一些事情，特别是关于牧师的布道和贝尔先生的祷告词，又是无可辩驳的事实，这就使她无法开口。其实，在她的内心深处，也早已有了这些看法，只是她从未吐露过。在她看来，那些隐秘的、未曾吐露的批判性观点，似乎突然在这被人忽视的、坦率的小丫头身上以看得见摸得着的形式表现出来了。

第12章 严肃的誓言和保证

到了下一个星期五，玛丽拉才听到关于帽子上戴花环的传闻。她从林德太太那里回家，就把安妮叫来盘问。

“安妮，雷切尔太太说你上星期天戴到教堂去的帽子上可笑地装饰了许多玫瑰花和金凤花。你做出这种愚蠢怪诞的行为究竟是什么意思？你看起来一定是很漂亮啰！”

“哦，我知道我身上不配有粉红和黄色。”安妮启齿道。

“只配胡说八道！不管什么颜色，拿花朵来装饰帽子，都是荒唐可笑的。你是个非常叫人恼火的孩子！”

“我不懂为什么帽子上戴花比衣服上戴花更加荒唐可笑，”安妮不服气地说，“许多小女孩衣服上都别了花束。这有什么不同？”

玛丽拉是不能被她从有把握的具体事实中拉到捉摸不定的抽象道路上去的。

“不要这样来回答我的问题，安妮。你做这种事情是十分愚蠢的。绝对不要让我发觉你再耍这种把戏了。雷切尔太太说，当你装扮成那副模样走进教堂时，她真想要让你钻到地底下去才好。她无法走近你的身边叫你把那玩意儿拿下来，等到有机会走近，已经太迟了。她说，人们把它当作一件可怕的事情议论纷纷。当然，他们会认为我脑子糊涂，竟让你装扮成那种样子出门丢脸。”

"啊，我很抱歉，"安妮说，眼泪涌进她的眼睛，"我绝没有想到你会反对。那些玫瑰花和金凤花真香、真好看，我想戴在我的帽子上一定很漂亮。许多女孩子的帽子上都有假花呢。恐怕你以后会觉得我非常讨厌。也许还是把我送回孤儿院去的好。那一定很可怕，我想我会受不了的；很可能我会患肺结核。你瞧，事实上我是多么瘦呀。不过那样也比惹你讨厌好。"

"废话，"玛丽拉说，为自己把孩子惹哭了而恼火，"我不想送你回孤儿院，这点是肯定的。我只要你的行为同别的女孩子一样，不要使自己变得荒唐可笑。不要再哭了。我还给你带来一些消息呢。黛安娜·巴里今天下午回家了。我准备上那儿去看看能不能问巴里太太借一个裙样，如果你愿意，可以跟我一起去，和黛安娜认识认识。"

安妮猛地站了起来，双手紧握着，两颊依然闪烁着泪花；她正做着折边的餐巾滑落到地上，她也没有注意到。

"啊，玛丽拉，我真害怕——事到临头，我确实感到害怕。如果她不喜欢我可怎么办！这将是我一生中最惨痛的失望。"

"好了，不要惊慌失措。并且我还希望你不要使用这么长的词句。它从一个小女孩的嘴里说出来，是非常可笑的。我认为黛安娜会很喜欢你的。倒是她的母亲值得认真考虑。如果她不喜欢你，黛安娜再喜欢你也没用。如果她听说你对林德太太大发雷霆，还在帽子上缀满金凤花走进教堂，我就不知道她对你会有怎样的看法了。你一定要有礼貌，循规蹈矩，不要发表你那些骇人听闻的长篇大论。天哪，这孩子该不是在发抖吧！"

安妮确实在发抖。她神情紧张，脸色煞白。

"哦，玛丽拉，你也会激动的，如果你要去见一个小女孩，满心希望她成为你的知心朋友，可是她的妈妈却可能不喜欢你。"安妮一边赶紧去取帽子，一边说。

她们走过小溪，爬上栽满冷杉树的山丘，抄近路来到果园坡。玛丽拉敲敲门，巴里太太走到厨房来开门。她是个黑眼睛黑头发的高个子女人，有一张坚定刚毅的嘴巴。大家都知道她对孩子要求非常严格。

“你好，玛丽拉，”她亲热地说，“进来吧。我想，这就是你收养的小女孩儿吧?”

“是的，这是安妮·雪莉。”玛丽拉说。

“拼写的时候带个‘e’。”安妮喘着气说。尽管她既胆小又兴奋，还是决意让这至关重要的问题不致有半点误会。

巴里太太不知是没有听见还是没有听懂，只是同她握了握手，亲切地说：

“你好吗?”

“尽管我精神上搞得很乱，身体还是挺好的，谢谢你，太太。”安妮严肃地说。然后她又转过脸来用大家听得见的声音悄悄地对玛丽拉说，“这几句话一点也不骇人听闻，是不是，玛丽拉?”

黛安娜正坐在沙发上看书，客人一进屋，她就把书放下了。她是个非常漂亮的小姑娘，长着像她妈妈那样的黑眼睛、黑头发和红扑扑的面颊，还继承了她爸爸的愉快表情。

“这是我的小女孩黛安娜，”巴里太太说，“黛安娜，你可以带安妮出去到花园里看看你的花。这比你看那本书用眼过度，把眼睛看坏了强。她书看得实在太多了——”这话是在两个女孩出去后对玛丽拉说的——“我没法阻止她，因为她爸爸给予支持和庇护。她总是全神贯注地看书。我很高兴她有希望得到个游戏的伙伴了——也许这会使她多参加一些户外活动。”

外面落日的柔和光辉透过黑色的古杉树洒落在花园的西头，花园里站着安妮和黛安娜，她们隔着一丛美丽的卷丹花，害羞地互相瞅着。

巴里的花园里遍地花卉，如果安妮不为命运而忧心忡忡，她会为之欢天喜地的。花园四周围绕着巨大的古柳树和参天的冷杉树，树下盛开着一些喜爱阴凉的花。在交成直角的两条整洁的小道边上，齐崭崭地嵌着蛤壳，像有点潮湿的红缎带一样横切花园，两条小路之间的花坛里盛开着各色的花。有玫瑰色的伤心花、硕大的光彩夺目的红牡丹；还有雪白清香的水仙花和带刺儿的可爱的苏格兰玫瑰；有蓝色、白色和粉红的耧斗花，也有丁香紫的大贝花；有丛生的南方木、缎带草和薄荷；有紫色的狗牙花、黄水仙花，还有一丛丛被精致、芬芳而轻柔的小花枝染白了的三叶草；猩红色的闪电花把它那火一样的叶片从拘谨的麝香花上直插出去；花园里阳光流连忘返，蜜蜂嗡嗡地飞，哄得风儿徘徊不忍离去，有时发出低沉颤动的声音，有时瑟瑟作响。

“哦，黛安娜，”安妮终于开口了，她紧握双手，用几乎耳语般的声音说，“你觉得——嗯，你觉得你能不能有一点喜欢我——愿意做我的知心朋友？”

黛安娜笑了，黛安娜说话之前总要发出笑声。

“当然，我想是的，”她坦率地说，“你来到绿山墙农舍住下，我真高兴极了。有人一块儿玩多快活呀。以前没有任何其他女孩子住在附近，可以一起玩耍，我的妹妹又太小。”

“你能赌咒永远永远做我的朋友吗？”安妮热切地问道。

黛安娜好像惊呆了。

“啊，诅咒是非常恶毒的。”她责怪道。

“哦，不，是赌咒不是诅咒。赌咒就是发誓，你知道。”

“我只听说过诅咒。”黛安娜不相信地说。

“我说的是赌咒。哦，它一点也不恶毒。它的意思不过是做出严肃的誓言和保证。”

“那么，做一下也没关系，”黛安娜放下了心，同意了，“怎么做呢？”

“我们必须联起手来——这样，”安妮严肃地说，“这应当在奔流的水面上进行。我们想象这条小路就是奔腾的流水。我先说一遍誓言。我庄严地宣誓忠实于我的知心朋友黛安娜·巴里，海枯石烂不变心。现在你把我的名字放进去说一遍。”

黛安娜重复了一遍誓言，在说之前和说完之后她都笑了。然后她说：

“你真是个古怪的女孩，安妮。以前我就听说你很古怪。不过，我相信我会非常喜欢你的。”

玛丽拉和安妮回家时，黛安娜和她们一起走到小木桥。两个小女孩彼此用手臂搂着向前走。到了溪边分手时，她们反复保证第二天下午在一块儿玩。

“怎么样，你觉得黛安娜是你灵魂的知音吗？”当她们走过绿山墙农舍的花园时，玛丽拉问道。

“哦，是的。”安妮无比快乐地叹了口气，丝毫没有意识到玛丽拉话里的讥讽味道，“哦，玛丽拉，在这一刻，我是爱德华王子岛上最幸福的女孩。我向你保证，今晚我会非常虔诚地念我的祷告词的。明天，黛安娜和我要在威廉·贝尔先生的桦树林里造一间游戏室。屋外木料间的那些碎瓷片可以给我吗？黛安娜的生日在二月，我的在三月。你不觉得这是一种奇特的巧合吗？黛安娜还要借一本书给我看。她说那本书扣人心弦，精彩极了。她还要领我到森林深处一个长着米百合的地方去。你不觉得黛安娜的眼睛饱含着深情吗？我真希望我也有一双流露着深情的眼睛。黛安娜还要教我唱一首叫作‘榛树山谷里的内莉’的歌。她还要给我一幅画挂在我的房间里；那是一幅十分美丽的画，她说——是一位穿着淡蓝色绸衣服的秀丽的小姐。画是一位缝纫机代理商送给她的。我希望我也有东西可以送给黛安娜。我比黛安娜高一英寸，可她比我胖多了；她说她希望瘦一点，因为瘦一点的人显得婀娜多姿，不过我怀疑她这么说只是为了减轻我的伤感。我们哪一天还要去海边拾贝壳。我们一致同意把小木桥下那条小溪流称作‘森林女神的水泡’。这是不是个非常优美的名字？我以前在一本小说里读到的一条小溪就叫这个名字。我想，森林女神是一种长大了的仙女吧？”

“够啦，我只希望你别一个劲儿说话，把黛安娜烦死，”玛丽拉说，“在考虑你的一切计划时首先要牢记这一点，安妮。你不能把所有的时间或大部分时间花在玩耍上面。你还有活儿要干，首先是要把活儿干了。”

安妮心里盛满了欢乐，马修又使她的欢乐多得盛不住，溢了出来。他到卡莫迪的商店里去了一趟，刚刚到家。他忸忸怩怩地从口袋里掏出一个小纸包，递给安妮，又用请求宽恕的目光朝玛丽拉看了一眼。

“我听你说爱吃巧克力糖，就给你买了一些。”他说。

“哼，”玛丽拉嗤之以鼻，“这会把她的牙齿和胃给毁了的。得啦，得啦，孩子，别这么沮丧。既然马修从老远把它买了回来，你就吃吧。他最好给你买些薄荷糖，那玩意儿更有益于健康。别一口气都吃下去，弄得肚子不舒服。”

“哦，不，真的不会，”安妮亲切地说，“今晚我只吃一颗，玛丽拉。我可以分一半给黛安娜，是吗？如果给了她一半，另一半会加倍地甜。想到我有东西送给她，真叫人高兴。”

“我要为这孩子说几句，”等安妮已经回她的东山墙屋子里去了，玛丽拉说，“她不吝啬，这使我很高兴。在所有的缺点中，我最讨厌孩子小气。天哪，她才来了三个星期，却好像是一直待在这儿似的。我真想象不出，要是没有她，这里会是什么样子。得啦，别做出那副‘我早就告诉过你’的神气，马修。女人露出这副神气就够坏的了，一个男人要是这样，就更让人无法忍受。我心甘情愿地承认我很高兴自己答应留下这孩子，而且我开始喜欢她了，可是不许你再触我的痛处了，马修·卡思伯特。”

第13章

有所期待的喜悦

“这会儿安妮该回来干缝纫活儿了。”玛丽拉说道，看了看钟，走出门去。外面是个金黄色的八月的下午，一切都在大暑酷热中昏昏欲睡。“她和黛安娜一块玩耍，超过我所规定的时间已有半个多小时；现在她又坐在那儿的木柴堆上和马修喋喋不休地说个没完，虽然她明明知道该干活了。当然啦，他像个十足的傻瓜似的竖耳静听。我从没见过一个男人这么昏头昏脑。显然，她说的话越多，内容越离奇，他反倒越高兴。安妮·雪莉，立刻给我回来，听见没有！”

随着西窗的一连串断断续续的嗒嗒声，安妮从院子里飞奔进来，她双目炯炯，两颊绯红，没有打成辫子的头发光彩夺目地披在脑后。

“哦，玛丽拉，”她气喘吁吁地嚷道，“下个星期主日学校要举行一次野餐活动——在哈蒙·安德鲁斯先生的地里，紧挨着‘闪光的小湖’。主管人贝尔太太和雷切尔·林德太太要做冰激凌——想想吧，玛丽拉——冰激凌哪！哦，玛丽拉，我可以去吗？”

“请你看看钟吧，安妮。我关照你什么时候进来的？”

“两点钟——可野餐不是绝妙的活动吗，玛丽拉？请告诉我，我可以去吗？哦，我从来没有参加过野餐——我梦想过野餐，可我从来没有——”

“是呀，我叫你两点钟回来，现在已经两点四十五分了。我想知道你为什么不听我的话，安妮。”

“唔，我是打算尽量早点回来的，玛丽拉。可你不知道‘悠闲的旷野’有多么迷人。然后，当然啦，我要把有关野餐的事情告诉马修。马修听人讲起什么事情，听得可认真呢。请告诉我，我可以去吗？”

“你要懂得抵制‘悠闲的——’什么玩意儿对你的诱惑。我叫你某个时候回来我就是指那个时候回来，绝对不是半小时以后，再说，你在路上也没有必要停下来和情投意合的听众交谈。至于野餐嘛，你当然可以去，你是主日学校的学生，既然别的女孩都去，我是不会不让你去的。”

“可是——可是，”安妮吞吞吐吐地说，“黛安娜说每人都得带一篮子东西去吃。我不会做菜，你知道，玛丽拉，我——我——我不大在乎不穿宽松袖子的衣服去野餐，可是如果不带篮子去，我会感到脸上很不光彩。自从黛安娜告诉我这件事以后，我心里一直焦急得难受。”

“得啦，用不着再焦急了。我会替你烤一篮子食物的。”

“哦，你是亲爱的好玛丽拉。哦，你对我太好了。哦，太感谢你了。”

说完这么多“哦”字，安妮投入玛丽拉的怀抱，欣喜若狂地吻着她那灰黄色的面颊。在玛丽拉的一生中，第一次有个孩子的嘴唇主动地吻她的脸。她感到一阵令人吃惊的含有甜情蜜意的激动猛袭心头。她暗自满心喜欢安妮感情冲动的爱抚，也许正是这个原因使她粗暴地说：

“得啦，得啦，不要一门心思干这种吻我的蠢事了。我想尽快地看到你严格按照我的要求去做。至于做菜嘛，我打算这些天开始给你上几节课。不过，你太浮躁了，安妮，我一直在等待着看到你确实能够清醒一点、稳重踏实一点，我才可以开始教你。你必须把精力集中在做菜上，绝对不能做了一半就停下来让你的思想在胡编乱造的幻景中开小差。现在把你的碎布片拿出来吧，到吃茶点的时候，得缝好一大方块。”

“我不喜欢缝碎布片。”安妮满面愁容地说，一边找出她的针线箱，叹了口气，在那一小堆红红白白的小布片跟前坐下，“我觉得有些针线活是很美妙的；可是缝碎布片却没有一点想象的余地。它一条缝口接着一条缝口，好像永远看不到尽头。不过，当然啦，我宁愿做绿山墙农舍的缝碎布片的安妮，也不做其他地方不用干活可以随便玩耍的安妮。可是，我仍然希望缝碎布片的时间过得和我同黛安娜玩耍的时间一样快。哦，我们过得真愉快，玛丽拉。我必须提供大部分的想象，这一点我是完全能够做到的。黛安娜在其他方面都无可挑剔。你知道我们的农田和巴里先生的农田之间小河对岸的那一小片土地吧。它属于威廉·贝尔先生。就在拐角处有个由白桦树围成的场地——好一个浪漫传奇的地方，玛丽拉。黛安娜和我就把游戏室建在那儿。我们称它为‘悠闲的旷野’。这是不是个充满诗意的名字呢？不瞒你说，这是我花了好长时间才想出来的。我差不多一夜没有合眼，才发明了这个名字。就在我快要进入梦乡时，我灵机一动，有了主意。黛安娜听到这个名字后欣喜若狂。我们把房子造得精致优雅。你一定要去看一看，玛丽拉——好吗？我们用青苔覆盖的大石块当底座，把搁在树与树之间的木板当作架子。我们把所有的碟子和盘子都放在上面。当然啦，它们都是破的，可是把它们想象成完整的用具是世界上最容易的事了。一只盘子上还印有红色和黄色的常春藤小树枝，显得特别漂亮。我们把它放在客厅里，还把一块彩色玻璃放在那儿。彩色玻璃像梦一样可爱。这是黛安娜从她家鸡棚后面的树林里捡到的。玻璃上面满是彩虹——就是那种还未成熟的幼年小彩虹——黛安娜的妈妈告诉她，那是她家以前有过的一盏吊灯的碎片。可是把它想象成一天夜里仙女们举行舞会时失落的宝物就更美了，所以我们管它叫‘仙女的玻璃’。马修要帮我们做一张桌子。哦，我们已经给巴里家那边田里的圆圆的小池塘起名叫‘柳池’。这个名字是我从黛安娜借给我的那本书上看到的。那真是本激动人心的书，玛丽拉。书中的女主人公有五个情人。我要是有一个就心满意足了，你呢？她美丽绝伦，多灾多难。她最容易晕倒了。我希望自己也能晕倒，你呢？玛丽拉？这真是充满着浪漫的气息。可是，尽管我这么瘦，我其实是很健康的。不过我相信我在长胖。你不觉得是这样吗？我每天早上起床的时候都要看看胳膊肘上是不是有肉坑了。黛安娜又做了一件中袖的新衣服。她要穿着它去参加野餐。哦，我真希望下个星期三天气晴朗呀。如果发生什么事情使我不能去参加野餐，我真怕自己承受不了这么大的失望。我想我是经受得住的，但我可以肯定，这将成为我终生的遗憾。即使在以后的岁月里我参加上百次野餐也无济于事；它们弥补不了失去这次机会的遗憾。他们要在‘闪光的小湖’上划船——还有冰激凌，这我告诉过你了。我从没尝过冰激凌。黛安娜竭力跟我解释它是什么样子的，但我猜想冰激凌是属于无法想象的那一类东西。”

“安妮，你不停嘴地说了足足十分钟，”玛丽拉说道，“现在，为了满足我的好奇心，我倒要看看你能不能保持十分钟的沉默。”

正如她所要求的那样，安妮不再吭声了。可是在这个星期剩下的几天里，她一直在说着野餐，想着野餐，连做梦也忘不了野餐。星期六，天下雨了，她焦虑不安，心慌意乱，就怕这场雨一直下到星期三。为了稳定她的情绪，玛丽拉让她多缝一块用碎布拼成的方块布。

星期天，从教堂回家的路上，安妮向玛丽拉吐露了心里话：当牧师在讲坛上宣布举行野餐的事情时，她竟兴奋得浑身发冷。

“我从头到脚一阵发抖，玛丽拉！在那以前，我觉得自己并不相信真的要举办野餐。我情不自禁地害怕这只是我的想象。可是一旦牧师在讲坛上说出了口，你就不得不相信了。”

“你心事太重了，安妮，”玛丽拉叹了口气说道，“我担心你这一生会遇到许许多多次失望呢。”

“哦，玛丽拉，对事情存着期望，也就得到一半的欢乐，”安妮大声说道，“也许你不可能得到那些事物本身，但任何事情也剥夺不了你期待它们时产生的乐趣。林德太太说：‘一无所求的人是幸福，因为他们不会失望。’可我觉得一无所求比失望更糟糕。”

像往常一样，玛丽拉那天去做礼拜时别着她的紫晶胸针。玛丽拉去做礼拜时总是要别上她的紫晶胸针的。如果不别它，她便会感到是亵渎神灵——同忘了带《圣经》或捐献的零钱一样是罪过。这枚紫晶胸针是玛丽拉最珍贵的财产，是个以航海为生的舅舅送给她母亲的，后来她母亲又把它转赠给了玛丽拉。这是一枚老式的椭圆形胸针，里面装着她母亲的一绺头发，周围嵌着质地很好的紫色水晶。玛丽拉对于珍贵的宝石知之甚少，也就不会明白紫色水晶实际上有多么精致；但她觉得它们很美丽，总是愉快地意识到它们在她的脖子上、在她漂亮的褐色花缎衣上方闪耀着紫色的光辉，尽管她自己看不见。

安妮第一次看到这枚胸针时，她满心欢喜地赞不绝口。

“哦，玛丽拉，这真是一枚无比精美的胸针，我不知道你戴了它怎么还能听得进布道和祷词。换了我就不行，这我知道。我觉得紫水晶精巧玲珑。我以前想象的钻石就是这样的。很久以前，我没见过钻石，只在书上读到过，我就竭力想象它们是什么样儿的。我想它们可能是闪闪发光的漂亮的紫色石头。有一天，我在一位小姐的戒指上看到一枚真正的钻石，我失望得哭了。它当然非常好看，但不是我想象中的钻石。可以让我把胸针拿一分钟吗，玛丽拉？你说，紫水晶会不会是高贵的紫罗兰的精灵？”

第14章
安妮的坦白

野餐之前的星期一晚上，玛丽拉带着一脸焦虑的神情从她屋子里走了出来。

“安妮。”她对那个小人儿说。那个小人儿正坐在一尘不染的桌子旁边剥豆，一边用一种给黛安娜的教学质量带来信誉的朝气蓬勃的声调唱着“榛树山谷里的内莉”。“你瞧见我的紫晶胸针没有？我记得昨晚从教堂回来，我就把它别在我的针插上了，可我各处找遍了，也没有找到。”

“今天下午你到资助小组去的时候，我——我看见过它，”安妮慢吞吞地说，“我路过你房门口，看到它别在针插上，就进去看了看。”

“你动它没有？”玛丽拉严厉地说。

“动——了，”安妮承认道，“我把它拿起来，别在我的胸前，只是想看看戴着它是个什么样子。”

“你没有权利做这类事情。一个小女孩这么瞎弄，是很不对的。首先，你不该走进我的屋子；其次，你不该去动一枚不属于你的胸针。你把它放哪儿了？”

“嗯，我把它放回到衣柜上了。我只戴了不到一分钟。真的，我并不打算瞎弄，玛丽拉。我并没想到进去戴一下胸针是不对的；

不过我现在知道了，以后我决不再这样做了。我这人有个优点，同一件错事我从来不做第二次。”

“你没有把它放回原处，”玛丽拉说，“那枚胸针根本不在衣柜上。你多半已经把它拿走了，安妮。”

“我的确把它放回原处了，”安妮迫不及待地——在玛丽拉看来很不礼貌地说，“我不记得我是把它别在针插上还是放在瓷盘里了。可是我敢百分之百地肯定我是把它放回去了。”

“那么我再去找一下，”玛丽拉说，她决定公平合理地处理这件事情，“如果你把胸针放回去了，它就应该还在那儿。如果它不在那儿，我就会知道你并没有把它放回去，就是这么回事！”

玛丽拉走到她的屋子里，彻底地搜寻了一番，不仅仅是衣柜上，凡是她认为胸针可能在的地方她都找过了，还是毫无踪迹，于是她又回到厨房里。

“安妮，胸针不见了，你承认自己是最后一个接触它的人，那么，你把它放哪儿了？立刻对我说实话。你是不是把它拿出去丢了？”

“不，我没有，”安妮严肃地说，坦然地迎着玛丽拉愤怒的注视，“我绝对没有把胸针拿出你的屋子，这就是实话，就是把我带上断头台，我也还是这番话——虽然我拿不准断头台是什么东西。就是这样，玛丽拉。”

安妮说“就是这样”，不过是想强调一下她的自我辩护的语气，但玛丽拉却把它当作违抗的一种表现。

“我认为你是在对我说谎，安妮，”她严厉地说，“我知道你在说谎。从现在起，什么话也不要说了，除非你准备告诉我全部的真相。到你屋子里去吧，待在那儿直到你愿意坦白交代为止。”

“要把豆子也带去吗？”安妮温顺地说。

“不，我自己会剥完的。照我说的去做吧。”

安妮走后，玛丽拉忙着干晚上该干的活计，心里乱糟糟的。她为自己珍贵的胸针而忧心忡忡。如果安妮把它丢了怎么办呢？这个孩子的行为多么恶劣呀，谁都看出一定是她把胸针拿走的，可是她死不承认！而且脸上还装出那么一副清白无辜的样子！

“谁知道这么快就发生了我本来不愿它发生的事情，”玛丽拉一边心神不宁地剥着豆子，一边想，“当然啦，我想她不是存心要偷它，或是做类似这样的事情。她只是拿出去玩，或是用它帮助自己展开她的想象。她一定把它拿走了，这点是清楚的，因为据她自己所说，自从她到过那里直到我今晚进去，那间屋子没有谁再进去过。胸针不见了，没有比这更明确的了。我想她是把它丢了，又害怕受处罚，不敢承认。想到她说谎，真叫人不寒而栗。这比她脾气暴躁糟糕得多。家里有个你无法信赖的孩子，这责任可是非同小可啊。狡诈和虚伪——这就是她表现出来的品质。我断定自己对这一点比对失去胸针更难受。其实只要她说出事实真相，我是不会太计较的。”

整个晚上，玛丽拉不时走进她的房间，四处寻找那枚胸针，可是仍然一无所获。上床之前到东山墙屋子里去了一趟，也毫无结果。安妮一口咬定她根本不知道胸针的事，但玛丽拉越发深信不疑，认为就是她弄丢的。

第二天早上，她把事情的经过告诉了马修。马修惊慌失措，迷惑不解；这么快就对安妮失去信心，他做不到，可是他又不得不承认，形势对安妮不利。

“你能肯定它没有掉到衣柜背后去吗？”这是他能想到的唯一意见。

“我把衣柜挪开过了，还把抽屉拿出来，角角落落也仔细寻找过，”玛丽拉明确地回答说，“胸针不见了，那孩子把它拿走了，还说谎抵赖。这明摆着是一件丑事，马修·卡思伯特，我们应该正视现实。”

“嗯，你准备怎样处理这件事情？”马修可怜巴巴地问道，暗自庆幸这种局面将由玛丽拉而不是由他自己来对付。这次，他根本不想插手。

“她得待在她的屋子里，直到坦白交代为止，”玛丽拉严厉地说，想起了这种方法在前一次所取得的成功，“到时候我们就会明白了。也许我们还可以找到胸针，只要她告诉我们她把它带到哪儿去了；可是，不管怎么说，她都得受到严厉的惩罚，马修。”

“嗯，得由你去惩罚她，”马修说道，伸手去取他的帽子，“我和这件事毫无关系，你记住。是你自己警告我不要干涉的。”

玛丽拉觉得谁也帮不了她的忙，甚至她不能去征求林德太太的意见。她紧绷着脸上楼到东山墙屋子去，离开那里时，脸绷得更紧了。安妮毫不动摇地拒绝交代问题。她坚持说她没有拿走胸针。很明显，孩子一直在掉眼泪，这使玛丽拉的心头涌起一阵怜悯，但她坚强地克制住了这种情绪。到了夜里，正如她自己所说的那样，她已经“精疲力竭”了。

“你待在这间屋子里，直到坦白交代为止，安妮。你可以很好地权衡一下，做出决定。”她坚定地说。

“可是明天就要举行野餐了，玛丽拉，”安妮嚷道，“你不会阻止我去参加吧？你只要下午让我出去就行了，好吗？然后，我就高高兴兴地待在这儿，你要我待多久，我就待多久。可是我一定要去参加野餐。”

“不坦白交代，你就不能去参加野餐，也不能到别的地方去，安妮。”

“啊，玛丽拉。”安妮几乎透不过气来了。

可是玛丽拉已经走了出去，把门关上了。

星期三的早上，晨曦初露时，天气晴朗，好像是专门为野餐安排的。小鸟围绕着绿山墙农舍啾啾鸣唱；花园里的白百合花散发出来的阵阵清香随着无形的风飘进了每一道门、每一扇窗，像祝福的神灵一样在厅堂和房间里徘徊。山谷里的白桦树挥动着欢乐的手，好像在等待着安妮和往常一样从东山墙屋子里向它们道早安。可是安妮不在窗口。当玛丽拉端着她的早饭来到她屋子时，发现这个孩子端端正正地坐在床上，脸色苍白，神情坚定，嘴巴紧紧地闭着，两眼炯炯发光。

“玛丽拉，我准备坦白。”

“啊！”玛丽拉放下托盘，她的方法又一次见效了，但她的成功却让她感到非常痛苦，“那就让我听听你要说些什么吧，安妮。”

“是我拿了紫晶胸针，”安妮说，好像在复述她学过的一篇课文，“正像你说的，我拿走了它。我进屋子的时候并没打算把它拿走。可它看起来多么漂亮啊，玛丽拉，当我把它别在我的胸前时，我被一种不可抗拒的诱惑征服了。我在脑子里想象，如果我把它带到‘悠闲的旷野’，假装我是科迪莉娅·菲茨杰拉德小姐，该多么令人激动啊。如果我戴了一枚真正的紫晶胸针，把自己想象成科迪莉娅小姐就容易得多了。黛安娜和我用玫瑰色的浆果做成了项链，可是玫瑰色的浆果怎能同紫色的水晶相比呢？于是我就拿走了胸针。我想我可以在你回家之前放回原处的。我一路闲逛，消磨时间。当我走过‘闪光的小湖’上的那座小桥时，我把胸针拿下来，想再仔细地看它一眼。哦，它在阳光下真是光彩夺目！后来，当我斜靠在桥栏杆上时，它从我的手指缝里滑落了下去——就这样——落了下去——下去——下去，形成一条闪烁的紫光，永远沉入了‘闪光的小湖’水底。这是我所能做的最好的坦白了，玛丽拉。”

玛丽拉又感到怒火中烧。这个孩子拿走了她珍贵的紫晶胸针，并且把它弄丢了，可现在她坐在那儿从容不迫地叙述事情的经过，看不出有一丝一毫内疚和懊悔的表示。

“安妮，这太可怕了，”她说，努力使语气缓和一些，“你是我听说过的坏到极点的女孩子。”

“是的，我想是这样，”安妮平静地表示赞同，“并且我知道我应当受到处罚。你有处罚我的责任，玛丽拉。这个问题是不是可以结束了？因为我想无牵无挂地去参加野餐。”

“野餐，哼！今天你不能去参加野餐了，安妮·雪莉。那是对你的惩罚。对于你的所作所为，这种惩罚离严厉的程度还远着呢！”

“不去参加野餐！”安妮猛地站了起来，一把抓住玛丽拉的手，“但是你答应我可以去的！啊，玛丽拉，我一定要去参加野餐。为了这我才坦白交代的。除此以外，你愿意怎么惩罚我都可以。唉，玛丽拉，求求你，求求你，让我去参加野餐吧。想想冰激凌吧！说不定我以后永远没有机会尝到冰激凌的滋味了。”

玛丽拉冷酷地甩开安妮抓着她的那只手。

“你用不着哀求，安妮。你不能去参加野餐，这是无可更改的。别说了，一个字也别说了。”

安妮了解到玛丽拉的决心是不可动摇的。她紧握双手，发出一声尖叫，然后脸朝下扑倒在床上，扭动着身子号啕大哭，尽情发泄着失望和绝望的情绪。

“天哪！”玛丽拉喘着气，急忙走出了屋子，“我相信这孩子是疯了。神志清醒的孩子是不会像她这么干的。要不然她就确实是坏透了。天哪，恐怕雷切尔开头所说的话是对的。可是我已经沾上了手，不会就此罢休的。”

这是个沉闷乏味的上午。玛丽拉拼命地干活，当她再也无事可做时便擦洗了走廊的地板和放牛奶的壁橱。其实壁橱和走廊都用不着擦洗——但玛丽拉还是这么做了。然后她到院子里去松土。

午饭烧好了，她上楼去叫安妮。一张泪痕斑斑的小脸庞出现了，在楼梯扶手上探出身子，满脸愁苦的样子。

“下来吃午饭吧，安妮。”

“我不想吃饭，玛丽拉，”安妮呜咽着说，“我什么也吃不下。我的心碎了。我想总有一天你会为了使我心碎感到内疚的，玛丽拉，但是我原谅你。请你记住，等那个时候到来，我一定原谅你。不过请你不要叫我吃任何东西，特别是猪肉烧蔬菜。当一个人内心十分痛苦时，猪肉烧蔬菜显得太没有浪漫色彩了。”

怒不可遏的玛丽拉回到厨房，把自己的不幸经历一股脑儿讲给马修听。马修在他的正义感和他对安妮的非法同情心之间无所适从，非常可怜。

“嗯，她是不该拿那枚胸针的，玛丽拉，也不该编造假话，”他承认道，一边悲哀地审视着他那盘缺乏浪漫色彩的猪肉烧蔬菜，仿佛他也和安妮一样，认为这种食物不适合缓和感情上的危机，“可她是这样一个小东西——这样一个有趣的小东西。她一心一意想参加野餐，不让她去是不是太粗暴了？”

“马修·卡思伯特，我对你感到吃惊。我觉得我已经是完全从轻处罚她的了。她好像压根儿没有意识到自己的行为有多么恶劣——这一点最让我揪心了。如果她真正感到懊悔，事情就不会这么糟糕。你好像也并不理解这一点；你一直在心里替她辩护——我看得出来。”

“唉，她真是个有趣的小东西，”马修软弱无力地重复说，“应该给她留有余地，玛丽拉。你知道她从没受过什么教养。”

“是啊，她目前正在受教育。”玛丽拉反驳道。

她的反驳即使没有使马修心服，也使他闭上了嘴。午饭吃得很不愉快。饭桌上唯一高兴的家伙是雇来帮工的男孩杰里·波特。玛丽拉对他那种心花怒放的神气非常不满，认为这是一种人格侮辱。

玛丽拉洗了盘子、发了面、喂了鸡以后，忽然想起她星期一下午从妇女资助小组回来脱下她那条饰有花边的最好的黑披巾时，发现它上面裂了个小口子。她要去把它缝好。

披巾放在她皮箱内的一只盒子里。当玛丽拉把它拎出来时，阳光透过窗外一束束茂盛的葡萄藤洒落进来，照出披巾上挂着的一件东西——它的小粒晶体上闪烁着紫色的光芒。玛丽拉喘着气把它抓在手里。这是紫晶胸针，它的别针挂在花边的一根线上了！

“哎呀，我的天哪，”玛丽拉茫然地说，“这是什么意思？我的胸针在这里安然无恙，我还以为它躺在巴里池塘的水底下了。那个女孩竟然说她把它拿走，并且丢掉了，这是怎么回事？我宣布我深信绿山墙农舍是中了魔法了。我现在想起来了，星期一下午我脱下我的披巾后，把它放在衣柜上搁了一会儿。我想胸针就不知怎么给它挂住了。嘿！”

玛丽拉走到东山墙屋子里。安妮已经尽情地哭了一场，正垂头丧气地坐在窗边。

“安妮·雪莉，”玛丽拉严肃地说，“刚才我在我那镶着花边的黑披巾上找到了我的胸针。现在我想知道今天早上你对我说的那一大通废话是什么意思。”

“嘿，你不是说要把我关在这里，直到我坦白交代为止吗？”安妮倦乏无力地回答，“我一心想去参加野餐，所以决定坦白了。昨天夜里上床后，我想出一段供词，又尽量把它修改得生动有趣。然后我说了一遍又一遍，这样我就不会忘记了。可结果你还是不让我去参加野餐，我一番辛苦全白费了。”

玛丽拉情不自禁地想笑，可她感到自己的良心在隐隐作痛。

“安妮，你真是不可思议！不过，是我错了——我现在明白了。我从没听你说过谎，不应该不相信你的话。当然啰，你承认一桩自己没有干过的事，那也是不对的——这样做是很错误的。但确实是我逼你采取了那样的行动。如果你能原谅我的话，安妮，我也原谅你，让我们重新开始调整我们的态度吧。现在，准备去参加野餐吧。”

安妮像火箭一样蹿了起来。

“哦，玛丽拉，现在不是太晚了吗？”

“不晚，现在才两点钟。他们还不会集合好，再过一小时才用茶点呢。洗洗脸，梳梳头，穿上你的花格布衣服。我去给你装一篮食物。家里有的是烤出来的东西。我还要叫杰里把栗色马拴上，用马车送你到野餐的地方去。”

“哦，玛丽拉，”安妮兴奋地嚷道，轻快地奔向洗脸架，“五分钟以前我还是那么愁眉苦脸，但愿自己从来没有生到这个世上，可是现在，哪怕让我去当天使，我也不干啦！”

那天晚上，安妮兴高采烈，精疲力竭，怀着无法形容的幸福感，回到了绿山墙农舍。

“哦，玛丽拉，我过得非常美满。美满是我今天学到的一个新词儿。我听到玛丽·艾丽斯·贝尔用到它的。它是不是很有表现力？一切都很有趣。我们吃了丰盛的茶点，然后哈蒙·安德鲁斯先生带我们大家到‘闪光的小湖’上去划船——每趟六个人。简·安德鲁斯差一点掉到水里去。她探出身子去采睡莲，如果不是安德鲁斯先生在节骨眼上抓住了她的腰带，她就要掉进湖里，说不定还会淹死呢。我希望那是我。差一点淹死是一次多么惊心动魄的经历呀。这段情节叙述起来又是多么激动人心啊。接着我们吃了冰激凌。我无法用语言来形容那个冰激凌。玛丽拉，我向你保证，它真是了不起啊。”

那天晚上，玛丽拉隔着她身前织长袜用的篮子，把整个事件原原本本地告诉了马修。

“我愿意爽快地承认是我搞错了，”她最后坦率地说，“可是我已经从中吸取了教训。每当我想到安妮的‘坦白交代’时，就忍不住要笑，虽然我知道这实际上是一篇谎话，不该发笑。但不知怎么，它似乎没有别的谎话那样糟糕，而且不管怎么说，责任在我。这孩子在有些方面很难理解。但我相信她是会有出息的。有一点也可以肯定，只要有她在，哪一家都不会单调沉闷。”

第15章

小学校里的大风波

“多么光辉灿烂的一天啊!”安妮深深吸了口气，说道，“生活在这样的一天里，真是太好了，是吗?我为还没有出生的人感到惋惜，因为他们错过了这一天。当然啦，他们可能有别的美好日子，但永远不会有这一天了。而且，沿着这样一条可爱的路去上学，不是更加光辉灿烂吗?”

“这比沿着大路走强多了；那儿很热，灰尘又大。”黛安娜从实际出发这么说，她瞥了一眼午餐篮子，心里计算着如果篮里放着的三块松软可口的木莓果酱馅儿饼分给十个小姑娘，每个小姑娘能尝到几口。

阿冯利学校的小姑娘总是共同分享她们的午餐，如果哪个小姑娘把三块木莓果酱馅儿饼独自吃了，或是只同自己的一位最要好的朋友分享了，她就会永远被说成是“极端的吝啬鬼”。可是，当馅儿饼分给十个女孩子的时候，你得到的那一份便只够吊吊胃口了。

安妮和黛安娜上学所走的那一条路确实是条美丽的路。安妮觉得，同黛安娜一起上学来往经过的路线十分美妙，即使凭想象也难以描绘出一条更好的路线了。要是沿着大路走，那就太平淡无奇了；可是顺着“情人的小径”“柳池”“紫罗兰溪谷”和“白桦小道”这条路走，就完完全全地富有浪漫的气氛了。

“情人的小径”从绿山墙农舍果园下边开始，向上延伸进树林，通向卡思伯特农田的尽头。人们就是通过这条路，把母牛赶到后面的牧场上，冬天把木柴运回家的。安妮在绿山墙农舍住了不到一个月，就把这条路起名叫“情人的小径”了。

“并不是因为真有情人在那儿漫步。”她向玛丽拉解释道，“我和黛安娜正在读一本不同凡响的书，其中就有一条‘情人的小径’。所以我们也希望能有一条。而且这是个很美的名字，不是吗？浪漫的气氛多浓啊！我们可以想象有一对情人走进那条小径，你知道。我喜欢那条小径，因为在那里你可以浮想联翩，谁也不会说你发疯。”

安妮早上独自出发，沿着“情人的小径”一直走到小溪边上。黛安娜在这里迎接她，然后这两个小姑娘沿着头顶上枫叶覆盖的小径向上行走——“枫树真是喜欢交际的树，”安妮说，“它们总是沙沙作响，向你低声耳语。”——一直走到一座粗木桥为止。这时，她们离开小径，穿过巴里先生家屋后的田地，走过“柳池”。过了“柳池”便是“紫罗兰溪谷”——这是安德鲁·贝尔先生家大森林的树荫下一小块绿色的洼地。“当然啰，现在那里没有紫罗兰，”安妮告诉玛丽拉，“可是黛安娜说，到了春天就千朵万朵地开满了。哦，玛丽拉，你不能凭想象说你看见它们了吗？这简直使我透不过气来。我管它叫‘紫罗兰溪谷’。黛安娜说她一直摸不准我起的地名怎么会那么准确，那么奇特。擅长做某种事情真不错，是吗？不过‘白桦小道’这个名字是黛安娜起的。她要这样叫，我就让它去了；但我可以肯定，我能想出一个比平淡无奇的‘白桦小道’更富有诗意的名称来。不过‘白桦小道’是世界上最美丽的地方之一，玛丽拉。”

的确如此。除安妮之外，别人偶尔发现这条小路时，也有同感。这是一条狭窄曲折的小路，蜿蜒而下，越过一条长长的山丘，笔直穿过贝尔先生家的森林，在那里，亮光经过那么多层翠绿色筛网的过滤，照射下来，像钻石心一般纯净无瑕。整条小路的边缘长着修长、年轻的白桦，树干雪白，长出优美的树枝；在小树旁边，茂密的蕨草、七瓣莲、野铃兰和一簇簇鲜红的鸽子莓争芳斗艳；那里的空气里总是飘扬着令人心醉的香气。还有小鸟啾啾的叫声汇成的乐曲和头顶上树叶中一阵阵风的低喃与欢笑。如果你默不作声，就会不时看到一只野兔蹿过路面——这种事情，安妮和黛安娜在一个蓝色的月夜里就曾碰到过一次。走下山谷，小路和公路汇合了，然后只要再爬上长着冷杉的山丘，就可以走到学校。

阿冯利学校是一幢粉刷得很白的房子，屋檐低挂，窗户宽敞，里面放着坚固舒适、可开可关的老式课桌，桌盖上被三代学生刻满了姓名的开头字母和各种难解的符号。校舍离公路有一段距离，房子后面是一片昏暗的冷杉林和一条小溪。早上，孩子们都把他们的牛奶瓶放进溪水里，使牛奶保持清凉香甜，到吃午饭的时候才取出来。

九月的第一天，玛丽拉暗自心存许多忧虑，看着安妮去上学。安妮是个十分古怪的女孩子，她将怎样和别的孩子融洽相处？在校期间她又将怎么管住自己的嘴巴？

然而，事情进行得比玛丽拉所担忧的顺利。那天晚上，安妮回家的时候显得兴高采烈。

“我想我会喜欢这里的学校的，”她说道，“可是，我认为学校的教师没有什么了不起。他不停地卷着自个儿的小胡子，朝普里西·安德鲁斯挤眉弄眼。普里西已经长大了，你知道。她今年十六岁，正在温习功课，准备明年参加夏洛特敦的女王专科学校的入学考试。蒂莉·博尔特说教师拼命追求普里西。她长得很漂亮，一头棕色的头发，她把头发十分雅致地盘了起来。她坐在后面的长条座位上，在大部分时间里，教师也坐在那儿——他说他要向她讲解课文。可是鲁比·吉利斯说看见他在她的石板上写了点什么，普里西看了，脸红得像甜菜根似的，不住地哧哧发笑；鲁比·吉利斯说她不相信这和课文有关。”

“安妮·雪莉，不要让我再听见你那么谈论你的教师了，”玛丽拉严厉地说，“你上学不是去批评教师的。我想他能够教你一些东西，学习才是你的本分。我要你立刻明白，你不应该回来说他的闲话。我是不会鼓励你做这种事情的。我希望你是个好孩子。”

“我确实是的，”安妮轻松地说，“这并不像你想象的那么难。我和黛安娜坐在一起。我们的座位就在窗口，我们可以看到下面‘闪光的小湖’。学校里有许多好姑娘，吃午饭的时候我们玩得可开心啦。有好多小女孩一块儿玩，可真不错。不过，当然啦，我最喜欢黛安娜，而且永远如此。我崇拜黛安娜。我比别人远远落后。他们都学到第五册书了，我只学到第四册。我觉得这是一种耻辱。可是他们谁也没有我这样丰富的想象力，这一点我很快就发现了。今天我们学了阅读、地理、加拿大历史和听写。菲利普斯先生说我的拼写丢人现眼，他把我的石板高高举起，使每个人都能看见，上面批改得一塌糊涂。我感到委屈，玛丽拉；我想，他对一个陌生人应该客气点才好呀。鲁比·吉利斯给了我一个苹果，索菲娅·斯隆给我一张漂亮的粉红色卡片，上面写着‘我可以送你回家吗？’我明天要还给她。蒂莉·博尔特让我整个下午都戴着她的用玻璃珠子串成的戒指。我可以在顶楼的旧针插里拿几颗那样的珠子给自己做一枚戒指吗？还有，哎呀，玛丽拉，简·安德鲁斯告诉我，明尼·麦克弗森对她说，她听见普里西·安德鲁斯跟萨拉·吉利斯讲，说我有一个很漂亮的鼻子。玛丽拉，这是我有生以来听到的第一句赞美话，你可以想象它给了我一种多么生疏的感觉。玛丽拉，我的鼻子真的漂亮吗？我知道你会对我说实话的。”

“你的鼻子是长得挺不错的。”玛丽拉简短地说。她私下里认为安妮的鼻子非常俊美，但是她不打算对她这么说。

三个星期过去了，一切都很顺利。如今，在这空气清新的九月的早晨，安妮和黛安娜轻盈欢快地走在“白桦小道”上，她们是阿冯利两个最幸福的小姑娘。

“我想今天吉尔伯特·布莱思总该在学校里了，”黛安娜说，“整个夏季，他去新不伦瑞克看望他的表兄了，星期六晚上刚回家。他非常英俊，安妮。他取笑女孩子的时候可尖刻了。他存心要把我们气死。”

黛安娜的语气表明她宁愿自己被他气死。

“吉尔伯特·布莱思？”安妮说，“是不是他的名字和朱莉娅·贝尔的名字一起被人写在走廊的墙壁上，上面还标出‘注意’两个大字的？”

“不错，”黛安娜说着，点了点头，“但是我可以肯定，他并不怎么喜欢朱莉娅·贝尔。我曾听他说他数着她的雀斑背九九表。”

“唉，别对我提雀斑了，”安妮恳求道，“我有这么多雀斑，也够难受的了。不过我觉得在墙上写关于男孩和女孩的事情是愚蠢透顶的。我倒要看看谁敢把我的名字和一个男孩的名字一起写到墙上。不，当然，”她急忙补上一句，“谁也不会这么做的。”

安妮叹了口气。她不希望自己的名字被人写到墙上。可是，知道没有这种危险，又有点丢脸。

“胡说。”黛安娜说。她那乌黑的眼睛和富有光泽的头发已经搅乱了阿冯利学校男孩子们的心，因此，在走廊墙壁上的“注意”栏内，她的名字出现了六七次。“这不过是开个玩笑。你也不要那么肯定，认为你的名字永远不会被写上去。查利·斯隆正在拼命追求你呢。他对他母亲说——请注意，是他的母亲——你是学校里最聪明的女孩子。那比长相漂亮还强。”

“不，不是这样，”安妮说，完全显示出了女人的秉性，“我情愿长得漂亮而不聪明。况且我不喜欢查利·斯隆。我受不了眼珠突出的男孩子。如果有谁把我的名字和他的一起写上去，我是永远也不会原谅他的，黛安娜·巴里。不过在班上保持领先地位可真是不错。”

“从此班上要有吉尔伯特了，”黛安娜说，“他一向是班上的尖子。我告诉你，他将近十四岁了，可只学到第四册书。四年前他父亲病了，为了恢复健康，不得不去艾伯塔省，吉尔伯特和他一起去了。他们在那儿待了三年，吉尔在他们回来之前几乎没上过学。以后你会发现，保持领先地位没有那么容易了，安妮。”

“我很高兴，”安妮急忙说，“在不过九岁十岁的小男孩小女孩中间学习拔尖，我不会真的感到自豪。昨天早上我起床练习拼写‘沸腾’。乔西·派伊领先了，不过我告诉你，她偷看了书。菲利普斯先生没有看见——他正瞅着普里西·安德鲁斯呢——可是我看见了。我只是用一种藐视的目光冷冷地扫了她一下，她脸红得像甜菜根一样，最后还是把它拼错了。”

“派伊家的那些女孩子到处蒙骗，”当她们爬过公路的栅栏时，黛安娜愤愤不平地说，“昨天，格蒂·派伊竟然把她的牛奶瓶子放在小溪里我放牛奶瓶的地方。你听说过这样的事吗？现在我不同她说话了。”

当菲利普斯先生在教室后面听普里西·安德鲁斯念拉丁语时，黛安娜悄悄地告诉安妮：

“坐在你过道正对面的就是吉尔伯特·布莱思，安妮。你看看他，是不是认为他很帅？”

安妮照黛安娜所说的做了。她有这样做的好机会，因为所说的吉尔伯特·布莱思正全神贯注地用一枚大头针把坐在他前面的鲁比·吉利斯长长的黄辫子偷偷地钉在她的座椅靠背上。他身材较高，长着褐色的鬈发，淡褐色的眼睛，露出狡黠淘气的神情，嘴角扭曲成一心想捉弄人的微笑。不一会儿，鲁比·吉利斯突然站起来去向老师汇报一个数字；随着一声轻轻的尖叫，她跌回到自己的椅子上，以为她的头发被连根拔掉了。大伙儿都看着她，菲利普斯先生严厉地瞪起眼睛，吓得鲁比哭了起来。这时吉尔伯特已经飞快地把大头针藏好，正装出世界上最严肃认真的面容学习历史呢；等到骚动平息了，他看着安妮眨了眨眼睛，一副无法形容的滑稽相。

“我觉得你那位吉尔伯特·布莱思挺漂亮，”安妮对黛安娜坦率地说，“可是我认为他太冒失了。朝一个陌生的女孩子眨眼睛是不礼貌的。”

可是一到下午，事情就真的发生了。

菲利普斯先生正在后面的屋角上向普里西·安德鲁斯讲解一道代数题，班上的其他学生便为所欲为，吃青苹果，悄声说话，在石板上画画，斗蟋蟀，不受丝毫约束，在过道上蹿来蹿去。吉尔伯特·布莱思正在设法使安妮看他，结果惨遭失败，因为那时安妮已经忘记了一切，不仅忘记了吉尔伯特·布莱思的存在，而且忘记了阿冯利学校的其他所有学生，甚至阿冯利学校本身。她用手托着下巴，眼睛凝视着从西窗可以看见的“闪光的小湖”那片蓝莹莹的波光。她的心已经飞往遥远而灿烂的幻想世界，除了自己的奇异幻景，她什么也听不见，什么也看不见。

吉尔伯特·布莱思还从来没有在煞费苦心地想使一个女孩子看他的时候遭到失败呢。她应该看他，那个长着一双和阿冯利学校其他所有女孩子截然不同的大眼睛、尖下巴、红头发的姓雪莉的女孩子。

吉尔伯特来到过道这一边，捡起安妮那条红色长辫子的末梢，伸直手臂拉住它，然后逼尖了嗓子低声说：“红发鬼！红发鬼！”

安妮狠狠地瞅着他！

她不仅瞅着他，还采取了行动。她猛地站了起来。她那光彩夺目的幻想被无法挽救地粉碎了。她用满含仇恨的目光怒视吉尔伯特，眼睛里的怒火很快被同样愤怒的泪水扑灭了。

“你说什么，讨厌的家伙！”她激愤地嚷道，“你好大的胆子！”

随后——啪的一声！安妮把她的石板敲在吉尔伯特的脑袋上，把它砸裂了——是石板，不是脑袋——一条裂缝贯穿到底。

阿冯利学校的学生总是喜欢看精彩的场面。这场戏更是特别有趣。每个人都既恐怖又高兴地“啾啾”乱叫。黛安娜吓得喘不过气来。一向比较容易神经过敏的鲁比·吉利斯开始哭了。汤米·斯隆瞠目结舌地看着这幕戏剧性的场面，他的那支蟋蟀队伍趁机逃得精光。

菲利普斯先生沿着过道大步走来，重重地把手按在安妮的肩膀上。

“安妮·雪莉，这是怎么回事?”他生气地说。

安妮没有回答。要指望她当着全校同学的面说出自己被人叫作“红发鬼”是枉费心机的。倒是吉尔伯特勇敢地大声说道：“是我不对，菲利普斯先生。我取笑她来着。”

可是菲利普斯先生根本不理睬吉尔伯特。

“看到我的一个学生表现出这样恶劣的脾气和报复心理，我感到遗憾。”他用一种严肃的口吻说，好像只要做了他的学生，这些并非十全十美的小人儿就该根除心中所有不良的感情似的，“安妮，去站到黑板前面的讲台上，在今天下午剩下的时间里，你要一直站在那儿。”

安妮宁可被鞭子抽打一顿，也决不愿意受这种惩罚。由于受到这种惩罚，她敏感的心灵像挨了鞭打一样瑟瑟发抖。她紧绷着煞白的小脸服从了命令。菲利普斯先生拿起一支粉笔，在她头顶上面的黑板上写道：

“安·雪莉的脾气非常不好。安·雪莉一定要学会克制自己的脾气。”然后把它高声地念了一遍，这样，连看不懂文字的低年级学生也能明白这段话的意思了。

在下午剩下的时间里，安妮脑袋上顶着那段说明，站在那儿。她没有哭，也没有低下头来。怒火还在她的心中熊熊燃烧，它首先支撑她熬住了蒙受羞辱的痛苦。她一概用怨恨的目光和气得发红的面颊，迎接了黛安娜同情的凝视，查利·斯隆愤愤不平的点头以及乔西·派伊不怀好意的微笑。至于吉尔伯特·布莱思，她看都不愿意看。她永远不会再看他一眼！她也决不会和他说话!!

放学了，安妮昂着一头红发的脑袋，迈开大步走出教室。吉尔伯特·布莱思在走廊门口想拦住她。

“我拿你的头发开玩笑，真对不起了，安妮，”他后悔地低声说，“说真的，别再为这生气了。”

安妮鄙视地快步走了过去，没有看他一眼，也没有一点听见对方说话的表示。“哦，你怎么能做到这一点，安妮?”当她们走在公路上时，黛安娜半责怪半敬佩地喘着气问。黛安娜觉得自己绝对抵挡不住吉尔伯特的请求。

“我永远也不会原谅吉尔伯特·布莱思，”安妮坚定地说，“而且，菲利普斯先生拼写我的名字时没有加‘e’。这使我心如刀绞，黛安娜。”

黛安娜一点都不明白安妮说的是什么意思，但她知道这准是一件了不得的大事。

“你千万不要把吉尔伯特取笑你的头发的事儿放在心上，”她安慰道，“嘿，他取笑所有的女孩子。他嘲笑我的头发，因为它太黑了。他有十几次管我叫‘乌鸦’；再说，我以前从没听他为什么事情道歉过。”

“被叫作乌鸦和被叫作红发鬼大不一样，”安妮保持尊严说，“吉尔伯特·布莱思已经残酷地伤害了我的感情，黛安娜。”

如果不发生任何别的事情，这件事可能就这么过去了，不会再有更多的痛苦。可是，事情一旦发生，往往是接踵而至的。

阿冯利学校的学生中午常常在贝尔先生的云杉林里捡胶皮糖香树的果子，这片林子在他家大牧场那边的山丘上面。从那儿，他们可以密切注视着埃本·赖特的房子，教师就在那里搭伙。一看见菲利普斯从那儿出现，他们就往校舍跑；可是，这段距离比赖特先生家的小路要长差不多三倍，等到他们气急败坏地赶到那儿，总要迟到三分钟的光景。

第二天，菲利普斯先生又心血来潮地想实行改革了。他回去吃饭前宣布，希望他回来时看到所有的学生都坐在位子上。不管谁迟到，都要受罚。

所有的男孩和一些女孩还是照旧到贝尔先生家的云杉林里去了，满心打算只待一会儿，“捡点嚼嚼”就回去。可是云杉林很有魅力，胶皮糖香树那种黄色的坚果惹人喜爱；他们捡着、闲逛着，渐渐迷失了方向；于是，像往常一样，首先使他们重新意识到时间的飞逝的，是吉米·格洛弗在一棵树龄特大的云杉上的喊声：“教师来了。”

女孩子们都在地上，首先撒腿就跑，终于按时赶回了校舍，但没有一秒钟的多余时间。男孩子们得赶紧从树上溜下来，就晚了一步；安妮是最晚的，她并没有捡胶皮糖香树果，只是在远远的树林尽头快活地漫游。她徘徊在齐腰深的蕨草间，自个儿低声哼唱着，头发上还戴了一个用米百合花编成的花环，好像她是浓荫密布的丛林中的某一位游神。然而，安妮能够跑得和小鹿一样快；她就这么跑了，结果可真有趣，她竟在门口赶上了男孩子们，夹在他们中间冲进校舍，这时菲利普斯先生正在把他的帽子挂起来。

菲利普斯先生短暂的改革热情过去了，他可不想费劲去惩罚十来个学生，可是又有必要采取点行动来顾全他的威信，所以他扫视四周，寻找一只替罪羊，结果发现了安妮。安妮这时已经跌坐到座位上，她气喘吁吁，忘记了百合花环还歪戴在一只耳朵上，使她的模样显得特别散漫放荡。

“安妮·雪莉，既然你好像很喜欢和男孩子在一起，那么今天下午我们就让你的这种兴趣得到充分的满足吧。”他冷嘲热讽地说，“把头发上的那些花拿下来，和吉尔伯特·布莱思坐在一起。”

别的男孩子捂嘴窃笑。黛安娜由于怜悯，脸色变得苍白，她把花环从安妮的头发上摘下来，然后紧紧地握了一下她的手。安妮呆呆地盯着教师，仿佛变成了石头。

“你听见我的话了吗，安妮？”菲利普斯先生厉声责问。

“听见了，先生，”安妮慢吞吞地说，“可是我并不认为你果真有那样的意思。”

“老实告诉你，我说话是当真的。”——还是那副为所有的孩子特别是安妮所深恶痛绝的讽刺腔调，它特别能伤人感情，“立刻服从命令。”

有一会儿，安妮看上去好像打算拒绝服从。但当她意识到这件事无法挽救时，就高傲地站起身来，大步穿过通道，在吉尔伯特·布莱思的身旁坐下，然后把脸埋在臂弯里趴在桌子上。当她伏下去的时候，鲁比·吉利斯瞥见了她的脸。在放学回家的路上，鲁比对别的同学说，她“从没见过那样的神情——脸煞白煞白，上面还有好些可怕的小红点”。

对于安妮来说，好像一切都完了。在十来个行为相同的人中间被挑出来受罚，已经是够糟糕的了；还要被派去和一个男生坐在一起，那就更惨了；而那个男生偏偏又是吉尔伯特·布莱思，这就在她受伤的心灵上又加了一层侮辱，达到了实在无法忍受的地步。安妮感到自己经不起这个打击，怎样努力都无济于事。羞愧、愤怒和耻辱渗透了她的全身。

起先，别的同学都看着她，小声议论着，咯咯地笑着，还互相用肘弯轻推着提醒对方注意。可是安妮一直没有把头抬起来。当吉尔伯特全神贯注地学习分数题，好像脑子里只有分数题时，他们也就很快重新去做自己的功课，把安妮给忘了。当菲利普斯先生叫历史班的同学出去上课时，安妮本来是应该去的，可是她没有动弹，而菲利普斯先生在召集同学去上课以前一直忙于写几首“致普里西”的诗，现在他心里还在思索一个难以找到的韵脚，也就根本没有发现少了安妮。一次，当没有人注意时，吉尔伯特从他的课桌里取出一小块粉红色的心形糖，上面还有一句烫金的题词：“你很可爱”。他把它悄悄塞到安妮的臂弯下。安妮抬起身子，用指尖小心翼翼地夹起那颗粉红色的糖，把它丢到地上，用脚跟踏得粉碎，然后又恢复了原来的姿势，根本对吉尔伯特不屑一顾。

当同学们都离开教室时，安妮大步走到她的课桌边，炫耀似的把里面所有的东西——书和写字板，钢笔和墨水，《圣经》和算术课本—— 一股脑儿取了出来，把它们整整齐齐地堆在那块裂了缝的石板上。

“你把那些东西都带回去干什么，安妮？”黛安娜急着想知道，这时她们刚出来走到了公路上。在这之前，她一直不敢提出这个问题。

“我再也不回学校来了。”安妮说。

黛安娜吃惊地喘着气，瞪视着安妮，想知道她说的话是否当真。

“玛丽拉会让你待在家里吗？”她问。

“她会不得不这么做的，”安妮说，“我永远也不会再到学校里来见那个人。”

“啊，安妮！”黛安娜看上去好像快要哭了，“我确实认为你的脾气很倔。我可怎么办呢？菲利普斯先生会叫我和那讨厌透顶的格蒂·派伊坐在一起的——我知道他会的，因为她现在一个人坐。你还是回来吧，安妮。”

“为了你，我几乎什么事情都愿意做，黛安娜，”安妮悲哀地说，“我愿意让我的肢体四分五裂，如果那样对你有好处的话。可是我不能再来上学，请你不要央求我了。你使我的心都碎了。”

“想想你会失去多少欢乐吧，”黛安娜哀伤地说，“我们打算在小河边上建造那座最漂亮的新房子；下星期我们还要玩球呢，你可从来没玩过球，安妮。玩起球来真叫人激动。我们还要学一首新歌——简·安德鲁斯现在已经在练习了；下个星期，艾丽斯·安德鲁斯要带‘三色紫罗兰’丛书的一本新书到学校来，我们打算在小溪边一章章地轮流朗读。你知道，你是非常喜欢朗读的，安妮。”

任何事情也不能使安妮有丝毫的动摇。她决心已定，不愿再到学校去上菲利普斯先生的课了。她回到家里，把这意思告诉了玛丽拉。

“胡说！”玛丽拉说道。

“这绝对不是胡说，”安妮用严肃、责备的目光凝视着玛丽拉，说道，“你难道不明白吗，玛丽拉？我已经受到了侮辱。”

“什么侮辱不侮辱，胡说八道！明天你得照样去上学。”

“哦，不。”安妮轻轻地摇了摇头，“我不打算回去了，玛丽拉。我要在家里学习功课，我要尽量做出好的表现。而且，如果可能，我一直不说话。但是我向你保证，我决不再回学校去了。”

玛丽拉在安妮那张小脸上看出某种非常类似不屈不挠的精神。她感到自己将很难战胜这种精神，她明智地决定暂时不再多说。

“今天晚上我要去看望雷切尔，和她商量商量，”她想，“现在同安妮讲道理是没有用处的。她情绪太激动了，而且我知道，她一旦有了自己的打算，就会固执得要命。根据她的叙述来理解，菲利普斯先生是一直用相当专横的态度来处理问题的。可是又不能对她这么说。我要去同雷切尔商量一下。她送过十个孩子到学校里去念书，总该知道学校的一些情况。到这个时候，她多半已经听说这件事情的全部经过了。”

玛丽拉发现林德太太像往常一样勤快、高兴地缝着被子。

“我想你知道我这次来的目的。”她说，略微感到有点不好意思。

雷切尔太太点了点头。

“我想是为了安妮在学校里的那场风波吧，”她说，“蒂莉·博尔特放学回家路过时进来跟我说了那件事。”

“我不知道该拿她怎么办，”玛丽拉说，“她宣布再也不回学校去了。我从没见过这么激动的孩子。从她开始上学起，我就一直担心她要出事。我知道，事情过分顺利就不会持久。她太敏感了。你有什么建议，雷切尔？”

“我说，既然你征求我的意见，玛丽拉，”林德太太和颜悦色地说——林德太太非常喜欢别人征求她的意见——“起初我会迁就她一点，这就是我的做法。我相信是菲利普斯先生错了。当然啦，对孩子们是不能这样说的，你知道。而且，当然啦，他昨天因为安妮大发脾气而惩罚她是正确的。可今天就不同了。其他迟到的孩子本来应该和安妮一样受罚才对，就是那么回事。再说，我不相信让女孩子和男孩子坐在一起作为惩罚的办法会有什么好处。这实在太过分了。蒂莉·博尔特气得不行。她始终站在安妮一边，而且说同学们都是这样。不知怎么回事，安妮好像在他们中间很受欢迎。我绝没有想到她会和他们相处得那么融洽。”

“那么，你真的认为我最好还是让她待在家里啰。”玛丽拉惊讶地说。

“是的，正是这样，要是换了我，我不会在她自己提起以前再对她说起学校的事。毫无疑问，玛丽拉，不到一个星期她就会冷静下来，准备自愿回到学校去了，就是那么回事；反之，如果你现在就逼她回学校，天晓得她下一步会采取什么任性的举动或是发多大的脾气，把事情闹得比以前更大。我的看法是，风波越小越好。到那件事情结束为止，她不到学校去是不会有很大损失的。菲利普斯先生根本就不是个好教师。他那维持学校秩序的办法是可耻的，就那么回事。他把时间都花在他准备送往女王专科学校的那些年纪大一点的学生身上，对小家伙们不闻不问。如果他的叔叔不是理事的话，他在学校待一年就得滚蛋——就是那个理事，他牵着另外两个理事的鼻子走，就那么回事。老实说，我不知道这个岛上的教育会变成什么样子。”

雷切尔太太摇了摇头，好像是说如果她是省教育机构的头头，情况便会大有改观。

玛丽拉遵照雷切尔太太的建议，没有再向安妮提出重新去上学的事。安妮在家里学习功课，做家务，还在秋天凉爽的紫色黄昏里和黛安娜一同玩耍；可是每当她在路上碰到吉尔伯特·布莱思或是在主日学校遇见他，她都带着一种冷冰冰的鄙夷神情从他身边走过；他显然竭力想使她息怒，但她丝毫没有因此而缓和她的态度。就连黛安娜努力从中调解，也毫无用处。安妮显然已经下定决心，要恨吉尔伯特·布莱思一辈子了。

但是，她尽管仇恨着吉尔伯特，却以她痴情的小心房里所有的眷恋爱着黛安娜，这颗心中的爱和恨可以说是同等的强烈。一天晚上，玛丽拉提着一篮苹果从果园回来，发现安妮独自坐在昏暗的东窗口，伤心地哭着。

“这又是怎么了，安妮？”她问道。

“为了黛安娜，”安妮尽情地啜泣着，“我爱黛安娜，玛丽拉。没有她我就活不下去。可是我知道得很清楚，当我们长大了，黛安娜就得结婚，嫁到别处离开我。唉，到那个时候，我怎么办呢？我恨她的丈夫——恨之入骨。我始终在想象着这一切——婚礼等等——黛安娜穿着雪白的衣服，披着面纱，看上去就像女王一样美丽、庄严；我是女傧相，也穿着一件漂亮的衣服，宽松的袖子，可是在我含笑的脸庞下却藏着一颗正在破碎的心。后来就向黛安娜道——别——”说到这里，安妮再也支持不住了，越来越伤心地哭了起来。

玛丽拉赶紧转过身子想掩盖自己抽搐的脸，可是没有用处；她瘫倒在最靠近身边的一张椅子上，放声大笑起来，她笑得这么尽情、这么反常，使得在外面院子里经过的马修惊讶地停住了脚步。以前他什么时候听玛丽拉这么笑过呀？

“我说，安妮·雪莉，”玛丽拉刚恢复说话的能力，就说，“如果你一定要自找烦恼，那就请你发发慈悲，还是就近在家里找吧。我的确感到你的想象力很丰富，这是毫无疑问的。”

第16章
黛安娜应邀赴茶会，结果很不幸

绿山墙农舍的十月是一个美丽的时期，山谷里的桦树变成了阳光般灿烂的金黄色，果园后的枫树是高贵的深红色，小路旁的野樱桃树披上了暗红和黛绿的深浅不同的鲜明色彩，长着再生草的田野沐浴在阳光下。

安妮被周围色彩绮丽的世界迷住了。

“哦，玛丽拉，”一个星期六的清晨，她抱着满满的一大捧漂亮的树枝，轻快地跑进屋来喊道，“活在一个有十月的世界里，真让我高兴。如果我们从九月一下子跳到十一月，那就太糟糕了，是不是？看这些枫树枝，难道它们不使你感到一阵激动——甚至好几阵激动吗？我要用它们装饰我的房间。”

“那么脏的东西，”玛丽拉说，她的审美观并没有显著提高，“你用外面的那些废物把你的房间整个儿弄得乱七八糟，安妮。卧室是睡觉的地方。”

“哦，也是做梦的地方，玛丽拉。你知道，要是房间里有许多美丽的东西，梦就会美好得多。我要把这些树枝插在那只旧的蓝壶里，把它放在我的桌子上。”

“你得留神别把树叶撒得满楼梯都是。今天下午我要到卡莫迪去参加一个资助小组的会议，安妮，天黑前如果回不来，你就得替马修和杰里把晚饭准备好。不过我要提醒你，在桌子边坐下以前，你别像上次那样忘了泡茶。”

“上次我忘了，真不应该。”安妮抱歉地说，“不过那天下午我正在给‘紫罗兰溪谷’起个名字，它把别的事情全挤跑了。马修真好，他没有责骂我一句。他自己把茶叶放进去，还说等一会儿没关系。我们坐着等待时，我给他讲了一个优美的神话故事，这样他就一点也不觉得时间长了。这真是个美丽的神话故事，玛丽拉。我忘掉了故事的结尾，就自己编了一段，马修说他听不出有脱节的地方。”

“即使你打算半夜里起床吃午饭，马修也会觉得不错的。可是这次你得保持头脑清醒。还有——我并不完全知道我这样做是否正确——这也许会使你比以前更昏头昏脑——你可以请黛安娜上这儿来，下午和你在一起，并在这儿用茶点。”

“哦，玛丽拉！”安妮紧握住双手，“实在是太好了！你终于也能想象了，不然你绝对不会知道我是多么渴望这件事情。那会显得多么友好，多么带有大人的气派呀。我有了伙伴，你就不用担心我会忘记泡茶了。哦，玛丽拉，我可以用那套印着一枝玫瑰花苞的茶具吗？”

“不行，当然不行！竟然想用玫瑰花苞的茶具！好家伙，接下来还有什么？你知道，除非牧师和资助小组的组员来，我是从来不用它的。你把那套咖啡色的旧茶具搬下来。不过你可以打开那个盛樱桃果酱的小黄瓦罐。不管怎样，这罐果酱早该吃了——我相信它已经开始发酵了。你还可以切几块水果蛋糕，拿几块小甜饼和小脆饼。”

“我完全可以想象我坐在桌子旁主人座位上倒茶，”安妮如痴如醉地闭上眼睛说，“然后问黛安娜要不要加糖！我知道她不要，可是当然啦，我还是要问她，就像我不知道一样。然后竭力劝她再吃一块水果蛋糕和一份果酱。哦，玛丽拉，单单想到这件事，我就感到非常激动。她来的时候，我可以领她到客房里去脱帽子吗？然后再到客厅入座？”

“不行。对你和你的伙伴来说，用起居室就行了。不过那天晚上在教堂的联欢会上还剩下半瓶木莓甜酒，它搁在起居室壁橱的第二格上。下午，如果你和黛安娜喜欢的话，可以把它拿来喝，同时可以吃一块甜饼。我想马修可能要晚一点回来吃茶点，因为他正在把土豆运到船上去。”

安妮飞快地奔下山谷，跑过“森林女神的水泡”，又蹿过云杉小道往果园坡赶，去邀请黛安娜来吃茶点。结果，玛丽拉刚刚驾着车出发到卡莫迪去，黛安娜就来了。她穿的衣服仅次于她最好的那一身，脸上俨然摆出一副接受邀请前来吃茶点的表情。平时，她往往不敲门就跑进厨房，可现在呢，她一本正经地敲了敲前门。安妮穿的衣服也比她的最好的衣服稍差一些，她同样一本正经地把门打开，然后两个小女孩非常严肃地握握手，好像她们以前从没见过面似的。这种不自然的一本正经的态度一直持续到黛安娜被带到东山墙屋子去脱下她的帽子，然后到起居室端端正正地坐了十分钟。

“你母亲身体怎样？”安妮彬彬有礼地问，好像那天早上她没有看见巴里太太身体健康、精神饱满地在摘苹果似的。

“她很好，谢谢。我想卡思伯特先生今天下午正在往‘百合沙滩号’上运土豆，是不是？”黛安娜说，其实那天上午她就是坐着马修的运货马车到哈蒙·安德鲁斯家去的。

“是的，今年我们的土豆收成很好。我希望你父亲的土豆也有好的收成。”

“还好，谢谢你。你们的苹果已经摘了很多吗？”

“哦，好多好多，”安妮说着，猛地蹦了起来，把要表现出高贵神气的事忘得一干二净，“我们出去到果园里摘一些‘红扑扑的香苹果’，黛安娜。玛丽拉说我们可以把留在树上的都摘下来吃。玛丽拉是个很慷慨的人。她说我们可以用水果蛋糕和樱桃果酱作为茶点。可是，告诉客人说你预备给他们吃些什么东西，那是不礼貌的。所以我就不告诉你她关照我们可以喝什么饮料了。不过，它以一个‘r’和一个‘c’开头，而且是鲜红色的。我喜欢鲜红色的饮料，你呢？它们比其他颜色的饮料好喝一倍。”

果园里，果子压得弯曲的大树枝直垂到地上，果然是那么可爱，这使得两个小姑娘把下午的大部分时间都消磨在里面。她们坐在一个杂草丛生的角落里，那里霜冻并没有摧毁翠绿的生机，秋天柔和的阳光暖洋洋地徘徊不去。她们一边吃着苹果，一边尽情地交谈。黛安娜有一大堆关于学校的情况要对安妮讲。她不得不和格蒂·派伊坐在一起，她恨透了；格蒂老是把铅笔弄得吱吱乱响，这真使她——黛安娜——毛骨悚然；鲁比·吉利斯用魔法去除了所有的疣子，这事绝对可靠。她用的是来自“小湾”的老玛丽·乔给她的一块有魔力的鹅卵石，你只要用那鹅卵石摩擦疣子，然后在一个新月之夜，把它从左肩上扔到背后，你的疣子就会全部消失了。查利·斯隆的名字和埃姆·怀特的名字被人一起写到了走廊的墙上，埃姆·怀特对此万分恼火；萨姆·布尔特在课堂上“顶撞了”菲利普斯先生，菲利普斯先生抽打了他一顿，后来萨姆的爸爸赶到学校，责问菲利普斯先生还敢不敢再动手打他的孩子；马蒂·安德鲁斯有了一条新的红头巾，上面绣着带穗子的蓝十字桃花，她披着它时的那种模样真叫人恶心；利齐·赖特不和玛米·威尔逊说话了，因为玛米·威尔逊的大姐姐夺走了利齐·赖特的大姐姐的情人；每个人都非常想念安妮，希望她能再到学校里去；还有，吉尔伯特·布莱思——可是安妮不想听关于吉尔伯特·布莱思的事。她急忙跳了起来，说她觉得她们应该进屋子去喝点木莓甜酒了。

安妮朝起居室食品柜的第二格看去，可是那里没有装木莓甜酒的瓶子。她搜寻了一阵，才发现它在上面最高的一格里。安妮把它放到一个托盘里，然后将托盘和一只高脚酒杯一起放到了桌上。

“好了，请随便吃吧，黛安娜，”她很有礼貌地说，“我觉得自己现在什么也不想吃。吃了那么多苹果，我感到对什么都没有胃口了。”

黛安娜给自己倒了一杯，赞赏地瞧着它那鲜红的颜色，然后文雅地呷了一口。

“这是非常可口的木莓甜酒，安妮，”她说，“我以前不知道木莓甜酒这么好喝。”

“你喜欢喝，我真高兴。尽量喝吧。我要出去生火了。管理家务的人需要记住的责任可真多，是不是？”

当安妮从厨房里回来时，黛安娜正在喝第二杯甜酒；然后在安妮的再三恳求下，她没有特别反对喝第三杯。几杯酒都是斟得满满的，木莓甜酒无疑是香醇可口的。

“这是我喝过的最好的饮料了，”黛安娜说，“它比林德太太的好喝多了，尽管她自己吹得天花乱坠。两种酒的味道完全不一样。”

“我想玛丽拉的木莓甜酒可能比林德太太的好得多。”安妮真心诚意地说，“玛丽拉的烹调手段是出了名的。她正在试着教我做菜，可是我老实告诉你，黛安娜，这是一件困难的工作。烹调术里没有一点想象的余地，你不得不照章行事。最近一次我做蛋糕忘了把面粉掺进去。当时我正在想象一段关于你和我的最最动人的故事，黛安娜。我想象你出天花，病得奄奄一息，别人都把你抛弃了，可是我勇敢地来到你的床前守护你，使你脱离了危险；结果我自己染上天花死了，我被葬在坟地里的那些白杨树下，你在我的坟前种了一棵玫瑰树，用你的泪水浇灌它；你永远永远没有忘记年轻时候为你牺牲了生命的朋友。啊，这真是个哀婉动人的故事，黛安娜。我调配做蛋糕的原料，泪水从我的面颊上滚滚落下。可是我忘记掺进面粉，蛋糕做得砸了锅。面粉是做蛋糕必不可少的原料，你知道。玛丽拉非常恼火，对此，我并不感到惊奇。我给她惹了不少麻烦。为了上星期的布丁酱汁，我伤了玛丽拉的心。星期二午饭我们吃一块李子布丁，结果还剩下半块布丁和一罐酱汁。玛丽拉说这够另一顿午餐吃的了，叫我把它放到食品柜里，用盘子把它盖起来。我是想尽量把它盖好的，黛安娜，可是当我把它端进去时，我正在想象我是个修女——当然啦，我是个新教徒，可我想象自己是个天主教徒——用面纱埋葬一颗破碎的心，生活在与世隔绝的修道院里；结果我就把盖布丁酱汁的事忘得一干二净。第二天早上我想起来了，赶快跑到食品室里。黛安娜，请你尽量想象一下，当我发现一只老鼠淹死在那布丁酱汁里时，我会不会吓得魂不附体！我用汤匙把老鼠舀起来扔到外面的院子里，然后把汤匙用水洗了三遍。那时玛丽拉正在外边挤奶，于是我满心打算等她进来时问她是不是把酱汁倒给猪吃；可是，等到她真的进来时，我正在想象自己是一位掌管霜冻的仙女，她穿过树林，把一棵棵树变成红色和黄色，或是按照它们的心意变成任何一种颜色，所以我也就不再想到布丁酱汁的事儿了，接着玛丽拉打发我出去摘苹果。唉，那天上午切斯特·罗斯先生和太太从斯潘塞维尔上这儿来了。你知道他们是很时髦考究的人，特别是切斯特·罗斯太太。当玛丽拉把我叫进来时，午饭已经准备好了，每个人都坐在桌边。我尽量使自己显得彬彬有礼、很有风度，我想让切斯特·罗斯太太觉得我尽管不漂亮，却还是个有贵族小姐风度的小姑娘。一切进行得很顺利，直到我看见玛丽拉一只手托着李子布丁，另一只手端着重新热过的那罐布丁酱汁走了进来。黛安娜，那真是可怕的一刹那。我记起了一切，就从我的座位上站起来尖声叫道：‘玛丽拉，你不能用那布丁酱汁，那里面淹死了一只老鼠，我忘记在这之前告诉你了。’啊，黛安娜，我即使活到一百岁，也忘不了那令人胆寒的一刹那。切斯特·罗斯太太只是默默地看着我，我羞愧难当，恨不得钻到地底下去。她是个出色的管家婆，你可以想想她一定把我们想象成什么样的人了。玛丽拉的脸涨得通红，但是她没有说一句话——我是指当时。她只是把那酱汁和布丁端了出去，换了些草莓果酱端进来。她甚至还给了我一些，可是我一口也咽不下。这好像是往我脑袋上堆放了几根燃烧的木炭。等到切斯特·罗斯太太走了，玛丽拉把我劈头盖脸地骂了一通。哎呀，黛安娜，怎么回事？”

黛安娜摇摇晃晃地站了起来；随即她又坐下，用双手捂住头。

“我——我难受极了，”她有点口齿不清地说，“我——我——一定得马上回家。”

“哦，你绝对不该想到不喝茶就回家，”安妮苦恼地说，“我立刻把茶端来——我现在就去放茶叶。”

“我一定得回家。”黛安娜昏昏沉沉但非常坚决地说。

“不管怎么讲，让我给你弄一顿便饭吃吧，”安妮恳求道，“让我给你切一块水果蛋糕，再加一些樱桃果酱。躺在沙发上休息一会儿，你就会好受些。你觉得哪儿不舒服？”

“我一定得回家。”黛安娜说，她只愿说这句话。安妮再三哀求也无济于事。

“我从没听说过客人不喝茶就回家，”她悲哀地说，“哦，黛安娜，你认为自己有可能真的染上天花吗？如果的确是这样，我会去服侍你，尽管放心好了。我永远也不会抛弃你。可是，我真的希望你喝过茶再走。你感到哪儿不舒服？”

“我头晕极了。”黛安娜说。

确实，她走起路来踉踉跄跄。安妮眼睛里含着失望的泪水，取来了黛安娜的帽子，一直把她送到巴里家院子的栅栏口，然后她一路哭着回到绿山墙农舍。她伤心地把喝剩的木莓甜酒放回食品柜，然后只是为了完成任务，兴致索然地为马修和杰里备好了茶点。

第二天是星期天，从早到晚大雨倾盆，安妮待在绿山墙农舍，没有出门。星期一下午，玛丽拉打发她到林德太太家去办一件事。没过一会儿，安妮就泪流满面地从小路上跑回来了。进了厨房，她猛冲过去，脸朝下悲痛欲绝地扑倒在沙发上。

“这又出了什么事啦，安妮？”玛丽拉惊疑交集地问，“我希望你没有再去顶撞林德太太。”

安妮没有回答，只是流下更多的眼泪，发出更响的啜泣声！

“安妮·雪莉，我向你提出一个问题，你就必须回答我。立刻坐起来告诉我你哭什么？”

安妮坐了起来，十足是一副遭受了灾难的神气。

“今天林德太太去看望巴里太太了，巴里太太大动肝火，”她哀诉道，“她说星期六我把黛安娜灌醉了，然后在很不光彩的状态下打发她回家。她还说我一定是个恶劣透顶的坏女孩，她永远永远也不让黛安娜和我一起玩了。唉，玛丽拉，悲痛已经把我压垮了。”

玛丽拉既吃惊又茫然地瞪着她。

“把黛安娜灌醉了！”等能够开口的时候，她说道，“安妮，是你疯了，还是巴里太太疯了？你给黛安娜吃什么来着？”

“除了木莓甜酒，什么也没有，”安妮泣不成声地说，“我从没想到木莓甜酒会使人喝醉，玛丽拉，——即使像黛安娜那样喝满满的三大杯，也不会醉倒。哦，这听起来多么——多么——像托马斯太太的丈夫！但是，我并不是有意让她喝醉的。”

“什么醉不醉，真是胡说八道！”玛丽拉说着，大步朝起居室的食品柜走去。她一眼认出搁板上瓶子里装的是她自己酿造的存了三年的葡萄酒，为了这酒她在阿冯利深受赞美，尽管有一些在生活上比较古板的人——巴里太太便是其中之一——对此竭力反对。就在这个时候，玛丽拉想起她已经把那瓶木莓甜酒放到地窖里去了，而不是像她告诉安妮的那样放在食品柜里。

她手里拿着酒瓶子回到了厨房。尽管她竭力控制，面颊还是在不住地抽动。

“安妮，你一定是个善于招来不幸的天才。你拿出来给黛安娜喝的是葡萄酒，不是木莓甜酒。你自己不知道它们的区别吗？”

“我一口也没喝，”安妮说，“我还以为这是甜酒呢。我满心打算非常——非常——热情地招待一下客人。黛安娜突然难受极了，不得不回家。巴里太太对林德太太说她醉得一塌糊涂。她妈妈问她是怎么回事，她只是傻呵呵地笑着，然后倒头便睡，一睡就是几个钟头。她妈妈从她的呼吸里嗅出她喝醉了。她昨天整天头痛得很厉害。巴里太太气坏了。她一口咬定我是故意灌醉她的。”

“我觉得她最好还是惩罚黛安娜，因为她太贪嘴了，竟不管是什么酒，一口气喝了三大杯。”玛丽拉立刻接口说，“可不是，即使是甜酒，那么三大杯也够她受的了。这桩事情对于那些反对我酿造葡萄酒的人来说，将成为一个极好的把柄，其实自从三年前我发现牧师对此并不赞成后，我就一直没有再酿造过。我留着那瓶是为了治病的。好啦，好啦，孩子，别哭了。我不觉得这件事是你的错，尽管我对于发生这种事情不免感到遗憾。”

“我一定要哭，”安妮道，“我的心碎了。命运在它前进的道路上总是跟我作对，玛丽拉。黛安娜和我永远被拆散了。唉，玛丽拉，当初我们发誓要始终保持亲密的友谊的，我可根本没有想到会出现这样的事。”

“别傻了，安妮，当巴里太太发现这件事情其实并不能够怪你的时候，她会有比较好的看法的。我想她以为你这么干是一种恶作剧或诸如此类的诡计。你今晚最好去跟她讲清是怎么回事。”

“想到要面对黛安娜生气的妈妈，我实在没有勇气，”安妮叹口气说，“我希望你去吧，玛丽拉。你比我有身价多了。可能你的话比我的话容易让她听得进。”

“好吧，我去。”玛丽拉说，想到这么办或许要明智些，“不要再哭了，安妮。情况会恢复正常的。”

玛丽拉从果园坡回来时，就改变了她的想法，不认为情况会恢复正常了。安妮正盼着她回来，赶紧奔到走廊门口迎接她。

“嗯，玛丽拉，我从你脸上看得出来，你这次去没有成功，”她悲伤地说，“巴里太太不会原谅我了吗？”

“巴里太太，真见鬼！”玛丽拉愤愤不平地说，“在我见过的所有不讲道理的女人中间，她是最糟糕的了。我告诉她这纯粹是个误会，不能怪你，可她就是不相信我。她一个劲儿地指责我的葡萄酒，说我总是讲它不会对任何人产生丝毫作用。我明确地告诉她，葡萄酒没有一下子喝三杯的道理，而且，如果我所管教的孩子这么贪嘴，我会结结实实地揍她一顿屁股，让她清醒清醒。”

玛丽拉怀着乱糟糟的情绪疾步走进厨房，把那个心烦意乱的小家伙留在后面的走廊里。过了一会儿，安妮走出屋子，光着脑袋走进秋天冷飕飕的苍茫暮色中；她迈着坚定沉着的步伐穿过小木桥那边长满枯萎的三叶草的下坡地，又向上穿过了云杉树林。暗淡的月亮低低地悬挂在西边的森林上，照亮了那一片云杉林。听到了怯生生的敲门声，巴里太太出来开了门，发现门前的石阶上站着一个嘴唇苍白、眼神热切的恳求者。

她的脸沉了下来。巴里太太是个具有很强的偏见和厌恶感的女人，她生起气来属于那种冷冰冰、阴沉沉的类型，这种怨恨总是最难消除。说句公道话，她确实认为安妮完全是蓄意灌醉黛安娜的，因此她实实在在地急于阻止她的小女儿和这样一个孩子有更多的亲密交往，以免受到她的影响。

“你要什么？”她不客气地说。

安妮紧紧地握住双手。

“哦，巴里太太，请你原谅我。我不是有意想——想——让黛安娜喝醉的。我怎么会呢？请你设想一下吧，如果你是个孤苦伶仃的小女孩，被好心的人们收养了下来，而你在这个世界上又只有一个知心朋友，你想你会故意让她喝醉吗？我以为那不过是木莓甜酒。我确实相信那是木莓甜酒。唉，请不要说你再也不让黛安娜和我一块儿玩了。如果你那么做的话，就会给我的生活蒙上一层悲哀的阴影。”

这番话可以在转眼之间软化林德太太善良的心，但对巴里太太却不起作用，反而使她更加恼火。她对安妮的大话和戏剧性的姿势深表怀疑，以为这孩子是在捉弄她。于是，她冷酷无情地说：

“我觉得你不是黛安娜可以交往的合适的小姑娘。你最好还是回家去，好好地注意你的行为吧。”

安妮的嘴唇颤抖着。

“你可以让我再和黛安娜见上一面，说一声永别吗？”她恳求道。

“黛安娜和她父亲一起到卡莫迪去了。”巴里太太说着，走进去把门关上了。

安妮在绝望之后平静了下来，回到绿山墙农舍。

“我最后的希望落空了，”她对玛丽拉说，“我亲自上那儿去见了巴里太太，她待我很无礼。玛丽拉，我认为她不是个有教养的女人。除了祷告，再也没有别的办法了。而且我也不指望祷告会有多大好处，玛丽拉，因为我不相信上帝自己对巴里太太这样一个顽固不化的人会有多少办法。”

“安妮，你不应该说这些！”玛丽拉训斥道，一边拼命克制那股想要放声大笑的欲望，她惊愕地发现这种倾向在她的身上一天天地滋长。实际上，当晚上她把整个事件告诉马修时，她确实对那引起安妮伤心的事儿开怀大笑。

不过，当她睡觉前悄悄走进东山墙屋子，发现安妮已经哭着入梦时，她的脸上涌现出一种不寻常的温情。

“可怜的小人儿。”她喃喃地说着，将一绺卷曲的散发从孩子沾满泪痕的小脸上移开。然后她弯下腰，吻了一下枕头上那张绯红的脸蛋。

第17章 新的生活乐趣

第二天下午，安妮坐在厨房的窗口，专心致志地缝碎布片，她偶尔朝窗外瞥了一眼，看见黛安娜站在“森林女神的水泡”旁边朝她神秘地招手。一眨眼工夫，安妮就来到屋外，朝山谷飞奔下去。她那表情丰富的眼睛里交织着惊讶和希望。可是当她看到黛安娜一脸沮丧的神情时，她的希望渐渐消失了。

“你妈妈态度好一些了吗？”她喘着气问。

黛安娜颓丧地摇摇头。

“没有。哦，安妮，她说我再也不能和你一起玩了。我不住地哭呀哭呀，并且告诉她这不是你的错，可是一点用处也没有。我跟她磨了好长时间，求她让我下来和你说声再见。她说我只能待十分钟，她要看着钟计算时间。”

“我们要互道永别了，十分钟时间不算长。”安妮眼泪汪汪地说，“哦，黛安娜，不管你受到怎样更亲密的朋友的关怀，你能保证你永远不忘记我这个年轻时的朋友吗？”

“我当然不会忘记你，”黛安娜啜泣着说，“而且我永远也不会有另一个知心朋友了——我不想要了。我不可能爱别人，爱得像对你这么深。”

“啊，黛安娜，”安妮紧握着双手喊道，“你爱我？”

“是啊，当然啰。难道你不知道吗？”

“不，”安妮深深地吸了口气道，“我以前认为你肯定是喜欢我的，但是我从来不敢希望你爱我。唉，黛安娜，我还以为没有一个人会爱我呢。从我能够记事起，就从来没有人爱过我。哦，这真是太妙了！这是一束光辉，它将永远照亮着隔开我们的那条黑暗的小路，黛安娜。哦，把这句话再说一遍吧。”

“我真心地爱你，安妮，”黛安娜坚定地说，“我以后决不变心，你放心好啦。”

“我也要永远爱您，黛安娜。”安妮严肃地伸出手去，说道，“在将来的岁月里，我对您的记忆将像一颗星星那样照耀着我孤寂的一生，就像我们最后一起读的那本故事书上所说的。黛安娜，在这离别的当儿，您可以给我一绺您那乌黑的头发，让我把它永远珍藏起来吗？”

“你有东西把它剪下来吗？”黛安娜问道。她擦去被安妮动人的语调感动得重新涌出的泪水，恢复了她注重实际的本性。

“有。幸亏我把缝布片的剪刀放在围裙的口袋里了。”安妮说，她严肃地剪下一绺黛安娜的鬈发，“永别了，我心爱的朋友。从此，我们尽管离得很近，却非得要变得互不相识了。可是我的心将永远忠实于您。”

安妮站在那儿，看着黛安娜从视线里消失。每当后者转身回顾，她就无限悲哀地挥动手臂。然后她回到农舍，这场带有浪漫色彩的话别并没有使她暂时感到一点安慰。

“一切都结束了，”她对玛丽拉说，“我再也不会有另一个朋友了。我的处境比以前任何时候都惨，因为我现在既没有卡蒂·莫里斯，也没有维奥莱特了。而且，即使有，也和以前不同了。不知怎么搞的，有了个真正的朋友，梦幻中的小姑娘就不能令人满意了。在小溪旁边，黛安娜和我互道珍重，令人心碎地离别了。我要永远把这场离别看作神圣的一幕，珍藏在我的记忆中。我用了自己能够想到的最伤感的语言，还说了‘您’和‘您的’。‘您’和‘您的’远比‘你’富有浪漫色彩。黛安娜给了我一绺她的头发，我要把它缝进一只小布袋，将它终生戴在我的脖子上。请你注意把它和我一起安葬，因为我不相信自己会活得很久。也许当巴里太太看到我死后冰冷地躺在她的面前时，她会为自己曾经那样对待我而感到悔恨，也就会让黛安娜来参加我的葬礼了。”

“只要你能说话，我就不相信你会因悲伤而死，安妮。”玛丽拉毫不同情地说。

第二个星期，安妮手里挽着她装书的篮子从她的屋子里走下来，嘴角显出一副下定决心的神情，使玛丽拉感到惊奇。

“我要回学校去，”她说道，“既然我的朋友被人无情地从我身边拉走，这就是我生活中唯一可做的事了。在学校里，我可以看着她缅怀以往的岁月。”

“你最好还是缅怀你的课文和算术题吧。”玛丽拉说道，掩盖住自己对情况的这种发展所感到的喜悦，“如果你准备回学校去，我希望我们不再听到把石板在别人头上砸碎之类的蠢事。放规矩些，教师叫你做什么就做什么。”

“我要争取做个模范学生。”安妮悲哀地表示同意，“我猜想这方面不会有多大乐趣。菲利普斯说明尼·安德鲁斯是个模范学生，可是她身上没有一点生气或想象力的火花。她呆板迟钝，死气沉沉，好像从来没有享受过生活的乐趣似的。不过我现在情绪低落，做个模范学生也许并不困难。我要绕大路走。让我独自走‘白桦小道’，我可受不了。如果那样做的话，我是会痛哭流涕的。”

安妮回到学校，受到了热烈的欢迎。游戏时缺少了她的想象，唱歌时缺少了她的声音，午饭时间在朗读书本的过程中缺少了她的表演，都曾使同学们感到无比遗憾。读《圣经》时，鲁比·吉利斯悄悄塞给她三个蓝色的李子；埃拉·梅·麦克弗森送给她一大棵黄色的三色堇，这是从一本花卉目录的封面上剪下来的，是在阿冯利学校深受喜爱的一种课桌装饰品；索菲娅·斯隆主动提出要教她一种织花边的非常精美的新花样，镶在围裙上特别漂亮；卡蒂·博尔特送给她一只香水瓶子，让她装擦石板的水；朱莉娅·贝尔在一张淡雅的、扇形花边的粉红色纸上工工整整地抄了下面一段热情洋溢的诗句：

致安妮

当黄昏垂下她的帘幕
并用一颗星星把它钉住
请记住你有一位朋友
尽管她或许正在远方踯躅

“能受人赞赏，可真不错。”那天晚上，安妮乐滋滋地叹息着，对玛丽拉说。

“赞赏”她的，并不仅仅是女同学。午饭后，安妮回到她的座位上时——菲利普斯先生叫她和模范学生明尼·安德鲁斯坐在一起了——发现她的桌上有一只清香诱人的大“草莓苹果”。安妮拿起来正准备咬时，突然想起整个阿冯利长出“草莓苹果”的唯一地方是“闪光的小湖”彼岸老布莱思家的果园。安妮赶紧把苹果放下，好像它是烧红的煤块，还夸张地用手绢擦了擦手指。苹果放在桌上，没有人动它，直到第二天早晨，到学校扫地生火的小蒂莫西·安德鲁斯不客气地作为自己的外快拿走了。查利·斯隆买了一支贴着红色和黄色纸条的花哨的石笔，一般的石笔只要一分钱，这支却要两分钱。午饭后，他把它敬献给她，她倒较为爽快地收下了。安妮很有礼貌地、愉快地收下了那支石笔，并朝赠送者嫣然一笑，这使那如痴如醉的小伙子得意非凡，一下子飘飘然地飞上了七重天，结果听写时错误百出，放学后被菲利普斯先生留在学校里重写。

可是，正如

恺撒的庆典完全失去了布鲁斯的半身塑像
罗马更想念她最优秀的儿子

那样，她显然没有得到现在和格蒂·派伊同座的黛安娜的任何礼物或致意，这使安妮小小的得意变得苦涩。

“黛安娜至少该对我笑一下，我想。”那天晚上她悲哀地对玛丽拉说。可是第二天上午，一张折叠得异常仔细、异常精巧的小纸条和一个小纸包一起，被传到安妮的手里。

亲爱的安妮：

妈妈说我连在学校里也不能和你一起玩或者和你说话。这不能怪我，别生我的气，因为我还像以前一样爱你。我万分遗憾，无法告诉你我所有的心里话。我一点也不喜欢格蒂·派伊。我用红棉纸给你做了一枚新书签。现在这种书签时髦得很，学校里只有三个女同学知道怎么做。每当你看着它，请记住

你忠实的朋友
黛安娜·巴里

安妮读了纸条，吻了书签，然后很快向教室的另一端发了份回件。

我心爱的黛安娜：

我当然不会生你的气，因为你不得不听你妈妈的话。我们

的精神可以交流。我将永远保存你的漂亮的礼物。明尼·安德鲁斯是个很好的小姑娘——虽然她没有一点想象力——可是，既然我和黛安娜做了智（知）心朋友，我就不会再是明尼的智（知）心朋友了。请原谅我的错别字，因为我的拼写尽管很有进步，还是不够好。

你的至死不渝的

安妮或科迪莉娅·雪莉

又及：今天夜里我要把你的信放在枕头底下睡觉。

安或科·雪

自从安妮重新开始上学，玛丽拉一直悲观地担心她还会惹出麻烦。可是什么也没有发生。也许安妮从明尼·安德鲁斯身上汲取了某种“模范”精神；至少，从那以后，她和菲利普斯先生相处得很好。她全心全意地埋头学习，下定决心不让吉尔伯特·布莱思在任何一门功课上超过自己。他们之间的这种竞争很快变得明显起来；吉尔伯特那边完全是宽宏大量的；可是安妮很可能不是这样，她显然有一种不足称道的顽强的怨恨心理。她的恨和爱同样强烈。她可不愿降低身份去承认她有意在功课上同吉尔伯特较量，那样的话不就等于承认他的存在了吗？而安妮是固执地蔑视他的存在的呀；可是他们确实在进行竞争，荣誉在两人中间移来移去。一忽儿吉尔伯特在拼写上占了先；一忽儿安妮甩了一下长长的红辫子，把他拼了下去。一天上午，吉尔伯特做对了所有的算术题，名字被写到了黑板上的光荣榜里；第二天上午，开了一个通宵夜车猛攻十进位小数的安妮便会名列榜首。在一个可怕的日子里，他们分数相同，名字被一起写上了黑板。这简直同“注意”一样糟，安妮的屈辱和吉尔伯特的满足都是显而易见的。当每月月底举行写作考试时，更是让人提心吊胆。第一个月吉尔伯特以三分领先，第二个月安妮以五分优势击败了他。可是，吉尔伯特在全班同学面前诚恳地向她表示祝贺，这样就使她的胜利有点美中不足。如果他因失败而感到痛苦，她就会更加回味无穷。

菲利普斯先生可能不是个很好的教师，不过像安妮这样坚定不移地发奋学习的学生，不管在什么样的教师手下，都不可能没有长进。学期结束时，安妮和吉尔伯特都升入了五年级，他们被批准开始学习“分类学科”——这是指拉丁语、几何、法语和代数。在几何这门课上，安妮遭到了惨败。

“这玩意儿真可怕，玛丽拉，”她呻吟着说，“我肯定自己永远也无法弄个明白。那里面根本没有一点想象的余地。菲利普斯先生说，我在学习几何方面是他遇见过的最大的笨蛋。可是吉尔——我是指其他一些学生在这方面可聪明了。这使我感到非常屈辱，玛丽拉。就连黛安娜也比我学得好。可是我不在乎黛安娜超过我。尽管我们见了面就像陌生人一样，我仍然用一种无法遏制的感情爱着她。有时候想起她，我总是非常悲伤。可是，话说回来，玛丽拉，在这么个丰富多彩的世界上，一个人的悲哀是不会长久的，是不是?”

第18章

安妮前去抢救

所有的大事和所有的小事都是密切相关的。乍看起来，某个加拿大总理决定将爱德华王子岛纳入他的一次政治性视察的范围，似乎不会和绿山墙农舍的小姑娘安妮·雪莉的命运有多大关系。但实际却正好相反。

总理来的时候是一月份。在夏洛特敦举行的大型群众集会上，他要向忠实的支持者和那些被挑选来参加会议的反对者做正式讲话。阿冯利的大多数人在政治上拥护总理，所以，在开会的那天晚上，几乎所有的男人和大部分的女人都到三十英里外的镇上去了。雷切尔·林德太太也去了。雷切尔·林德太太是个非常热心的政治活动家，她不相信，政治大会缺了她还能进行，尽管她在政治上是站在反对派一边的。所以她到镇上去了，还把丈夫——托马斯或许可以看看马，派点用场——和玛丽拉·卡思伯特一起带了去。玛丽拉自己私下里对政治有点兴趣，再加上她想到自己可能只有这一次机会看到一位真正的、活着的总理，就爽快地答应一起去了，留下安妮和马修看家。她要到第二天才能回来。

因此，当玛丽拉和雷切尔太太在群众集会上自得其乐时，安妮和马修就占据了绿山墙农舍的令人愉快的厨房。那只老式的滑铁卢火炉的炉膛里火光熊熊，蓝白色的霜晶在窗户玻璃上闪闪发光。马修坐在沙发上，手里捧着一本《乡村律师》在打瞌睡，安妮坐在桌边，带着一种不屈不挠的决心在学习功课，尽管她多次向钟架投去渴望的一瞥，因为那里搁着简·安德鲁斯那天借给她的一本新书。简曾经向安妮保证，说这本书有很多词句所表达的意思肯定会使人产生许多次的激动。安妮的手指抖动着，想去把它取下来，可是那将意味着吉尔伯特·布莱思明天大获全胜。于是安妮转过身去，背朝着钟架，竭力想象着书不在那儿。

“马修，你上学的时候，学不学几何？”

“嗯，没有，我没学过。”马修从瞌睡中惊醒过来说。

“我希望你学过，”安妮叹口气说，“因为那样你就能够同情我了。如果你从没学过，你就不会完全同情我。它在给我的整个一生蒙上一层阴影。我在这方面真笨，马修。”

“哎哟，我可不知道，”马修安慰她说，“我想你哪方面都不错。上星期，在卡莫迪布莱尔的商店里，菲利普斯先生告诉我，你是学校里最聪明的学生，‘进步很快’，他就是这么说的。有些人说特迪·菲利普斯的坏话，说他并不是个好教师；可是我觉得他不错。”

不管谁夸奖了安妮，马修都会认为他是“不错”的。

“如果他不调换字母，我肯定能够把几何学得好一些。”安妮抱怨道，“我把定理背下来了，可是他把图画在黑板上时标上了和书上不同的字母，我就完全糊涂了。我觉得教师不应该这么卑鄙地捉弄人，你说呢？我们现在学习农业了，我终于发现道路发红的道理了。这是个极大的安慰。我不知道玛丽拉和林德太太是不是很愉快。林德太太说加拿大会像现在的渥太华一样走向衰落，这对选民来说是个严重的警告。她说如果允许妇女参加选举的话，情况就会发生可喜的变化。你投什么票，马修？”

“保守党。”马修马上说。投保守党一票是马修宗教信仰的一部分。

“那么我也是保守党，”安妮果断地说，“我真高兴，因为吉尔——因为学校里一些男同学是刚毅党。我想菲利普斯先生也是刚毅党，因为普里西·安德鲁斯的父亲就是一名刚毅党，鲁比·吉利斯说当一个男人求婚时，他总要在宗教上和姑娘的母亲一致，在政治上和她的父亲一致，这是不是真的，马修？”

“哎哟，我不知道。”马修说。

“你向谁求过婚吗，马修？”

“哎哟，没有，我不知道有没有。”马修说，显然他这一生中从来没想过这档子事。

安妮用手托着下巴，陷入了沉思。

“这一定非常有趣，你不认为是这样吗，马修？鲁比·吉利斯说等她长大了，要一手操纵一大堆情人，使他们都为她神魂颠倒；可是我觉得这未免太惊心动魄了。我宁愿只要一个真心实意的就行了。不过鲁比·吉利斯对这类事情懂得很多，因为她有那么多的姐姐，林德太太说吉利斯家的女孩子都有人争先恐后地抢着要。菲利普斯先生几乎每天晚上都去看普里西·安德鲁斯。他说是去指导她复习功课，可是米兰达·斯隆也在温习功课，准备考女王专科学校，而且我觉得她比普里西更需要指导，因为她头脑迟钝得多，他却从来没有在晚上去帮助她。在这个世界上，有好些事情我弄不太清楚，马修。”

“哎哟，我自个儿看到那些事情也莫名其妙。”马修承认道。

“好啦，我想我必须做完我的功课。不做完功课我是不会允许自己打开简借给我的那本新书的。可是它的诱惑力很大，马修。即使我背朝着它，我也能够清清楚楚地看到它在那儿。简说她看这本书的时候哭得可伤心哩。我喜欢一本能够使我落泪的书。不过我想我要把那本书拿到起居室去，锁在果酱橱里，把钥匙交给你。在我还没做完功课之前你一定不要把它给我，马修，哪怕我跪下来求你也不行。抵制诱惑，说起来非常轻松，可是如果手里有了钥匙，抵制起来就很不容易了。现在我可以跑到地窖里拿些酱色苹果吗，马修？你想吃几个酱色苹果吗？”

“哎哟，我不知道要不要。”马修说，他从来不吃酱色苹果，但他知道安妮特别爱吃。

安妮端着一盘酱色苹果得意扬扬地从地窖里钻出来时，门外结了冰的木板路上传来一阵飞奔的脚步声，随即厨房的门被猛然推开，黛安娜·巴里冲了进来，她脸色煞白，气急败坏，头上胡乱地裹着一条围巾。安妮惊讶之下不觉撒手，蜡烛和盘子落到了地上，它们和苹果一起磕磕碰碰地滚下了地窖梯子。第二天玛丽拉发现它们被埋在地窖底部的熔化的牛油里，她把它们捡了出来，暗自庆幸房子没有着火。

“出什么事啦，黛安娜？”安妮大声问道，“你妈妈终于发慈悲了吗？”

“哦，安妮，快来，”黛安娜焦虑不安地哀求道，“明尼·梅病得很厉害——她患了喉头炎，扬·玛丽·乔说——爸爸妈妈都到镇上去了，没有人去请医生。明尼·梅病情可严重啦，扬·玛丽·乔一点办法也没有——哦，安妮，我真吓坏了！”

马修一言不发地取了帽子和外套，侧身走过黛安娜身边，消逝在漆黑的院子里。

“他去套栗色母马，准备到卡莫迪去请医生。”安妮一边手忙脚乱地披头巾，穿上衣，一边说，“我知道得很清楚，就像他亲口说出来的一样。马修和我的精神那么相近，根本用不着说话，我就可以了解他的思想。”

“我不相信他会在卡莫迪找到医生，”黛安娜抽噎着说，“我知道布莱尔医生到镇上去了，我猜想斯潘塞医生也会去的，扬·玛丽·乔从没见谁患过喉头炎，林德太太也不在。唉，安妮！”

"别哭啦，黛，"安妮爽快地说，"我完全知道怎么对付喉头炎。你忘了哈蒙德太太生过三次双胞胎吗？当你照看三对双胞胎的时候，自然会获得许多经验。他们都经常犯喉头炎。你等一下，我去拿一瓶土根制剂——你们家可能没有。现在走吧。"

两个小姑娘手拉着手急急忙忙地出了屋子，她们飞也似的跑过"情人的小径"，又穿过那边的田地，因为雪太深了，无法抄近路穿过森林。安妮尽管真诚地为明尼·梅感到难过，却还是深刻地感到这种场面的浪漫气氛，也因为又可以和一位心心相印的知己共享这场浪漫的经历而暗自庆幸。

夜晚明净多霜，到处是漆黑的阴影和银白色的雪坡；大星星在静寂的田野上空闪闪发光；各处都有黑黝黝的尖顶冷杉矗立着，树枝上覆盖着雪花，风在它们中间呼啸而过。安妮觉得，同长期疏远的知心朋友一起，轻快地走过这片神秘而可爱的世界，真是令人心旷神怡。

明尼·梅只有三岁，确实病得很厉害。她躺在厨房里的沙发上，发着高烧，烦躁不安，她那重浊的呼吸声传到房子的各个角落。扬·玛丽·乔是来自"小湾"的一个大脸盘的丰满的法国小姑娘，是巴里太太请来在她外出的时候给孩子们做伴的，这时扬·玛丽·乔束手无策，心慌意乱，根本想不出任何办法，就是想到了办法也不知从何入手。

安妮熟练地、手脚利索地开始工作。

"明尼·梅是患了喉头炎；她病得不轻，但比这更严重的我也见过。我们先要有很多热水。我说，黛安娜，壶里的水最多只有一杯！瞧，我已经把水壶灌满了，玛丽·乔，你可以在炉子里放几块木柴。我不想使你扫兴，可是据我看来，你如果有点想象力的话，本来是可以想到的。现在我要给明尼·梅脱掉外面的衣服，把她放到床上，黛安娜，你去想法找些柔软的绒布。我先给她吃一服土根制剂。”

明尼·梅不喜欢土根制剂，但安妮并没有白白带大三对双胞胎。土根制剂吃下去了，不只吃一次，而且在那令人心焦的漫长的夜晚吃了好几次。在这期间，两个小姑娘耐心地服侍着生病的明尼·梅；另外，扬·玛丽·乔由于真心诚意地想做一些力所能及的事情，就一直把火烧得旺旺的，她烧热的水哪怕供应一家医院里所有患喉头炎的孩子使用，也绰绰有余。

当马修带了医生赶来时，已经是凌晨三点钟了，因为他不得不直奔斯潘塞维尔才请到一位医生。可是，对病人的急救措施已经采取了。明尼·梅的病情大有好转，她睡得正香。

“我当时几乎丧失了信心，要打退堂鼓了。”安妮解释说，“她病得越来越重，最后甚至比哈蒙德家双胞胎中的最后一对还病得厉害。我确实担心她那肿胀的咽喉会把她堵死。我把瓶里的土根制剂全给她吃了，一滴不剩。当她服下最后一剂时，我暗自想道——不是对黛安娜或扬·玛丽·乔说，因为我不想加重她们当时的焦虑，而是自我安慰地想道——‘这是最后一线希望了，我担心仍然是白费气力。’可是过了三分钟光景，她咳出了痰，立刻就开始好转了。请你想一想吧，我当时感到多么宽慰，医生，因为我无法用言语来表达。你知道，有些事情是不能用言语来表达的。”

“是的，我知道。”医生点点头。他看着安妮，好像确实是在思考着她那无法用言语表达的心情。不过，后来他还是向巴里先生和太太把问题说清楚了。

“卡思伯特家的那个红头发的小姑娘真是绝顶聪明。告诉你们吧，是她救了那孩子的命，如果等我赶到这里再进行抢救，那就来不及了。她的技能和沉着似乎根本不是她这种年纪的孩子所能做到的，真叫人惊叹不已。当她向我解释抢救的情况时，她眼睛里闪烁着某种我从未见过的神情。”

冬天的清晨，白霜如雪，景色瑰丽，安妮走在回家的路上。尽管她因缺乏睡眠而眼皮沉重，但当他们穿过白茫茫的漫长的田野，走在顶上有闪闪发光、异常娇美的枫树枝叶交叉覆盖的“情人的小径”时，她还是不知疲倦地向马修讲个不停。

“哦，马修，这真是个美丽的清晨啊！这个世界好像是上帝为了自个儿消遣才想象出来的东西，是吗？这些树看上去仿佛我吹一口气——噗——就能把它们吹跑！我真高兴我活在一个遍地白霜的世界上，你呢？而且，归根到底，我高兴的是哈蒙德太太生了三对双胞胎。如果她不生那么多孩子，我可能就不知道该拿明尼·梅怎么办了。以前我总是为哈蒙德太太生双胞胎而生她的气，现在我想想真是后悔。不过，哦，马修，我困极了。我没法上学了。我知道我会睁不开眼睛，头脑昏昏沉沉的。可是我又不愿意待在家里，因为吉尔——其他一些同学会在班上名列前茅，那时就很难再赶上去了——但是，当然啰，困难越大，当你赶上去的时候就越会感到心满意足，是吗？”

“哎哟，我想你做什么都会成功的。”马修看着安妮苍白的小脸和眼睛底下的黑圈说，“你马上回去好好睡一觉。所有的家务活都由我来干。”

安妮就上床睡觉了。她睡了那么久，那么香，等醒来时已是阳光充足的冬天的下午了。她下楼来到厨房，玛丽拉正坐在里面织毛线。她是在安妮酣睡的时候到家的。

“啊，你看见总理了吗？”安妮立刻嚷道，“他长得好看吗，玛丽拉？”

“嘿，他可不是因为相貌堂堂才当上总理的。”玛丽拉说，“那个人的鼻子真难看！但是他能说会道。作为一个保守党，我感到自豪。雷切尔·林德是个自由党，当然不喜欢他。你的饭在炉子上，安妮；你可以从食品柜里拿些蓝李果酱来吃。我想你是饿了。马修刚才一直在跟我讲昨天夜里的事。我必须说，你懂得怎样对付喉头炎，真是运气。换了我可就束手无策了，因为我从没见过患喉头炎的病人。好啦，快把饭吃了，再惦记着说话吧。我从你脸上看出来，你有满肚子的话要讲，就暂时让它们留在肚子里吧。”

玛丽拉也有一些事情要告诉安妮，不过她没有当时就对她说，她知道，如果自己那样做了，安妮就会立刻兴奋起来，把吃饭这一类物质需要问题抛到九霄云外。等到安妮吃完了她的那碟蓝李果酱，玛丽拉才说：

“巴里太太今天下午上这儿来了，安妮。她想看看你，可是我不愿把你叫醒。她说是你救了明尼·梅的命，还说她为自己在葡萄酒那件事情上的行为感到非常惭愧。她说她现在知道你并不是故意让黛安娜喝醉的了，她希望你能原谅她，重新和黛安娜成为好朋友。今天晚上，如果你愿意的话可以上那儿去，因为黛安娜昨天夜里患了重感冒，不能到户外活动。喂，安妮·雪莉，求求你不要突然高兴得发狂。”

这声警告看来是很有必要的。安妮一下子跳了起来，神情和姿态都显得异常兴奋，飘飘欲仙，心灵的火焰照得她那张笑脸容光焕发。

“哦，玛丽拉，我现在就去行吗——不洗碟子了？我回来再洗，因为在这激动人心的时刻，我无法让自己困在洗碟子这类毫无浪漫色彩的事情上。”

“好吧，好吧，快去吧。”玛丽拉宽容地说，“安妮·雪莉——你疯了吗？赶紧回来穿点衣服。我说了也是白搭。她既没戴帽子又没披头巾就走了。瞧她奔过果园时头发飘成那个样子。她不得要命的重感冒才怪呢。”

当冬日紫红的暮色笼罩着遍地积雪的景物时，安妮轻快地跑回家来。在闪着白色微光的大片旷野和云杉茂密的漆黑的峡谷上面，淡黄色的天空显得优雅飘逸，西南角上的远处有一颗珍珠般晶莹夺目的晚星在放射光芒。凛冽的寒风带来了白雪皑皑的山丘间清脆的雪橇铃声，仿佛是精灵们敲出的和谐的钟声，但是安妮心头和唇边的歌比它们的音乐还要动听。

“你瞧，站在你面前的是个极度幸福的人，玛丽拉。”她宣布道，“我幸福极了——当然，我的红头发又另当别论。就目前来说，我的心思已经不在红头发上面了。巴里太太吻了我，她哭了，她说她懊悔极了，还说她永远也无法报答我。我窘得要命，玛丽拉，但我还是尽量彬彬有礼地说：‘我对你没有怨恨，巴里太太。我最后再向你做一次保证，我没有打算让黛安娜喝醉，从今以后，我要把这段往事忘得一干二净。’这样说显得很得体，是不是，玛丽拉？我当时觉得我是在巴里太太的头上放了几块烧红的煤。黛安娜和我下午玩得可开心呢。黛安娜还手把手教了我一种漂亮的新的钩针编织法，这是她那位在卡莫迪的阿姨教给她的。除了我们俩，整个阿冯利谁也不知道这种编织法，我们庄严地宣誓，决不将它吐露给任何人。黛安娜给了我一张精美的卡片，上面有一只玫瑰花环和一句诗：

> 如果你爱我，正如我爱你，
> 除了死亡，什么也无法使我们分离。

真说到了点子上，玛丽拉。我们准备请求菲利普斯先生让我们在教室里再坐在一起，格蒂·派伊可以和明尼·安德鲁斯坐一起。我们吃了顿很考究的茶点。巴里太太摆出了最好的瓷茶具，玛丽拉，就好像我是个真正的客人。我没法告诉你这使我多么激动。以前谁也没有专门为了我而用他们最好的瓷器。我们吃了水果蛋糕、重油蛋糕、油炸圈饼和两种果酱，玛丽拉。巴里太太问我要不要喝茶，还说：‘黛安娜的爸，干吗不把饼干递给安妮?’既然别人把你当大人看待有这么舒服，玛丽拉，长大成人就一定是很舒服的了。”

“那样的事情我可不大懂得。”玛丽拉短短地叹了口气说。

“嘿，不管怎么说，等我长大了，”安妮坚决地说，“我对小女孩说话时也一定总要把她们当作大人，我永远也不会讥笑她们老声老气地说话。我从自己的悲惨遭遇中了解到，那会怎样伤害人家的感情。用过茶点后，黛安娜和我做了太妃糖。太妃糖做得不太好，我想是因为黛安娜和我以前从来没有做过。黛安娜在往盘子上涂黄油时，让我替她搅一会儿，结果我忘了，糖就烧焦了；后来我们把它搁在外面的平台上冷却时，猫从一只盘子上走过，那盘糖只好扔掉了。不过做糖确实有趣得很。我回家的时候，巴里太太请我尽可能地经常去玩，黛安娜站在窗口不住地向我抛飞吻，直到我走完‘情人的小径’为止。我向你保证，玛丽拉，今天晚上我一定要做一番祷告。为了纪念这个日子，我要想出一段独特的、崭新的祷告词。”

第19章 

一场音乐会、一场灾难和一次坦白

“玛丽拉，我可以去看一下黛安娜吗，一会儿就回来？”二月的一天晚上，安妮气喘吁吁地从东山墙屋子里跑下来，问道。

“我不明白你干吗天黑了还要出去闲逛。”玛丽拉简单地说，“你和黛安娜放了学一块儿回来，然后又在那边的雪地里站了半个多小时，在那么长的时间里，你那张小嘴喋喋不休地说个没完没了。所以我认为你没有再去见她的迫切需要。”

“可是她想见我，”安妮央求道，“她有非常重要的事情要告诉我。”

“你怎么知道呢？”

“她刚才从她的窗口向我发出了信号。我们商定了一种用蜡烛和纸板发信号的办法。我们把蜡烛放在窗台上，来回移动纸板，使蜡烛产生闪光。若干次闪光表示某一件事情。这是我的主意，玛丽拉。”

“我可以肯定这是你的主意，”玛丽拉加重语气说，“下一步你就会在干这种发信号的蠢事时把窗帘给烧了。”

“啊，我们是非常小心的，玛丽拉。而且这件事情有趣极了。两次闪光意思是说‘你在那儿吗？’三次的意思是‘在’，四次是‘不在’，五次的意思是说‘尽快过来，我有一件重要的事情向你透露’。黛安娜刚才打了五次闪光，我急着想知道那是什么事情。”

“好吧，你不用再着急了。”玛丽拉讥讽地说，“你可以去，不过你得在十分钟之内赶回来，记住这一点。”

安妮的确记住了，她在规定的时间里赶了回来，至于她怎样绞尽脑汁把讨论黛安娜那件重要信息的时间压缩在十分钟的限度之内，恐怕就不会有人知道了。不过至少她是很好地利用了这点时间的。

“哦，玛丽拉，你猜怎么着？你知道明天是黛安娜的生日。嘿，她妈妈对她说，她可以邀我放学后和她一块回家，整个晚上都和她待在一起。她的表兄妹要乘一辆方箱形大雪橇从新布里奇来参加明天晚上在会堂举行的‘辩论俱乐部’的音乐会。他们要把黛安娜和我带去参加——那是说，如果你让我去的话。你会让我去的，是吗，玛丽拉？哦，我激动得心怦怦跳了。”

“现在你可以冷静下来了，因为你不能去。你最好还是待在家里，睡在自己的床上，至于那个‘俱乐部’的音乐会嘛，纯粹是乌七八糟的东西，根本不该允许小姑娘上那种地方去。”

“我可以肯定，‘辩论俱乐部’是个十分正派的组织。”安妮恳求道。

“我没说它不是。可是你不能吊儿郎当地去参加音乐会，整个晚上泡在外面。让小孩子干这种事情真够呛。巴里太太居然让黛安娜去，我感到吃惊。”

“可那是个非常特殊的机会。”安妮悲伤地说，几乎要掉下眼泪，“黛安娜一年只有一个生日。生日并不是件平平常常的事，玛丽拉。普里西·安德鲁斯要背诵《今夜晚钟不该敲响》。那是一首杰出的道德诗篇，玛丽拉。我听了以后一定会受益匪浅的。唱诗班要唱四首充满感情的歌，它们简直和圣歌一样优美。哦，玛丽拉，牧师也要参加；真的，他一定会参加的，他还要发表一段讲话呢。

那和布道差不多是同一回事。求求你，我可以去吗，玛丽拉？”

“你听见我刚才说的话没有，安妮？立刻脱了靴子上床去。现在八点都过了。”

“还有一件事，玛丽拉，”安妮带着一种孤注一掷的表情说，“巴里太太告诉黛安娜，我们可以睡在客房的床上，想想看，你的小安妮就要被安置在客房的床上了，这有多么光荣呀。”

“没有这份光荣，你也得活下去。上床吧，安妮，别让我再听见你说一个字了。”

安妮泪流满面，伤心地上了楼梯。这时，在整个对话过程中一直懒洋洋地躺着，貌似酣睡的马修睁开了眼睛，坚决地说：

“哎哟，玛丽拉，我认为你应该让安妮去嘛。”

“我不同意，”玛丽拉回嘴说，“谁在培养这个孩子，马修，是你还是我？”

“嗯，是你。”马修承认道。

“那就不要横加干涉。”

“唉，我不是要干涉。有自己的看法并不是干涉。我的看法是，你应该让安妮去。”

“如果安妮忽然想到要登上月亮，你肯定也会认为我应该让她去的。”玛丽拉和颜悦色地回答，“我可以让她和黛安娜一起度过明天的晚上，如果事情只是到此为止倒也罢了。可是我不同意那个音乐会计划。她多半会在那儿伤风感冒，并且让脑子塞满乱七八糟的东西，兴奋得忘乎所以。这会使她一个星期都不得平静。我比你更了解这孩子的性情，更知道什么事情对她的品性有好处，马修。”

“我认为你应该让安妮去。”马修坚定地重复说。他不善争辩，但他的战术显然是固执己见，决不松口。玛丽拉毫无办法地喘了口气，只好用沉默作为挡箭牌。第二天早上，安妮在餐具室洗早餐的碟子，马修在出去走向牲口棚的路上停下来又对玛丽拉说：

“我认为你应该让安妮去，玛丽拉。”

有一会儿，玛丽拉好像要说出几句越轨的话来，接着，她还是屈服于不可避免的现实，尖刻地说：

“好吧，就让她去吧，既然除此以外没有别的办法能使你高兴。”

安妮从餐具室里冲了出来，手里还捏着正在滴水的洗碟布。

“啊，玛丽拉，玛丽拉，请你把那句幸福的话再说一遍。”

“我认为说一遍就够了。这是马修干的事，我已经撒手不管了。如果你睡在一张陌生的床上或是深更半夜从热烘烘的会堂里出来患了肺炎，可别怪我，去怪马修好啦。安妮·雪莉，你把油腻腻的脏水滴得满地都是。我从没见过这么毛手毛脚的孩子。”

“唉，我知道我总是给你添麻烦，玛丽拉，”安妮懊悔地说，“我犯了这么多错误。不过请你想想那些我可能要犯而没有犯的错误吧。上学前我去弄点沙子把这些水渍擦掉。哦，玛丽拉，我满心希望去参加音乐会。我这一生还从没参加过音乐会呢，在学校里，当别的女孩子谈论它们时，我总插不上嘴。你不知道我有多难过，可是你瞧，马修就知道。马修理解我，被人理解有多么好啊，玛丽拉。”

安妮太兴奋了，那天上午她在学校里没有充分认真地对待功课。上课时，吉尔伯特·布莱思在拼写上胜过了她，又在心算时把她远远地抛在后面。可是安妮由此产生的屈辱感并没有那么严重，因为她想着音乐会和客房里的床铺呢。她和黛安娜整天一刻不停地谈论这件事情，要是换了一位比菲利普斯严厉一点的老师，她们一定会不可避免地蒙受严重的耻辱。

安妮感到，如果她不能去参加音乐会，那她是绝对忍受不了的，因为那天在学校里，大家谈到的只有这个话题。“阿冯利辩论俱乐部”在整个冬季每两星期聚会一次，另外还有几次规模较小的自由演出；这可是一项资助图书馆的大事，每张入场券要收十分钱哩。阿冯利的年轻人已经训练了几个星期，所有的学生对此特别感兴趣，因为他们的哥哥姐姐要参加演出。学校里每个九岁以上的孩子都盼望着去，只有卡里·斯隆除外，因为她的爸爸对于小女孩出去参加夜间的音乐会抱有和玛丽拉一样的观点。整个下午，卡里·斯隆伏在语法书上伤心痛哭，她感到活着没有意思。

一放学，安妮开始真正兴奋起来，然后她的兴奋逐渐滋长，直到她真正来到音乐会上，实实在在的狂喜才使她的心情骤然松弛下来。她们吃了一顿“非常讲究的茶点”，然后又在黛安娜楼上的小房间里做了一番细致的打扮。黛安娜把安妮前面的头发做成一种向上卷得又松又高的新发型，安妮按照自己知道的一种独特的花样为黛安娜打了蝴蝶结；她们试验了至少六种不同的方法来安排自己脑后的头发。最后她们终于准备好了，兴奋得面颊泛红，眼睛闪闪发光。

老实说，当安妮将自己毫无花饰的黑圆帽和不像样的袖口紧巴巴的家制灰布上衣，同黛安娜时髦的毛皮帽和潇洒的小夹克衫做对比时，心里不由得感到略微有些悲痛，不过她及时想起自己有想象力可以利用。

接着，黛安娜的表兄妹——默里一家子——从新布里奇来了，他们都挤在方箱形大雪橇里的稻草和毛皮车毯中间。安妮坐着雪橇滑过缎子般光滑的道路到会堂去，看着积雪在滑橇下卷起波纹，感到无比高兴。落日异常壮丽，积雪覆盖的山丘和圣劳伦斯海湾深蓝色的海水像一大碗珍珠和蓝宝石，而四周又洋溢着火红的颜色，使落日的壮观更增添了光彩。四面八方传来了雪橇铃铛的叮当声和远处的欢笑声，听上去真像是森林里的小精灵在寻欢作乐。

“啊，黛安娜，”安妮喘不过气来了，她紧紧捏了一下毛皮车毯下黛安娜戴着连指手套的手说，“这难道不像一场美丽的梦吗？我的神态真的和平常一样吗？现在我的心情和往常截然不同，我认为这在我的面容上一定表现出来了。”

“你看上去漂亮极了。”黛安娜刚从她的一位表兄那里得到了一句赞美的话，她感到自己应该把它继续传下去，“你真是光彩照人。”

那天晚上的节目是一连串“激动人心的节奏”，至少对于观众席上的一位倾听者来说是这样。正如安妮向黛安娜保证的那样，接下来每一个激动人心的节奏都比上一个更加令人心醉神迷。普里西·安德鲁斯穿着一件崭新的粉红色紧身上衣，白皙光洁的脖子上戴着一串珍珠，头发上还插着几朵真正的荷兰石竹——人们嘀嘀咕咕地谣传说，这身打扮是教师打发人到好远以外的镇上替她买来的——“在没有一丝光线的暗处登上泥泞的扶梯”，安妮因为产生了炽热的共鸣而瑟瑟发抖；当唱诗班唱起“飞翔在远处娇嫩的雏菊上”时，安妮凝视着天花板，好像那上面有着彩绘的天使；当萨姆·斯隆用动作表演“塞克里怎样使母鸡抱蛋”时，安妮大笑不止，使得坐在她附近的人们也笑了起来，不过他们是受了她的感染，并非觉得有趣，因为这个选篇即使在阿冯利也已经老掉牙了；当菲利普斯先生用最激动人心的语调朗诵马克·安东尼在恺撒遗体前的演说时——念到每一句结尾，他都要看看普里西·安德鲁斯——安妮感到，只要有一位罗马公民带头，她就会当场站起来参加叛变。

只有一个节目使她不感兴趣。当吉尔伯特·布莱思背诵《莱茵河畔的狂欢》时，安妮拿起罗达·默里从图书馆借来的书，一直看到他背诵结束，而当她一动不动直僵僵地坐着时，黛安娜却把手掌都拍痛了。

她们回到家里，已经十一点了。她们饱尝了欢乐，又怀着更大的喜悦在议论将要来到的幸福时光。每个人好像都睡熟了，房子里静悄悄的，一片漆黑。安妮和黛安娜踮着脚尖轻轻地走进客厅。这是一间狭长的屋子，有门通向客房。屋子里温暖舒适，壁炉里的余火把屋子照得朦朦胧胧。

“我们在这儿脱衣服吧，”黛安娜说，“这儿很舒服，很暖和。”

“音乐会真令人愉快，是不是？”安妮欢天喜地地叹了口气，“在那儿上台朗诵一定很光荣。你说，他们会叫我们去朗诵吗，黛安娜？”

“会的，当然会的，总有一天会的。他们总是要大一点的学生上台朗诵。吉尔伯特·布莱思就经常去朗诵，他只比我们大两岁。哦，安妮，你怎么能假装不去听他朗诵呢？当他念到这一句，

还有另一位，虽然并不是姐妹，

他向台下盯着你看呢。”

“黛安娜，”安妮高傲地说，“你是我的知心朋友，可是我也不允许你对我说起那个人。你准备好上床了吗？让我们比赛看谁先跑到床上。”

这个建议正中黛安娜的心意。两个穿着白衣服的小身体跑过长长的屋子，又穿过客房的门，同时跳到了床上。这时——什么东西——在她们身子底下蠕动，然后是一阵喘息和一声尖叫——有人用低沉的声音说：

“仁慈的上帝啊！”

安妮和黛安娜永远也无法说出她们是怎样离开那张床，来到屋子外面的。她们只知道在一阵狂奔以后，发现自己哆哆嗦嗦地踮着脚尖往楼上走。

“啊，那是谁——那是什么东西？”安妮悄声问道，因为寒冷和恐惧，她的牙齿在打战。

“那是约瑟芬老姑奶奶，”黛安娜笑得喘不过气来，“哦，安妮，不知她怎么会在那儿，那确实是约瑟芬老姑奶奶。哦，我知道她会怒气冲天的。这真可怕——实在可怕——不过你听说过这么有趣的事儿没有，安妮？”

“你的约瑟芬老姑奶奶是谁？”

“她是爸爸的姑妈，住在夏洛特敦。她太老了——至少有七十岁了——并且我不相信她曾经是个小姑娘。我们盼望她出来走走，可是没有这么快呀。她非常古板，一本正经，一定会为了这件事情骂不绝口的，我知道。唉，我们不得不和明尼·梅睡在一起了——你想不出她蹬人蹬得多么厉害。”

第二天早饭吃得很早，约瑟芬·巴里小姐没有在饭桌上露面。巴里太太对两个小姑娘和蔼地微笑着。

“昨天晚上玩得痛快吗？我想等你们回家以后再睡着的，因为我想告诉你们约瑟芬老姑奶奶来了，你们只好到楼上去睡了，可是我实在太困，还是睡着了。我希望你没有打扰你的老姑奶奶，黛安娜。”

黛安娜谨慎地保持沉默，不过她和安妮隔着饭桌偷偷交换了一个感到内疚但仍然忍俊不禁的狡黠的微笑。吃了早饭，安妮就急忙赶回家了，所以她对巴里家随即发生的骚乱一无所知，也就乐得自在。到了傍晚，她到林德太太家为玛丽拉办一件事的时候才了解了情况。

“这么说，昨天夜里你和黛安娜差点把可怜的老巴里小姐吓死啦？”林德太太严厉地说，不过她的一只眼睛迅速地眨了一下，“几分钟以前，巴里太太上卡莫迪去的时候到我这儿坐了一下。她为这件事情伤透了脑筋。老巴里小姐今天早上起床时大发脾气——约瑟芬·巴里的脾气可不是闹着玩儿的，我可以告诉你这一点。她根本不愿同黛安娜说话了。”

“这不是黛安娜的错，”安妮懊悔地说，“是我不对。是我提议比赛，看谁先跑到床上去的。”

“我知道是你！”林德太太说，她由于自己没有猜错，感到非常得意，“我就知道那个主意是你的脑瓜想出来的。嘿，它可惹出了不少的麻烦，就是那么回事。老巴里小姐出来，原先打算在这儿待一个月，可现在她宣布一天也不想待了，明天就要回镇上去，不管是不是星期天。如果他们来接她，她今天就会走掉。她曾经答应替黛安娜支付一个季度的音乐课学费，可是现在她决定什么事也不给这个野丫头做了。哦，我想今天早上他们那儿一定紧张极了。巴里家多半感到很懊丧。老巴里小姐很有钱，所以他们总想博取她的欢心。当然啰，巴里太太没有对我这么说，但我擅长识别人类的本性，就是那么回事。”

“我真是一个不幸的女孩子，”安妮悲哀地说，“我老是给自己制造困境，而且把我最要好的朋友——我愿意为她流血牺牲的人——带了进去。你能告诉我原因在哪里吗，林德太太？”

“因为你太马虎、太容易冲动了，孩子，就是那么回事。你从来不停下来考虑考虑——你想到要说什么或者要干什么，就马上说出来或干出来，从来不经过片刻的思考。”

“哦，可那是最精彩的呀，”安妮不服气地说，“一种想法突然在你脑海里闪现，使你无比激动，你就一定要把它表达出来。如果你停下来仔细思考，你就把它完全糟蹋掉了。你自己从未有过那样的感受吗，林德太太？”

没有，林德太太从未有过。她一本正经地摇了摇头。

“你一定要学会稍稍考虑一下，就是那么回事。你必须遵守的格言是‘想好了再跳’——特别是当你向客房的床上跳的时候。”

林德太太对她自己开的不大不小的玩笑乐得合不拢嘴，但安妮仍然很忧郁。处在这种在她看来非常严重的境地，她看不出有什么值得开心的地方。她离开林德太太家，穿过硬邦邦的田地，向果园坡走去。黛安娜在厨房门口迎接她。

“你的老姑奶奶约瑟芬为那件事情非常恼火，是不是?”安妮小声地说。

“是的，”黛安娜说道，使劲忍住一阵傻笑，一边转过脸向那关着门的起居室投去担心的一瞥，“她气得暴跳如雷，安妮。哦，她骂得可凶呢。她说我是她见过的最不懂礼貌的女孩子，还说我的父母应该为把我培养成这样而感到害臊。她说她不想待在这儿了，我当然并不在乎。但爸爸和妈妈不是这样的态度。”

“你为什么不告诉他们这是我的过错呢?”安妮问道。

“我很可能会做出这样的事情，是不是?”黛安娜显出轻蔑的神情说，“我不是告密者，安妮·雪莉，而且不管怎么说，我和你一样应该受到惩罚。”

“那么，我亲自去告诉她吧。”安妮坚决地说。

黛安娜惊愕地瞪大了眼睛。

“安妮·雪莉，你绝对不能这样做！啊——她会把你活吞下去的!”

“我已经够害怕的了，别再吓我了，”安妮恳求说，“我宁可走到大炮口里去。可是我不得不这样做，黛安娜。这是我的过错，我一定要坦白承认。好在我曾经练习过坦白。”

“那好吧，她在房间里，”黛安娜说，“如果你想进去就进去吧。我可不敢进去。而且我不相信你去了会有什么好处。”

得到这番鼓励，安妮就到老虎嘴里去拔牙了——那就是说，她坚定地走到起居室门前，轻轻地敲了敲门。里面传来一声严厉的“进来”。

精瘦、古板、严厉的约瑟芬·巴里小姐正坐在火炉旁边怒气冲冲地织着毛线。她的怒火一点也没有平息，两道愤怒的目光透过她的金丝边眼镜射了出来。她坐在椅子里转了一圈，以为会看到黛安娜，不料却见到一个面色苍白的女孩。她的大眼睛里充满了不顾一切的勇气和胆战心惊的恐惧交融在一起的神情。

“你是谁?”约瑟芬·巴里小姐不客气地问道。

“我是绿山墙农舍的安妮，”小客人战战兢兢地说，一边以她独特的姿势紧紧握住双手，“我可以告诉你，我是来交代问题的。”

“交代什么?”

“昨天晚上，我们跳上床压在你的身上，那都是我的错，是我提议这样做的。我可以肯定，黛安娜是绝对不会想到做这种事情的。黛安娜是个很有贵族小姐风度的女孩子，巴里小姐。所以你必须知道，责怪她是不公平的。”

“噢，我必须，嘿？我倒觉得黛安娜至少也参加跳了。在一个规规矩矩的人家，竟发生这种事情!”

“可我们仅仅是闹着玩儿的，”安妮坚持道，“我认为你应该原谅我们，巴里小姐，我们已经表示歉意了。不管怎么说，请原谅黛安娜，让她去上她的音乐课吧。黛安娜一心一意想上音乐课，巴里小姐，我知道得很清楚，如果你一心一意想达到一个目的，结果却落了空，那会是什么样的滋味呢？如果你一定要生谁的气，就生我的气吧。在我以前的生活里，我已经习惯于别人对我发怒了，我比黛安娜容易忍受得多。”

这时，老小姐眼里的怒火已经消退了很多，换上了一丝饶有兴趣的光芒。不过她还是严厉地说：

“我不认为由于你们仅仅是闹着玩儿就应该原谅你们。在我年轻的时候，小女孩决不放纵自己那样闹着玩儿。你不知道，经过长途艰苦的旅行之后睡得正香，突然有两个大女孩跳到你身上把你吓醒，这是个什么滋味。”

“我不知道，但我能够想象，”安妮热切地说，“我相信这一定严重地打搅了你。不过，我们也有我们的理由，你有想象力吗，巴里小姐？如果你有的话，就请你设身处地为我们想想吧。我们根本不知道那张床上有人，你差点把我们吓死。我们被吓得简直是魂不附体。而且，我们不能睡在预先答应好的客房里了。我想你是惯常睡在客房里的。可是请设想一下，如果你是个孤苦伶仃的小女孩，过去从来没有得到过这份荣誉，你会感到怎样？”

这时，所有的怒火都烟消云散了。巴里小姐居然哈哈大笑起来——黛安娜正在外面的厨房里，带着无法形容的焦急心情等待着，听到这笑声，她如释重负地舒了口气。

“恐怕我的想象力已经生锈了——我有很长时间不用它了，”她说，“我敢说你要求同情的心理和我一样强烈。这取决于我们怎样看待问题。坐在这儿，跟我谈谈你自己吧。”

“很抱歉，我不能谈，”安妮坚定地说，“其实我是很愿意谈的，因为你好像是一位挺有意思的小姐，甚至可能成为我灵魂的知音，虽然看你的模样不太像，可是我必须回家到玛丽拉·卡思伯特小姐的跟前。玛丽拉·卡思伯特小姐是一位心肠很好的小姐。她收留了我，给我适当的教育。她尽了自己最大的努力，不过这是件吃力不讨好的工作。你千万不能因为我往床上跳而责怪她。在我走之前，我希望你能告诉我你是不是愿意原谅黛安娜，并按原计划在阿冯利待到你想离开的那一天为止。”

“如果你能偶尔过来和我谈谈话，我想我或许是愿意留下来的。”巴里小姐说。

那天晚上，巴里小姐送给黛安娜一只银手镯，又告诉家里的大人说她已经把她旅行袋里的东西都取出来了。

“我决定留下，仅仅是为了更好地了解那个名叫安妮的女孩子。”她坦率地说，“我对她很感兴趣，在我的一生中，引起我兴趣的人真是太少了。”

玛丽拉听说这件事情的经过以后，只评论了一句："我早就跟你这么说过。"这也是对马修的褒奖。

巴里小姐不仅待满了一个月，而且还超过了。她是个比一般人更容易相处的客人，因为安妮一直使她心情舒畅，她们成了亲密可靠的朋友。

巴里小姐离开时说：

"请记住，安妮姑娘，如果你到镇上来，一定来看我，我要把你安排在最不常用的客房里睡觉。"

"巴里小姐到底是我灵魂的知音，"安妮向玛丽拉吐露说，"看她的模样，你不会这么认为，可她的确是的。这和马修的例子一样，你开头并没有发现，但是过了一段时间，你就看出来了。灵魂的知音并不像我以前所想象的那么少。发现世界上有这么多灵魂的知音，真是一件令人满意的事情。"

第20章

一个出色的想象出了毛病

春天又一次来到绿山墙农舍——美丽、任性、桀骜不驯的春天一直逗留到四月和五月，天天都是甜蜜、清新、寒冷的日子，夕阳瑰丽，大地复苏，万物生长，处处可以看到大自然的奇迹。“情人的小径”上的枫树绽出了红红的嫩芽，“森林女神的水泡”周围卷曲的蕨草一个劲儿往上蹿。远处，在赛拉斯·斯隆的宅地后面那块贫瘠的土地上，五月花争芳斗艳，在它们褐色的叶子底下，躲藏着粉红色和白色的星星般可爱的花朵。在一个金黄色的下午，所有的男学生和女学生都去采集那些花儿，他们在明净的、流动的暮色中走回家去，怀里捧着的和篮子里装满的都是他们的收获。

“我真为那些生活在没有五月花的地方的人感到遗憾。”安妮说，“黛安娜说也许他们有更好的东西，但是不可能有什么东西比五月花更赏心悦目了，是不是，玛丽拉？黛安娜还说，如果他们不知道五月花是什么样子，也就不会觉得遗憾了。可是我认为，这是所有的事情中最令人悲哀的了。不知道五月花是什么样子，并且不觉得遗憾，这简直是人生的一场悲剧。你知道我把五月花想象成什么吗，玛丽拉？我认为它们一定是去年夏天死去的花的灵魂，这里便是它们的天堂。我们今天过得愉快极了，玛丽拉。我们在长满青苔的宽阔山谷下的一口古井旁边吃了午饭——那可是个浪漫的地方。查利·斯隆问阿蒂·吉利斯敢不敢从井上跳过去，阿蒂跳过去了，他不愿让查利的挑战得逞。学校里没有一个人愿意。现在问别人敢不敢做某种事情可时髦啦。菲利普斯先生把他找到的花全部送给了普里西·安德鲁斯，我还听见他说‘可爱的花献给可爱的人’。这话是他从一本书里看到的，我知道；不过这也表明他还有一点想象力。也有人送给我一些五月花，可是被我轻蔑地拒绝了。我不能告诉你那个人的名字，因为我曾发誓不让这个名字从我口里说出。我们用五月花编成花环，把它们放在我们的帽子上；等到要回家的时候，我们排成双行大踏步地在路上走，手里捧着花束，头上戴着花环，一边唱着‘我的家在山丘上’。哦，这真让人激动，玛丽拉。赛拉斯·斯隆先生家里的人都冲出来看我们，我们在路上遇到的每一个人都停下脚步，注视着我们远去的背影，我们引起一场大轰动。”

“没有什么了不起的！瞧你们干的蠢事！”玛丽拉回答。

五月花凋谢后，紫罗兰又开了，它们把“紫罗兰溪谷”都染紫了。安妮在上学路上走过时迈着虔诚的步子，眼睛里充满着敬慕之情，仿佛她踏上了一片圣洁的土地。

“不知怎么，”她对黛安娜说，“每当我从这里走过，我并不真正在乎吉尔——不在乎任何人在班上超过我了。可是当我来到学校，情况就完全不同了，我还是像以前那样斤斤计较。我内心存在着许多不同的安妮。有时候我想，正是因为这一点，我才常常令人厌烦。如果我只是一个安妮，我就会轻松自在得多，不过到那个时候也就会失去一半的乐趣了。”

六月的一个夜晚，果园又开满了粉红色的花朵，在“闪光的小湖”源头的沼泽地里，青蛙又在清脆悦耳地欢唱，空气里又洋溢着三叶草地胶冷杉林的芬芳，安妮坐在东山墙屋子的窗口。她刚才一直在学习功课，可是天渐渐黑了下来，书上的字看不清了，于是她越过又一次缀满星星点点花簇的“白雪皇后”的枝条远远望出去，睁大着眼睛悠然神往。

从各个基本方面来看，靠山墙的这间小屋没有什么变动。和以前一样，墙壁还很洁白，针插还很坚硬，泛黄的椅子还是很呆板地挺立着。可是，房间的整个气质却改变了。它充满着一种崭新的朝气蓬勃的个性，这种个性弥漫着整个房间，它完全不受女学生的课本、衣服、缎带甚至桌上那只插满苹果花的裂了口子的蓝壶的影响。仿佛这位生气勃勃的房间主人入睡时和清醒时的梦境，都带有一种没有实体但仍看得见的形状，织出了宛如彩虹和月光的艳丽无比的缥缈薄纱，装饰着这间朴素的小屋。这时，玛丽拉拿着几件刚刚熨平的安妮上学穿的围裙，轻快地走了进来。她把它们搭在一张椅子背上，然后坐下来叹了一口气。那天下午，她又犯了头痛病，现在尽管不疼了，她仍然感到虚弱和正像她自己所说的“精疲力竭”。安妮看着她，清澈的眼睛里满含着同情。

“我真希望我能代替你犯头痛病，玛丽拉。为了你，我会高高兴兴地忍受它的。”

“我觉得你帮着干活，让我休息，已经是尽到你的一份力量了，”玛丽拉说，“你好像进步挺快，错误比以往犯得少了。当然啰，给马修的手绢上浆，没有这个必要！另外，大部分人在炉子上热馅儿饼准备当午饭吃的时候，总是等它热了就取出来吃，而不是让它搁在那儿烤焦。不过很明显，这似乎不是你的习惯。”

头痛病总是使玛丽拉的口气带有一点讽刺的味道。

“哦，真对不起，”安妮后悔地说，“从我把那块馅儿饼放到炉子上的那一刻直到现在，我再也没有想到它，虽然我本能地感到饭桌上少了点什么东西。今天早上，你让我负责处理家务的时候，我就下定决心不去想象任何事情，把思想集中在实际的工作上面。我一直干得很好，可是当我把馅儿饼放进去时，我感到了一种无法抵挡的诱惑，使我想象我是一位中了魔法被关在一座孤零零的堡垒里的公主，一位英俊的骑士骑着一匹漆黑的骏马赶来救我。就这样我把馅儿饼给忘了。我不知道我给手绢也上了浆。我熨衣服的时候一直在为黛安娜和我在小溪上游发现的一座新岛想个名字。那是个最能令人陶醉的地方，玛丽拉。岛上有两棵枫树，周围溪水奔流。最后，我突然想到叫它'维多利亚岛'可太妙了，因为我们是在女王生日那天发现它的。黛安娜和我都对女王忠心耿耿。不过，我为馅儿饼和手绢的事感到非常后悔。我原来打算今天要表现得特别好，因为这是一周年纪念日，你记得去年的今天发生了什么事情吗，玛丽拉？"

"不，我想不出发生过什么特别的事情。"

"哦，玛丽拉，正是这一天我来到了绿山墙农舍呀。我永远也不会忘记这一天。这是我一生中的转折点。当然啰，这对你来说可能并不十分重要。我已经在这儿待了一年，我一直非常幸福。不消说，我也有过烦恼，但一个人是可以改过自新，使人们忘记自己的过错的。你收留了我，不感到后悔吗，玛丽拉？"

"不，不能说我感到后悔。"玛丽拉说。她有的时候弄不明白，在安妮来到绿山墙农舍以前，自己是怎么能够生活的。"不，不能用后悔这个词。如果你的功课做完了，安妮，我要你跑去问问巴里太太，是不是能够把黛安娜的围裙纸样借给我。"

"哎哟——天——天太黑了。"安妮叫道。

"太黑了？嘿，现在还不过是黄昏。谁不知道天黑以后你还经常往那边跑呢。"

"我明天一大早过去，"安妮急切地说，"天一亮我就起来到那边去，玛丽拉。"

"你脑子里钻进了什么东西，安妮·雪莉？今天晚上我就要那张纸样来裁你的新围裙。马上就去，动作利索点。"

“那么，我绕大路走。”安妮说着，很不情愿地拿起她的帽子。

“从大路走要浪费半个小时！我希望你别干这种蠢事！”

“我不能穿过‘闹鬼的森林’，玛丽拉。”安妮拼命嚷道。

玛丽拉惊讶地瞪着她。

“‘闹鬼的森林’！你疯了吗？哪来的什么‘闹鬼的森林’？”

“小溪那边的云杉林。”安妮放低声音说。

“胡说八道！无论哪里都没有像‘闹鬼的森林’这一类的东西。谁把这些浑话告诉你的？”

“谁也没有，”安妮坦白地说，“只是黛安娜和我把那片林子想象成闹鬼的。这周围的所有地方都太——太——平淡无奇了。我们这么想象只是为了自个儿逗乐子。我们是从四月份开始的。一片闹鬼的森林真是太富有传奇色彩了，玛丽拉。我们所以选中了云杉林，是因为那儿非常阴暗。我们想象出了最惊心动魄的事情。差不多就在晚上的这个时候，有个穿白衣服的女人沿着小溪走，她绞着双手，发出悲恸的哀号。哪一家要死人，她就会在那里出现。一个被暗杀的小孩子的鬼魂出没于‘悠闲的旷野’的拐角处；它蹑手蹑脚地从你身后走上来，将它冰冷的手指搁在你的手上——就是这样。哦，玛丽拉，想到它我就浑身发抖。另外，还有一个没有脑袋的男人在小路上鬼鬼祟祟地走来走去，树枝中间还有骷髅头向你怒目而视。哦，玛丽拉，现在天黑以后，我说什么也不愿穿过‘闹鬼的森林’。我可以肯定，躲在树后的白色的东西会蹿出来将我一把抓住的。”

“谁听说过这样的胡话！”玛丽拉突然喊道，刚才她听着，惊讶得说不出话来，“安妮·雪莉，你是不是打算告诉我，你相信你自己所想象出来的这一切乌七八糟的东西？”

“并不完全相信，”安妮支支吾吾地说，“至少白天我不相信。可是天黑了以后，玛丽拉，情况就不同了。那正是鬼魂活动的时候。”

“没有鬼魂一类的东西，安妮。”

“哦，有的，玛丽拉，”安妮急切地嚷道，“我知道有人见过鬼魂。他们是一些有身份的人。查利·斯隆说，在他爷爷安葬一年后的一天夜里，他奶奶看见他把母牛赶回家来。你知道查利·斯隆的奶奶是绝对不会凭空编造谣言的。她是个虔诚的教徒。一天夜里，托马斯太太的父亲在回家的路上，一只头部被砍得只连着一点皮挂在脖子上的愤怒的绵羊在他后面穷追不舍。他说他知道这是他哥哥的灵魂，这预示着他要在九天之内死去。九天之内他没有死，可是两年以后他死了，所以你看，这实际上还是灵验的。另外，鲁比·吉利斯说——”

“安妮·雪莉，”玛丽拉厉声打断她的话，“我再也不想听你这样说话了。我一直对你的那种想象表示怀疑，如果这就是它的后果，我是决不会支持这种做法的。你得立刻上巴里家去，而且一定要穿过那片云杉树林，这不过是为了给你一个教训和一次警告。关于你脑子里想出来的‘闹鬼的森林’，再也不要让我听见一个字了。”

安妮可以像她所喜欢的那样哀求和痛哭——实际上她是那样做了，因为她确确实实感到恐惧。她已经无法控制自己的想象，对黄昏过后那片云杉林怕得要命。可是玛丽拉毫不让步。她逼迫这位畏缩不前的鬼魂先知走下小溪，然后命令她一直向前，走过小桥，走进哀号的女人和无头的幽灵隐藏的黑黝黝的林子。

“唉，玛丽拉，你怎能这样狠心呢？”安妮哭着说，“如果一个白色的东西真的一把抓住我，把我带走了，你会感到怎么样呢？”

“我愿意冒这个风险，”玛丽拉无情地说，“你知道我向来说一不二。我要治治你把一些地方想象成鬼魂出没的毛病。现在快走吧。”

安妮向前走了。那就是说，她跌跌绊绊地过了小桥，浑身发抖地走上了下面那条昏暗可怕的小路。安妮永远没有忘记那次的步行。她为过分放纵自己的幻想而深感悔恨。她幻想出来的妖怪潜伏在周围的每一处阴影里，正伸出它们冷冰冰的只有骨头的手，来抓这个把它们想象出来的、吓破了胆的小姑娘。从山谷里吹过来一条雪白的桦树皮，落在云杉林褐色的土地上，使她的心脏几乎停止了跳动。两根老树枝互相摩擦，发出拖长的哀鸣声，使她的脑门冒出一颗颗的冷汗。暗处的蝙蝠在她头顶上飞扑，仿佛是精灵鬼怪在扇动翅膀。走到威廉·贝尔先生的田地时，她飞也似的一口气跑过，好像后面有一大堆白色的精怪在追逐她。当她来到巴里先生家厨房的门口时，已经上气不接下气，喘了半天才说出要围裙的纸样。黛安娜不在家，所以她没有理由逗留。必须对付的是可怕的归途。安妮一路紧闭着双眼，她宁可被树枝撞得头破血流，也不愿看见白色的鬼怪。当她终于磕磕碰碰地走过小木桥时，才如释重负地颤声发出长叹。

“这么说，什么也没把你抓走？”玛丽拉冷漠无情地说。

“哦，玛——玛丽拉，”安妮的牙齿打战，“以后我——我——要满足于平平——常常的事情了。”

第21章

调味品中异军突起

“我的天，这个世界除了相聚和分离以外，没有别的，正像林德太太所说的那样。”在六月的最后一天，安妮悲哀地说，一边把她的石板和书放在厨房的桌子上，又用一块湿漉漉的手绢擦了擦通红的眼睛，“幸亏我多带了一块手绢到学校去，玛丽拉，是不是？我有一种预感，觉得需要用到它。”

“我绝对没有想到你这么喜欢菲利普斯先生，因为他要走了，你竟需要两块手绢来擦眼泪。”玛丽拉说。

“我觉得我并不是因为非常喜欢他才哭的，”安妮回答说，“我哭，是因为其他的人都哭了。是鲁比·吉利斯起的头。鲁比·吉利斯一向总是说她讨厌菲利普斯先生，可是就在他刚刚站起来准备说告别词时，她哭了起来。然后所有的女孩子一个接一个地开始哭了。我竭力想克制住，玛丽拉。我尽力回想起菲利普斯先生叫我和吉尔——一个男生坐在一起的日子，他在黑板上写我的名字不带‘e’的日子，以及他怎样说我是几何课上他所见过的最不开窍的笨蛋，又怎样嘲笑我的拼写，以及他无论什么时候总是那副令人讨厌的冷嘲热讽的神气；可是不知怎的，我就是忍不住，玛丽拉，我只好也和她们一起哭了。简·安德鲁斯一个月来一直在说菲利普斯先生走的时候她会多么高兴，还宣称她绝对不会掉一滴眼泪。结果呢，她比我们大家都糟糕，不得不向她的兄弟借一块手绢——男孩子当然没有哭啰——因为简自己没有带，她还以为用不着呢。哦，玛丽拉，这真使人柔肠寸断。菲利普斯先生的告别词讲得很精彩，开头是‘我们分别的时候到了’，非常令人感动。而且，他的眼睛里也噙着泪花呢，玛丽拉。以前，我上课说话，在石板上画他的漫画，还取笑他和普里西，哦，我真为这一切感到无比悔恨和内疚。我可以告诉你，我真希望我是明尼·安德鲁斯那样的模范学生。她在良心上没有任何对不住他的地方。放学的时候，女孩子们从学校一路哭着回家。卡里·斯隆每隔一会儿就说，‘我们分别的时候到了’，每当我们想高兴起来时，这句话就会使我们重新感到沮丧。我确实非常悲哀，玛丽拉。可是，看到面前有两个月的假期，一个人是不会觉得完全陷于绝望的深渊的，是不是呢，玛丽拉？另外，我们遇见从车站来的新上任的牧师和他的妻子了。尽管我为菲利普斯先生的离去感到非常伤心，我还是不由自主地对一位新来的牧师产生一点兴趣，是不是？他的妻子很漂亮。当然啰，并不是真正的艳丽——我想， ·位牧师有一位艳丽的妻子是绝对不成的，这可能会给人们树立一个坏的榜样。林德太太说，新布里奇那边的一位牧师的妻子就树立了一个很坏的榜样，她打扮得太时髦了。我们这位新来的牧师的妻子穿着蓝色的薄纱衣服，袖子是漂亮的宽松袖，她还戴了一顶帽子，帽檐上装饰着玫瑰花。简·安德鲁斯说，她认为一位牧师的妻子穿上宽松袖就显得太俗气了，我可没有发表什么苛刻的评论，玛丽拉，我知道渴望穿上宽松袖衣服的念头是多么叫人难熬。而且，她做牧师的妻子才不长时间，人们应该考虑到这一点，是不是？在牧师住宅准备好以前，他们打算在林德太太家搭伙。”

玛丽拉那天晚上到林德太太家去，除了像她所宣称的那样是去归还上个冬季借用的缝被子的框架以外，还有别的什么动机，那就是大多数阿冯利人共同具有的一个并无恶意的缺点。林德太太借出去许多东西，有的她压根儿就不指望再收回了，可是那天晚上这些东西却都由借用的人送回来了。一位新来的牧师，还带着妻子，这在一个很少出现轰动事件的平静的小村落里，理所当然成了人们好奇的对象。

老本特利先生，就是安妮发现缺乏想象力的那位牧师，已经在阿冯利履行了十八年牧师的职务。他来的时候是个鳏夫，以后也一直如此，尽管在他逗留的每一年里，人们的流言蜚语经常传说他要娶这个、那个或另一个。去年二月，在他辖区的人们的一片遗憾声中，他辞去了牧师的职务，悄然离去。尽管他有夸夸其谈的缺点，大多数人在长期的交往中还是对这位善良的老牧师产生了好感。从那以后，阿冯利教堂在宗教上经历了花样繁多的放任和胡闹，人们听了许多形形色色的候选人的演说以及“代理牧师”接连几个星期做的实习布道。这些人的成功或失败取决于作为上帝选民的爸爸妈妈的判断。可是，一个温顺地坐在卡思伯特家长凳角上的红头发小姑娘对他们也有自己的看法，并且同马修充分地加以讨论。玛丽拉总是在原则上拒绝用任何方式或形式来评论牧师的。

“我觉得史密斯先生是不会成功的，马修，”安妮最后总结道，“林德太太说他的讲演太乏味了，但我认为他最大的毛病和本特利先生一样——他缺乏想象力，而特里先生的想象力又太丰富了，失去了控制，正像我在‘闹鬼的森林’那件事情上所犯的错误一样，而且，林德太太说他的神学基础不扎实。格雷沙姆先生是个很好的人，对宗教非常虔诚，可是他讲了那么多滑稽可笑的故事，竟逗得人们在教堂里大笑起来；这有损尊严，作为牧师，总得有点尊严才好，是不是，马修？我认为马歇尔先生显然很有吸引力，可是林德太太对他做了一番特别的调查研究，知道他没有结婚，甚至还没有订婚；她说阿冯利让一位未婚的年轻人担任牧师是绝对不行的，因为他可能会在教堂的集会上结婚，引起麻烦来的。林德太太是个很有远见的女人，是不是，马修？我真高兴他们叫阿伦先生来。我喜欢他，他的布道很有趣，而且他祷告的时候是真心实意的，并不是因为有祷告的习惯而祷告。林德太太说，他并不是十全十美的，但她又说我们不该指望一年付七百五十加元就能请到一位十全十美的牧师，而且，不管怎么说，他的神学底子很厚，林德太太彻底地盘问过他对每一条教义的观点。她认识他妻子家里的人，他们都是些很有身份的体面人，其中的女人都是出色的管家主妇。林德太太说，一个教义基础扎实的男人和一个管家手段高明的女人可以构成一个理想的牧师家庭。”

新来的牧师和他的妻子是一对还在过蜜月的满面春风的年轻夫妇，对于他们所选择的毕生的事业充满了愉快、美好的热情。从一开始，阿冯利的人们就向他们敞开了心扉，男女老少都喜爱这位坦率、快活、具有远大理想的年轻人，以及这位担任牧师住宅主妇的开朗、温柔、娇小的太太。安妮一下子全心全意地爱上了阿伦太太。她又发现了一位灵魂的知音。

“阿伦太太真是太可爱了，”某个星期的一天下午，她宣布道，“她教我们这个班，她是个呱呱叫的好老师。她很快就说她觉得全由老师提问是不公平的，你知道，玛丽拉，我一直就是这样想的呀。她说我们可以随心所欲地向她提问题，于是我就提了好多好多问题，比过去任何时候都多。我提问题可拿手了，玛丽拉。”

“我相信。”玛丽拉加重语气说。

“除了鲁比·吉利斯，其他谁也没有提出问题，她问的是今年夏天主日学校还举不举行野餐。我觉得这不是个很恰当的问题，因为它和课文没有任何联系——课文说的是丹尼尔在狮子洞里——不过阿伦太太还是微笑着说，她认为是会举行的。阿伦太太笑起来真可爱，她的面颊上有非常美妙的酒窝。我真希望我的腮帮子上也有酒窝呢，玛丽拉。我比来的时候胖多了，不过还是没有酒窝。如果我有了，也许我就可以永远影响别人了。阿伦太太说，我们应该始终努力去影响别人。她把什么事情都说得那么娓娓动听。我以前从来不知道宗教是这么个令人振奋的东西。我总以为它带点忧郁的色彩，可是阿伦太太所讲的宗教就不是这样，如果我能够像她一样，我就心甘情愿做个基督徒了。我可不愿做一个像主监贝尔先生那样的教徒。"

"你这样谈论贝尔先生是很错误的，"玛丽拉严厉地说，"贝尔先生是个真正的好人。"

"哦，他当然是好人，"安妮表示同意，"可是他好像没有从中得到什么安慰。如果我有可能做个好人，我要整天跳舞唱歌，因为我会为此感到高兴。我认为，阿伦太太年纪不是太轻，不适合跳舞唱歌了，并且作为一个牧师的妻子，这样做也不庄重。但是，我可以感觉到，她为自己是个基督徒而感到高兴，即使不靠这种身份也能进天堂，她仍然愿意成为一名基督教徒。"

"我看，就在最近哪一天，我们该请阿伦先生和太太来用茶点了，"玛丽拉沉思着说，"除了这里，他们大多数地方都去过了。让我想想，下个星期三请他们来就行。不过，千万别对马修提起这件事，如果他知道他们要来，就会在那一天找个借口溜之大吉的。他同本特利先生很熟，所以不在乎。但是他会感到认识一位新的牧师是很难受的，而且一位新牧师的妻子会把他吓得半死。"

"我一定保守秘密，"安妮保证道，"可是，哦，玛丽拉，你愿意让我为那个日子做块蛋糕吗？我很想为阿伦太太做点事情，而且你知道，现在我做起蛋糕来，已经可以说是很出色了。"

"你可以做夹层蛋糕。"玛丽拉答应说。

星期一和星期二，绿山墙农舍进行了大规模的准备工作。邀请牧师和他的妻子来用茶点是一件至关重要、非同小可的事。玛丽拉决定把工作做得不比阿冯利的任何一位管家主妇逊色。安妮兴致勃勃，欣喜若狂。在星期二傍晚的暮色中，她和黛安娜谈了做准备工作的全部经过，那时，她们坐在“森林女神的水泡”边上，用胶冷杉树倾垂的嫩树枝在水里划出道道彩虹。

“一切都准备好了，黛安娜，就差我的蛋糕和发酵粉饼干了，蛋糕我明天一早做，发酵粉饼干由玛丽拉在开始用茶前做好。老实对你说，黛安娜，为了这件事情，玛丽拉和我这两天忙得不亦乐乎。请牧师一家来用茶点，责任可大了。我以前可没有这方面的经验。你该来看看我们的冷菜厨房。那场面非常壮观。我们准备了冻鸡和冻牛舌头。我们准备了两种果子冻，红的和黄的，还有搅打过的奶油和柠檬馅饼、樱桃馅饼和三种小甜饼，还有水果蛋糕，以及玛丽拉专门为牧师们留着的、她拿手的黄梅果酱，有重油蛋糕和夹层蛋糕，还有前面说过的饼干；面包有软的和硬的两种，因为牧师消化不良，不能吃软面包。林德太太说大多数牧师都患有这种毛病，不过我认为阿伦先生当牧师没有多久，身体还不会受到不利的影响。我一想到我的夹层蛋糕，就全身发冷。哦，黛安娜，万一做得不好，怎么办呢？昨天夜晚我梦见一个可怕的妖怪，顶着好大一块夹层蛋糕当脑袋，把我追赶得走投无路。”

“肯定会做好的，会顺利完成任务的。”黛安娜叫安妮放心，她是那种很会安慰人的朋友，“我可以肯定，两个星期前我们在‘悠闲的旷野’当作午饭吃的你做的那块蛋糕漂亮极了。”

“那倒也是；但蛋糕有个非常可怕的习性，每当你特别希望把它们做好的时候，它们就会变得不像个样儿。”安妮叹了口气，将一根特别好看的胶冷杉嫩枝放进水里，让它漂浮起来，“可是，我想我不得不相信天命，同时还要注意把面粉掺进去才好。哦，瞧，黛安娜，多么漂亮的彩虹呀！你说，等我们走了，森林女神会不会出来，把它当作头巾？”

"你知道，并没有森林女神这样的东西。"黛安娜说。她的妈妈发现了那件有关"闹鬼的森林"的事情，对此非常生气。结果，黛安娜已经不再让自己想入非非，胡编乱造了。她认为在脑子里相信即使是无害的森林女神，也是冒失的。

"可是想象有森林女神是再容易不过了，"安妮说，"每天晚上我上床之前都要看看窗外，想知道森林女神是不是真的坐在那儿，用清泉当镜子，梳理她的头发。有时，我还在凌晨的朝露里寻觅她的脚印。哦，黛安娜，不要对森林女神失去信心！"

星期三的早上来临了。晨曦初露，安妮就起床了，因为她兴奋得再也睡不着了。由于前一天晚上在泉边玩水的缘故，她患了严重的鼻炎，可是，除非她确实患了肺炎，否则什么事也扼制不住她那天早上对烹调的兴趣。吃了早饭，她就着手做她的蛋糕。当她终于把它关在炉门里时，才长舒了口气。

"我相信这次什么也没有忘记，玛丽拉。但是你认为它会发起来吗？假如发酵粉不好呢？我用的发酵粉是从罐子里取出来的。林德太太说，既然现在什么东西都掺假，能不能买到好的发酵粉是根本无法肯定的。林德太太说政府应该着手处理这件事，可是她又说我们不可能指望保守党政府会有采取措施的那一天。玛丽拉，如果蛋糕发不起来怎么办呢？"

"没有那块蛋糕，我们的食物也够丰富的了。"玛丽拉就是以这种缺乏热情的方式来看待这个问题的。

然而，蛋糕到底还是发起来了，从炉子里拿出来的时候，它像金黄色的泡沫一样松软、轻柔。安妮高兴得小脸通红，她抹上一层层红宝石般的果子冻，把蛋糕轻轻地粘在一起，这时，她想象着看到阿伦太太津津有味地吃着，说不定还会再要一块呢！

"你要用一套最好的茶具，这是用不着说的了，玛丽拉，"她说，"我可以用蕨草和野玫瑰来装饰桌子吗？"

“我认为那全是些毫无价值的东西，”玛丽拉嗤之以鼻，“照我看来，美味可口才是正经事，华而不实的装饰品纯粹是胡闹。”

“巴里太太装饰过她的茶桌来着。”安妮说道，若说她完全没有耍弄狡猾的小聪明也不尽然，“牧师对她说了两句文雅的赞美话。他说他们既饱了口福，又饱了眼福。”

“那么，就按你喜欢的办法去做吧。”玛丽拉说，她下定了决心，决不让巴里太太或是别人超过自己，“不过我要提醒你留出足够的地方放碟子和食物。”

安妮开始竭尽全力打扮茶桌，她的方式和风格足以把巴里太太远远地抛在后面。她既有很多的玫瑰和蕨草，又有她独特的艺术情趣，把茶桌打扮得十分漂亮，当牧师和他的妻子在它旁边坐下时，不禁齐声称赞它的美丽。

“这是安妮布置的。”玛丽拉做出公正的回答；安妮感到阿伦太太赞许的微笑给这个世界平添了几乎是太多的幸福。

马修也在那儿。只有老天爷和安妮知道他是怎么被诱骗来参加茶会的。他一度羞怯拘谨得要命，使得玛丽拉已经绝望，不准备让他参加了，可是安妮却非常顺利地支配了他的行动。现在他穿着最好的衣服，戴着白色的硬领，坐在桌边和牧师颇有兴趣地交谈着。他始终没有跟阿伦太太说一句话，但那也许是没有希望实现的。

就像婚礼的钟声一样，一切进行得很愉快，直到递过来了安妮的夹层蛋糕。这时阿伦太太已经吃了各式各样使她眼花缭乱的食物，因此她谢绝了蛋糕。玛丽拉看到了安妮失望的神情，就微笑着说：

“哦，你一定要尝一块这个，阿伦太太。这是安妮特地为你做的。”

“为了这一点，我一定要品尝一下。”阿伦太太笑着说，一边给自己切了三角形的一大块，牧师和玛丽拉也这么做了。

阿伦太太咬了一口她拿的那一块，脸上露出了一种极为古怪的表情，不过她一句话也没有说，还是坚持把它吃下去了。玛丽拉看到了她那种表情，赶紧尝了一口蛋糕。

“安妮·雪莉！”她喊道，“你究竟往蛋糕里放了什么？”

“除了食谱上说的，别的什么也没有，玛丽拉，”安妮带着一种痛苦的神情说，“怎么，它不好吃吗？”

“好吃！这简直是可怕！阿伦太太，不要再吃它了。安妮，你自己尝尝。你用了什么调味香料？”

“香草香精，”安妮说，她尝过蛋糕后，羞愧得满脸通红，“就放了香草香精。哦，玛丽拉，一定是发酵粉。我早就对它表示怀疑，那个发——”

“发酵粉怎么啦，胡说八道！去把你用的那瓶香草香精拿来给我。”

安妮飞跑着奔进冷菜厨房，回来的时候手里拿着一只小瓶子，里面存着一部分棕色的液体，发黄的标签上写着“高级香草香精”。

玛丽拉把它接了过去，打开盖子嗅了嗅。

“我的天哪，安妮，你给那块蛋糕加的香料是镇痛涂抹剂。上个星期，我把涂抹剂的瓶子打破了，就把剩下的药剂倒进一只旧的香草香精的空瓶子里了。我认为我也有一部分的错误——我应该预先告诉你才对——可是，为什么你就不能发发慈悲闻一闻呢？”

在这双重的耻辱下，安妮泪流满面。

“我闻不出来——我患了重感冒。”她说着，飞一样冲进山墙小屋，一头扑倒在床上，像一个拒绝接受一切安慰的人那样号啕大哭。

不一会儿，楼梯上传来轻轻的脚步声，有人走进了屋子。

“哦，玛丽拉，”安妮没有抬头看一眼，她哭着说，“我一辈子也抬不起头来了。我永远也不能使人忘记这件事情了。它会泄露出去——阿冯利发生的事情总是要泄露出去的。黛安娜会问我做出来的蛋糕怎么样，我不得不对她说实话。人们会永远指着我说，这就是那个往蛋糕里加镇痛涂抹剂的女孩子。吉尔——学校里的男孩子会无休无止地嘲笑这件事情。啊，玛丽拉，如果你有那么一点基督徒的同情心的话，在发生了这件事情以后，请不要吩咐我下去洗碟子了。我要等牧师和他的妻子走了以后再去洗。我再也不能正视阿伦太太的脸了。也许她还以为我想毒死她呢。林德太太说，她知道有个无父无母的女孩子试图毒死她的恩人。可是涂抹剂是没有毒的。它也可以内服——不过不是掺在蛋糕里。你愿意这样告诉阿伦太太吗，玛丽拉？”

“你还是跳起来，亲自对她说清楚吧。”一个愉快的声音说。

安妮一下子蹦了起来，只见阿伦太太正站在她的床边，正用含笑的眼睛打量着她。

“我亲爱的小姑娘，你不该这么哭，”她说，看到安妮那张痛不欲生的小脸，她心里确实很不安，“嘿，这不过是谁都会犯的一个有趣的错误。”

“啊，不，干吗偏偏是我犯了这么个错误，”安妮悲哀地说，“我是想为你把那块蛋糕做得很漂亮的，阿伦太太。”

“是的，我知道，亲爱的。而且我向你保证，我很欣赏你的善意和体贴，就像你把蛋糕做得很好一样。好啦，你不应该再哭了，和我一起下去，领我去看看你的花园吧。卡思伯特小姐告诉我你有一小块完全归你自己支配的地方。我想看看它，因为我对花卉很感兴趣。”

安妮听任自己被她轻声软语地安慰着领下楼去，一边暗自思忖，阿伦太太是一位灵魂的知音，这实在太幸运了。谁也没有再提涂抹剂蛋糕的事，等到客人走了，安妮才发现这个晚上过得比她预料的还要愉快，尽管发生了那个可怕的插曲。然而，她还是深深地叹了口气。

“玛丽拉，想到明天是个没有错误的崭新的日子，不是很令人愉快吗？”

“我敢担保，明天你还会犯一大堆错误，”玛丽拉说，“我至今尚未看到你少犯错误呢，安妮。”

“是的，我也知道得很清楚，”安妮悲哀地承认，“不过你有没有注意到我有个令人鼓舞的优点，玛丽拉？我从来不第二次犯同样的错误。”

“既然你总是不断地犯新的错误，我不知道那有多大的好处。”

“哦，你不知道吗，玛丽拉？一个人所能犯的错误，一定是有限度的，等我达到那个限度时，我的错事也就做完了。这是个非常令人宽慰的想法。”

“得啦，你最好还是去把蛋糕拿给猪吃吧，”玛丽拉说，“这东西给谁吃都不合适，连杰里·波特也不例外。”

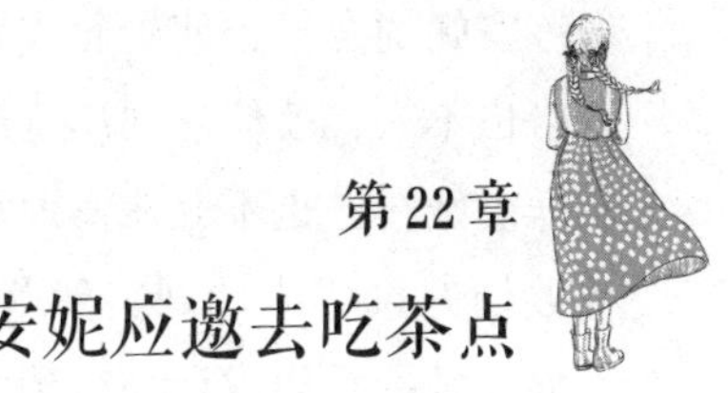

第22章

安妮应邀去吃茶点

“这会儿你为什么又把眼睛瞪得那么大?”玛丽拉问，安妮刚从邮局跑回来，“你又发现了一位灵魂的知音吗?”

激动和兴奋像衣裳一样罩着安妮，照亮了她的眼睛，使她脸上的每一个部位都容光焕发。刚才，她像个被风吹送着的精灵，轻快地跑过小路，穿过八月傍晚的暖融融的阳光和懒洋洋的阴影。

“不是，玛丽拉，嘿，你猜怎么着?我被邀请明天下午到牧师住宅去吃茶点!阿伦太太在邮局里给我留了封信。你瞧瞧，玛丽拉。‘绿山墙农舍，安妮·雪莉小姐。’人家叫我‘小姐’，这可是第一次呢。真叫我感到无比激动!我要把它和我最喜爱的宝贝放在一起，永远保存好。”

“阿伦太太告诉我，她打算轮流请主日学校她那个班的全体学生吃茶点，”玛丽拉说，她对这件了不起的大事相当冷淡，“你犯不着为此激动得发狂。要学会冷静地看待问题，孩子。”

要安妮冷静地看待问题，就等于是要改变她的天性。所有的“精灵、火焰和露珠”，人生所有的欢乐和痛苦，对她来说强烈得胜过别人何止三倍。玛丽拉觉察到了这一点，并为此感到一种模模糊糊的忧虑。她认识到人生的坎坎坷坷很可能会把这个感情冲动的小东西压得喘不过气来，但她却不懂得，同样强烈的感受欢乐的能力足以补偿这一切。所以，玛丽拉白费心机地设想应该由自己担负起训练安妮的责任，使她养成始终心平气和的性情，因为这种性情同她格格不入，就像它同溪流浅水里的一丝跳跃的阳光无法融合起来一样。她自己也不胜遗憾地承认，她没有取得多大的进展。如果某种殷切的希望或计划突然落了空，安妮就会陷入“痛苦的深渊”。而如果她的希望或计划得到实现，她又会一下子升入令人眼花缭乱的快乐王国。玛丽拉对于能否把这个无家可归的孤儿塑造成她心目中那种举止娴静、行为端庄的模范小女孩，差不多已经开始绝望了。再说，比起现在这个安妮来，她不相信自己会更喜欢那样的安妮。

那天晚上安妮上床睡觉时难过得说不出话来，因为马修说天上刮起了东北风，恐怕明天要下雨。房屋周围杨树叶子的沙沙声使她焦虑不安，这声音多么像啪嗒啪嗒的雨点呀；远处海湾里单调的海潮声听上去像是预示着一场风暴，这对于一位特别盼望能有一个好天气的小姑娘来说，是一场灾难，而她平常总是愉快地倾听那种海潮声，喜欢它那奇特、洪亮、久久萦回于耳际的韵律呢。安妮以为黎明永远不会降临了。

不过，凡事都有结束的时候，就连被邀请去牧师住宅喝茶前的夜晚也不例外，尽管马修做过那样的预言，那天早晨还是晴朗的，安妮的情绪一下子高涨到了极点。

“哦，玛丽拉，今天我心里有一股子热情，使我喜欢我所见到的每一个人，”她洗涤早餐碟子的时候嚷道，“你不知道我感到多么愉快！如果它持续下去该有多好啊，是不是？如果每天都有人请我去吃茶点，我相信我是能够成为一个模范儿童的。可是，哎哟，玛丽拉，这也是个严肃的场合。我觉得好紧张哟。万一我举止失常，那怎么办呢？你知道我以前从来没有在牧师住宅里用过茶点，我不敢肯定自己懂得所有的礼节规矩，尽管到这儿来以后我一直在学习

《家庭先驱报》上‘礼节栏目’里的规定。我担心我会干些傻事，或者忘记做自己该做的事。如果你非常喜欢一种食品，再去吃第二份，算不算失礼呢?”

“你的烦恼是对自己考虑得太多了，安妮。你应该为阿伦太太着想，考虑一下什么事情最能使她满意和愉快。”玛丽拉说，这是她生平第一次提出了一条准确而精辟的忠告。安妮立刻认识到了这一点。

“你说得对，玛丽拉。我要努力做到不为自己考虑。”

黄昏时分，辽阔的天空中飘着一条条橘黄色和玫瑰色的云彩，显得灿烂夺目，安妮踏着暮色归来，心情无比舒畅。然后她坐在厨房门前的红砂岩大石板上，将头发卷曲的疲乏的脑袋偎依在玛丽拉穿着方格花布衣服的膝盖上，幸福地向她讲述一切经过。显然，安妮顺利地完成了她的这次拜访，并没有做出任何严重违反“礼节”的事情。

一阵凉风从西边长满冷杉的山丘的边缘吹来，刮到了收获期的长长的田野，又呼啸着穿过白杨树丛。果园上空悬挂着一颗明亮的星，“情人的小径”上飘忽地飞过许多萤火虫，它们在蕨草丛中和沙沙作响的大树枝间忽隐忽现。安妮一边说，一边凝视着它们，不知怎么，她感到风、星和萤火虫缠绕在一起，变成了某种难以形容的可爱而令人陶醉的东西。

“哦，玛丽拉，我度过了最最令人销魂的时光。我感到自己没有白白地活着，即使永远不再有人邀请我到牧师住宅里去用茶点，我仍然一直会有那样的感觉。我到那儿的时候，阿伦太太在门口迎接我。她穿着顶顶美丽的淡粉红色的薄纱衣服，上面有数不清的褶边，袖子是中袖，她看上去真像天使一般。我想，等我长大了，要做一个牧师的妻子，玛丽拉。牧师可能不在乎我的红头发，因为他是不会考虑这一类世俗的事情的。不过，作为牧师的妻子必须天性善良，这一点我永远也办不到，所以盘算这种事情是毫无用处的。有的人天性善良，你知道，其他的人可并不是这样。我就是其他的人中间的一个。林德太太说我充满着原罪。不管我怎样辛辛苦苦地争取做个好人，我永远也无法取得天性善良的人所获得的那种成功。我想，这在很大程度上和学习几何学的情况相似。可是你难道不觉得这种艰苦的努力总该有点价值吗？阿伦太太就是天性善良的人。我热爱她。你知道，像马修和阿伦太太这样一些人，你可以毫不费力地一下子就爱上他们。而另一些人，像林德太太，你就不得不花很大气力去爱她。你知道自己应该爱他们，因为他们懂得那么多，而且还是教堂里的积极分子，可是你必须时时提醒自己注意这一点，否则你就会忘记。还有一个小女孩也在牧师住宅里用茶点，她来自白沙主日学校，名叫劳里塔·布雷德利，是个很好的小姑娘。她不完全是个灵魂的知音，这你知道，不过还是挺不错的。我们吃了一顿非常考究的茶点，我认为自己规规矩矩地遵守了所有的礼节。吃过茶点，阿伦太太弹琴唱歌，她还让劳里塔和我也唱歌来着。阿伦太太说我的嗓子很好，她说以后我一定要在主日学校的唱诗班里唱歌。你猜想不出单单想到这一点就使我多么激动。我曾经渴望参加主日学校的唱诗班，像黛安娜那样，可那时我担心这是一种高不可攀的荣誉。劳里塔必须早点回家，因为今天晚上白沙旅馆有一个大型音乐会，她的姐姐要上台朗诵。劳里塔说，旅馆里的美国人为了资助夏洛特敦医院，每隔两个星期就举办一次音乐会，他们请许多白沙人上台朗诵。劳里塔说，她希望自己有一天也能受到邀请。我只有肃然起敬地凝视着她的份儿。她走了以后，阿伦太太和我进行了一次推心置腹的谈话。我把一切都告诉她了——关于托马斯太太和双胞胎、卡蒂·莫里斯和维奥莱特，以及我来到绿山墙农舍的过程和我学习几何的烦恼。你相信吗，玛丽拉？阿伦太太对我说，她在学习几何方面也是很笨的。你不知道这给了我多么大的鼓舞。就在我离开之前，林德太太来到牧师住宅，你猜怎么着，玛丽拉？学校理事会请了一位新教师，是一位小姐。她叫穆里尔·斯塔西小姐。这难道不是个很浪漫的名字吗？林德太太说阿冯利以前从未有过女教师，她认为这是个危险的创举。但是我觉得有一位女教师是很好的事情，离开学还有两个星期，我真不知道怎样才能熬过这段时间。我急着想见到她呢。”

第23章

在一件有关自尊心的事件上安妮惨遭不幸

实际上，安妮要熬过两个多星期呢。自从涂抹剂蛋糕事件发生以后，差不多已经过了一个月，就在这段时间里，她又陷入了某种新的困境，犯了许多小的错误。例如，一盆脱脂牛奶本来应该倒进猪食桶里，她却心不在焉地把它倒进了冷菜厨房的一篮子线团里；还有一次由于幻想出了神，她竟跨过小木桥的边缘，走到小溪里去了。

在牧师住宅用茶之后一个星期，黛安娜·巴里举行了一次茶会。

“是个小型茶会，参加的人是经过挑选的，”安妮向玛丽拉保证说，“只有我们班上的女孩子。”

喝茶的时候她们很愉快，没有发生什么不幸的事。用过茶点后，她们来到巴里的花园里，在玩腻了所有的游戏之后，实行一种诱人的恶作剧的时机自然而然地趋于成熟。这种恶作剧立刻就以“敢不敢”的形式出现。

问别人敢不敢做某件事情，是当时阿冯利的小孩子中间很流行的娱乐。它起源于男孩子，不过很快就传给了女孩子。那年夏天，孩子们由于别人问他们敢不敢如何如何而做出的傻事，可以写满一本书。

首先，卡里·斯隆问鲁比·吉利斯敢不敢爬到门前那棵巨大的老柳树的某个高度；鲁比·吉利斯对侵害这棵树的大绿毛虫怕得要命，又担心万一她把自己那件新的薄纱衣服扯坏了，她母亲会责怪她，尽管如此，为了挫败前面所说的卡里·斯隆，她还是敏捷地完成了任务。

接着，乔西·派伊问简·安德鲁斯敢不敢用左脚跳着绕花园一周，中途不得停顿，右脚不能沾地；简·安德鲁斯曲着一条腿竭力想做到这一点，结果在第三个拐角处再也跳不动了，只好自认失败。

乔西得意忘形，不可一世，于是安妮·雪莉就问她敢不敢在花园东面边界围着的一排木板栅栏的顶上走一趟。“走”木板栅栏所需要的头和脚跟的技巧和稳定性，远比从没走过的人所想象的要高。可是，尽管乔西·派伊缺乏某些受人欢迎的品质，却至少在走木板栅栏方面具有一种天生的、自然的、又经过适当培养的本领。乔西带着一种漫不经心的神情走了一趟木板栅栏，她的意思好像是说那一类的小玩意儿根本就不值得问“敢不敢”。大家对她的英勇行为勉强给予赞美，因为大多数女孩子在走栅栏的尝试中受过许多痛苦，她们能够给以正确的评价。乔西从她的歇脚处跳了下来，得意地涨红了脸，她向安妮投去轻蔑的一瞥。

安妮把胸前的红辫子甩到了脑后。

“我不认为走一趟又矮又小的木板栅栏有多么了不起，”她说，“我知道马里斯维尔有个小女孩能够在屋脊上走呢。”

“我不信，”乔西直截了当地说，“我不信人能够在屋脊上走。不管怎么说，你就没有这个本领。”

“我没有这个本领？”安妮性急地嚷道。

“那么我就问你敢不敢这样做，”乔西挑战地说，“我问你敢不敢从那儿爬上去，在巴里先生家厨房的屋脊上走一趟。”

安妮的小脸变得煞白，可是她显然只有一条路可走。她向房子走去，那儿有一架扶梯斜靠在厨房的屋顶边上。第五班的女孩子都喊了一声“啊!”一半是因为兴奋，一半是因为震惊。

“别这样做，安妮，”黛安娜恳求道，“你会摔死的。别理睬乔西·派伊。问别人敢不敢做这样危险的事是不公平的。”

“我一定要这样做。我的荣誉受到威胁，”安妮严肃地说，“我要么走过那根屋脊，黛安娜，要么在走的时候丧生。如果我摔死了，我的珠子戒指就送给你。”

在大伙儿屏住呼吸的沉默中，安妮爬上扶梯，来到屋脊头上，在那不稳的立足点挺直身子保持平衡，然后开始顺着屋脊迈步。她茫然地意识到自己很不自在地站在地球的高处，而走过屋脊可不是她的想象力能够帮助她渡过难关的。尽管如此，在灾难发生以前，她还是设法走了几步，然后她摇晃起来，失去了平衡，跌跌绊绊、踉踉跄跄地摔倒，从被太阳晒得发烫的屋顶上滑下，穿过底下枝叶纠结的蛇葡萄藤跌落下去——下面那群大惊失色的女孩子还来不及同时发出一声恐惧的尖叫，事情已经发生了。

如果安妮在她上去的那一边的屋顶摔下来，黛安娜也许当场就会成为那枚珠子戒指的继承人了。幸亏她跌落在另一边，那边屋顶向下延伸到门廊上面，离地面很近，所以从那儿摔下去不是一件非常严重的事。尽管如此，当黛安娜和别的女孩子慌乱地飞跑着绕过房子时——鲁比·吉利斯除外，她像生了根一样站在地上，随即歇斯底里大发作——她们发现安妮面色苍白、毫无生气地躺在那株七零八落的蛇葡萄藤里。

“安妮，你摔死了吗?”黛安娜一下子跪到朋友的身边，尖声嚷道，“啊，安妮，亲爱的安妮，你只要对我说一句话，告诉我你是不是摔死了。”

接下去的情景使所有的女孩子，特别是乔西·派伊大为宽慰。

乔西虽然缺乏想象力，却也已经心惊胆战地想到将来人们都会记住她是造成安妮·雪莉过早惨死的罪魁祸首。这时安妮昏昏沉沉地坐了起来，含含糊糊地回答：

“没有，黛安娜，我没有摔死，不过我想我摔得失去了知觉。”

“摔着哪儿啦？”卡里·斯隆抽泣着说，“唉，摔着哪儿啦，安妮？”

安妮还没来得及回答，巴里太太出现了。安妮一看见她，就挣扎着站了起来，随即痛苦地轻轻尖叫了一声，又跌回到地上。

“怎么回事？你哪儿受伤了？”巴里太太问道。

“我的脚踝，”安妮喘着气说，“哦，黛安娜，请把你父亲找来，让他把我送回家去。我知道我是绝对走不到那儿了。而且我可以肯定，我不可能用一只脚跳得那么远，因为简沿着花园绕一圈都跳不动。”

这时玛丽拉正在外面的果园里摘一盘夏熟苹果，她看见巴里先生穿过小木桥，走上斜坡向这里赶来，他的旁边是巴里太太，身后还跟着整整一长排的小姑娘。他的手臂弯里抱着安妮，她的脑袋无力地靠在他的肩膀上。

就在那一瞬间，玛丽拉有了一项意想不到的新发现。在突然直刺心头的恐惧中，她意识到了安妮对她来说已经具有多么大的意义。以前她会承认自己喜欢安妮——不，甚至可以说非常喜爱安妮。可是现在当她慌慌张张地跑下斜坡时，才知道安妮在她的心目中变得比世界上的任何东西都宝贵。

“巴里先生，她出了什么事？”她气喘吁吁地问。多年以来，自制力很强的明智的玛丽拉从没像现在这样脸色煞白，浑身颤抖过。

安妮抬起头来，自己做了回答。

“别过分害怕，玛丽拉。我走屋脊从屋顶上摔了下来。我想是扭了脚踝。可是，玛丽拉，我本来是很可能会摔断脖子的。让我们从乐观的一面来看待问题吧。”

“在我让你去参加茶会时，我就该知道你会去做出这类事情的，”玛丽拉放心之余，严厉而尖刻地说，“请抱她进来，从这儿走，巴里先生，把她放在沙发上吧。我的天哪，这孩子昏过去了！”

的确，在伤口的疼痛袭击下，安妮的又一个愿望得到了满足。她彻底地昏了过去。

大伙赶紧把马修从正在收获的田里叫回来，他立即被派去请医生。在适当的时候，医生来了，他发现伤势比他们料想的还要严重。安妮的脚踝骨折了。

那天晚上，玛丽拉上楼到东山墙屋子去，那里躺着一个脸色苍白的小姑娘。从床上发出的悲哀的声音传进了玛丽拉的耳朵。

“你不为我感到难过吗，玛丽拉？”

“这是你自作自受。”玛丽拉说着，迅速拉下百叶窗，点亮一盏油灯。

“正是因为这一点，你应该为我感到难过，”安妮说，“一想到这一切都是我自作自受，我就忍受不了。如果我能把过失推给别人，我会觉得好受得多。可是玛丽拉，如果有人向你挑战，问你敢不敢在屋脊上走过，你会怎么办呢？”

“我会站在结结实实的地面上，让他们的‘敢不敢’滚得远远的。这种事情真是荒唐透顶！”玛丽拉说。

安妮叹了口气。

“你有这么坚强的意志，玛丽拉，我可没有。我只是感到自己无法忍受乔西·派伊的藐视。我这一生都会受到她那扬扬得意的耻笑。而且，我觉得我受的惩罚已经够重的了，你不必对我大动肝火了，玛丽拉。昏迷毕竟是一件很不舒服的事。医生在固定我的踝骨时把我弄得痛极了。我将有六七个星期不能走动，也看不到新来的女教师了。等到我能够上学时，她已经不再是新教师了。吉尔——

班上每一个同学都会超过我。唉，我真是苦恼得很。但是，只要你不生我的气，玛丽拉，我一定竭力勇敢地忍受这一切。”

“好啦，好啦，我不生气，”玛丽拉说，“你是个不幸的孩子，这点毫无疑问；可是，正如你所说的，这事给你带来了痛苦。嗯，现在试着吃点晚饭吧。”

“我有这样丰富的想象力，难道不是一件很幸运的事情吗？”安妮说，“我希望它会帮助我非常愉快地度过这些日子。你说，当那些缺乏想象力的人跌断了骨头的时候，他们怎么办呢，玛丽拉？”

在接下来的乏味的七个星期中，安妮常常有理由为自己的想象力感到庆幸。不过，她并不仅仅依靠想象力。有很多人来看望她，每天都有一个或几个女学生顺路来到她的屋子，给她带来鲜花和书籍，并告诉她阿冯利的少年王国里所发生的一切。

“每个人都这么善良和友爱，玛丽拉，”在她第一次能够一瘸一拐地在地上行走时，她幸福地叹了口气，“卧床不起不是一件很愉快的事情，但是，它也有光明的一面，玛丽拉。你会发现你有多少朋友啊。可不是，就连主监贝尔也来看我了，他其实是个很好的人。当然，他不是一个灵魂的知音；但我还是很喜欢他，并且为我曾经批评过他的祷告而感到后悔。现在我相信他是真心诚意地祷告的，只是他养成了习惯，念起祷告来仿佛并不真心诚意罢了。如果他稍微下点功夫，就可以克服这个毛病了。我给了他一个容易听懂的善意的暗示。我告诉他我是怎样费尽心机把我短短的私人祷告说得生动有趣的。他告诉我他童年时代摔断脚踝的全部经过。想到主监贝尔曾经也是个小男孩，这似乎是不可思议的。就我的想象力也有它的局限性，因为我想象不出那个情景。当我努力把他想象成一个小男孩时，我看见他长着灰色的络腮胡子，戴着眼镜，跟他在主日学校的形象一模一样，只是小了点。但是，想象阿伦太太是个小姑娘就非常容易。阿伦太太已经来看过我十四次了。这难道不是一件值得自豪的事情吗，玛丽拉？一个牧师的妻子有许多事情要做，哪能有空闲的时间！而且拜访你的还是一位像她这样令人高兴的太太。她根本不说那是你自己的过错，只是希望你因此会变得乖巧一些。林德太太来看我的时候也总是那么说的；她说话的腔调使我觉得她也许希望我的脾气变好一些，可是并不真的相信我能做到。就连乔西·派伊也来看我了。我尽可能彬彬有礼地接待了她，因为我想她是为自己问我敢不敢走一趟屋脊而感到后悔了。如果我摔死，她一生都会背上悔恨交加的沉重负担的。黛安娜始终是个忠实的朋友。她每天都来安慰我那寂寞的病榻。可是，等到我能够上学的时候，我会多么高兴啊，因为我已听到关于新教师的那么多激动人心的事情了。女孩子们都认为她非常可爱。黛安娜说她长着最最漂亮的金黄色鬈发和一对迷人的眼睛。她穿的衣服非常美丽，她的宽松袖子比阿冯利任何人穿的衣服袖子都大。每隔一个星期的星期五下午，她组织学生朗诵，每个同学都念一段文章或者参加一段对话。哦，这事想想也叫人心花怒放。乔西·派伊说她讨厌朗诵，但那不过是因为乔西没有什么想象力。黛安娜、鲁比·吉利斯和简·安德鲁斯正在为下个星期五准备一段对话，题目叫‘晨访’。在不组织朗诵的星期五下午，斯塔西小姐就把他们全部带到森林里去过一个‘野外日’，他们在那儿研究蕨类植物、花卉和鸟类。每天清晨和傍晚，他们还进行体育锻炼。林德太太说，她从没听说过这种事情，这都是请了一位女教师的结果。可是我认为这一定非常有趣，我相信我会发现斯塔西小姐是一位灵魂的知音。”

“有一点是显而易见的，安妮，”玛丽拉说，“这就是你从巴里家的屋顶上摔下来，一点也没有伤着你的舌头。”

第24章

斯塔西小姐及其学生安排了一场音乐会

安妮准备回学校上学时，已经又是十月份了——一个灿烂辉煌的十月，满眼都是火红和金黄。在一个个温馨的清晨，山谷里弥漫着美丽的薄雾，好像是秋天的精灵把它们倒进山谷，让太阳来一点点吸干似的——有紫水晶色、蓝灰色、银白色、玫瑰色和淡蓝色。露水凝重，使整个旷野像银绸一样闪闪发光，一堆堆沙沙作响的叶子活泼地跑过山谷里那片森林。“白桦小道”的上面是一片黄色的华盖，路边都是凋零的褐色蕨草。这儿的空气里有一种浓郁的气息激励着小姑娘们的心情，她们欢欢喜喜、蹦蹦跳跳地往学校赶，不像蜗牛那样慢吞吞地移动；安妮又回到那张褐色的小课桌后面和黛安娜坐在一起了，过道那边的鲁比·吉利斯冲着她点头致意，卡里·斯隆递来条子，朱莉娅·贝尔从椅子靠背的下面传过来一“口”橡皮糖，这些真是有趣极了。安妮幸福地深深吸了口气，削尖了铅笔，又把图片排列在书桌里。显然，生活是令人心旷神怡的。

在新教师身上，她又发现了一位对自己大有帮助的真正的朋友。斯塔西小姐是个聪明伶俐、富于同情心的年轻女人，她有一种非常幸运的天赋，善于赢得和保持学生们对她的爱戴，使他们在思想和道德上表现出最突出的优点。在这种健康的影响下，安妮像一朵鲜花舒展花瓣那样心情愉快，她回到家里，兴高采烈地向表示赞美的马修和苛求的玛丽拉讲述学校的功课及其种种目标。

“我全心全意地爱着斯塔西小姐，玛丽拉。她非常端庄、高贵，她的声音甜润极了。当她念出我的名字时，我本能地感到拼写的时候带了个‘e’。今天下午我们朗诵来着。我真希望你们也在那儿，听我朗诵《玛丽，苏格兰的女王》。我整个心灵都倾注进去了。放学回家的时候鲁比·吉利斯对我说，当我背诵‘她说，现在为了我父亲的权力，我向我那颗女人的心诀别’这一句的时候，我的语调使她全身发冷。”

“嗯，哪一天你也可以给我朗诵朗诵，在外面的牲口棚里。”马修提议说。

“我当然愿意，”安妮立刻说，“可是我多半不能朗诵得那么出色，我知道。在牲口棚里，肯定不会像在屏住呼吸听你朗诵的全班同学面前那样令人激动。我知道我是无法使你全身发冷的。”

“林德太太说，上星期五在贝尔的小山丘上看到男孩子们爬到那些大树顶上寻找乌鸦窝，真使她全身发冷，”玛丽拉说，“我不懂斯塔西小姐为什么支持这种事情。”

“可是我们上自然课时需要一只乌鸦窝呀。”安妮辩解道，“那是我们在上下午的野外课。野外课精彩极了，玛丽拉。斯塔西小姐把一切都解释得娓娓动听。我们还要写几篇描述野外课的作文呢，我总是写得最好。”

“你这样说太自负了。你最好还是让你的教师说这句话。”

“她确实说了，玛丽拉。实际上我并没有自认为了不起。我在学习几何方面那么笨，我怎么能够目空一切呢？不过我现在有点开窍了。斯塔西小姐讲解得那么通俗易懂。但是，我永远也不会把几何学得很出色，并且我向你保证，这种想法是很谦虚的。可是我喜欢写作文。斯塔西小姐通常是让我们自己选择题目；但下一个星期她要我们写一篇关于某一位杰出人物的作文。要在历史上这么多杰出人物中间进行挑选真不容易。成为杰出人物，在你死后有许多文章描写你，这难道不是一件辉煌的事情吗？啊，我真渴望成为一位杰出的人物。我想，等我长大了，我要做一个训练有素的护士，然后作为一名仁慈的使者，同红十字会一起奔赴战场。那就是说，如果我不当一名传教士到国外去的话。那是很有传奇色彩的，但作为一名传教士必须善良，这也许会成为我的绊脚石。我们每天还进行体育锻炼。锻炼使你体形优美，消化能力增强。”

“什么增强不增强，胡说八道！”玛丽拉说，她确实认为这一切都是蠢事。

可是，所有的野外课、星期五朗诵和柔体锻炼都在斯塔西小姐十一月份提出的一项计划面前相形见绌了。这项计划是阿冯利学校的学生要筹备一场音乐会，圣诞节的晚上在会堂演出，以便集资购买校舍前面挂的一面旗帜，这是个值得称道的目的。学生们都非常喜欢这项计划，很快就开始准备节目了。在所有被选中的情绪高昂的表演者中间，要算安妮·雪莉最为兴奋，她全心全意地扑在这上面，虽然由于玛丽拉的不满，她的活动受到了限制。在玛丽拉看来，这一切都是愚蠢透顶的。

“这只会让你的脑子里塞满乌七八糟的东西，还占去应该用在学习功课上的时间，”她抱怨说，“我不赞成让孩子们筹备音乐会，东奔西跑地忙着排练。这会使他们产生虚荣心理、做事鲁莽和喜欢闲逛。”

“可是想想它那有价值的目的吧，”安妮恳求道，“一面旗帜可以培养一种爱国精神，玛丽拉。”

“胡说！你们的脑子里根本没有什么爱国精神，你们图的是玩个痛快。”

“可是，如果你能够把爱国精神和娱乐结合起来，那不是挺好的吗？当然啰，筹备一场音乐会，确实也很令人愉快。我们要表演六个合唱，黛安娜还要表演独唱。我在两段对话——‘反对流言蜚语协会’和‘仙女王后’——里担任主角。男同学也要表演一段对话。我还要表演两段朗诵，玛丽拉。一想到它，我就浑身发抖，不过这是带有喜悦心情的激动的颤抖。最后我们要表演一个舞台造型——‘信念、希望和博爱’。黛安娜、鲁比和我参加演出，我们都披着白衣服，头发飘散在背后。我扮演‘希望’，我的双手紧握在一起——就像这样——我的眼睛望着上方。我打算在阁楼上排练我的朗诵。如果你听见我在呻吟，不要惊慌。在一段朗诵里，我必须催人泪下地呻吟，要练出一声富有艺术性的精彩的呻吟可真不容易，玛丽拉。乔西·派伊生气了，因为她没有得到她希望在对话里担任的角色。她想扮演仙女王后。那是很荒唐的，谁听说过有像乔西这样胖的王后？仙女王后一定要身材苗条才行。简·安德鲁斯扮演王后，我扮演她的一名宫女。乔西说她认为一位红发仙女和一位肥胖的仙女同样荒唐可笑，我努力不把她的话放在心上。我的头发上要戴一只白玫瑰花环，鲁比·吉利斯还要把她的便鞋借给我，因为我自己没有便鞋。你知道，对于一位仙女来说，便鞋是必不可少的。你总不能想象仙女穿着靴子吧，是不是？特别是头上包铜的靴子？我们准备用蔓生的云杉藤和冷杉藤拼成警句，中间加上用粉红色薄纸做成的玫瑰花来装饰会堂。观众入席后，埃玛·怀特用风琴奏出一首进行曲，我们全体排成双行齐步走进会堂。哦，玛丽拉，我知道你对这件事情不像我这么热情，可是，你难道不希望你的小安妮能够表演得很出色吗？”

“我只希望你循规蹈矩。等这场胡闹通通结束，你能够安下心来，我才会由衷地感到高兴呢。现在你脑子里塞满了对话、呻吟和舞台造型，根本干不出好事来。至于你的舌头，它没有精疲力竭，倒是个奇迹。”

安妮叹了口气，走到后面的院子里。西边苹果绿的天空中高悬着一轮新月，月光透过树叶落尽的白杨树枝照到院子里。马修正在劈柴。安妮坐在一段木头上，同他讨论演奏会的事情。毫无疑问，他是一位表示欣赏的热心听众，至少在这种场合是如此。

“嗯，我认为那将是一场相当精彩的音乐会。而且，我料想你会演好你的角色的。”他面带笑容，低头瞧着那张热切的、生气勃勃的小脸说。安妮也朝他微笑着。他们俩是一对最好的朋友。马修常常因为他和培养安妮无关而庆幸。那是玛丽拉独占的责任；如果要由他负责，他就会经常在自己的偏爱和所谓的责任之间无所适从，彷徨无策。既然与他无关，他就可以随心所欲地“娇惯安妮”——正如玛丽拉所说的。不过，这毕竟是一种不坏的安排；有时候表示一点“欣赏”所带来的益处，并不比世界上所有的认真“培养”来得差。

第25章

马修坚决主张做宽松袖

马修正在挨过十分钟难熬的时光。在十二月的一个寒冷、灰暗的傍晚的暮色里，他走进厨房，在放柴火箱的角落里坐下来脱他那双沉重的靴子，他并不知道安妮和她的一群同学正在起居室里排练“仙女王后”。不一会儿，她们簇拥着穿过厅堂，走到外面的厨房里，一边快活地笑着，叽叽喳喳地说着话。马修一只手提着一只靴子，另一只手捏着脱靴器，不好意思地退到柴火箱后面的阴影里，她们没有看见他。当她们戴好帽子，穿上外衣，谈论对话和音乐会的时候，他羞怯地看着她们，这就是前面提到的十分钟。安妮站在她们中间，和她们一样，双目炯炯，生气勃勃；可是，马修猛然意识到安妮身上有某种与她的同学不一样的东西。使马修发愁的是，他深刻地感到的这个差别是不应当存在的。安妮神采奕奕，眼睛比别的孩子更大、更明亮，五官也更秀气；就连生性腼腆、不善观察的马修也学会留意这些事情了；可是使他不安的那点差别并不存在于上述的任何一个方面。那么，它存在于什么地方呢？

姑娘们手拉着手，沿着那条结了冰的硬邦邦的漫长小路走远了，安妮已经开始埋头学习功课，可是这个问题仍旧在马修的脑海里翻腾着。他不能去问玛丽拉，他感到她一定会嗤之以鼻，并且说她所发现的安妮和其他姑娘之间的唯一区别是她们有时候能够保持沉默，而安妮却做不到。马修认为这不会有多大帮助。

那天晚上，他求助于烟斗来解决问题，这使得玛丽拉极为反感。经过两个小时的吞云吐雾和苦思冥想，马修终于给自己的难题找到了答案。安妮穿的衣服和别的姑娘不一样！

马修越是反复思考，越是相信安妮从未穿过和别的姑娘一样的衣服——自从来到绿山墙农舍，她就一直没有穿过那样的衣服。玛丽拉总是使她的衣服保持暗淡单调的颜色，式样也始终不变。虽然马修不知道什么是服装的流行款式，可是他相当有把握地认为，安妮的袖子看起来和别的姑娘衣服上的袖子截然不同。他回想起那天傍晚他看见的那群围在安妮身边的姑娘——都穿着红色、蓝色、粉红色和白色的紧身胸衣，打扮得绚丽多彩——他不懂为什么玛丽拉总是让她穿得这么朴素，这么单调。

当然，这一定是正确的。玛丽拉的头脑最清楚，而且是玛丽拉在培养她成长。也许她有某种明智而不可思议的动机。可是，让孩子有一件漂亮的衣服——像黛安娜·巴里经常穿的那种——肯定是不会有害处的。马修决定要给她一件；这肯定不会被当作横加干涉而遭到反对。再过两个星期就是圣诞节了。一件漂亮的新衣服正可以作为礼物。马修满意地嘘了口气，放下烟斗睡觉去了，这时玛丽拉打开了所有的门户，给房子通通气。

第二天傍晚，马修到卡莫迪去买衣服，他下定决心要克服最大的困难，对付最糟的处境。他完全相信，这将是个严峻的考验。有些东西马修买起来并不费劲，并且证明自己不是个讨价还价的吝啬鬼；可是他知道，要买一件姑娘穿的衣服，那就只好任凭店主的摆布了。

经过一番慎重考虑，马修决定去塞缪尔·劳森商店，而不去威廉·布莱尔商店。的确，卡思伯特家的人总是到威廉·布莱尔商店去买东西的；这对他们来说简直同参加长老会和投保守党选票一样，是个在是非之间做出选择的问题。可是威廉·布莱尔的两个女儿经常在那儿接待顾客，马修看到她们无疑是像老鼠见了猫一样。他只有在确切知道自己要买什么东西并能把它指出来的时候，才能设法和她们周旋一番；可是像买衣服这类事情是需要详细说明和商量的，马修就感到他非得肯定在柜台后面站着个男人才行。所以，他情愿到劳森商店去，那里塞缪尔或是他的儿子会接待他。

哎哟！马修不知道塞缪尔在最近扩大营业的过程中也请了一名女店员；她是他妻子的一个侄女，而且还是个精力非常充沛的年轻人。她梳着一种把四周头发松松地向上卷得很高的发型，一对褐色的大眼睛滴溜溜地转动，她的微笑无比明朗，使人手足无措。她穿着最最时髦的衣服，臂上戴着几只手镯，它们随着她双手的每一个动作闪闪发光，叮叮当当地响个不停。马修看见她在那儿，内心慌乱极了；那些手镯一下子就使他惊慌失措。

"今天晚上我能为你做些什么，卡思伯特先生？"露西拉·哈里斯小姐轻快地、讨好地问，一边用两只手敲打着柜台。

"你们这儿有——有——嗯，比如说花园里用的耙子吗？"马修结结巴巴地问道。

哈里斯小姐似乎有点吃惊，她确实也应该感到吃惊，居然在十二月中旬还听见有人打听花园里用的耙子。

"我想我们还剩一两把，"她说，"可是它们在楼上的旧货贮藏室。我去看看。"

在她离去的当儿，马修集中起自己七零八碎的理智，准备再做一次努力。

哈里斯小姐提着耙子回来了，她高高兴兴地问道："今天晚上还要什么别的东西吗，卡思伯特先生？"马修鼓足了勇气回答说："嗯，既然你这么建议，我不妨——拿——那就是——看一看——买一些—— 一些干草种子吧。"

哈里斯小姐曾经听见别人把马修·卡思伯特称作怪人。现在她断定他是完全疯了。

“我们只在春天才备有干草种子，”她傲慢地解释道，“现在我们手头没有。”

“哦，当然——当然——你说得对。”不幸的马修结结巴巴地说，抓起耙子向门口走去。走到门槛边，他才想起自己还没付耙子的钱，只好可怜巴巴地返回去。当哈里斯小姐检点找给他的零钱时，他重新鼓足勇气，准备不顾一切地做最后一次努力。

“嗯——如果不给你添很多麻烦的话——我不妨——那就是——想看看——看看一些食糖。”

“白糖还是红糖？”哈里斯小姐耐心地问。

“哦——嗯——红糖。”马修软弱无力地说。

“那儿有一桶，”哈里斯小姐说，晃着她的手镯指给马修看，“我们只有这种糖。”

“我——我买二十磅。”马修说，他的脑门上冒出了一颗颗的汗珠。

马修驾车回家走到半路，才恢复了自己本来的神态。这真是一段可怕的经历，可这也是他活该倒霉，他想，谁叫他大逆不道地到一家陌生的商店去买东西呢。回到家里，他把耙子藏进了工具房，把红糖拿进去交给了玛丽拉。

“红糖！”玛丽拉惊讶地嚷道，“你着了什么魔，想到买这么多？你知道，除了给雇工煮粥和做黑色水果蛋糕，我从来不用红糖。杰里走了，我也很久不做蛋糕了。再说这也不是上等的红糖——既粗糙，颜色又暗——威廉·布莱尔一般是不进这种红糖的。”

“我——我想有时候也可能用得着。”马修说道，一边溜之大吉。

当马修开始全盘考虑这件事情时，他断定需要有个女人来应付这种局面。玛丽拉当然是不可能的。马修相信她会立刻给他的计划泼上一瓢冷水，剩下就只有林德太太了；因为在阿冯利的其他妇女中，马修只敢向她征求意见。于是，他到林德太太那儿去了，那位好心的太太立刻就把问题从这心慌意乱的男子汉手中接了过去。

“替你选一件衣服送给安妮吗？当然愿意。我明天要去卡莫迪，我一定把这件事情办妥。你心里有什么特别的要求吗？没有，那么，就根据我自己的眼力去买吧。我认为安妮穿漂亮的深棕色顶顶合适，威廉·布莱尔商店新到了一批艳光布，实在是好看。也许你还希望我替她做吧？如果让玛丽拉来做的话，安妮很可能会在圣诞节到来以前得到风声，岂不是不能让她喜出望外了吗？好吧，我给她做。不，一点也不麻烦。我喜欢针线活。我按照我的侄女詹妮·吉利斯的身材做，她和安妮的身材一模一样。”

“嗯，太感谢你了，”马修说，“还有——还有——我不知道——可是我希望——我觉得现在人们把袖子做得和以前不同了。如果不是太麻烦的话，我——我希望能按新的样子做。”

“宽松的？当然是宽松袖。你不必再为此操心了，马修。我会按最新的款式给她做的。”林德太太说。等马修离开以后，她又自言自语地说：

“看到那个可怜的孩子这一次能穿上一件像样的衣服，不能不让人由衷地高兴。玛丽拉给她穿那样的衣服，真是荒唐透顶，就那么回事，有好多次我都想直截了当地跟她这么说。不过我还是没有开口，因为我看得出来，玛丽拉并不希望别人提供劝告，而且，她虽然是个老小姐，却自以为在培养孩子方面比我懂得多。但是，这种情况总是有的。带过孩子的人都知道世界上没有适合每个孩子的一成不变的教育方法。可是那些没带过孩子的人总以为教育孩子的方法就像‘比例运算法则’那样简单容易——只要把三项数字按照顺序排列起来，便会得到正确的总和。然而，用数学的脑袋来对付活生生的人是不行的，这就是玛丽拉·卡思伯特犯错误的根源。我想，玛丽拉让安妮像现在这样穿戴，是想培养她一种谦卑的精神；可是这实际上更容易养成孩子爱虚荣和不满的心理。我可以肯定，这孩子一定觉察到了她和别的姑娘在衣着上的差别。可是，万难想到马修竟然注意到了这一点！那个男人昏睡了六十多年，现在终于醒过来了。”

在接下去的两个星期里，玛丽拉知道马修有心事，可究竟是什么呢，她又猜不出来，直到圣诞节前一天林德太太带来了那件新衣服，她才恍然大悟。玛丽拉基本上表现得很好，尽管她可能并不相信林德太太的那些巧妙的解释，说由她来做衣服是因为马修怕玛丽拉做的时候安妮会发现得太早。

“那么就是因为这个，马修这两个星期来才那么神情诡秘，自个儿傻笑的啰，是不是？”玛丽拉用有点生硬但还是表示宽容的口吻说，“我知道他在忙着干傻事。可是我必须说，我认为安妮并不需要新衣服。今年秋天，我给她做了三件暖和耐穿的好衣服，再多做一件就只能说是浪费了。单单那些袖子上的布料就够做一件紧身胸衣了，这是我完全可以肯定的。你实际上只会纵容孩子的虚荣心，马修，她现在已经虚荣得像只孔雀了。不过，我希望她这下子能够心满意足，我知道，自从有了这些愚蠢的袖子，她就一直渴望得到它们，尽管她只说了一次，以后没有再提。袖子的宽松部分越做越大，越做越荒谬；现在，它们已经大得像气球了。等到明年，所有穿宽松袖衣服的人出门进门都得侧着身子走了。”

圣诞节的早晨展现出一个洁白美丽的世界。那年的十二月非常暖和，人们都以为会有一个绿色的圣诞节；可是数量很多的雪花在夜里轻轻地飘落，使阿冯利的面貌焕然一新。安妮用快乐的目光透过东山墙屋子结了霜的窗户向外面窥视。“闹鬼的森林”里的冷杉树都披上了轻软的羽毛，漂亮极了；白桦树和野樱桃树被大自然勾画出了晶莹的轮廓；大片大片犁过的田地里布满了雪窝窝；空气里充满了一种令人喜悦的清新气息。安妮唱着歌跑下楼来，她的声音在整个绿山墙农舍里发出回响。

“祝圣诞节快乐，玛丽拉！祝圣诞节快乐，马修！这是不是个美丽的圣诞节？一片雪白，真叫我高兴。其他颜色的圣诞节看上去都不真实，是不是？我不喜欢绿色的圣诞节。它们并不是绿色的——不过是褪了色的难看的褐色和灰色。人们干吗管它们叫绿色的呢？哎哟——哎哟——马修，那是给我的吗？啊，马修！”

马修已经忸怩地从纸包里取出了那件衣服，把它摊开来，同时用请求宽恕的目光瞥了一下玛丽拉。这时，玛丽拉装出轻蔑的神气往茶壶里灌水，但用眼角颇感兴趣地注视着这个场面。

安妮接过衣服，虔诚地默默打量着它。哦，真漂亮呀——具有丝绸光泽的柔软美丽的棕色艳光布；裙子上缀满考究的褶边和饰边；紧身上衣按照最时髦的式样打着精致的横褶，领口还有一圈薄膜般的小巧的花边。可是这袖子——它们才是最值得夸耀的！胳膊肘的部分是长长的袖管，上面有两个宽松部分被一道道褶边和一朵朵用棕色丝带打成的蝴蝶结分开。

“那是给你的圣诞节礼物，安妮。”马修腼腆地说，“怎么——怎么——安妮，你不喜欢它吗？嗯——嗯。”

因为安妮的眼睛里突然充满了泪水。

“喜欢它！哦，马修！”安妮把衣服搭在一张椅子上，紧紧地攥住两只手，“马修，它真是精美极了。啊，我不知道该怎样感谢你才好。瞧那些袖子！啊，在我看来这一定是个幸福的梦。”

“得啦，得啦，让我们吃早饭吧，”玛丽拉打断了她的话，“我必须说，安妮，我认为你并不需要这件衣服；可是既然马修给你买来了，我就希望你能好好爱惜它。林德太太还为你留了一条扎头发的丝带，是棕色的，正好同这件衣服相配。来，快坐下吧。”

“我不知道我怎么还吃得下早饭，”安妮欣喜若狂地说，“在这种激动人心的时刻，早饭显得太平淡了。我宁可把那件衣服看个够，让眼睛饱餐一顿。我非常高兴的是眼下宽松袖还挺时髦。以前我想，如果在我得到一件宽松袖衣服之前它们就不时兴了，我是绝对忍受不了的。你们知道，要是那样的话，我是绝对不会完全感到满足的。林德太太给了我那条丝带，也是妙极了。我觉得我确实应该成为一个好孩子。在这种时候，我为自己不是个模范小姑娘感到惭愧；我总是决心要在将来做个模范孩子。可是，不知怎么，一碰到无法抵制的诱惑，我就很难把决心贯彻到底。不管怎么说，从此以后，我真的要加倍努力了。”

当平淡的早餐结束时，黛安娜出现了。她那穿着深红色长外套的色调明快的小身影穿过山谷里的小木桥，安妮飞奔到斜坡下面去迎接她。

“祝圣诞节快乐，黛安娜！哦，这真是个了不起的圣诞节。我要给你看一件十分华丽的东西。马修送给我一件最最漂亮的衣服，袖子是这样的。我简直想象不出比那更好看的了。”

“我这里还有一件东西给你呢，”黛安娜上气不接下气地说，“这儿——这只盒子。约瑟芬老姑奶奶派人给我们送来了一只大箱子。里面有好多好多东西——这是给你的。我本来应该昨天晚上就送过来的，可是它天黑以后才送到，如今叫我在天黑以后穿过‘闹鬼的森林’，我还总觉得不大舒服。”

安妮打开盒子朝里面望去。首先看到一张写着“送给安妮姑娘，祝圣诞节快乐”的卡片；接着，她看到一双非常精巧的儿童小便鞋，足尖部分缀饰着一串珠子，还有缎子打成的蝴蝶结和闪闪发光的鞋扣。

“哦，”安妮说，“黛安娜，这份礼物太贵重了。我不是在做梦吧？”

“我认为这是老天的安排，”黛安娜说，“现在你用不着借鲁比的便鞋了，这真是一件好事，因为它们比你的脚大两厘米呢，一位仙女拖着脚走路，听上去太别扭了。乔西·派伊大概要高兴了。我告诉你，前天晚上排练结束后，罗布·赖特是同格蒂·派伊一块儿回家的。你听说过这等事情吗？”

阿冯利的所有学生那一天都兴高采烈，兴奋异常，他们要布置会堂，还要举行最后一次大规模的排演。

晚上举行的音乐会显然获得了成功。小小的会堂里挤满了人；所有参加演出的人都表演得精彩极了，安妮则是音乐会上特别灿烂夺目的明星，这一点就连嫉妒的乔西·派伊也不敢否认。

“哦，这真是个光辉的夜晚，是不是呢？”音乐会结束后，在群星闪烁的漆黑的天空下，安妮陪着黛安娜一同走在回家的路上，叹了口气说。

“一切都进行得非常顺利，”黛安娜切合实际地说，“我想我们一定挣到十块加元了。告诉你，阿伦太太还要写一篇关于这次音乐会的报道，寄到夏洛特敦报社去呢。”

“哦，黛安娜，我们真的会看到自己的名字被印在报纸上吗？每当我想到这一点，就感到一阵激动。你的独唱优美极了，黛安娜。当观众要求再来一个时，我比你更感到自豪。我对自己说：‘得到这么大荣誉的，是我亲爱的知心朋友。’”

“可是，你的朗诵博得了全场喝彩，安妮。悲伤的那一段简直动人极了。”

“哦，当时我可紧张了，黛安娜。当阿伦先生报出我的名字时，我真不知道自己是怎么走上那座舞台的。我觉得有一百万只眼睛瞅着我，把我看穿看透，在那可怕的一刹那间，我断定自己压根儿开不了口了。然后，我想起了我那漂亮的宽松袖，获得了勇气。我知道我一定要无愧于那双袖子，黛安娜。于是我开口朗诵，我的声音好像从很远很远的地方传来。我感到自己活像一只鹦鹉。幸亏我在阁楼里经常练习那两段朗诵，否则我是绝对不可能顺利完成的。我呻吟得好不好？”

“好，真的，你呻吟得可动人啦。”黛安娜保证说。

“我坐下去的时候，看见老斯隆太太在抹眼泪。想不到我触动了一些人的心弦，真是太棒了。在音乐会上参加演出是个多么不平凡的经历呀，是不是？哦，这实在是个非常难忘的场面。”

“男生们的对话也很精彩，是不是？”黛安娜说，“吉尔伯特·布莱思简直太棒了。安妮，我实在感到你对待吉尔伯特的态度未免太刻薄了一点。慢着，让我告诉你。仙女的对话结束后你跑下舞台时，有一朵玫瑰花从你头发上掉了下来。我看见吉尔伯特把它捡起，放进他胸前的口袋里。所以你瞧，既然你的脑子里有许多浪漫的想法，我可以肯定你会为此感到高兴的。”

“那个人干些什么，与我毫无关系，”安妮高傲地说，“我根本不会在他身上浪费一丝一毫的思考时间，黛安娜。”

那天夜里安妮上床睡觉以后，玛丽拉和马修在厨房的火炉旁边坐了一会儿。二十年来，他们破天荒第一次去参加了音乐会。

“嗯，我想我们的安妮干得不比他们任何一个人差。”马修自豪地说。

“是的，的确如此，”玛丽拉承认道，“她是个聪明伶俐的孩子，马修。而且，她看上去也确实可爱。我曾经对举行这次音乐会的计划有几分反对，但我现在认为它毕竟没有什么真正的害处。不管怎么说，今天晚上我为安妮感到自豪，虽然我不打算这样对她讲。”

“嗯，我也为她感到自豪，而且在她上楼以前我就对她这么说了，”马修说道，“我们必须考虑一下，现在我们能够为她做些什么，玛丽拉。我想，不久以后，除了阿冯利学校之外，她还需要接受进一步的教育。”

“我们会有足够的时间来考虑的，”玛丽拉说，“她到三月才满十三岁，不过今天晚上我突然感到她正在长成一个大姑娘了。林德太太把那件衣服做得长了一点，使安妮显得那么高。她头脑敏捷，学习的进度很快，我想过一段时间把她送到女王专科学校去，这是我们能够为她做的最好的事情了。可是这一两年内还不必谈论这个问题。”

“嗯，断断续续地考虑考虑是没有害处的，”马修说，“那种事情最好经过多次的反复考虑。”

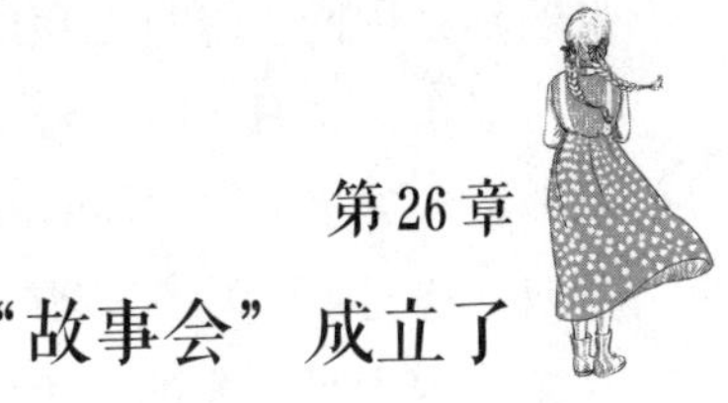

第26章
“故事会”成立了

阿冯利的少年们觉得很难再安下心来过单调乏味的生活了。在接连几个星期回味了那场激动人心的音乐会的欢乐之后，安妮尤其觉得所有的事情都是那么平淡、陈旧和毫无意义。她还能够回到音乐会以前那些遥远的、恬静的愉快日子吗？首先，正如她告诉黛安娜的那样，她自己就并不真正认为她能够做到这一点。

“我绝对可以肯定，黛安娜，生活再也不可能像往日那样了。”她悲哀地说，好像说的是至少五十年以前的一段岁月，“也许过一阵子我会对此感到习惯的，可是，音乐会可能会破坏人们的日常生活。我想正是由于这个缘故玛丽拉才表示反对的。玛丽拉是个理智的女人。头脑理智一定大有好处；不过，我还是不相信自己真的愿意成为一个理智的人，因为理智的人的生活太平淡了。林德太太说我没有成为一个理智的人的危险，可是谁能说得准呢。我现在就觉得我可能会成长为一个理智的人。但这也许只是因为我太疲乏的缘故。昨天夜里，我好长时间睡不着觉。我只是清醒地躺在床上，一遍又一遍地想象着音乐会的情景。这类事情有个绝妙的好处——令人回味无穷。”

然而，阿冯利学校最后还是回到过去的生活轨道，继续着眼于旧日的兴趣和爱好。当然，音乐会留下了痕迹。鲁比·吉利斯和埃玛·怀特为了她们在舞台上座位的先后吵了一架，从此不再合用一张课桌，中断了保持三年的前途无量的友谊。乔西·派伊和朱莉娅·贝尔三个月没有“说话”，因为乔西·派伊对贝西·赖特说，朱莉娅·贝尔上台朗诵时的那个鞠躬使她想起了抽筋的小鸡脑袋，贝西把这句话告诉了朱莉娅。斯隆家和贝尔家的孩子们断绝了一切往来，因为贝尔家的孩子们说，斯隆家的孩子们表演的节目太多了，而斯隆家的孩子们则反驳说，贝尔家的孩子们连他们应该做好的那点小事都没有能力去做，最后，查利·斯隆和穆迪·斯珀吉翁·麦克弗森干了一仗，因为穆迪·斯珀吉翁说安妮·雪莉朗诵的时候装腔作势，于是穆迪·斯珀吉翁被“揍了一顿”；为了这件事，穆迪·斯珀吉翁的妹妹埃拉·梅在那年冬季的其余日子里不愿再和安妮·雪莉“说话”。除了这些琐碎的摩擦，斯塔西小姐的小小王国里的工作有条不紊、顺顺当当地继续进行着。

冬季的那几个星期就这么不知不觉地过去了。那年冬季异常暖和，雪下得不多，安妮和黛安娜几乎每天都可以走“白桦小道”那条路去上学。安妮生日那天，她们轻盈欢快地走在这条路上，一边叽叽喳喳地交谈，一边用眼睛和耳朵留意着周围的一切，斯塔西小姐对他们说过，他们不久就得写一篇作文，题目叫“冬天森林里的一次散步”，因此他们应当处处留心。

“想想吧，黛安娜，今天我已经十三岁了，”安妮惶恐地说，“我简直不能理解我已经进入少女时期了。今天早上我醒来时，仿佛感到所有的东西都和以前截然不同。你满十三岁已经有一个月了，所以我想你不会像我这样觉得新奇。这使生活显得更有意思。再过两年，我就会真正长大了。想到那时候我可以说些夸张的话而不会招人嘲笑，真是莫大的安慰。”

“鲁比·吉利斯说，她打算一到十五岁就找一位情人。”黛安娜说。

“鲁比·吉利斯的心里光想着情人，”安妮鄙夷地说，“有人把她的名字写进‘注意栏’里时，她尽管假装很生气，其实高兴着呢。不过，恐怕我这个话太苛刻了。阿伦太太说我们应该永远不说苛刻的话；可是它们往往不假思索就从你的嘴里滑了出来，是不是？我谈到乔西·派伊的时候，就根本没法不说苛刻的话，所以我干脆不提到她。你可能已经注意到了。我要尽可能使自己像阿伦太太那样，我觉得她是完美无缺的。阿伦先生也这么认为。林德太太说，他确实崇拜她的每一种观点，她认为一位牧师对一个凡人倾注这么多的爱情是不对的。可是，黛安娜，即使是牧师，他们也是人，也像其他任何人一样有他们常犯的毛病。上个星期天下午，我和阿伦太太进行了一场关于常犯的毛病的有趣谈话。适合在星期天讨论的问题只有几个，这便是其中之一。我常犯的毛病是耽于幻想，忘记自己的责任。我正在努力克服这个缺点，现在我真的满十三岁了，也许我会取得更大的进步。”

“再过四年，我们就可以把头发绾起来了。”黛安娜说，“艾丽斯·贝尔只有十六岁，就把头发绾了起来，可是我觉得那是荒唐可笑的。我要等到十七岁再说。”

“如果我长着艾丽斯·贝尔那样的鹰钩鼻子，”安妮坚决地说，“我才不会——可是慢着！我不愿说我原来打算说的话了，因为它非常刻薄。而且，我是要把它同我自己的鼻子相比，那是虚荣心的一种表现。自从我很久以前听到关于我鼻子的那句赞美话以来，我恐怕对它考虑得太多了。它对我来说是个极大的安慰。喂，黛安娜，你瞧，那儿有只野兔。这件事可以记下来，写进我们关于森林的那篇作文里。我确实认为冬天的森林和夏天的一样美丽动人。它是那么洁白，那么沉静，好像正在酣睡，做着美丽的梦。”

“到时候要写出那篇作文，我倒不在乎。”黛安娜叹了口气说，“关于森林，我可以对付着写，但是我们星期一要交的那篇可把我难住了。斯塔西小姐竟然冒出让我们自己编一篇故事的念头!”

“嘿，这和眨眨眼睛一样容易。”安妮说。

“这对你来说是容易的，因为你有想象力，”黛安娜反驳道，“如果你生来没有想象力的话，怎么办呢？我想你的作文大概都已经写好了吧?”

安妮点点头，努力想使自己不显得扬扬得意，结果完全失败。

“我是上个星期一晚上写的，题目叫‘嫉妒的情敌’，或者‘至死不分离’。我把它念给玛丽拉听，她说是一派胡言，毫无价值。后来我又念给马修听，他说写得很精彩。我就喜欢他那样的评论家。这是个伤感动人的故事。写的时候，我哭得像个孩子。它讲的是两个美丽的姑娘，名叫科迪莉娅·蒙特莫伦西和杰拉尔丁·西摩，她们住在同一个村子里，彼此忠诚相爱。科迪莉娅是一位皮肤较黑的端庄的白种女子，有一头漆黑的头发和一双闪闪发光的黑眼睛。杰拉尔丁是一位女王般的金发女郎，她的头发和金丝一样，紫色的眼睛像天鹅绒一般柔和沉静。”

“我从未见过紫眼睛的人。”黛安娜半信半疑地说。

“我也没见过。我只是自己想象出来的。我希望写出某种非同寻常的东西。杰拉尔丁还有雪花石膏般的额头。我已经弄清楚什么是雪花石膏般的额头了。那也是十三岁的一个优越性。你远比十二岁的时候懂得多。”

“那么，科迪莉娅和杰拉尔丁后来怎么样了呢?”黛安娜问，她感到自己对她们的命运产生了兴趣。

“她们俩一起越长越漂亮，直到她们十六岁的时候，伯特伦·德维尔来到她们出生的村子，并且爱上了美丽的杰拉尔丁。有一次她坐在马车里，她的马受惊狂奔，他救了她的命，她昏倒在他的怀里，他抱着她走了三英里把她送回家去；因为，你知道，马车整个儿撞毁了。我觉得很难想象求婚的过程是怎样的，因为我没有经验可以参考。我问鲁比·吉利斯是不是知道一些关于男人怎样求婚的事，因为我想她有那么多结过婚的姐姐，在这个问题上她很可能是个权威。鲁比告诉我，当马尔科姆·安德鲁斯向她的姐姐苏珊求婚时，她正躲在厅堂的食品室里。她说马尔科姆告诉苏珊，他爸爸把农庄给了他，然后说：'我们今年秋天成亲，亲爱的宝贝，你觉得怎么样？'苏珊说：'好的——不——我不知道——让我想想。'——就是那样，他们很快就订婚了。可是，我觉得那种求婚不够浪漫，所以，最后我不得不尽可能地自己想象出一番情景。我把它描写得非常华丽，充满了诗情画意，还让伯特伦跪了下来，尽管鲁比·吉利斯说，现在人们已经不这么做了。杰拉尔丁发表了满满一页的讲话，接受了他的求婚。我可以告诉你，为了写那一段讲话，我费了好大的劲。我先后重写了五次，我把它看成是我的杰作。伯特伦送给她一枚钻石戒指和一串红宝石项链，并且告诉她，他们要去欧洲结婚旅行，因为他腰缠万贯，非常富有。可是，唉，阴影开始笼罩他们幸福的道路。科迪莉娅暗地里也爱着伯特伦，所以当杰拉尔丁把订婚的事告诉她时，她勃然大怒，特别是当她看到项链和钻石戒指时，更是气得要命。她对杰拉尔丁的喜爱一股脑儿转化成了刻骨的仇恨，她立下誓言，决不让杰拉尔丁嫁给伯特伦。可是，她假装仍和以前一样是杰拉尔丁的朋友。一天傍晚，她们站在一座桥上，桥下是湍急的流水，科迪莉娅以为周围没有别人，就把杰拉尔丁从桥边推了下去，同时发出一阵疯狂的笑声：'哈——哈——哈。'可是，伯特伦目睹了这一切，他立刻跳进急流，一边喊道：'我要救你，我的无比美丽的杰拉尔丁。'可是，唉，他忘记自己不会游泳了，他们俩紧紧地拥抱在一起淹死了。不久以后，他们的尸体被冲到岸上。他们被埋在一座坟墓里，葬礼庄严肃穆，黛安娜。用葬礼结束一个故事比用婚礼收场浪漫多了。至于科迪莉娅，她悔恨交加，精神失常，被关进了一所疯人院。我觉得这是对她的罪行的一种充满诗意的惩罚。”

“多么美丽动人呀！”黛安娜感叹道，她属于马修那一派的评论家，“我不知道你的脑子里怎么编得出这么扣人心弦的事情来，安妮。我希望我的想象力和你的一样丰富。”

“只要你加以培养，想象力是会丰富起来的。”安妮鼓励她说，“我刚才想出一个计划，黛安娜。你和我不妨成立一个我们自己的故事会，练习写故事。我会帮助你，直到你自己能够写为止。你应该培养自己的想象力，你知道。斯塔西小姐就是这么说的。只是我们必须采取正确的方法。我告诉她关于‘闹鬼的森林’那件事，她说我们对此所用的想象力不恰当。”

故事会就这样产生了。起初，它局限于黛安娜和安妮，可是不久，队伍扩大了，简·安德鲁斯和鲁比·吉利斯以及另外一两个觉得需要培养想象力的人也加入进来。男生一概不准加入——尽管鲁比·吉利斯认为让他们参加会使故事会更加生动活泼——每个会员一星期要创作一篇故事。

“这真是有趣极了，”安妮对玛丽拉说，“每个女孩子都要高声朗读她写的故事，然后我们进行讨论。我们要郑重其事地把它们保存起来，以后念给我们的子孙听。我们每个人都用笔名写作。我的笔名是罗莎蒙德·蒙特莫伦西。所有的女孩子写得都挺不错。鲁比·吉利斯有点多愁善感。她往故事里掺了那么多打情卖俏的描写，你知道，写得太滥比写得太少更糟。简从来不往她的故事里加这些描写，因为她说，在她不得不把它高声念出来时，它会使她感到非常无聊。简写的故事非常切合实际。黛安娜却在她的故事里写进了那么多的谋杀。她说主要是因为她不知道该怎样处理那些人物，所以她干脆把他们统统杀掉了事。一般都要我告诉她们写些什么，不过那也并不困难，因为我有成千上万个主意。”

“我认为这种写故事的勾当是再愚蠢不过了，”玛丽拉嘲笑说，

“你们会在头脑里塞进一大堆乱七八糟的东西，白白浪费了应该用来学习功课的时间。读故事书已经够糟的了，写故事就更要不得。”

“可是，我们非常小心地在每篇故事里都加进了一条道德观念，玛丽拉。”安妮解释道，“是我坚决主张这样做的。所有的好人都得到了报答，所有的坏人都受到应有的惩罚。我相信那一定会产生有益的效果。道德是一件了不起的事情。阿伦先生是这么说的。我把我写的一篇故事念给他和阿伦太太听，他们一致认为道德观念很强烈。只是他们在不该笑的地方放声大笑起来。我情愿别人听了故事掉眼泪。每当我念着忧郁感伤的部分时，简和鲁比几乎都要哭泣。黛安娜写信把我们的故事会告诉了她的约瑟芬老姑奶奶，她的约瑟芬老姑奶奶回信要我们寄给她几篇我们写的故事。我们抄了四篇最好的作品寄去。约瑟芬·巴里小姐回信说，她从未读到过这么逗人发笑的东西。这使我们有点疑惑不解，因为那几篇故事都非常凄惨动人，几乎每一个人物都死了。不过既然巴里小姐喜欢它们，我也很高兴。这表明我们的故事会正在做一些对人类有益的事情。阿伦太太说这一点应该成为我们做任何事情的目标。我确实想使它成为我的目标，可是一到玩得痛快的时候，我常常把它给忘了。我希望我长大了有点像阿伦太太。你觉得这有没有指望，玛丽拉？”

“不能说有很大的指望，”玛丽拉鼓励地回答，“我可以肯定阿伦太太从前绝对不是个像你这么糊涂、健忘的小姑娘。”

“不，她以前并不像现在这样好，”安妮认真地说，“她亲口对我这么说的——她说她小时候淘气得要命，总是弄得不可收拾。听了这话，我觉得很受鼓舞。听说别人以前很淘气，犯过错误，我反而受到了鼓舞，这是不是表明我很恶劣，玛丽拉？林德太太说是的。林德太太说，她有一次听见一位牧师忏悔说他小时候从姨妈的食品柜里偷了一块草莓馅儿饼，她从此对那位牧师不再有任何敬意了。可是，我就不会那样认为。我会想到，他勇于忏悔，才是真正高尚的表现，而且我认为，这会使那些调皮捣蛋并为自己所干的坏事感到后悔的孩子们知道，他们长大以后也许会成为牧师，这对他们来说是一种多么大的鼓舞啊。那就是我的感觉，玛丽拉。”

“我现在的感觉是，安妮，”玛丽拉说，“这会儿你该把那些碟子洗好了。你唠唠叨叨地说话，洗碟子的时间比应该花的时间多了半小时。要学会先干活，后说话。”

第 27 章

虚荣心和精神上的苦恼

四月的一天，时间已经很晚了，玛丽拉从资助小组开完会走回家来。她满怀喜悦地意识到冬天已经结束，春天总是会把喜悦带进每个人的心房，无论是衰老愁苦的人，还是年轻快活的人。玛丽拉不习惯对自己的思想感情做主观的分析。她可能以为自己正在想着资助小组和由教会设置的募捐箱，以及为教堂的附属室购买的新地毯，可是在这些想法的下面，她却心旷神怡地意识到红色的土地在西斜的阳光下飘起阵阵淡紫色的薄雾，意识到冷杉树那些长长的、尖尖的影子落在小河彼岸的草地上，意识到在明镜般林间水潭的四周，寂静的枫树绽开了深红色的新芽，还意识到大地的苏醒和隐蔽在灰色草皮下生命脉搏的萌动，春的气息渗透到大地的每个角落。由于这一切表现出来的浓厚的欢乐，玛丽拉这个中年人的持重的脚步变得轻盈和敏捷起来。

她的目光充满着深情，停留在绿山墙农舍上。她透过密密层层的树木，凝视着它，农舍的窗户将阳光反射回来，在她的眼睛里映出几点闪耀的光芒。玛丽拉大步流星地走在湿漉漉的小路上，她知道自己到家的时候会看到柴火燃起熊熊的火苗，一些点心会整整齐齐地摆开，准备用茶，而不会像安妮没来绿山墙农舍以前那样，只好以资助小组开会的夜晚聊以自慰，因此她确实感到非常满意。

然而，玛丽拉走进厨房，发现炉火熄灭了，哪儿也不见安妮的踪迹，她顿时感到一阵失望和恼火。她曾叮嘱安妮，一定要在五点钟把茶点准备好，可是现在她不得不赶紧脱掉身上这件较好的衣服，亲自动手准备食物，等马修犁田回来享用。

“等安妮小姐回来，我要和她算账。”玛丽拉严厉地说，一边过分使劲地用切肉刀削出引火的干柴片。马修已经进来了，正坐在他的角落里耐心地等待着茶点。“她又和黛安娜到什么地方闲逛去了，要么就是写故事、练习对话或是做诸如此类的蠢事，根本没有想到时间和自己的任务。必须立刻杜绝她再干这种事情了。至于阿伦太太是不是真的说她是她所认识的最聪明最可爱的孩子，我可不管。她也许是够聪明、够可爱的，可是她的脑子里装满了毫无价值的东西，谁也闹不清下一步它会以什么样的形式冒出来。一种怪念头刚刚产生，她马上又想出了另一种。嘿，我现在说的正是雷切尔·林德今天在资助小组会上所说的话，为此我还非常恼火呢。阿伦太太毫不含糊地为安妮说话，我确实感到高兴，如果她没有这样做，我知道我也会当众对雷切尔说出一些过分尖锐的话来的。安妮的确有很多缺点，老天知道，我也绝对不否认。但是，培养她长大的是我而不是雷切尔·林德，如果报喜天使住在阿冯利，雷切尔也会从他身上挑出毛病来的。虽然如此，安妮也没有权利在我叮嘱她今天下午待在家里照看家务之后就这样离开屋子。我必须说，尽管她有那么些缺点，我还从未发现她不服从命令或者不值得信赖，可是现在我很遗憾地发现她确实如此。”

“嗯，我不知道。”马修说，他耐心、明智，主要是由于饥肠辘辘，觉得最好还是让玛丽拉痛痛快快地把她的愤怒都发泄出来，因为他根据经验知道，如果没有不合时宜的争论来耽搁她，她完成手头的任何工作都会快得多，“也许你给她下的结论太草率了，玛丽拉。还是等到你完全肯定她没有服从你的命令之后，再说她不值得信赖吧。也许这都可以解释清楚——安妮是善于说明问题的。”

“我叫她留在家里，她却不在这儿，”玛丽拉反驳道，“我想她很难把它解释得合我心意。当然，我知道你会袒护她，马修。但是，培养她的是我，不是你。”

晚饭做好的时候，天已经黑了，可还是没有安妮的影子，看不见她穿过小桥或者沿着“情人的小径”匆匆跑来，气喘吁吁，由于知道自己玩忽职守而满脸悔恨。玛丽拉板着脸洗好碟子，把它们放进柜里。然后，她进地窖需要一支蜡烛照路，便上楼到东山墙屋子去取那通常搁在安妮桌上的蜡烛。她把它点亮了，一转身，只见安妮躺在床上，脸朝下埋在那一堆枕头中间。

“我的天哪，”玛丽拉大吃一惊说，“你睡着了吗，安妮？”

“没有。”一个低沉的声音回答道。

“那么你生病了吗？”玛丽拉担忧地问道，向床边走去。

安妮把身子又往她那些枕头里缩了缩，好像希望永远躲避世人的眼睛似的。

“没有。可是，求求你，玛丽拉，请你走开，不要看我。我正处在绝望的深渊，我再也不关心谁在班上得第一，谁把作文写得最好，或者谁在主日学校的唱诗班唱歌了。这一类的小事现在无关紧要，因为我想我是再也不能到任何地方去了。我这一生完蛋了。求求你，玛丽拉，请你走开，不要看我。”

“谁听说过这样的话？”玛丽拉被弄得迷迷糊糊，急着想知道是怎么回事，“安妮·雪莉，你到底出了什么事？你干了些什么？立刻起来告诉我。我说的是立刻。现在说吧，怎么回事？”

安妮带着一种不得不服从命令的绝望的神情，轻轻滑到了地板上。

“瞧瞧我的头发，玛丽拉。”她小声说。

于是，玛丽拉举起蜡烛，仔细地察看那一堆披散在安妮脑后的浓密的头发，它的模样显得非常古怪。

“安妮·雪莉，你把你的头发怎么了？哎哟，它变成绿颜色了！”

如果它属于地球上的某种颜色的话，不妨管它叫绿色——一种奇怪、暗淡、带青铜色的绿，零零碎碎有几绺原先的红色，使它看上去更加可怕。玛丽拉生平从未见过像安妮这时的头发那么怪模怪样的东西。

“是的，它是绿的。”安妮呜咽着说，“以前我认为什么也不会比红头发更糟了。可现在我知道，长着绿头发要更糟糕十倍。唉，玛丽拉，你一点也不知道我是多么不幸。”

“我一点也不知道你是怎么陷入这个困境的，不过我想查究个清楚。”玛丽拉说，“立刻下楼到厨房去——这里太冷了——然后告诉我你干了些什么。我就知道要发生怪事，我已经等了好一阵子了。你两个多月没惹乱子，我敢肯定是到了犯下一个错误的时候了。好啦，告诉我，你把你的头发怎么啦？”

“我把它染了。”

“染了！染了你的头发！安妮·雪莉，难道你不知道这样做是邪恶的吗？”

“知道，我知道这样做有点邪门，”安妮承认道，“可是我那时以为，只要能摆脱红头发，邪门一点也是值得的。我考虑了一切后果，玛丽拉。而且，我还打算在其他方面表现得特别出色来弥补这个过错。”

“嘿，”玛丽拉讥讽地说，“如果我决定把我的头发染一下，我至少也要把它染成一种像样的颜色。我绝对不会把它染成绿色。”

“我并没有打算把它染成绿色呀，玛丽拉，”安妮垂头丧气地抗辩说，“如果我邪恶，我也打算邪恶得有点意思。他说它会把我的头发变成一种美丽的乌黑色——这是他明确向我保证的。我怎能怀疑他的话呢，玛丽拉？我知道，如果你的话受到怀疑，你会有什么样的感受。阿伦太太说，我们不该怀疑任何人不对我们说真话，除非我们有证据证明他们撒谎。现在我有证据了——绿头发是谁都看得明明白白的证据。可是，当时我没有证据，我就毫无保留地相信了他所说的每一句话。”

“谁说的？你讲的是谁？”

“今天下午在这儿的那个小贩。我从他手里买了染料。”

“安妮·雪莉，我经常对你说，绝对不要让那些意大利人走进房子！我根本不相信鼓励他们进来坐坐有什么好处。”

“哦，我没有让他进入房子。我想起了你告诉我的话，就走了出去，还小心地关上了门。我在台阶上看他卖的东西。而且，他不是个意大利人——他是个德籍犹太人。他有一只很大的箱子，里面装满了非常有趣的东西，他告诉我，为了能够积攒足够的钱把他的妻子和孩子接出德国，他正在拼命地干活。他谈到他们的时候富有感情，这就深深地打动了我的心。为了帮助他实现这个很有价值的目标，我想从他那里买点东西。然后，我突然看见了一瓶染发剂。小贩说它一定能把任何头发染成一种美丽的乌黑色，而且不会洗掉。刹那间我看到自己有着美丽的乌黑头发，这个诱惑是无法抵挡的。可是，那瓶染料的价格是七角五分，我的零钱只剩下五角钱了。我觉得那个小贩心肠很好，他说看在我的面上，他就只卖五角，权当是白送了。我就把它买了下来。他一离开，我就来到这里，按照说明书上所说的用一把旧发刷开始刷染料，我把一瓶都用光了。然后，唉，玛丽拉，当我看到它把我的头发变成怎样一种可怕的颜色时，就开始为我的邪恶行为后悔不迭，我可以告诉你，从那以后我一直在懊悔着呢。”

“行啦，我希望你会从后悔中得出教训，”玛丽拉严厉地说，“我还希望你睁开眼睛，看看你的虚荣心把你带进了什么死胡同，安妮。天知道该怎么办。我想，首先你得把头发彻底洗一洗，看看是不是会好一点。”

于是，安妮开始洗头发，她用肥皂和水使劲擦洗，这番努力所产生的效果充其量只会洗去原有的红颜色。当小贩声明染料用水洗不掉时，他说的无疑是实话，但在其他方面他说话的可靠性就值得怀疑了。

“啊，玛丽拉，我怎么办呢?”安妮眼泪汪汪地问道。“我以后无法生活下去了。人们已经把我犯的其他错误忘得差不多了——烤涂抹剂蛋糕，让黛安娜喝醉，冲着林德太太大发脾气。可是她们永远不会忘记这件事。她们会认为我不够正派。哦，玛丽拉，‘当我们第一次进行欺骗的时光，我们织出了怎样一张缠结不清的网。’这是诗，但说得很正确。还有，唉，乔西·派伊会怎样嘲笑我啊！玛丽拉，我无法面对乔西·派伊。我是爱德华王子岛上最不幸的女孩子。”

安妮的不幸持续了一个星期。在这期间，她哪儿也没有去，天天在家里洗头发。在外面的人中间，只有黛安娜知道这个不幸的秘密，她严肃地保证决不告诉任何人，在这里不妨附带说明一下，她确实遵守了自己的诺言。那个星期快要结束时，玛丽拉坚决地说：

“不管用，安妮。那是前所未有的最难褪色的染料。你必须把头发剪掉；没有别的办法。你那副模样是走不出去的。”

安妮的嘴唇颤抖了，但她理解玛丽拉所说的话含有不可否认的真理。她悲伤地叹了口气，去拿剪刀。

“立刻把它剪掉吧，玛丽拉，让这件事情就此结束吧。唉，我觉得我的心都碎了。这真是一场毫无浪漫色彩的折磨。书里讲到一些女孩子因为发高烧头发脱落，或者为了做某件好事把头发卖掉，如果我以这类方式失去我的头发，我肯定是不会太计较的。因为把头发染成了一种可怕的颜色，才要把它剪掉，这里面连一点值得安慰的理由都没有，是不是呢？在你剪的时候，如果没有什么妨碍，我打算一刻不停地哭个痛快。这真是一件悲惨的事啊。”

于是安妮就哭起来了，但后来当她上楼照镜子的时候，她由于绝望而显得平静了。玛丽拉把工作做得很彻底，她也必须把头发尽量剪短。用一种尽可能委婉的口气来说，头发剪短的效果很不合适。安妮立刻把镜面转向墙壁。

“在我的头发长出来以前，我永远、永远不再看自己一眼了。”她激动地嚷着。

接着她又突然把镜子翻到正面。

“不，我要看。我要为那种邪恶的行为赎罪。每次我走进自己的房间，都要看看我的模样是多么丑陋。而且，我也不想把它从想象中抹去。首先，我以前绝对没有想到要为我的头发感到自豪，可是现在我知道，我是应当为它感到自豪的，因为它尽管是红色的，却又长又密又卷曲。我想以后我的鼻子也说不定会出事。”

下个星期一，安妮剪短了的头发在学校引起了轰动，不过使安妮感到宽慰的是，谁也猜不出其中的真正原因，就连乔西·派伊也不例外。可乔西还是对安妮说，她活像一个稻草人。

“乔西对我说那句话时，我根本没吭声。”那天晚上，安妮向玛丽拉吐露道。玛丽拉的头痛病又发作了，这时已经平息，她正躺在沙发上。“我认为这也是惩罚的一部分，我应该耐心忍受才对。别人说你像个稻草人，这个滋味可不好受，我真想回敬几句。可是我没有这样做。我只是轻蔑地扫了她一眼，就原谅了她。当你原谅别人的时候，你会感到自己非常善良，是不是？从今以后，我打算把全部精力都用来做好人，再也不想使自己变得漂亮了。当然，行为好比相貌好更加可贵。我知道这一点，可是有的时候即使你心里明白，也很难真的相信。我真希望自己成为一个好人，玛丽拉，像你、阿伦太太和斯塔西小姐一样，长大以后为你争光。黛安娜说，等我的头发开始长出来的时候，就用一根黑色的天鹅绒带子把脑袋箍住，左右两边都打上蝴蝶结。她说她认为这会非常合适的。我要管它叫束发带——它听上去很有点浪漫的味道。可是，我是不是谈得太多了，玛丽拉？这是不是使你脑袋不舒服了？”

“我的脑袋现在已经好些了。不过今天下午痛得可真厉害。我的头痛病越来越严重了。我得找医生看看这个毛病。至于你的叽里呱啦的谈话嘛，我不知道我是不是在乎——我对此已经习惯了。”

这是玛丽拉的说法，意思是她喜欢听安妮唠叨。

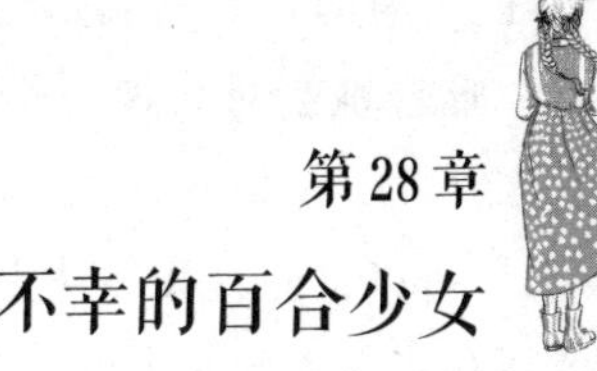

第28章

不幸的百合少女

“当然要由你来扮伊莱恩啰，安妮。”黛安娜说，“我绝对没有勇气往那儿漂流。”

“我也没有。”鲁比·吉利斯说，打了个寒战，“如果我们两三个人一起在平底船上，能够稳稳地坐着，我就不在乎顺水往下漂流了。那样是很有趣的。可是要我躺在上面，假装已经死去——我实在无法做到。我真的会吓死的。”

“当然啰，顺水漂流是很浪漫的。”简·安德鲁斯承认道，“但是我知道自己不可能一动不动。我会每时每刻都竖起身子看看我漂到哪儿了，是否漂得太远了。你知道，安妮，那样会破坏艺术效果的。”

“可是，一个红头发的伊莱恩是多么荒唐啊。”安妮悲哀地说，“我不怕顺水漂流，我也喜欢扮演伊莱恩。但这仍然是荒唐可笑的。鲁比应该扮伊莱恩。因为她的皮肤这样白，她还有这样美丽的金黄色的长发——伊莱恩有‘她全部漂亮的长发飘荡在背后’，你知道。而且，伊莱恩是百合少女。你瞧，一个头发通红的人是不可能扮百合少女的。”

“你的皮肤和鲁比的一样白，”黛安娜真诚地说，“而且你头发的颜色比剪短以前深多了。”

“哦，你真的这样认为吗?”安妮大声说，高兴得脸一下子变得绯红，“有时候，我自己也这么想过——可是，我从来不敢问任何人，唯恐她会对我说不是的。你认为现在可以称它为栗色吗，黛安娜?”

“可以，而且我还认为它确实很好看。”黛安娜说道，赞美地看着那丛生在安妮头上的柔软的短鬈发，在头部的适当地方箍着一条非常时髦的黑色的天鹅绒带子，边上还打了个蝴蝶结。

她们这时正站在果园坡下池塘的岸边，有一小块两边排着白桦树的未耕地从岸边延伸出去；在它的顶端有一块伸进水面的木头小平台，为渔夫和野鸭猎手提供了方便。鲁比和简正在同黛安娜一起度过这仲夏的下午，安妮过来和她们一块儿玩耍。

那年夏天，安妮和黛安娜的大部分玩耍时间都是在池塘上和池塘周围度过的。“悠闲的旷野”是过去的事了，贝尔先生在春天无情地砍倒了他屋后牧场上的那一小圈树。安妮曾经坐在那些树桩中间伤心地流泪，并且也注意到了自己这种做法的浪漫倾向；可是，她很快就得到了安慰，因为正像她和黛安娜所说的，快要到十四岁的十三岁大姑娘玩这些幼稚的游戏，毕竟是大了点，不大相称，而且池塘四周尽可以找到一些更加迷人的地方。在桥上钓鲑鱼是很愉快的，这两个女孩子坐在巴里先生留着射野鸭用的平底小渔船里，学会了自己划船，在池塘里四处游荡。

她们用戏剧的形式表演伊莱恩，是安妮出的主意。前一年的冬天，她们在学校里学习了坦尼森的诗篇[①]，因为教育部门的负责人把它列为爱德华王子岛上学校里的英语课文。她们把它从意思上和语法上分析过了，还把它拆成许多片段，直到她们认为再也无法从

① 坦尼森是英国维多利亚时期的著名诗人，这里指的是他的诗作《兰斯洛特和伊莱恩》中的情节。

中找出任何新的意义为止。可是，至少美丽的百合少女、兰斯洛特、吉尼维尔和阿瑟国王对她们来说已经变成了活生生的人，安妮暗自为自己不曾出生在卡姆洛特而感到遗憾。她说，那些年月的浪漫事情比现在多得多。

安妮的计划得到了热烈的响应。她们发现，如果从岸边把平底船推出去，它就会顺着水流从桥下穿过，最后在池塘拐弯处突出来的另一块未耕地搁浅。她们曾经好多次这样漂流而下，要演伊莱恩这出戏，没有比这样做更方便的了。

“好吧，我来扮伊莱恩。”安妮勉强同意道，其实她乐意扮演主角，但她觉得自己的艺术感要求她具备这样那样的条件，而她的缺陷是无法满足那些条件的，“鲁比，得由你来扮演阿瑟国王，简扮演吉尼维尔，黛安娜得扮演兰斯洛特。可是首先你们必须扮成父亲和兄弟。我们不能有那个哑巴随从了，因为当一个人躺在船里时，那儿是载不了两个人的。我们必须用漆黑的织锦把游艇从头到尾铺好。你妈妈的那条旧的黑围巾正适合，黛安娜。”

黑围巾取来了，安妮把它铺在平底船上，然后自己在船底躺了下来，闭上了双眼，两手交叉着放在胸前。

“哦，她看上去像真的死了一样。”鲁比·吉利斯紧张地小声说，瞅着摇曳的白桦树影下那张一动不动的苍白的小脸，“这真让我感到害怕，姑娘们。你们认为这样做真的对吗？林德太太说，演戏的整个过程是很邪恶的。”

“鲁比，你不该提到林德太太，”安妮严肃地说，“它会破坏艺术效果的，因为这是林德太太出生以前好几百年的事。简，你来安排一下。伊莱恩死了还说话，这可乱了套了。”

简挺身而出，应付局面。没有金布做被单，一块破旧的日本黄绉绸钢琴罩正好可以代替。那时候，一朵雪白的百合花是采不到的，可是安妮交叉着的两只手里拿着一朵高高的蓝蝴蝶花，这也能产生预期的效果。

“好啦，她一切都准备好了，”简说，“我们必须吻她文静的额头，黛安娜，你说：‘妹妹，永别了。’鲁比，你说：‘永别了，亲爱的妹妹。’你们两个人要尽量表现得非常悲痛。安妮，看在上帝的面上，你带点笑容吧。你知道，伊莱恩‘躺着，仿佛在微笑’。那样好一些。现在把平底船推出去吧。”

于是，平底船就被推了出去，重重地擦过一根埋在路上的树桩。黛安娜、简和鲁比一看到它顺着水流往下漂并且船头朝向小桥时，就赶紧飞奔着穿过森林、跑过小路，来到下游的未耕地。兰斯洛特、吉尼维尔和国王应该在那儿准备迎接百合少女。

在顺水缓缓漂流的最初几分钟里，安妮陶醉在自己处境的浪漫色彩之中。然后，一件并不浪漫的事情发生了。平底船开始漏水。一眨眼工夫，伊莱恩便不得不爬起来，抓起她的金布被单和漆黑的锦缎柩衣，茫然地注视着她的游艇底部的一条大裂缝，水确实是从那里灌进来的。停船地方的那根尖尖的树桩扯掉了钉在船底的一长条羊毛毡。安妮不知道这个情况；可是她很快就明白了自己所处的危险境地。按这样的漏水速度，在漂流到下游的未耕地以前，平底船早就淹没下沉了。桨到哪儿去了？留在后面的岸上了！

安妮喘着气，发出一声谁也没听见过的凄厉的叫喊；她吓得嘴唇都发白了，然而她还是能够保持镇定。有一个机会——只有一个。

“我吓得魂都没有了，”第二天她对阿伦太太说，“平底船顺水往小桥漂去，里面的水一刻不停地往上涨，那时候好像过了好几年。我集中思想祷告，阿伦太太，非常虔诚，可是我没有闭上眼睛祈祷，因为我知道上帝救我的唯一办法就是让平底船靠近一根桥桩，使我能够踩着它爬上去。你知道，桥桩不过是一些老的树干，上面有好多树节和树枝的残留部分。我应该祈祷，可是我知道我必须密切注意，瞧准时机。我只是说：‘亲爱的上帝，请将平底船拉近一根桥桩，其余的事情由我来做。’说了一遍又一遍。在那种情况下，你不大会想到把祷词润色得辞藻华丽。但是，上帝答复了我的祷告，平底船撞上了一根桥桩，并在那里停了一会儿，我赶紧把钢琴罩和围巾甩上我的肩头，爬上那根天赐的大桥桩。于是我就吊在那儿了，阿伦太太，紧紧地依附着那根滑腻腻的桥桩，上不去，下不来。那是个一点也不浪漫的处境，可是当时我并没有想到这一点。当你刚刚从水汪汪的坟墓里脱逃出来的时候，你是不怎么会考虑浪漫不浪漫的。我立刻说了一段感恩的祷词，然后我就集中精力牢牢地攀住，我知道，也许只有靠人力的帮助，我才能重新回到干燥的陆地上去。”

平底船从桥下漂过，很快就沉没在激流里了。鲁比、简和黛安娜已经在下游的未耕地上等着它了，一看到它在她们的眼前消失，便毫不怀疑地认为安妮已经和它一起沉了下去，刹那间，她们一动不动地站着，脸白得像纸一样，被这场悲剧吓得呆若木鸡，接着，她们扯足了嗓子尖叫着，开始疯狂地奔过森林，在越过大路时也顾不上停下来往小桥这边看一眼。安妮拼命贴牢危险的立足点，她看到她们飞奔的身影，听到她们尖厉的喊叫。很快就会有人来救她，可是她的姿势难受极了。

时间一分钟一分钟地过去了，对于不幸的百合少女来说，每一分钟都像一个钟头那么难熬。为什么没有人来呢？那些姑娘上哪儿去了？假如她们全都晕过去了怎么办！假如永远不会有人来怎么办！假如她精疲力竭，肌肉麻痹，再也抓不住了怎么办！安妮看着下面摇曳着细长而油滑的树影的狰狞的绿色深渊，浑身瑟瑟发抖。她开始想象各种令她胆寒的可能性。

然而，就在她认为自己再也无法忍受手臂和手腕的酸痛的时候，吉尔伯特·布莱思划着哈蒙·安德鲁斯的平底小渔船从桥下过来了！

吉尔伯特朝上瞥了一眼，十分惊讶地发现，一张苍白、鄙夷的小脸上，一双同样带着鄙夷神情的受惊的灰色大眼睛正向下望着自己。

“安妮·雪莉！你怎么会到那儿去的？”他惊讶地大声问道。

不等安妮回答，他把船靠近桥桩，向安妮伸出手去。实在没有法子；安妮紧紧抓住吉尔伯特·布莱思的手，从桥桩上下来爬进了平底小渔船，她坐在船尾，满身泥泞，气呼呼的，怀里抱着水淋淋的围巾和湿漉漉的钢琴罩。在这种情况下，要想表现出尊严显然是极其困难的！

“出了什么事，安妮？”吉尔伯特说着，操起了他的桨。

“我们在扮演伊莱恩，”安妮看也不看她的救命恩人，冷淡地解释道，“我得坐在游艇里——我指的是平底船——顺水漂往卡姆洛特。平底船开始漏水了，我就爬出来攀上了那根桥桩。姑娘们去喊人来帮忙了。请你划船把我送到岸上去，好吗？”

吉尔伯特热心地往岸边划去。安妮不屑接受他的帮助，敏捷地跳上了岸。

“非常感谢你。”她转身离开的时候傲慢地说。可是吉尔伯特也从船头跳了上来，他用一只手一把拉住了安妮的手臂。

“安妮，”他匆促地说，“喂，难道我们不能成为好朋友吗？我非常后悔那时候我取笑了你的头发。我当时并非有意使你恼火，我只是想开个玩笑。而且，那是很久以前的事了。我认为你的头发现在漂亮极了——我真的这样认为。让我们成为朋友吧。”

安妮犹豫了一会儿。在她整个遭受伤害的尊严下，有一种刚刚觉醒的奇特的意识，她感到吉尔伯特淡褐色的眼睛里流露出来的一半羞涩、一半热切的神情非常好看。她的心蓦然奇怪地跳了一下。可是，对于旧日怨恨的痛苦回忆立刻坚定了她正在动摇的决心。两年以前的那一幕情景又十分清晰地闪现在她的记忆中，好像是昨天发生的一样。吉尔伯特曾经叫她“红发鬼”，还让她在全班同学面前丢尽了脸。年纪大一些的人可能会认为她的怨恨和它的根源一样可笑，可是对她来说这种怨恨似乎丝毫没有因时间的流逝而减轻和软化。她恨吉尔伯特·布莱思！她永远也不会原谅他！

“不，”她冷冰冰地说，“我永远也不会和你成为朋友，吉尔伯特·布莱思，我也不愿意那样做！”

“好吧！”吉尔伯特跳进了他的小船，他的面颊上显出怒容，“我永远也不会再请你做我的朋友了，安妮·雪莉。我也并不在乎！”

他再也不理安妮，迅速地划着桨离开了，安妮走在斜坡上被枫树遮盖的长着蕨草的小路上。她把头昂得很高，可是心里却兴起一种奇怪的懊悔的感觉。她几乎希望自己用别的方式回答了吉尔伯特。当然，他曾非常厉害地侮辱过自己，可是——！总之，安妮情愿坐在地上痛痛快快地哭一场，那样心里才会好受些。她的精神实在是太虚弱了，这都是她所受的惊吓和死死攀住桥桩的行为引起的反应。

顺着小路走了一半，她遇见了简和黛安娜。她们正飞快地向池塘边奔去，其精神状态和十足的疯子差不多。她们在果园坡没有找到人，巴里先生和太太都出去了。这时，鲁比·吉利斯已经被歇斯底里症搅乱了头脑，只好留在那儿尽可能地恢复理智，简和黛安娜飞快地穿过“闹鬼的森林”，跑过小溪，往绿山墙农舍奔去。她们在那儿也没有找到人，因为玛丽拉上卡莫迪去了，马修正在后面的地里晒干草。

“啊，安妮，”黛安娜喘着气说，紧紧地抱住前者的脖子，流着宽慰和欢喜的眼泪，“哦，安妮——我们以为——你——淹死了——我们觉得自己像杀人犯一样——因为我们让你——扮演——

伊莱恩。鲁比歇斯底里症发作了——哦，安妮，你怎么死里逃生的?”

“我爬上了一根桥桩，”安妮疲乏地解释说，“吉尔伯特划着安德鲁斯先生的平底小渔船过来，把我带到了陆地上。”

“哦，安妮，他多么了不起啊！当然，这一切真是够浪漫的！”简终于喘过气来能够说话了，“从今以后，你自然要和他说话啰。”

“我当然不愿和他说话，”安妮毫不犹豫地说，一下子又恢复了过去的顽强精神，“而且我再也不愿听到浪漫这个词了，简·安德鲁斯。你们吓成这个样子，我真难过，姑娘们。这都是我的过错。我敢肯定我是生来运气不好。我做的每一件事都把我或者我最亲爱的朋友带入困境。我们把你父亲的平底船弄丢了，黛安娜。而且我有个预感，他们不会再让我们在池塘里划船了。”

事实证明安妮的预感比一般的预感更加可靠。当下午发生的事情传开时，巴里和卡思伯特两家惊恐万状。

“你到底能不能有些头脑呢，安妮?”玛丽拉呻吟着说。

“哦，是的，我想我会有的，玛丽拉。”安妮乐观地回答。在东山墙屋子令人愉快的环境里独自痛哭一场，使她紧张的神经平静了下来，恢复了她惯有的欢乐。“我认为现在我比以前更有希望变得明智一些了。”

“我不知道怎么会有这样的可能。”玛丽拉说。

“唉，”安妮解释道，“今天的事情给了我一次很有价值的教训。自从我来到绿山墙农舍以来，就不断地犯错误，但每件错误都帮助我改掉了一种严重的缺点。紫晶胸针那件事使我改掉了乱摸乱碰不属于自己的东西的毛病。我在‘闹鬼的森林’那件事上犯的错误治好了我让自己的想象力失去控制的毛病。涂抹剂蛋糕的错误治好了我在烹调上的粗心大意。染头发治好了我的虚荣心。我现在根本不考虑我的头发和鼻子了——至少是很少想到了。今天的错误会治好我过分追求浪漫气氛的毛病。我已经得出结论，在阿冯利追求浪漫气息是毫无用处的。这在几百年以前城堡耸立的卡姆洛特或许是很容易的，可是现在没有人欣赏浪漫。我完全可以肯定，你不久就会发现我在这方面取得很大的进步，玛丽拉。”

“我可以肯定我希望如此。”玛丽拉深表怀疑地说。

可是等玛丽拉出去以后，刚才始终默默地坐在角落里的马修将一只手搁在安妮的肩膀上。

“不要完全抛弃你的浪漫设想，安妮，”他害羞地轻声说，“稍微有点浪漫是件好事——当然啦，不要太多——只是保持那么一点，安妮，保持一点浪漫。”

第29章

安妮生活中的新时期

安妮沿着“情人的小径”把后面牧场上的母牛赶回家。这是九月的一个夜晚，森林里所有的缺口和空地被日落时红宝石般的光辉描出了边缘。小路到处被阳光染红，可是路上大部分地方已经被枫树的树荫完全遮盖，冷杉树下面的空地弥漫着一种纯净的黛紫色。风鼓足了劲儿吹着，世界上再没有比夜风吹动冷杉树发出的音响更加优美动听的音乐了。

牛群悠闲平静地走在小径上，安妮神情恍惚地跟在后面，一边高声背诵着《马米翁》①这首长诗中描写战役的篇章——《马米翁》也是上一年冬天他们英语课的一部分内容，斯塔西小姐曾叫他们背熟。一行行感情奔放的诗句和它们所描写的铁矛的碰撞声使她心情振奋。当她背诵到

顽强的持矛勇士仍然坚守
他们固若金汤的浓密森林

这两行时，她心醉神迷地停住脚步，闭上眼睛，以便更清晰地想象

① 英国著名作家司各特的长篇叙事诗。

自己就是那个英雄集体里的一员。等她重新睁开眼睛的时候，看见黛安娜穿过通往巴里家田地的那扇门走来，神情显得非常严肃，安妮立刻推测她会告诉自己一条新闻。可是她又不愿显露出过分急切的好奇心。

“这个傍晚像不像个紫色的梦，黛安娜？它使我为了活着而高兴。在清晨，我总是认为清晨是最美好的；可是，每到夜幕降临时，我又认为夜晚还要可爱。”

“这是个非常美丽的夜晚，”黛安娜说，“可是，嗯，我有条重大的新闻要宣布，安妮。你猜猜看。可以猜三次。”

“夏洛特·吉利斯终于要在教堂里结婚了，阿伦太太要我们去装饰教堂。”安妮嚷道。

“不。夏洛特的情人不会同意那样做的，因为还从来没有人在教堂里结过婚，他认为这似乎同葬礼差不多。这可真讨厌，因为在教堂结婚是十分有趣的。再猜。”

“简的妈妈打算让她举办一次生日茶会？”

黛安娜摇摇头，她的黑眼睛里闪烁着快活的光芒。

“我想不出是什么，”安妮绝望地说，“除非是昨天晚上祷告会结束后穆迪·斯珀吉翁·麦克弗森送你回家了。是不是？”

“这样的事我想都不会想，”黛安娜愤慨地大声说，“即使他这样做了，我也不可能以此夸耀，讨厌的家伙！我知道你猜不出来。今天妈妈收到了约瑟芬老姑奶奶的一封信，约瑟芬老姑奶奶希望你和我下个星期二到镇上去，留在她那儿参加展览会。怎么样！”

“哦，黛安娜，”安妮小声说，觉得自己非得靠在一棵枫树上才能支撑住，“你说的果真是这个意思？可是我怕玛丽拉不会让我去。她会说她不赞成到处乱逛。上个星期，简请我和他们一起乘坐他们那辆有双层坐垫的轻便马车到白沙旅馆去参加美国人举办的音乐会，她就是这么说的。当时我真想去呀，可是玛丽拉说我最好待在家里学习功课，她认为简也应该如此。我失望极了，黛安娜。我非常伤心，上床的时候不愿意说祷告词了。可是我又感到后悔，半夜起来把祷告词说了。”

“我告诉你，”黛安娜说，“我们可以叫我妈妈去请求玛丽拉。那样她很可能就会让你去了；如果她点了头，我们就会过一段非常愉快的日子，安妮。我从没参加过展览会，听见别的姑娘谈论她们的旅行我心里就恼火。简和鲁比去过两次，她们今年还要去。”

“在知道我是否可以去之前，我不打算考虑这件事了。”安妮坚决地说，“如果我想着它，然后又失望了，我是会受不了的。可是，如果我真的能去的话，我真高兴我的新外套那时一定可以做好了。玛丽拉并不认为我需要一件新外套。她说我那件旧的还可以再穿一个冬季，而且认为我已经有了一件新衣服，就应该感到心满意足了。那件衣服非常漂亮，黛安娜——是藏青色的，样式很新颖。现在玛丽拉总是把我的衣服做得很时髦，她说她不想让马修去请林德太太做了。我很高兴。如果你穿上时髦的衣服，做个好人就容易得多。至少对我来说要容易一些。我想这对天性善良的人不会有多大的影响。可是马修说，我一定得有一件新的外套，所以玛丽拉就买了一段漂亮的蓝绒面呢，目前由卡莫迪的一位真正的裁缝在缝制。星期六的晚上就要做好了，我努力不去想象星期天我穿着新外套戴着新帽子走在教堂走廊上的情景，我怕想象这类事情是不对的。可是它仍旧不顾我的意愿悄悄地溜进我的脑袋。我的帽子漂亮极了，是我们到卡莫迪去的那天马修给我买的，就是现在风靡一时的那种蓝色的天鹅绒小帽子，上面有粗粗的金线和穗状的丝带。你的新帽子非常雅致，黛安娜，很适合你。上个星期天我看见你走进教堂时，想到你是我最亲爱的朋友，心里感到无比自豪。你认为我们对自己的服装考虑得那么多是不对的吗？玛丽拉说这是很不道德的。但这是个多么有趣的话题啊，是不是呢？”

玛丽拉同意让安妮到镇上去，具体的安排是：下星期二由巴里先生把姑娘们送到镇上。夏洛特敦离这儿有三十英里，巴里先生希望当天去当天回转，所以他们必须很早就动身。可是安妮把这一切都看作是乐趣，星期二早上太阳还没升起，她就起来了。她朝窗外瞥了一眼，确信这天是个晴朗的日子，因为“闹鬼的森林”里冷杉树后面东边的天空一片银白色，不见云彩。透过树木的隙缝，可以看见果园坡的西山墙屋子里也闪着灯光，表明黛安娜也起床了。

安妮穿好衣服的时候，马修已经把火生了起来，早饭也准备好了，这时玛丽拉也从楼上下来。至于安妮，她兴奋得吃不下东西。早饭过后，安妮戴上时髦的新帽子，穿上夹克衫，匆匆忙忙地走过小溪，穿过冷杉林，向果园坡赶去。巴里先生和黛安娜正在等她，不一会儿他们就来到了大路上。

马车行驶了很长时间，可是安妮和黛安娜每时每刻都感到很有乐趣。清晨通红的阳光慢慢地爬过收割过的田地，马车披着晨曦嘎嘎地行驶在潮湿的道路上，令人心旷神怡。空气清新凉爽，一片片浅蓝色的薄雾缭绕山谷，又从山丘飘向远方。有时，道路穿过森林，那里的枫树挂出了一面面鲜红色的旗帜；有时，它又在桥上跨过河流，使安妮重新感到过去那种多少有点令人愉快的恐惧；有时，它沿着港口的海滩蜿蜒向前，经过聚集在一起的由于风吹日晒而变得灰白的渔家棚屋；然后，它又爬上山丘，从那里可以看见远处的连绵起伏的高地，或是薄雾朦胧的蓝色的天空；不管走在哪儿，都有许多有趣的景物值得谈论。当他们来到镇上，到达“毛山榉宅第”时，已经差不多是中午了。这是一座古老雅致的住宅，离街道有一段距离，被绿色的榆树和枝叶茂盛的毛山榉遮掩着，显得偏僻幽静。巴里小姐在门口迎接他们，她那敏锐的黑眼睛里闪烁着喜悦的光芒。

“这么说，你终于来看望我了，安妮姑娘，”她说道，“哎哟，孩子，你长得多快呀！我敢断定你已经比我高了。你也比以前好看多了。不过我敢说，即使我不告诉你，你心里也知道。”

“我真的不知道，”安妮喜气洋洋地说，“我知道我脸上的雀斑没有以前多了，为此我非常欣慰，可是我实在不敢希望还有别的进步。既然你认为还有，我真高兴，巴里小姐。”

巴里小姐的住宅布置得“富丽堂皇”，正像安妮事后告诉玛丽拉的那样。当巴里小姐把她们留在客厅，自己去查看午饭时，客厅的华丽使两个乡下小姑娘局促不安。

“这难道不像宫殿吗？”黛安娜悄声地说，“以前我从未到约瑟芬老姑奶奶家里来过，我想不到它有这么豪华。我真希望朱丽娅·贝尔也能看到这一切——她总是认为她妈妈的客厅了不起。”

“天鹅绒地毯，”安妮非常舒服地叹了口气，“还有丝绸窗帘！我梦见过这些东西，黛安娜。可是你知道，我还是不相信有了它们我就会感到很惬意。这个屋子里有这么多的东西，而且都光彩夺目，也就毫无想象的余地了。生活贫穷，也有它值得安慰的地方——可以想象的事情要多得多。”

安妮和黛安娜好几年以后还一直回想起她们在镇上的这段旅居生活。它自始至终都充满了欢乐。

星期三，巴里小姐把她们带到展览会场，让她们待了一整天。

“展览会五彩缤纷，”后来安妮向玛丽拉叙述道，“我从没想到会有这么有趣的事情。我不知道哪一部分最引人入胜。我想我最喜欢马、花卉和刺绣。乔西·派伊编的花边得了一等奖。她取得这样的成绩，我由衷地高兴。而且我为自己有这样开朗的心情而高兴，这表明我正在进步，你想不到我会为乔西的成功感到欢欣鼓舞吧？哈蒙·安德鲁斯种植的格雷文斯坦苹果得了二等奖，贝尔先生的一头猪得了一等奖。黛安娜说，她认为一个主日学校主监因为养猪得奖是可笑的，我看不出为什么可笑。你呢？她说，从此以后，每当他一本正经地祈祷时，她就总会想到这件事。克拉拉·路易丝·麦克弗森的绘画得了奖，林德太太自制的黄油和乳酪得了一等奖。所以，阿冯利的成绩很出色，是不是？林德太太那天也在，我在所有那些陌生人中间看到她那张熟悉的面庞，才知道自己实际上是多么喜欢她。那里有成千上万的人，玛丽拉。这使我感到自己太渺小了。后来巴里小姐带我们到大看台上看赛马。林德太太不愿意去，她说赛马是一项讨厌的活动，作为教会的成员，她觉得有责任远远地避开，给人们树立一个良好的榜样。可是那里的人很多，我不相信有谁会注意林德太太并不在场。不过，我认为我不应该经常去看赛马，它们真是惊心动魄。黛安娜兴奋极了，她认为那匹红马会赢，提出和我赌一角钱。我不相信它会赢，可是我不肯打赌，因为我要把一切都告诉阿伦太太，我相信把那件事情告诉她是不成的。做一件不能告诉牧师的妻子的事，总是不对的。有一位牧师的妻子做自己的朋友，就如同多一分道德心一样。我幸亏没有打赌，红马真的赢了，不然我就要输掉一角钱了。所以你瞧，美德自有它的报答。我们看见一个人乘气球升上天空。我真希望自己能乘气球上天，玛丽拉，那会使人非常激动；我们还看见一个人在给人算命。你给他一角钱，就有一只小鸟衔出你的命运。巴里小姐给黛安娜和我每人一角钱，让我们去算命。我的命运是我将嫁给一个黑皮肤的男人，他非常有钱，我要漂洋过海去生活。从那以后，我留神注意我看见的所有黑皮肤的男人，可是我不喜欢他们当中的任何一个，不管怎么说，我想现在寻找他未免太早了。哦，这真是个永生难忘的日子，玛丽拉。我疲倦极了，夜里睡不着觉。巴里小姐像她答应过的那样，把我们安顿在客房里。那是一间非常高雅的房间，玛丽拉，可是不知怎么，睡在一间客房里，并不像我以前所想象的那样舒服。那是逐渐长大的最糟糕的一面，我现在开始意识到了。你小时候那么向往的东西，等你真正得到它们的时候，似乎并不那么美妙了。”

星期四两个小姑娘坐车到公园去玩，晚上巴里小姐带她们到音乐学院参加一场音乐会，一位著名的歌剧女演员要在那里登台演唱。对安妮来说，那天晚上是个充满欢乐的五光十色的幻境。

“哦，玛丽拉，那是无法形容的。我兴奋得话也说不出来，因此你就可以知道那是怎样的一种场面了。我只是如痴如醉地静静地坐着。塞利茨基夫人美丽绝伦，她穿着白缎子衣服，戴着钻石，可是当她开始歌唱时，我就不再想到其他事情了。哦，我无法告诉你我当时的感受。我仿佛觉得要做一个好人不会再有什么困难了。我的感觉正像我抬头仰望星星时一样。我的眼里涌出了泪水，可是，啊，它们是幸福的泪水。音乐会结束时，我感到非常惋惜，我对巴里小姐说，我不知道自己怎能再回到平凡的生活中去。她说她认为如果我们到大街对面的餐馆里去吃一个冰激凌，可能会对我有点帮助。这个意见听起来多么平淡，可是使我吃惊的是我发现那是实话。冰激凌很好吃，玛丽拉，而且夜里十一点钟坐在那儿吃冰激凌是很愉快、很奢侈的。黛安娜说她相信自己天生爱过城市的生活。巴里小姐问我有什么看法，我说我必须非常认真地考虑一番，才能告诉她我实际的想法是什么。上床以后我就反复考虑了一阵子。那是想问题的最好时刻。最后我得出结论，玛丽拉，我天生不爱过城市生活，并且为此感到高兴。偶尔一次夜里十一点在豪华的餐馆里吃冰激凌是挺舒服的；可是按正常的情况来说，在十一点钟的时候我情愿在东山墙屋子里呼呼大睡，甚至在睡梦中也知道星星正在窗外闪烁，晚风正在小溪对面的冷杉林中呼啸。第二天早上吃早饭的时候我如实地对巴里小姐说了，她哈哈大笑起来。不管我说什么，巴里小姐通常总是放声大笑。即使我说的是最最严肃的事情也不例外。我认为我不喜欢这一点，玛丽拉，我并没有想要使自己显得滑稽可笑。不过她是一位十分好客的小姐，给了我们盛情的款待。”

星期五，回家的时间到了，巴里先生驾车进城去接两个女孩子。

“好，我希望你们过得很愉快。”巴里小姐在送别的时候说。

“我们过得很愉快。”黛安娜说。

“你呢，安妮姑娘？”

“这段时间的每一分钟我都过得很愉快。”安妮说道，冲动地扑上去用两只手臂搂住老奶奶的脖子，亲吻她布满皱纹的面颊。黛安娜绝对不敢做这样的事，安妮的放肆举动把她吓呆了。不过巴里小姐倒是很高兴。她站在阳台上，注视着马车从视线里消失，然后叹了口气，走进她的那座大房子里。没有了那些生气勃勃的年轻生命，它显得非常寂寞。如果一定要说明事实真相，巴里小姐是一位相当自私的老小姐，除了自己以外从来不大关心任何人。她评价别人是以是否对她有用或能否给她带来乐趣为标准的。安妮给她带来了乐趣，所以深得这位老小姐的欢心。可是巴里小姐发现自己没有怎么注意安妮稀奇古怪的谈话，而是更多地想到了她那奔放的热情、爽朗的情感、可爱的细小举动以及她眼睛和嘴巴的可爱。

“当我听说玛丽拉·卡思伯特从孤儿院领了个小姑娘来抚养时，我认为她是个老糊涂虫，”她自言自语地说，“可是现在我想她毕竟没有犯多大的错误。如果家里每时每刻都有个像安妮这样的孩子，我就会变得更愉快、更幸福了。”

安妮和黛安娜发现乘车回家和乘车进城同样的赏心悦目——实际上是更加欢乐，因为意识到旅行结束就可以到家了，心里有多高兴呀。当她们穿过白沙镇，进入海滨道路时，已经是日落西山了。远处在橘黄色天空的衬托下，屹立着阿冯利灰黑色的山丘。在山丘后面，月亮正在从海里升起，海面在月光下光芒四射，非常美丽。蜿蜒的道路边上每一个小湾都泛起了奇迹般欢跳的小涟漪。在她们脚下，海浪拍打着岩石，发出轻轻的沙沙声，强劲清新的空气里带着浓厚的海腥味。

“啊，活着，而且就要回家了，这多好啊。”安妮轻声低语道。

她们通过小溪上的小桥时，绿山墙农舍厨房的灯光冲着她友好地眨了一下眼睛，像是在欢迎她回家。透过开着的房门，可以看见壁炉里闪耀着熊熊的火焰，它散发出温暖的红光驱散了秋夜的寒冷。安妮欢快地跑上山丘，跑进厨房，那里有一桌热气腾腾的晚饭正等待着她。

“这么说你回来了？”玛丽拉说道，放下手里的毛线活。

“是的，啊，回到家里多好啊，”安妮高兴地说，“我可以亲吻每一件东西，甚至那架座钟。玛丽拉，一只烤鸡！你该不是为我烧的吧！”

“是的，我是为你烧的，”玛丽拉说，“我想你这么老远地坐车回来一定饿坏了，需要一些真正开胃的东西。赶紧把衣帽脱掉，马修一来我们就吃晚饭。我必须说，看到你回来我很高兴。这里没有你，冷清清的叫人难受，如果再有四天，我的日子就绝对不好过了。”

吃过晚饭，安妮坐在炉火前的马修和玛丽拉中间，向他们详尽地叙述了她的这趟游览。

“我过得非常愉快，”她幸福地总结道，“我觉得它标出了我生活中的一个新时期。不过在所有的事情当中，没有比回家更令人痛快的了。”

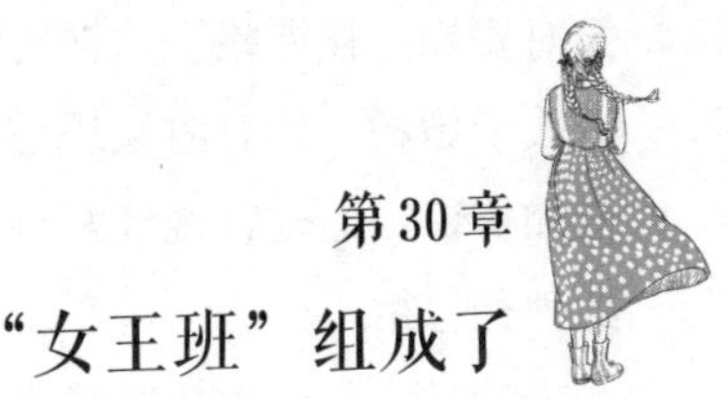

第30章
“女王班”组成了

玛丽拉把毛线活放在膝盖上，身子向后靠在椅背上面。她的眼睛很疲倦，她模模糊糊地想，下一次到镇上去，一定要留心把眼镜换一下，因为近来她的眼睛总是容易疲劳。

天差不多黑了，十一月昏暗的暮色笼罩在绿山墙农舍的四周，厨房里唯一的光亮来自火炉里跳动的红色火焰。

安妮像顽皮的孩子那样蜷缩在炉前的地毯上，凝视着从枫树木柴里提炼出来的成百个夏季的阳光发出的欢乐光辉。她一直在看书，但这时书已经滑到地板上，她张开的嘴角露出了笑容，她正在浮想联翩。西班牙华丽的城堡正从她悠然神往地想象出来的迷雾和彩虹中显露它们的轮廓；她正在幻境中遭逢迷人的奇遇——它们总是结果圆满，而不像实际生活那样使她陷入困境。

玛丽拉温柔地瞅着她，这种温情只有在火光和阴影柔和交融的时候才会暴露出来，在比较清晰的光线下是见不到的。有些人很容易在口头上和脸部表情上显示一种爱的情谊，但玛丽拉却没能学到这方面的经验。然而，她已经知道用一种由于不动声色而变得更加强烈和真挚的感情来爱这位灰眼睛的瘦长姑娘了。事实上，她的爱使她担心不适当地纵容了孩子。她不安地感觉到，如果一个人像她爱安妮这样去爱任何人，那多半是不道德的。或许正是为了这一点，作为一种暗中补过的措施，她对一个不怎么喜欢的女孩子也不像对安妮这样严格，这样挑剔。当然，安妮本人是不知道玛丽拉有多么爱她的。她有时候还愁闷地认为玛丽拉很难讨好，显然缺乏同情和体谅。但是，她经常自责地克制这种念头，回想起玛丽拉对她的种种恩德。

“安妮，”玛丽拉突然说，“今天下午，你和黛安娜外出的时候，斯塔西小姐到这里来了。”

安妮猛然一惊，从她的另一个世界里回来，叹了口气。

“是她吗？啊，可惜我不在家。为什么你不叫我一声呢，玛丽拉？黛安娜和我不过是到‘闹鬼的森林’里去了。现在那个森林里真是有趣。所有小的草木——蕨类植物、光亮柔滑的树叶和野莓——都已沉睡不醒，就好像有人用树叶编成的毯子把它们掩盖起来，到了春天再让它们重新活动似的。我想这是一位披着彩虹围巾的灰色小仙女在昨天的月光下踮着脚尖走来，悄悄地把毯子盖上的。可是，黛安娜不愿对此多谈。她没有忘记她母亲因为我们想象有鬼魂在‘闹鬼的森林’里出没而对她的叱责。这对黛安娜的想象力产生了很坏的影响，也挫伤了她的想象力。林德太太说默特尔·贝尔是个受过打击的人。我问鲁比·吉利斯为什么默特尔受过打击，鲁比说她猜想是因为她的情人背叛了她。鲁比·吉利斯只想到情人什么的，她岁数越大，脑子里乱七八糟的东西越多。年轻的男子大都安分守己，不能什么事都把他们拉扯进去，是吗？黛安娜和我正在认真考虑，想互相保证永不结婚，做正派的老小姐，永远住在一起。可是黛安娜还没有完全下定决心，她认为如果嫁一个粗暴、大胆、邪恶的年轻男子并把他改造过来，那也许会更加光荣。如今黛安娜和我关于一些严肃的问题谈得很多，你知道。我们觉得自己比过去成熟得多，不适宜谈一些幼稚的问题了。差不多快满十四岁了，这可是一件应当慎重对待的事情，玛丽拉。上星期三斯塔西小姐把我们这些十几岁的女学生都带到小河边上，跟我们谈起这件事情。她说，我们在十几岁的年龄无论怎样精心培养习惯和确定理想都是不够的，因为到了二十岁的时候，我们还会发展自己的性格并为未来的终生奠定基础。她还说，如果基础不牢，我们就很难在上面营造真正有价值的建筑。黛安娜和我在放学回家的路上又把这个问题讨论了一番。我们觉得是极端严肃认真的，玛丽拉。我们决定要十分仔细地培养高尚的习惯，尽量学习一切知识，并尽可能明白事理，以便到二十岁的时候能够彻底发展我们的性格。想到很快就会年满二十，真把人吓坏了，玛丽拉。这听起来好像已经到了成年，岁数不小了。可是斯塔西小姐今天下午干吗到这儿来啦？”

“那就是我要告诉你的，安妮，如果你愿意让我插嘴的话。她谈到你来着。”

“谈到我？”安妮露出一副惊讶的神气。然后她脸涨得绯红，大声说道：

“我知道她要说些什么。玛丽拉，我早就想老老实实告诉你的，可是我忘了。昨天下午上课的时候斯塔西小姐发现我在看《本·赫尔》[①]，而那时我是应该阅读加拿大史的。那本书是简·安德鲁斯借给我的。我在中午吃饭的时间看那本书，下午开始上课时我刚看到马车比赛。我渴望知道结果如何——虽然我相信本·赫尔稳操胜券，因为如果他失败，那就会破坏诗的情调了——所以我把历史书摊在课桌上，然后把《本·赫尔》藏在书桌和我的膝盖中间。你知道，那副样子仿佛我是在阅读加拿大史似的，其实我是一直在看《本·赫尔》看出了神。我全神贯注在那本书上，根本没有注意斯塔西小姐从通道上走过来，直到我突然抬起了头，才看到她用严厉责备的目光朝下瞪着我。我没法告诉你我当时是多么羞愧，玛丽

① 美国作家华莱士所著的历史小说。

拉，特别是当我听见乔西·派伊在咯咯地冷笑。斯塔西小姐把《本·赫尔》拿走了，但她当时没有吭声。她没有声张，只是在休息的时候跟我谈了话。她说我在两方面犯了严重的错误。第一，我浪费了应当用来学习的宝贵时间；第二，我企图让人看起来好像是在阅读历史，实际上却是在看一本故事书，欺骗了我的老师。在那一刻以前，我还真不知道我的行为是带有欺骗性的，玛丽拉。我感到震惊。我哭得很伤心，请求斯塔西小姐宽恕我，并保证以后决不再犯同样的错误；我还主动提出补过的办法，此后一星期内决不再看《本·赫尔》这本故事书，哪怕还想知道马车比赛的结果如何。可是斯塔西小姐说她不愿对我提出那样的要求，慷慨地宽恕了我。所以我想，她上这儿来向你谈起那件事情，可不算是非常仁慈的态度。”

“斯塔西小姐没有向我提起这样的事情，安妮，你心里七上八下，只是你犯了过错以后的内疚。你没有权利把故事书带到学校去。不管怎么说，你小说看得太多了。当我是个小姑娘的时候，家里是一本小说也不让我看的。”

“啊，《本·赫尔》实际上是一本宗教书，你怎能把它叫做小说呢？”安妮不服气地说，“当然，作为礼拜天正规的读物，这本书的刺激性强了一些，所以我只在星期一到星期六阅读。现在，除了斯塔西小姐或阿伦太太认为适合一个十三又四分之三岁的女孩子看的书以外，我决不看任何书了。斯塔西小姐使我做出了那样的保证。她有一天发现我在看一本名叫《闹鬼庄园耸人听闻的神秘案件》的书。那是鲁比·吉利斯借给我的，嘿，玛丽拉，情节多么曲折，多么令人毛骨悚然啊。它真吓得我浑身冰凉。可是斯塔西小姐说，这是一本非常无聊、非常不健康的读物，她要求我不再看诸如此类的书。保证不再看这类的书倒不难，但在不知道故事的结果如何的情况下把书还给人家，总觉得相当痛苦。不过，我对斯塔西小姐的热爱经受住了考验，我照她的吩咐做了。当你确实渴望讨得某个人的欢心的时候，玛丽拉，你能做出多么了不起的事情啊。”

“好吧，我想我要点亮油灯，开始工作了，”玛丽拉说，“我看出，你显然是不愿意听斯塔西小姐必须告诉你的话了。你对你自己的饶舌，比对其他任何事情更感兴趣。”

“噢，玛丽拉，我确实想听听她讲了些什么，”安妮后悔地说，“我决不再说一句话——一句话也不说了。我知道自己的话太多，我真的在尽力加以克服，我的话是讲得太多了，但是，只要你知道我有多少事情要说清楚而没有说出来，你就会相信我不是在胡扯了。请你告诉我吧，玛丽拉。”

“好吧，斯塔西小姐想要在她高年级的学生中组织一个班级，为参加女王专科学校的入学考试预做准备。她打算在放学以后的一个小时给他们增加几门功课，因此来征求马修和我的意见，问我们是不是愿意让你去参加。你自己有什么想法？你是不是愿意去女王专科学校，将来当一名教师呢？”

“哦，玛丽拉！”安妮挺起身来跪着，紧握她的双手，“这是我一生的理想——实际上，是自从鲁比和简开始谈起准备入学考试以来六个月的打算。可是我没有吐露任何意见，因为我觉得那种打算是毫无用处的。我喜欢当一名教师。不过，继续读书不是要花很多钱吗？安德鲁斯先生说，供普里西上完大学要花他一百五十加元，而普里西在学习几何方面还不是个笨蛋。”

“我想，关于那一部分的问题，你是不必担心的。当马修和我把你收留下来抚养成人的时候，就决定要为你尽最大的努力，让你得到良好的教育了。我相信一个女孩子理应学到自食其力的本领，不管她有没有必要去自谋生计。只要马修和我在这里，绿山墙农舍就总是你的家，可是在这捉摸不定的世界上，谁也不知道将来会出现什么情况，最好还是早做准备。所以，如果你愿意，你可以去参加‘女王班’的学习，安妮。”

“啊，玛丽拉，太感谢你啦。”安妮伸出双臂搂住玛丽拉的腰部，仰起头来诚挚地注视着她的面庞，“我十分感激你和马修。我一定拼命用功读书，尽力给你们增光。我提醒你不要对几何抱多大的希望，可是我想，如果我努力不懈，是能够在其他事情上寸步不让的。”

“我敢说你会进行得很顺利。斯塔西小姐说你聪明勤奋。”玛丽拉无论如何不愿把斯塔西小姐对她的评价一五一十地讲出来，那样做的话势必会助长她的自高自大的心理，“你不必急着拼命去啃你那些书本。用不着那样性急嘛。你还有一年半的时间可以用来准备入学考试呢。不过还是及早动手，进行全面的基础训练为好，斯塔西小姐是这么说的。”

“我现在学习功课，会比以前兴趣更浓了，”安妮高兴地说，“因为我有了生活的目标。阿伦先生说，谁都应当确定生活的目标，始终不渝地奋斗到底。不过他说，我们必须首先调查清楚，证明那确实是有价值的目标。我要把当一名像斯塔西小姐那样的教师的打算称为有价值的目标，你看行不行呢，玛丽拉？我认为这是个很高尚的职业。”

“女王班”在预定的时间组织起来了。吉尔伯特·布莱思、安妮·雪莉、鲁比·吉利斯、简·安德鲁斯、乔西·派伊、查利·斯隆和穆迪·斯珀吉翁·麦克弗森参加了这个班。黛安娜·巴里没有参加，因为她的父母不打算把她送到女王专科学校去深造。这对安妮来说似乎是个地地道道的灾难。自从明尼·梅患喉头炎的那天晚上起，她和黛安娜做任何事情都没有分开过。那天晚上，“女王班”第一次在课后留下来接受额外的课程，安妮看见黛安娜和其他同学慢吞吞地走出教室，就要孤零零地穿过“白桦小道”和“紫罗兰溪谷”了，她只能坐在座位上不动，尽力遏制自己，避免在感情的激动下冲出去追她的好朋友。她喉咙哽咽，赶紧举起摊开的拉丁语法书遮住自己的脸部，不让别人看见她眼睛里滚动着的泪珠。安妮是无论如何不愿让吉尔伯特·布莱思或乔西·派伊看见那些泪珠的。

“可是，啊，玛丽拉，当我看见黛安娜孤零零地走出去时，我就像阿伦先生在上礼拜天的布道中所说的那样，确实觉得我已尝到了生离死别的痛苦，”那天夜里她悲哀地说，“那时我想，如果黛安娜也去参加入学考试预备班，情况就会变得多么令人满意。可是，正如林德太太所说的，我们在这缺点很多的世界上是无法把事情做得十分圆满的。林德太太有时候不能给人以适当的安慰，但她无疑说过许多很有道理的话。另外我认为‘女王班’是非常有趣的。简和鲁比也想攻读当教师的课程。当教师是她们最高的抱负。鲁比说她在从学院毕业后只教两年书，然后就打算结婚。简说她的志愿是终生从事教学事业，决不结婚，因为教书可以拿到薪水，而结婚以后丈夫不会给你支付工资，如果你要求享受一份卖鸡蛋和黄油得来的钱，他就会大吵大闹。我想简说的话是有悲哀的经验为依据的，听林德太太说，她的父亲是个十足的老怪物，脾气很坏，人情比一碗汤上面的浮油还薄。乔西·派伊说，她上大学纯粹是为了受教育，因为她用不着自谋生计。她说，这当然和孤儿们的情况不同，因为他们要靠周济生活——他们必须为衣食奔忙。穆迪·斯珀吉翁想当一名牧师。林德太太说，他有那样的一个姓名，也只有当牧师才合适。我希望这不是我心眼不好，玛丽拉，可是一想到穆迪·斯珀吉翁要成为一名牧师，实在叫我忍不住要笑。他的相貌太古怪了，胖胖的大脸，小小的蓝眼睛，招风耳朵大得出奇。可是，成年以后他的脸相也许会变得聪明一些。查利·斯隆说，他想进入政界，当议会议员，可是林德太太说，他是绝对不会成功的，因为斯隆一家子都是老实人，如今只有恶棍才在政界兜得转。”

“吉尔伯特·布莱思打算将来干什么呢？”玛丽拉问道，她看见安妮正在打开一本关于恺撒的书。

“我碰巧不知道吉尔伯特·布莱思的一生的抱负是什么——如果他有抱负的话。”安妮鄙夷地回答说。

吉尔伯特和安妮之间有了公开的对抗情绪。以前那种对抗毋宁说是单方面的，但这时人们不再有任何怀疑，吉尔伯特像安妮一样决心要在班上名列第一了。他是她的劲敌。班上其他的同学默认他们的优势，根本不想同他们抗争。

自从那天她在池塘边上拒绝听取他恳求宽恕的声明以来，吉尔伯特除了上述的对抗情绪外，已经表明他不承认安妮·雪莉在任何方面的存在了。他跟其他的女同学交谈和说笑，交换书籍并共同思考难题，讨论功课和制订计划，有时从祷告会或辩论会出来，他还和其中某位女同学一起走回家去。但他根本不去注意安妮·雪莉，而安妮发现遭人忽视的滋味是不好受的。尽管她一甩脑袋自认为满不在乎，但并不能够得到预期的效果。在她顽强的小小女性心灵的深处，她知道自己实际上有所计较，如果她有机会重新遇到“闪光的小湖”畔那样的情景，她是会有截然不同的答复的。突然，她私下里非常震惊地发现自己原先对他怀有的怨恨似乎烟消云散了——就在她最需要它的力量来支撑自己的精神时烟消云散了。她回想起了那个难以忘怀的时刻的一切情节和情绪，力图体会旧日那种使她满意的愤怒，但毫无效果。池塘边那一天已经证明那是她偶尔发作的旧恨的最后一次闪现。她意识到自己已经不知不觉地宽恕了他和忘记了那场纠纷，但为时太晚了。

而吉尔伯特或其他人，甚至还有黛安娜，都想不到她是多么后悔，多么希望自己从前没有那么骄傲和讨厌！她决定“把自己的感情掩盖起来，使其处于浑然被忘怀的境地”，而且我们不妨在这里指出，她掩盖得非常成功，甚至连那也许并不像表面上那样无动于衷的吉尔伯特，也不能因相信安妮感觉到了他的报复性的蔑视而聊以自慰。他所得到的仅有一点可怜的安慰是安妮无情地、不断地和过分地冷落了查利·斯隆。

冬天在一系列愉快的任务和学习中消逝了。对安妮来说，日子像那年戴在脖子上的项链的金黄色珠子那样滑过去了。她快活、热切、兴趣盎然；有许多课程要学习，有许多荣誉要争取；有趣的书要看；有新的歌曲要在主日学校的唱诗班练习；要同阿伦太太在牧师住宅度过愉快的星期六下午；接着，当安妮几乎还没有觉察到时，春天又已来到了绿山墙农舍，整个世界再度繁花似锦。

在那个时候，学习便减少了一点吸引力；当其他学生向各个绿色小道、枝叶茂盛的林间捷径和偏僻的草地奔去时，留在学校里的“女王班”的学生们若有所思地望着窗外，发现他们对拉丁动词和法语习题已经或多或少失去了他们在霜冻冬季的那种强烈的兴趣和热情。连安妮和吉尔伯特都懒洋洋地不大有劲儿，不那么关心班上的名次了。当学期结束，愉快的假期令人神往地展现在教师和学生的面前时，他们同样很高兴。

“这过去的一年你们干得很不错，”斯塔西小姐在最后一个晚上对他们说，“你们应当有一个愉快欢乐的假期。尽量在户外的世界去享受这段美好的时光，充分积蓄健康、活力和雄心壮志，在第二年发挥你们的才干吧。这将是一场战争般的苦斗，你们知道——入学考试的前一年。”

“下一个年度你还会回到学校里来吗，斯塔西小姐？”乔西·派伊问道。

乔西·派伊提起问题来是没有什么顾虑的；这次班上的其他同学都对她很感激；他们谁也不会有胆量向斯塔西小姐提出这样的问题，可是大家都有这个愿望，因为一些惊人的谣言已经在整个学校传开了一段时间，说斯塔西小姐下一学年不会回来了——说她自己本区的小学已经请她担任职务，她打算接受聘请。“女王班”屏住呼吸，静等她的回答。

“是的，我想我会回来的，”斯塔西小姐说，“我本想接受另一个学校的聘书，但我决定回到阿冯利来。老实说，我对这里的学生很感兴趣，觉得离不开他们。所以我要留下来看着你们毕业。”

“好哇!”穆迪·斯珀吉翁说。穆迪·斯珀吉翁以前从来没有这样激动得忘乎所以，因此在此后的一个星期，每当他想起这场情景，就局促不安地面红耳赤。

“啊，我真高兴，”安妮说，眼睛里闪现出光芒，“亲爱的斯塔西小姐，如果你不回来，那就太可怕了。要是另一位教师到这里来任教，我相信我是根本不会有心思学习功课的。”

那天夜晚回到家里，安妮把她所有的课本摞进阁楼上的一只旧皮箱，把箱子锁上，然后把钥匙扔进杂物盒子。

“我在假期里不会对教科书再看上一眼了，”她告诉玛丽拉，“我整个学期尽量勤学苦练，努力钻研几何，直到我把第一册上的每一条定理背得滚瓜烂熟，即使字母有所变动也不要紧了。我现在对任何切合实际的事情都感到厌倦，在夏天，我要放纵我的想象力，让它自由飞翔了。啊，你不必惊讶，玛丽拉。我只是让它在合理的范围内飞翔罢了。可是这个夏季我要真正过个痛快，也许过了这个夏季我就不算是小姑娘了。林德太太说，如果下一年我还这样不断长高，就得穿长一些的裙子了。她说我的腿和眼睛都发育成熟了。等到我穿长一些的裙子时，我觉得我必须配得上那种裙子，保持端庄的态度。到那时候再相信仙女什么的，恐怕也是不行的了；所以这个夏季我要全心全意地相信仙女确实存在。我想我们是会度过一个非常愉快的假期的。鲁比·吉利斯不久将举行一次生日茶会，下个月还有主日学校的野餐和教会办的音乐会。巴里先生说，哪天晚上他要带黛安娜和我到白沙旅馆去吃一顿晚饭。你知道，他们那儿是供应晚饭的。简·安德鲁斯去年夏天到过那里，她说看到电灯、鲜花以及所有那些衣着华丽的女顾客，真是令人眼花缭乱。简说那是她第一次看到了高级生活的一鳞半爪，她终生都不会忘记。”

第二天下午林德太太来了，想问问玛丽拉为什么星期四不去参加资助小组会议。一旦玛丽拉不去参加资助小组会议，人们就知道绿山墙农舍一定出了什么问题。

“星期四马修的心脏病发作得很厉害，”玛丽拉解释说，“我觉得不该离开他。噢，是的，他现在完全好啦，不过他犯病的次数比从前多，我真替他担心。医生说他必须避免兴奋。那是很容易做到的，因为马修并不以任何方法寻求刺激，他从来没有那样做过，但他也不应当干很重的活儿，你不妨叮嘱叮嘱马修，不要不干活就安不下心来。进来把你的东西放下，雷切尔。留下来喝茶怎么样？”

“嗯，既然你这样盛情，我最好还是在这里待一会儿吧。”雷切尔太太说，她其实没有做其他事情的打算。

雷切尔太太和玛丽拉舒舒服服地坐在客厅里，这时安妮拿来了茶水，做好了又轻又白的热饼干，这种饼干哪怕在雷切尔十分严格的眼光看来也是无可挑剔的。

“我必须说，安妮已经变成一个聪明伶俐的姑娘了。”雷切尔太太承认说，这时玛丽拉正目送她在夕阳斜照下走到小路的尽头，“她准是你的得力的帮手。”

“是的，”玛丽拉说，“她现在确实是很稳重可靠了。我以前老是担心她不容易克服轻浮的毛病，可是她已经克服了，现在我什么事情都可以放心地交托给她了。”

“三年前我第一次在这里看见她的时候，万万没有想到她会变得这样有出息，”雷切尔太太说，“理应产生的感受，希望我永远忘记她那次大发脾气的情景！那天晚上我回家的时候对托马斯说：‘记牢我的话，托马斯，玛丽拉·卡思伯特过一段时候是会懊悔她采取的行动的。’可是我错了，我真高兴有这样的结果。玛丽拉，我不是那种死不承认自己错误的人。不，感谢上帝，那不是我的作风。在评价安妮的问题上，我确实犯了错误，但这是不足为奇的，因为这一带从来不曾有过这样一个比较古怪、出人意料的女孩子，问题就在这里。那时我没有办法用衡量其他儿童的惯例来估计安妮。她这三年的进步的确叫人吃惊，特别在容貌方面。她已经出落成一个俏丽的姑娘了，虽然我不能说自己对那苍白的、大眼睛的形象有什么过分的偏爱。我更喜欢充沛的精力和生动的外貌，像黛安娜·巴里或鲁比·吉利斯那样。鲁比·吉利斯确实容光照人。但不知怎么——我不知是怎么回事，当安妮和她们在一起的时候，她虽然不及她们艳丽，但相形之下，却使她们显得有点平庸和过分搔首弄姿——就像被她称为水仙花的六月百合花与红色的大牡丹为伍一样，就是这么回事。”

第31章 小溪和河流的汇合处

安妮在她“得意的”夏天里，过得十分痛快。她和黛安娜差不多整天在户外活动，心旷神怡地享受了“情人的小径”“森林女神的水泡”“柳池”和“维多利亚岛”所提供的欢乐。玛丽拉不反对安妮的吉卜赛式的活动。在明尼·梅患喉头炎的那天晚上赶来看病的斯潘塞维尔的那位医生，在暑假初期的一天下午在一个病人家里碰到了安妮，他仔细地打量了她一会儿，扭动了一下嘴巴，摇了摇头，找另一个人带信给玛丽拉·卡思伯特，内容是：

“让你们的那个红头发姑娘在整个夏季待在户外，在她步履较为轻快以前不要让她看书。”

这个口信着实使玛丽拉吓了一大跳。她看出，除非她一丝不苟地听从医生的嘱咐，否则安妮就会遭受肺结核的致命打击。结果，安妮可以尽量自由自在地欢畅地度过她一生中这个极其美好的夏季。她散步、划船、采集浆果和心满意足地沉浸于她的幻想；当九月降临时，她眼睛明亮，精神活泼，迈出的步伐肯定会使斯潘塞维尔的医生颔首称许，而她的内心又重新充满了壮志和热情。

“我觉得可以竭尽全力来学习功课了，”她从阁楼上把书本拿下来的时候宣布，“嘿，你们这些要好的老朋友啊，我很高兴又看到你们这些诚恳的面孔——是的，即使你这本几何书也不例外。我已经度过了一个十分美好的夏季，玛丽拉，现在我的高兴劲儿正像阿伦先生上个礼拜天所说的，好比是一个壮汉在参加赛跑。阿伦先生的布道不是讲得很精彩吗？林德太太说，他的布道每天都有改进，我们所了解的最重要的情况是，某个城市的教堂可能会把他挖走，丢下我们不得不逐渐适应另一个缺乏经验的传教士。可是我看不出头痛医头、脚痛医脚有什么用处，你说呢，玛丽拉？我认为最好还是在阿伦先生没有离开我们的时候充分享受他给我们的教益。如果我是个男人，我想我是会成为一名牧师的。如果牧师的神学是正确的话，他们就会影响人们向善的心念；发表精彩的讲道，激起听众的感情，这准是令人兴奋的事。为什么妇女不能当牧师呢，玛丽拉？这个问题我问过林德太太，她吃了一惊，说这话听起来叫人反感。她说美国也许有女牧师，她相信不会没有，可是感谢上帝，我们加拿大还没有达到那种地步，她希望我们这里永远不会发生那样的事情。可是我不知道为什么。我认为妇女担任牧师，一定是会很出色的。当教堂举行联欢会、茶话会或其他任何集会来筹款时，妇女们一定会踊跃参加，做好捐款的工作。我相信林德太太能够承担全部的祷告，它的质量不会比主监贝尔差，我还相信，她只要练习几次，也就能够上台布道了。"

"不错，我相信她是能够做到的，"玛丽拉一本正经地说，"她倒真是发表过许多非正式的布道呢。在阿冯利这一带，谁也不对雷切尔监督大家的活动表示误解。"

"玛丽拉，"安妮突然信任地说，"我想告诉你一件事情，并征求你的看法。它使我非常烦恼——在每个礼拜天下午，也就是说，当我特别想到这类问题的时候，我真想做个好孩子；当我同你、阿伦太太或斯塔西小姐在一起时，我的这种心情就比以前更加迫切，一心想做一些能够使你们高兴、会得到你们赞同的事情。可是，和林德太太在一起时，我总觉得自己非常恶劣，仿佛我就要去做她叮嘱我不该做的事情似的。我感到有一种不可抗拒的力量在引诱我。哦，你认为我为什么会产生那样的感觉？是因为我的品性确实恶劣、顽固不化吗？”

玛丽拉一刹那间露出了怀疑的神情，随后，她放声大笑。

“如果你换了我，你就会想到我也有这样的感觉，安妮，因为雷切尔往往也对我产生同样的影响。有时我想，正如你所说的，要是她不那么唠唠叨叨地敦促人们去走正道，她就更能助长他们的向善心理。确实应当有一条特殊的戒律来防止挑剔才好。可是你瞧，我不该这么说。雷切尔是个善良的女基督徒，她的用意是好的。阿冯利没有一个人心肠比她更好了，而且她勇于负责，从不畏首畏尾。”

“你有同样的看法，我很高兴，”安妮果断地说，“这是令人鼓舞的。此后我不会再那么忧心忡忡了。可是我敢说，还有其他一些问题使我感到烦恼。它们老是接二连三地以新的形式出现——弄得你穷于应付，你知道。你解决了一个问题，另一个问题又出现了。当你开始成长的时候，有那么多事情需要考虑和做出决定。这种情况总是使我忙忙碌碌，不断地考虑问题并加以判断。长大成人是个必须认真对待的过程，是不是，玛丽拉？可是，既然我有像你、马修、阿伦太太和斯塔西小姐这样一些好朋友，我就应当顺利地成长起来才对，如果不是这样，那当然是我的过错。我觉得责任重大，因为我只有一次机会。要是我不遵循正确的途径成长起来，我是无法缩回去再从头开始的。这个夏季我已长了两英寸，玛丽拉。吉利斯先生在鲁比的茶话会上给我量的。你把我的新衣服做得长一些，使我很高兴。那件墨绿色的真漂亮，你还给它缝上了荷叶边，太感谢你了。当然，我知道那件衣服并不真正需要，不过今年秋季荷叶边很流行，乔西·派伊所有的衣服都缝上荷叶边了。我知道，只要我自己奋发图强，是能够把功课学得更好的。至于把那件衣服缝上荷叶边的问题，我会在心灵深处埋下一种心满意足的感觉。”

“缝上荷叶边多少还有点价值。”玛丽拉承认说。

斯塔西小姐回到了阿冯利学校，发现她所有的学生又渴望埋头学习功课了。特别是“女王班”的学生，他们跃跃欲试地准备参加一场激烈的竞争，因为在下一学年结束时，就要赫然出现所谓“入学考试”这件可怕的事情了，而这件大事已经在他们前进的路上朦朦胧胧地投下了阴影；他们每每想到这件事情，无不神情沮丧。要是考不取怎么办！安妮在那个冬季醒着的时候脑子里始终萦绕着这个问题，连每个礼拜天下午本来几乎完全用来考虑道德问题和神学问题的时间也花在这上面了。安妮做噩梦的时候，发现自己可怜巴巴地凝视着入学考试的录取名单，吉尔伯特·布莱思的名字引人注目地列在榜首，她的名字无影无踪。

但那是个欢乐、繁忙、很快就消逝的冬季。学校的课程像以前一样有趣，班上的竞争像以前一样引人入胜。思想、感情和雄心壮志的新领域，尚未开拓的知识范围内迷人的清新园地，这些似乎正在安妮的热切的眼睛前面展开。

重峦叠翠，阿尔卑斯山一座座地升起。

所有这些，大部分是在斯塔西小姐机智、细心、善于听取不同意见的谆谆教导下取得的。她引导班上的学生进行独立思考、探索和发现，并鼓励他们在相当程度上偏离陈旧的常规，使林德太太和学校的理事们非常吃惊，因为他们把所有对既定教学方法的革新都看作是大可怀疑的。

除了学习功课以外，安妮还开展了社交活动，因为玛丽拉记取了斯潘塞维尔医生的意见，不再反对偶尔的远游了。辩论会办得很兴旺，举行过几次音乐会；有一两次的聚会几乎接近成年人的排场；还举行过几次雪橇竞赛和欢乐的溜冰游戏。

这时安妮的身体显然在发育，个儿蹿得很快，有一天玛丽拉同她并排站着，惊讶地发现这个女孩子比她自己还高。“哎哟，安妮，你长得好快！”她几乎不相信地说。说完她便叹了口气。玛丽拉对安妮的身高产生了一种奇怪的遗憾。她逐渐喜欢上的孩子不知怎么已经消失了，代替她的是这个目光严肃的颀长的十五岁姑娘，眉宇间带有沉思的表情，小小的脑袋保持着自豪的姿态。玛丽拉热爱这个姑娘，正如她热爱那个孩子一样，但她意识到自己心里有一种惘然若失的奇怪的悲哀感。那天夜晚，当安妮和黛安娜一起去参加祷告会时，玛丽拉独自坐在寒冷的暮色中，意志薄弱地淌着眼泪。马修拎着一盏提灯进来，看见她这副神气，惊恐万状地注视着她，以至玛丽拉不得不破涕为笑。

“我刚才在想着安妮，”她解释说，“她已经变成这样一个大姑娘了——她也许下一个冬季就要离开我们了，我会非常牵挂她的。”

“她可以常常回家嘛。”马修安慰她说，在他看来，安妮仍然是并且始终是他四年前那个六月的晚上从布赖特河带回家来的那个热切的小女孩，“那时铁路的支线就会建到卡莫迪了。”

“这毕竟同她老在身边不一样，”玛丽拉悲观地叹了口气，决定尽情体会她那无法排遣的悲哀的苦味，“我告诉你——男人是不懂得这些事情的！”

在安妮的身上，除了身体的变化以外，还有其他一些实实在在的变化。首先，她比以前文静得多了。如今她也许更加多动脑筋和照样沉浸于幻想，但她的话肯定讲得少了。玛丽拉注意到了这一点，也发表了评论。

“你嘴上的唠叨还不到以前一半那么多，安妮，大话也少得多了。你究竟是受到了什么影响呢？”

安妮脸红了，轻轻地笑了一两声，这时她放下书本，心不在焉地看着窗外，那里的爬藤绽出了肥大的红色花蕾，以响应春天阳光的诱惑。

“我不知道——我不想讲得那么多了，”她说，若有所思地用食指抠着她的下巴，“最好是想一些美好而可贵的念头，把它们当作宝贝一样藏在心底。我不想让它们受到嘲笑或怀疑。不知怎么，我也不再想使用夸张的字眼了。尽管我正在长大，不妨像大人那样使用夸张的字眼，但那毕竟是件憾事。在某些方面成熟是有趣的，但这不是我所希望得到的乐趣，玛丽拉。有许多事情要学习，有很多工作要做，有不少问题要思考，根本没有时间说那些空话。而且斯塔西小姐说，短小精悍的发言要有力得多，也精彩得多。她叫我们把所有的文章写得越简单越好。最初这不容易办到。我习惯于罗列我所能够想到的空洞华丽的词藻——我想出办法，每次计算一下它们的数目，以求逐渐减少。但现在我对于避免说空话这一点已经习惯了，我认为自己写的文章也比以前好多了。”

“你们的故事会结果如何？我好久没有听到你谈起它了。”

“故事会不再存在了。我们没有时间搞——不管怎样，我认为我们已经厌倦了。不断地描写爱情、谋杀、私奔和神秘的事件是太愚蠢了。斯塔西小姐有时候叫我们写一篇故事作为练习作文的方法，但她只准我们描写我们在阿冯利的实际生活中可能发生的事情，并且她严厉地批评了我们的故事会，还让我们作自我批评。我从未想到我的作文有那么多缺点，直到我自己开始仔细检查以后才知道。我觉得很惭愧，想要完全放弃写作，但斯塔西小姐说，只要我把自己训练成为自个儿的最严格的批评者，我就能够写得很好。目前我正在努力这样做。”

“再过两个月你就要参加入学考试了，”玛丽拉说，“你想你能够及格吗？”

安妮哆嗦了一下。

“我不知道。有时候我认为自己没有问题——然后又非常害怕。我们努力学习，斯塔西小姐已经帮助我们彻底复习过，可是单凭这一点未必考得及格。我们每人都有一块绊脚石。我的绊脚石当然是几何，简的是拉丁语，鲁比和查利的是代数，乔西的是算术。穆迪·斯珀吉翁说他最挠头的是英国史，从骨子里感到不会及格。斯塔西小姐将在六月给我们做几次测验，其难易程度同大学入学考试相仿，并严格评定分数，以便让我们得到一些概念。我希望这段时间很快就过去，玛丽拉。考大学的事情使我昼夜不得安宁。有时候我半夜醒来，想到我要是考不取，不知该怎么办。”

“那有什么，第二年还去上学，再试一下好啦。”玛丽拉说，没有一点焦急的样子。

“啊，我不相信我会有那样的心思。考试失败，那是个多么大的耻辱啊，特别是如果吉尔——如果其他同学都被录取了。我在考试的时候总是心绪不宁，很可能会考得一塌糊涂。我希望像简·安德鲁斯那样沉着。什么事情都不会使她慌乱。”

安妮叹了口气，目光从春天世界的魅力中挣脱出来，毅然决然地埋头于她的书本，而春天则是风与蓝天以及花园中绽出的嫩芽一起向你发出召唤的日子。还会有其他的春天，但如果安妮考不上女王专科学校，她相信自己永远也不会恢复原有的精神状态，去欣赏春天的景色了。

第32章 录取名单公布了

随着六月底的到来，学期结束了，斯塔西小姐在阿冯利学校的工作也结束了。那天傍晚安妮和黛安娜走回家去，心情确实很沉重。红肿的眼睛和湿漉漉的手绢无可怀疑地证明，斯塔西小姐的告别词肯定同三年前菲利普斯先生在类似情况下发表的讲话一样动人。黛安娜从云杉山丘的脚下回过头去看着校舍，唏嘘不已。

“看起来好像一切都结束了，是不是？”她灰心丧气地说。

“你的情绪还不该低落到像我一半那么多。”安妮说，想从手绢上找一块干的地方而没有成功，“下个冬季你会再回学校，但我认为我已永远离开亲爱的母校了——这就是说，如果我吉星高照的话。”

“根本不会一个样儿。斯塔西小姐不会在那儿了，或许你、简或鲁比也不会在那儿了。我将不得不孤零零地坐在教室里，因为在你走了以后我忍受不了让别的同学和我合用一张书桌。啊，我们过了许多愉快的日子，是不是，安妮？想到这些都已烟消云散，真叫人没法不感到伤心。”

两大颗泪珠从黛安娜的鼻子边上滚下来。

“我希望你不要再哭了，”安妮央求道，“我刚拿开手绢，看到你热泪盈眶，就忍不住又悲伤起来了。正如林德太太说的，‘如果你无法心情舒畅，就尽量强作欢笑吧。’归根到底，我敢说我明年还是会回来的。这是我知道自己不会考取而得到的一个机会。回家的机会还是会不断出现的。”

“可是，斯塔西小姐出的考试题你不是答得很出色吗?”

“是的，不过那些题目并不使我精神紧张。当我想到真正的入学考试时，你想象不出会有一阵多么焦躁不安的可怕情绪偷偷袭上我的心头。再说我准考证上的号码是十三，乔西·派伊说这是很不吉利的。我并不迷信，我知道它不能改变形势。但我仍然希望它不是十三。”

“我真想同你一起去参加入学考试，”黛安娜说，“我们不会再有非常悠闲的时间了吗?我想你每天晚上还得死背硬记呢。”

“不，斯塔西小姐让我们保证不打开书本。她说，那样做只会使我们精神倦怠，心绪不宁，我们应当出外散步，根本不去考虑入学考试的问题，吃过晚饭早早上床睡觉。这是个很好的建议，但我认为很难照办。好的意见是容易接受的，我想；可是普里西·安德鲁斯告诉我，在入学考试的那个星期，她每天夜里有一半时间睡不着觉，坐起来拼命念呀背呀；我决定至少像她那样夜里坐起来花一半时间准备功课。你的约瑟芬老姑奶奶请我在城里应考的那几天住到她的家里去，真是太热情了。”

“你考取以后，给我写信好不好?”

“我要在星期二晚上给你写信，告诉你第一天的情况。”安妮答应说。

“我星期三一定到邮局去等着。”黛安娜许愿说。

安妮在下星期一进了城，黛安娜照约定的那样在星期三到邮局坐等，收到了她的信。

最亲爱的黛安娜：

现在是星期二晚上，我在老姑奶奶的藏书室写这封信。昨夜我孤身待在我的屋子里，非常寂寞，多么希望和你在一起啊。我不能"啃书本"，因为我已经答应斯塔西小姐不这样做，不过我很难不打开我的历史书，我在学习功课以前，总要读它几页，避免去看一篇小说。

今天早晨斯塔西小姐来找我，一起到学院去，路上还叫了简、鲁比和乔西。鲁比要我摸摸她的手，她的两手冰冷。乔西说我好像整夜没有合眼，她不相信我精力旺盛，认为我即使考取了，也经受不住枯燥乏味的师范课程的折磨。现在有时候我甚至觉得，我在学习上并没有像乔西·派伊那样获得很大的进展！

我们到达学院时，那里已有从全岛各地来的几十个学生。我们遇到的第一个人是穆迪·斯珀吉翁，他坐在台阶上，自个儿在咕哝着什么。简问他究竟在干啥，他说他正在一遍又一遍地背乘法表以稳定他那紧张的神经，请我们千万不要打扰他，因为他一停就会心慌意乱，把原来知道的事情忘得一干二净，而乘法表却可以使他的一切基本知识各安其位，有条不紊！

我们到了指定的教室，斯塔西小姐只好离开我们了。简和我坐在一起，她的态度从容不迫，真叫我羡慕。对于有能力的、稳健的、聪颖的简来说，是用不着什么乘法表的！我当时不知道我的神色是否暴露出了我的感想，不知道别人在屋子的另一头是否听到我的心在怦怦乱跳。接着进来一个男人，开始分发英语试卷。当我拿起试卷时，我的手发冷，头发晕。真是可怕的一刹那——黛安娜，我觉得完全像我四年前询问玛丽拉我是否可以留在绿山墙农舍时的情况——然后我踏实了，我的心又开始跳动了——我忘记说我的心曾经完全停止跳动！——因为我知道自己总是有办法对付那张试卷的。

中午我们回家吃午饭，下午又到考场去考历史。历史考卷很难，我把一些年代搞错了。不过，我认为自己今天考得还不坏。可是，明天要考几何了，我想起这个难关的时候，下定一切决心不去打开几何课本。如果我认为乘法表会对我有点帮助，我就会从现在起，一直把它背到明天早晨了。

今天晚上我去看了看其他的女同学。路上我遇到穆迪·斯珀吉翁心烦意乱地在那一带彷徨。他说他知道历史没考及格，他注定要使父母失望，所以打算明天乘早车回家了；不管怎么说，做木匠总比当牧师容易些。我鼓励他，劝他留下来把各门功课考完，如果半途而废，就对不起斯塔西小姐。有时候我希望当初我生下来是个男孩，但当我看到穆迪·斯珀吉翁时，我总觉得自己幸亏是个女孩，而且不是他的姐妹。

我到达她们的寄宿处时，鲁比正在犯歇斯底里症；她刚发现她的英文考卷上有一处严重的错误。当她恢复常态时，我们到住宅区去吃了冰激凌。我多么希望你能和我们在一起啊。

哦，黛安娜，只要几何考过就好啦！可是你知道，正如林德太太常常说的，不管我的几何及格不及格，太阳还是会升起和落下的。这话很有道理，但它并不特别使人感到安慰。我想，如果考试失败了，我还宁愿太阳不照常运转呢！

你忠实的安妮

几何和其他一切科目的考试按时结束了，安妮在星期五的晚上回到家里，她相当疲倦，但一举一动透露出一种受到抑制的胜利神气。她到家时，黛安娜也来到了绿山墙农舍，她们重新见面，仿佛分别了几年似的。

“你这位心爱的老朋友，看到你又回来，真是太妙了。自从你到城里去以后，好像过了很长一个时期，哦，安妮，你过得怎么样？”

“很好，我想，除了几何各科都不错。我不知道几何能不能及格，可是我有一种使我毛骨悚然的预感，觉得我及格不了。嘿，回家有多么高兴啊！绿山墙农舍是世界上最亲爱、最可爱的地方。”

“其他同学的情况怎样?”

“女同学们说，她们知道自己不及格，但我认为她们考得很好。乔西说几何挺容易，十岁的孩子也做得出来！穆迪·斯珀吉翁仍然认为他历史不及格，查利说他代数考糟了。可是，我们并不知道考试的成绩，只有等发榜才能了解。这要在两个星期以后。想想看，要在心里七上八下的情况下熬过两个星期！我希望我能够酣然入睡，直到这段时间过了再醒来。”

黛安娜知道，打听吉尔伯特·布莱思的情况如何是没有用处的，所以她只是说：

“哦，你录取是没有问题的。别担心。”

“如果在录取名单上排在后面，还不如不考取的好。”安妮突然说道，她这句话的意思是——黛安娜的心里清楚——如果她不超过吉尔伯特·布莱思，胜利仍然是不完善的和苦涩的。

抱着这种目的，安妮在考试期间全力以赴。吉尔伯特也是如此。他们曾在街上迎面遇见并擦肩而过十几次，没有表示任何相识的迹象，而且每次都是安妮稍稍昂起她的脑袋，比以前更认真地希望那次吉尔伯特提出要求时她已同他结成了朋友，并更加坚决地发誓要在这次考试中胜过他。她知道，阿冯利的所有少年都摸不准他们谁会占先；她甚至知道，吉米·格洛弗和内德·赖特就这问题打了赌，乔西·派伊说吉尔伯特无疑会名列榜首；她觉得如果她失败了，她的丢脸将是不可忍受的。

可是，她希望考试成绩优秀，还有另一个比较高尚的动机。她想为了马修和玛丽拉——特别是马修——“名列前茅”。马修曾经对她宣称，他相信她“会把全岛的考生甩在后面”。安妮觉得，哪怕在最荒唐的梦中存那种希望也是愚蠢的。但她确实抱有热烈的愿望，总想至少能够位于前十名之列，这样她就可以看到马修那双慈爱的棕色眼睛为她的成就感到自豪而闪闪发光。她认为，那将能报偿她在缺乏想象的方程式和语法变化中间的拼命用功和耐心钻研。

在两个星期的终了，安妮也去守在邮局里了，跟她在一起的，有同样心烦意乱的简、鲁比和乔西，她们用颤抖的手打开夏洛特敦的日报，其情绪的低落像在参加考试的那个星期所体验到的一样。查利和吉尔伯特没有保持超然物外的态度，也在那里等着，可是穆迪·斯珀吉翁却毫不动摇地躲得远远的。

"我没有走到那儿去镇定自若地瞧瞧报纸的勇气，"他对安妮说，"我只是等着有人来突然告诉我有没有被录取。"

过了三个星期还没有看到录取名单，安妮觉得她实在不能再经受那种极度紧张的精神压力了。她的胃口大减，她对自己在阿冯利的社交活动的兴趣减弱了。林德太太担心在保守党教育监督者的把持下不会有什么好的结果，马修注意到了安妮苍白的脸色和无精打采的态度以及每天下午她从邮局回家时那种懒洋洋的步履，开始认真地考虑在下次选举时该不该投刚毅党的票。

可是有一天晚上传来了消息。安妮正坐在她敞开的窗口，陶醉于夏日黄昏的美景，嗅着下面花园里飘来的甜蜜的花香，听着白杨摆动的瑟瑟声，这时她暂时忘记了考试的苦恼和人世间的忧患。冷杉上面东方的天空在西方夕照的反射下泛着淡淡的粉红色，安妮正在若梦若醒地遐想，不知颜色的精灵是否就是那个模样，这时，她猛然看见黛安娜穿过冷杉林奔来，跑过木桥，走上斜坡，手里握着一份颤动的报纸。

安妮跳起身来，立刻知道报纸上面登载着什么内容。录取的名单公布了！她的头发晕，剧烈的心跳使她觉得有点刺痛。她一步也动不了啦。在黛安娜冲过厅堂，连门也不敲就闯进屋子以前，她觉得似乎过了一个钟头，她是多么兴奋啊。

“安妮，你考取了，”她嚷着，“以名列前茅被录取——你和吉尔伯特两个人都是——你们一共有几十个人——可是你高居榜首。嘿，我是多么自豪啊。”

黛安娜把报纸扔在桌上，她自己则蹦到安妮的床上，根本喘不过气来，连多讲一句话也讲不出来了。安妮点燃油灯，打翻了火柴盒，用六七根火柴才哆哆嗦嗦地完成了点灯的工作。接着她抓起报纸。是的，她已经考取了——在二百个人的名单顶端是她的名字。那个时候她才懂得了生活的价值。

“你干得真出色，安妮。”刚能够坐起来开始讲话的黛安娜喘着气说，因为安妮大喜过望，如入梦境，还没有说话，“报纸是不到十分钟以前我爸爸从布赖特河带回来的——你知道，报纸由午后的那趟火车运出，经邮局要到明天才送到这里——当我看见录取名单时，我就像发了疯似的奔过来啦。你们都考取了，没有一个例外，穆迪·斯珀吉翁也没有落榜，虽然他有一门历史要补考。简和鲁比的成绩很好，名字在一百名之内——查利也是如此。乔西勉强及格，只比及格分数多三分，不过你会看到，她会尽量装出种种仿佛她已超过别人的神气。斯塔西小姐不是会很高兴吗？啊，安妮，看到你的名字像那样列在录取名单的首位，你有什么感想呢？换了我，我知道我是会高兴得发疯的。事实上我也差不多要发疯了，可是你倒不动声色，镇定自若，像春天的夜晚一样。”

“我内心感到很迷惘，”安妮说，“我想说明许许多多的事情，可又不知道怎样用言语表达出来。我做梦也没有想到会有这样的结果——不错，我倒也想过一次！有一次我听任自己想：‘如果我考取第一名怎么办？’刚出现这个念头我就不寒而栗，这是因为，设想我能考取全岛第一，看来是自视过高和妄自尊大。请你等一会儿，黛安娜。我必须跑到外面地里去告诉马修。然后再走上山坡，把好消息告诉别人。”

她们赶快走到牲口棚下面的干草地，马修正在那里盘绕干草，碰巧林德太太正站在小道的篱笆边上同玛丽拉谈话。

“啊，马修，”安妮大声说，“我考取了，得了第一名——或者说同另一个人并列第一！我并不认为了不起，但我感到欣慰。”

“好啊，我以前总是这么说的。”马修说道，眉飞色舞地注视着录取名单，“我早知道你是能够轻而易举地把他们一一击败的。”

“我必须说，你干得很出色，安妮。”玛丽拉说道，竭力掩盖她对安妮感到的极度自豪，不让雷切尔太太尖锐的眼光觉察到。但那位善良的太太真心诚意地说：

“我就猜想你考得很好，而且并不认为我这样说比别人晚了一步。你是你的朋友们的光荣，安妮，就是这么回事，我们大家都为你感到自豪。”

安妮在牧师住宅里同阿伦太太做了一次认真的简短谈话，结束了这一天愉快的傍晚。到了夜里，在明亮的月光下，她惬意地跪在她敞开的窗口，喃喃地做了祷告，以表达她那直接从心底涌出来的感激和意愿。祷告词里有对过去的感谢，对未来的虔诚祈求；当她枕着白枕头睡觉时，她的梦像少女可能希望的那样顺利、光明和美好。

第33章

旅馆的音乐会

“你一定要穿上白色的蝉翼纱衣服，安妮。”黛安娜坚决地建议道。

她们俩一块儿待在东山墙屋子里；窗外暮色苍茫——是一片令人赏心悦目的绿中带黄的暮霭和碧蓝无云的天空。一轮大大的圆月悬挂在“闹鬼的森林”的上空，它那浅淡的光辉渐渐加深，变成了明亮的银白色；空气里充满着夏季动听的声音——昏昏欲睡的鸟儿的鸣啭，反复无常的微风的吹拂，以及远处传来的说话声和欢笑声。可是安妮的小屋子却拉上了窗帘，点亮了油灯，因为这里正在进行一番非同小可的打扮。

四年前的那天夜里，安妮曾感到空荡荡的东山墙屋子有一股冷森森的寒气直刺她的心灵深处，现在这屋子和那时截然不同了。在玛丽拉的默许下，屋子渐渐发生了变化，终于成了一间足以使任何少女满意的雅致的住处。

安妮早先想象的绣着粉红色玫瑰花的天鹅绒地毯和粉红色丝绸窗帘自然没有成为现实；可是她的理想也随着她年龄的增长而发展，她再也不可能为它们伤心悲叹了。地上铺了一条漂亮的地席，那幅使高高的窗户变得柔和的窗帘在飘移不定的微风中轻轻拂动，是用淡绿色的工艺薄纱做成的。墙上挂的并不是金色和银色的锦缎壁毯，而是一张印着苹果花的精美的纸，上面贴着阿伦太太送给安妮的几张美丽的图画作为装饰。在表示敬意的地方，贴着斯塔西小姐的照片，安妮满怀深情地决定在它下面的支架上不时换上新鲜的花束。今天晚上，一束雪白的百合花像温馨的梦一样给屋子平添了淡淡的清香。屋子里没有红木家具，却有一只装满书籍的漆成白色的书架，一把铺着垫子的藤编摇椅，一张镶着白色薄纱褶边的梳妆台，一张白色的小床，还有一面古雅的金框镜子，它那拱形的顶部绘着丰满红润的小爱神和紫葡萄，这面镜子以前是挂在客厅里的。

安妮正在为白沙旅馆举行的一场音乐会梳妆打扮。房客们为了资助夏洛特敦医院，组织了这场音乐会，他们在附近地区到处寻找可以请来的富有才华的业余文艺爱好者，让他们帮助办好这场音乐会。白沙浸礼会唱诗班的伯莎·桑普森和珀尔·克莱被邀请表演二重唱；新布里奇的米尔顿·克拉克表演小提琴独奏；卡莫迪的温尼·阿德拉·布莱尔演唱一首苏格兰民歌；斯潘塞维尔的劳拉·斯潘塞和阿冯利的安妮·雪莉表演朗诵。

就像安妮曾经说过的那样，这是“她生活的新时期”，她为此激动不安，欣喜若狂。马修为他的安妮所得到的荣誉感到无比高兴和自豪，玛丽拉并不比他落后多少，不过她是死也不会承认这一点的，并且说她认为年轻人没有可靠的人陪同在旅馆里到处闲逛是不大合适的。

安妮和黛安娜将同简·安德鲁斯和她的哥哥比利乘他们的双层座位的轻便马车前往，阿冯利的另外几个男孩和女孩也去。预计镇上会来一群观众，音乐会结束后，还要招待演员们吃一顿晚饭。

“你真的认为最好是穿蝉翼纱衣服吗？”安妮急切地问道，“我认为它不如我的蓝花薄纱衣服漂亮——而且它肯定没有这么时髦。”

“可是它对你来说合适得多，”黛安娜说，“它褶边多，又柔软又贴身。薄纱太硬了，使衣服在你的身上撑了起来。而蝉翼纱看上去就像长在你身上一样。”

安妮叹了口气，同意了。黛安娜因为在服饰方面有杰出的审美眼光而开始闻名了，她在这类问题上的建议是很受人欢迎的。在这非同寻常的夜晚，她自己穿了一件安妮永远也穿不出去的漂亮的野玫瑰红衣服，看上去美丽极了；不过她在音乐会上不参加任何演出，所以她的外貌是无关紧要的。她在安妮身上费尽心机，发誓要为了阿冯利的荣誉，把安妮打扮得带有女王的风度。

“把那条褶边再拉出来一点——对啦，过来，让我帮你系腰带，再帮你系便鞋扣子。我打算把你的头发编成两条粗辫子，再用白色的大蝴蝶结将它们拦腰扎起来——不，脑门上不要留刘海——就让额头裸露着。你没法把你的头发弄得同你的脸部绝对相称，安妮，阿伦太太说你把头发这么分开，看上去像一位古板的太太。我要把这朵小小的白色家玫瑰花别在你的耳朵后面。我的花丛里只有一朵了，是专门为你保留的。”

“我要不要戴上我的珍珠？”安妮问道，“上星期马修在镇上给我买了一串珍珠，我知道他希望我戴着它！”

黛安娜噘起嘴唇，像评论家那样把脑袋歪向一边，最后宣布同意安妮戴上珍珠，于是这串珠子就围在安妮的犹如凝脂般洁白的纤巧脖子上了。

“你身上有一种非常优雅的气质，安妮。”黛安娜毫无妒意地赞美说，“你昂着头的姿势十分动人。我想这是因为你身材苗条。我可是个地地道道的矮胖子。我一直担心发胖，现在我知道确实发胖了。唉，我想我不得不听天由命了。”

“可是你有这样可爱的酒窝，”安妮说道，亲切地含笑注视着与她挨得很近的那张美丽活泼的脸庞，“多么好看的酒窝，就像乳脂面上的小坑。我已经彻底放弃了对于酒窝的希望。我的酒窝梦永远也不会实现了；可是我的这么多美梦都实现了，我不应该还有什么抱怨。现在我都准备好了吗?”

“都准备好了。”黛安娜叫她放心，这时玛丽拉在门口出现了，她形容枯槁，头发比以前更加灰白，皱纹有增无减，但是她的脸却温柔多了。“快进来看看我们的朗诵者，玛丽拉。她的样子好看吗?”

玛丽拉发出了介于鄙夷和咕噜之间的声音。

“她看上去整洁、体面。我喜欢把她的头发那样梳。可是我想，她坐车到那里去，一路上尘土飞扬，露水又重，会把那件衣服糟蹋掉的，而且在这些潮气很重的夜晚，它也显得太单薄了。不管怎样，蝉翼纱是世界上最不实用的东西，当马修买的时候，我就对他这么说过。可是现在对马修说什么也毫无用处。如果事情发生在从前，他是会听取我的意见的，可是他现在只知道不顾一切地给安妮买东西，卡莫迪的店员知道他们可以连哄带骗地把任何东西塞给他。只要他们告诉他哪一件东西漂亮时髦，马修就掏钱买下来。留神别让裙子在车轮上碰脏了，安妮，再把你那件保暖的夹克衫穿上。”

然后玛丽拉大步走下楼梯，一边得意地想着安妮的模样多么可爱，分明是：

从前额到头顶形成一道月光

同时她为自己不能亲自参加音乐会倾听她的姑娘朗诵而深感遗憾。

“我不知道这天气对我的衣服来说是不是确实太潮湿了。”安妮不安地说。

“一点也不，”黛安娜说道，拉开窗帘，“这是个不能再好的夜晚，不会有露水的。你瞧那月光。”

“我真高兴我的窗户正对着东面太阳升起的地方，”安妮说道，走到黛安娜的身边，“看着太阳从那些蜿蜒起伏的山丘上升起，透过那些尖尖的冷杉树梢闪烁着光辉，真让人心旷神怡，每个清晨都面目一新，我觉得好像我有一种希望，想让自己的灵魂沐浴在初升的阳光之下。哦，黛安娜，我无限热爱这间小屋。下个月我到镇上去以后就见不着它了，我不知道那时我将怎样生活。”

“今天晚上别说你要离开的事，”黛安娜央求道，“我不愿想起，它使我难过极了，今晚我希望过得很愉快。你准备朗诵什么，安妮？你紧张吗？”

“一点也不。我经常在公共场所朗诵，现在根本不在乎了。我决定朗诵《少女的誓言》。它是那么哀婉动人。劳拉·斯潘塞准备朗诵一段喜剧台词，不过我倒是愿意使大家感伤落泪，而不是哄堂大笑。”

“如果他们要求你再来一个，你朗诵什么呢？”

“他们不会想到要我再来一次的。”安妮自嘲地说，其实她也暗自希望他们这样做，甚至已经想象她就要在第二天的早饭桌上向马修原原本本叙述一番了，“比利和简来了——我听见车轮声。走吧。”

比利·安德鲁斯坚持要安妮和他一起坐在前面的座位上，她只好很不情愿地爬了上去。其实她更喜欢和姑娘们一同坐在后面，在那里可以尽情地欢笑和聊天。比利很少发出笑声，也不善交谈。他是个胖墩墩的、感觉迟钝的二十岁大个儿青年，圆乎乎的脸上毫无表情，他十分缺乏与人谈笑的本领，这使他痛苦万分。可是他无限崇拜安妮，想到他就要同那苗条挺拔的身影并排坐着驶往白沙镇，他顿时很得意。

安妮不停地回过头去和姑娘们谈话，偶尔和气地对比利说上一言半语——比利咧着嘴巴哧哧傻笑，根本想不出该回答什么话，等他想到，已经太晚了——只得抛开一切，设法从旅程的本身享受一点乐趣。这是适宜于娱乐的夜晚。路上挤满着驶向旅馆去的轻便马车，清脆的欢声笑语在路上久久回荡。当他们到达时，但见整个旅馆灯火辉煌。音乐会筹备组的女士们在门口迎接他们，其中一位女士把安妮领到演员更衣室。室内坐满了夏洛特敦交响乐俱乐部的成员，安妮待在他们中间，突然感到害羞、恐惧和自惭形秽。她的衣服在东山墙屋子里似乎显得那么精致美观，现在却变得简陋和平淡了——她想，在她周围的绫罗绸缎、珠光宝气中间，她的服饰真是太简陋和平淡了。她的珍珠串又怎能同旁边这位高大艳丽的女士的钻石相比呢？和别人戴的那些暖房里的鲜花比起来，她的那朵小小的白玫瑰显得多么寒碜！安妮把帽子和夹克衫放在一边，可怜巴巴地缩进一个角落。她希望自己回到绿山墙农舍的那间白屋子里。

现在安妮发现自己站在旅馆音乐会大厅的舞台上，那里的情况更糟。电灯光照得她眼花缭乱，刺鼻的香味和嘈杂的说话声使她稀里糊涂。她真希望自己正同黛安娜和简一起坐在观众席上，她们在那后排似乎很愉快。一位身穿粉红色绸衣的矮胖女士和一个穿白花边衣服的高个儿姑娘把她挤在中间。矮胖女士偶尔把脑袋直接转过来，透过她的眼镜审视着安妮，直到安妮敏锐地意识到被别人这么端详，自己非高声尖叫不可为止；白花边姑娘不停地用她听得见的声音同旁边的人谈论观众中的“乡巴佬”和“土老二”，懒洋洋地期待着节目单上乡土天才表现出来的“滑稽相”。安妮相信，她将一辈子憎恨那个白花边姑娘。

安妮真是倒霉，有一位职业朗诵家下榻在旅馆里，她同意朗诵。那是个体态轻盈的黑眼睛女人，穿着一件用闪闪发光的灰色料子裁剪的、宛若由一道道月光编织而成的华丽礼服，脖子和头发上都戴着宝石。她的嗓音出奇地柔润，有非凡的表现力；观众被她朗诵的片段感动得如痴如狂。安妮暂时完全忘记了她自身的烦恼，眼睛闪闪发光，全神贯注地倾听着；可是朗诵一结束，她突然用双手捂住自己的脸。在那以后，她再也无法上台朗诵了——无论如何不行了。她曾想过自己能朗诵吗？唉，如果想过，那只是在绿山墙农舍！

就在这不顺遂的时刻，报出了她的名字。不知怎么，安妮——她没有注意到白花边姑娘露出一种问心有愧的吃惊神情，即使她注意到了，也不会明白其中包含的微妙的钦佩之意——挺起身来，茫然地走出去来到前台。她的脸色苍白如纸，坐在下面观众席上的黛安娜和简不由得产生了紧张的同情心，互相紧握着手。

安妮被不可抵挡的怯场压倒了。她尽管经常在公共场所朗诵，却从来没有面对过这么多观众，看着这个阵势，她的精神完全瓦解了。一切都很陌生，这么光彩夺目，这么令人迷惑——穿着晚礼服的一排排女士，一张张挑剔的脸，还有她周围的富裕和文明的整个气氛。这和“辩论俱乐部”里坐满亲切体贴的朋友和乡亲的普通长条凳截然不同，她想，这些人将会苛刻无情地品头论足。也许，正像那个穿白花边衣服的姑娘一样，他们期待着从她“土里土气的”费劲表演中得到笑料呢。她觉得非常非常羞愧和痛苦。她的膝盖发抖。她的心怦怦乱跳，一阵可怕的眩晕向她袭来；她一个字也说不出，再过一刻她就会不顾耻辱地从台上溜走，可是她觉得，如果她真的这样做了，她将永远摆脱不了心头的这种耻辱。

就在她睁大惊恐的眼睛凝视着观众席时，她突然看见吉尔伯特·布莱思远远地坐在大厅后面，他的身体前倾，脸上挂着一丝微笑——安妮立刻认为这是一种得意和讥讽的微笑。其实不是那么回事。吉尔伯特的微笑不过是表明他欣赏这次的整个音乐会，特别是安妮洁白修长的身材和超脱飘逸的面庞在棕榈树的衬托下所产生的效果。他用马车送来的乔西·派伊坐在他的旁边，她的脸上倒确实带有得意和嘲笑的神情。可是安妮没有看见乔西，即使看见了，她也不会在意。她深深吸了口气，高傲地扬起脑袋，勇气和决心像触电一般流遍她的全身。她不能败在吉尔伯特·布莱思的面前——他绝对不能够嘲笑她，绝不，绝不！胆怯和紧张的情绪消失了；她开始朗诵，那清脆悦耳的声音没有一点颤抖和停顿，响彻了整个屋子。她完全恢复了冷静沉着，由于刚才软弱无力的可怕一刹那所引起的反应，她朗诵得比以往任何时候都好。当她结束时，观众席上爆发出了一阵阵真诚的掌声和喝彩声。安妮由于害羞和兴奋，脸涨得通红，她走回她的座位，发现自己的手被那位穿粉红色绸衣服的胖女士使劲捏住，一个劲儿抖动。

“亲爱的，你朗诵得太出色了，”她喘着气说，“我刚才像孩子一样直掉眼泪，确实是那样。瞧，他们要你再来一个——他们坚持要你回到台前！”

“啊，我不能去，”安妮慌乱地说，“可是不成——我一定得去，要不然马修会失望的。他说过他们会要求我再来一个的。”

“那就不要使马修失望吧。”粉红色的女士笑着说。

安妮明眸清澈，两颊绯红，面带笑容，轻盈地走回台上，朗诵了一小段滑稽有趣的选篇，使她的观众更加着迷了。那天夜里对她来说完全是一场小小的胜利。

音乐会结束时，那位粉红色的胖女士——一位美国百万富翁的妻子——充当了她的保护人，把她介绍给每一个人；每个人都对她很好。那位职业朗诵家埃文斯太太过来与她交谈，说她的声音很迷人，还说她精彩地表现了选段的“精髓”。就连那位白花边姑娘也给了她一小句没精打采的赞语。他们在一间布置得美丽豪华的宽敞餐厅里吃了晚饭；黛安娜和简也被邀请过来分享这顿晚餐，因为她们是同安妮一块儿来的，可是比利却不见了。他对这类邀请怕得要命，早就逃之夭夭了。不过，当晚餐结束时，他和马车一起等着她们，三个姑娘快活地走出屋子，来到静谧、洁净的月光下。安妮深深地呼吸着，凝视着漆黑的冷杉树枝后面明净的天空。

啊，重新来到外面纯洁、宁静的月夜里有多么好哇！一切看起来是多么伟大、沉寂和神奇，大海发出的低吟传遍各个角落，远处黑暗神秘的悬崖好像是不屈的巨人在守卫着中了魔法的海岸。

“刚才过得真愉快，是不是？”他们出发时，简叹了口气说，“我真希望自己是个有钱的美国人，可以在旅馆里度过夏天，在每个幸福的日子里都能戴上珠宝，穿上低领的礼服，享用冰激凌和小鸡色拉。我可以肯定这比在学校教书有趣多了。安妮，你的朗诵精彩极了，尽管一开始我还以为你永远也开不了口啦。我觉得你比埃文斯太太朗诵得还好。”

“哦，不，别说那样的话，简，”安妮赶紧说道，“那听起来是愚蠢的。我绝对不可能比埃文斯太太朗诵得好，你知道，因为她是个职业朗诵家，我只是个稍微有点朗诵技巧的学校女学生。只要人们喜欢我的朗诵，我就心满意足了。”

“我这里有一句赞美的话转告给你听，安妮，”黛安娜说，“至少根据他说这句话的口气，我认为一定是一句赞美话。不管怎么说，至少有一部分是的。简和我的背后坐着一个美国人—— 一个头发和眼睛乌黑的、模样非常潇洒的男人。乔西·派伊说他是一位著名的画家，她母亲在波士顿的堂妹嫁给了一个与他在同一所学校念过书的男人。嘿，我们听他说——我们是不是听见了，简？——‘台上那位长着一头光彩夺目的蒂希安头发的姑娘是谁！她的那张脸给人以深刻的印象，我想把它画下来。’怎么样，安妮，不过，蒂希安头发是什么意思？”

“解释起来，它的意思是橙红色，我想，”安妮大声笑着说，“蒂希安是一位很著名的画家，他喜欢画红发妇女。”

“你们看见那些女士戴的钻石了吗？”简叹息着说，“它们真是耀眼。难道你们不喜欢富裕吗，姑娘们？”

“我们是富裕的。”安妮坚定地说，“可不是，我们度过了十六年值得回味的岁月，我们像女王一般愉快，而且我们或多或少都有想象力。姑娘们，瞧那片大海——满是银白的光泽和阴影，并表现出了无形事物的幻象。我们如果有了几百万元钞票和无数串钻石，就再也无法欣赏它的可爱之处了。即使能够，你们恐怕也不愿变成那些女人中的一位。难道你们愿意成为那个白花边姑娘，一辈子带着那种尖酸的神情，好像一向就对整个世界瞧不顺眼似的？或者成为那个粉红女士，尽管她和蔼友好，却长得那么胖、那么矮，一点体形也没有？或者变成埃文斯太太，眼睛里含着那股哀怨愁苦的神情？她有时一定非常不幸，才带有这样一种神情。你知道你不会愿意，简·安德鲁斯！”

“我不知道——并不完全知道，”简狐疑地说，“我认为钻石会给人很大的安慰。”

“我说，除了我自己，我不想成为任何人，即使一生都没有钻石来安慰我也没有关系，”安妮宣布道，“作为绿山墙农舍的安妮，戴着我的那串珍珠，我就感到非常满足。我知道马修随同珍珠给我的爱，不少于粉红女士对她宝石的爱。”

第34章

女王专科学校的一名女生

接下来的三个星期，绿山墙农舍里忙忙碌碌，因为安妮正在为到女王专科学校去上学做准备，有许多针线活要做，有许多事情要商量和安排妥当。安妮的全套用品既充足又精美，因为那是马修负责料理的，而玛丽拉是破天荒第一次没有对他采购的任何东西或建议的任何事情表示反对，甚至—— 一天晚上，她怀里抱着一堆精致的淡绿色衣料上楼来到东山墙屋子。

“安妮，这些料子是给你做一件漂亮的浅色衣服的。我认为你并不真的需要它；你那些好看的紧身上衣已经够多的了；不过我想，如果镇上傍晚有人请你到什么地方去参加晚会或诸如此类的集会，你也许会希望穿上一件真正时髦的衣服。我听说简、鲁比和乔西已经做了她们所说的‘晚礼服’，我不打算让你落在她们后面。这是上个星期我请阿伦太太帮我在镇上挑选的，我们要请埃米莉·吉利斯替你做。埃米莉有审美眼光，谁做的衣服都比不上她做的合身。”

“哦，玛丽拉，这真是太美了。”安妮说，“太谢谢你了。我认为你不应该对我这么好——这使我一天比一天更舍不得离开家了。”

绿色的衣服做好了，上面按照埃米莉的爱好尽可能打了许多横褶、褶边和花边。一天晚上在厨房里，安妮特地为马修和玛丽拉穿上了新衣服，并且为他们朗诵《少女的誓言》。玛丽拉看着她那欢快的面庞和优雅的动作，思绪又回到安妮初来绿山墙农舍的那天晚上，她的记忆里又清晰地出现了那个长相古怪、心惊胆战的小孩子，穿着一身滑稽可笑的绒布衣服，一双泪眼里流露出悲痛欲绝的神情。回忆中的某种东西使玛丽拉自己的眼睛里也涌出了泪水。

“嘿，我的朗诵使你感动得掉眼泪了，玛丽拉。”安妮高兴地说，朝玛丽拉坐着的椅子弯下腰去，在这位妇人的面颊上飞快地吻了一下，“好啦，我管这叫决定性的胜利。”

“不，我不是为了你的那首诗掉眼泪的。”玛丽拉说，她瞧不起那种在“胡说八道的诗”的欺骗下表现出来的脆弱感情，“我只是不由自主地想起你以前是那么一个小姑娘，安妮。我真希望你能够一直是个小姑娘，即使你没有抛弃那些古怪的行为也无关紧要。现在你已经长大了，你就要离开了；你看上去这么高，这么漂亮，这么——这么——穿了这件衣服整个儿都不同了——好像你根本就不属于阿冯利似的——想到这一切，我真感到孤单寂寞。”

“玛丽拉！”安妮在玛丽拉穿着方格花布裤子的膝盖上坐了下来，双手捧起玛丽拉那张满是皱纹的脸，严肃而温柔地注视着玛丽拉的眼睛，“我一点也没变——没有真正改变。我只不过被剪除了残枝败叶，催发了嫩枝新芽。那个真正的我——回到这儿来——是同以前完全一样的。不管我走到哪里，我的外表发生多大的变化，都丝毫没有关系；在我的心里，我将永远是你的小安妮，在我有生之年，我会一天比一天更真挚、更强烈地爱你、马修和亲爱的绿山墙农舍。”

安妮把她年轻娇嫩的面颊贴在玛丽拉衰老憔悴的脸上，又伸出一只手去拍了拍马修的肩膀。玛丽拉那时本来已经深受安妮的感动，完全可以用语言来表达她的情感；可是天性和习惯却使她用另一种方式表现出来，她只能用手臂紧紧搂住她的姑娘，深情地把她贴在胸前，希望永远也用不着放她离家。

马修的眼睛里蒙蒙眬眬有点潮湿，他站起身来，走向门外。在夏天蔚蓝夜空的群星下，他心神不宁地穿过院子，向白杨遮掩的大门走去。

“嗯，我想她没有怎么被宠坏，”他骄傲地咕哝着说，“我想我偶然的干预根本就没有带来多大的害处。她聪明漂亮，还有一颗温柔的爱心。这一点比其他一切都强。她是上帝恩赐给我们的，任何错误都不会比斯潘塞太太犯的那个错误更幸运了——如果那确实是好运气的话。我不相信有运气这类事情。这是天意，我想是因为万能的上帝发现我们需要她。”

安妮不得不到镇上去的那一天终于到来了。在九月的一个晴朗的早晨，她和黛安娜痛哭流涕地分手，又非常实际、不流眼泪地向玛丽拉告别——至少在玛丽拉这方面是如此。然后，她就和马修坐着马车出发了。可是，等安妮走了，黛安娜擦干了眼泪，和她的几个在卡莫迪的表兄妹一起到白沙镇去参加一次野餐，在那里，她总算还能使自己强作欢笑；而玛丽拉心里感到一种难忍的疼痛，整天拼命干着毫无必要的工作——这种烧灼般的疼痛持续很久，连不断滚下的泪水也冲洗不掉它。那天夜里，玛丽拉上床以后，十分痛苦地意识到厅堂尽头的靠山墙的小屋子里不再住着一个年轻活泼的姑娘，也不再响起轻轻的呼吸声时，她把脸埋在枕头里，发出一阵剧烈的抽噎声，为她的姑娘伤心流泪。后来，当她稍稍平静下来，想到自己这种为有罪的人类的一员大动感情的行为是多么错误时，她不由得惊呆了。

安妮和阿冯利的其他学生一到小镇就赶往学校。第一天过得十分愉快，既忙碌又兴奋，他们和所有的新同学见了面，懂得如何匆匆一瞥去认识一些教师，然后被分别编入各个班级。安妮打算学习二年级的功课，是斯塔西小姐建议她这么做的；吉尔伯特·布莱思也做了同样的选择。这意味着如果顺利的话，他们可以在一年而不是两年之内取得一级教师合格证书；然而这同样也意味着将付出更加艰辛的努力。简、鲁比、乔西、查利和穆迪·斯珀吉翁没有非分之想，也就心满意足地学习二班的功课了。安妮发现自己和其他五十位同学坐在一间教室里，除了坐在教室另一头的那个褐色头发的高个子男生外，她一个也不认识，这时她猛然感到一阵孤独；她悲观地思忖，像她和吉尔伯特这种互不相认的认识是不会给她带来多大帮助的。然而，她不可否认地为他们仍在同一个班级而感到高兴；旧日的竞争仍然可以继续进行，要不然安妮就会不知道该怎么办了。

“如果没有竞争，我是会感到不舒服的。”她想，“吉尔伯特看起来坚定不移。我想他这会儿正在下定决心要赢得奖章呢。他的下巴多么英俊呀！以前我从未注意到。我真希望简和鲁比也参加一班。可是，我想等我和同学们混熟以后，我就不会局促不安了。我不知道这些女同学哪个会成为我的朋友。这真是个非常有趣的推测。当然，我向黛安娜保证过，决不会像爱黛安娜那样爱女王专科学校的任何女性，尽管我对她们会有好感，可是我有许多居于第二位的感情可以送给别人。我喜欢那个长着褐色眼睛、穿着深红色紧身上衣的女同学的模样，她像红色的玫瑰花那样鲜艳夺目；还有那个凝视着窗外的脸色苍白、皮肤白皙的姑娘。她的头发很漂亮，看上去似乎对幻想也略知一二。我希望认识她们俩——和她们非常熟悉——够得上用手臂搂着她们的腰走路的亲热程度，并且要用绰号来称呼她们。可是现在我不认识她们，她们也不认识我，也许还并不特别想认识我呢。唉，多么寂寞啊！”

那天晚上暮色四合，安妮发现自己独自待在学生宿舍，觉得更加孤单寂寞了。她不可能同别的女生一起膳宿，因为她们在镇上都有亲戚照顾。约瑟芬·巴里小姐倒是愿意让安妮住在她那儿的，可是“山毛榉宅第”离学校太远，无法考虑；所以巴里小姐寻到一处供膳宿的地方，她向马修和玛丽拉保证说，那个地方对安妮是很合适的。

“开办这所供膳食的宿舍的，是一位家道中落的贵妇人。”巴里小姐解释道，“她的丈夫是个英国军官，她在接受寄宿生方面是非常谨慎的。住在她的家里，安妮不会遇到任何讨厌的家伙。伙食不错，房子就在学校附近，在一个安静的地区。”

也许这一切都是真的，实际上也的确是如此。可是这并没有减轻初次袭上安妮心头的思家之苦。她忧郁地打量着她那间狭小的屋子，屋子里放着小铁床架子和空荡荡的书架，四壁糊着灰暗的墙纸，没有挂什么图画；她想起自己在绿山墙农舍的那间亮堂堂的小屋子，喉头哽咽得很厉害。在那里她可以愉快地意识到屋外有一大片静谧的绿色草木，花园里长着可爱的豌豆，月光倾泻在果园里，斜坡下的小溪水声潺潺，小溪那边云杉树枝在晚风中轻轻摇曳，辽阔的夜空中群星闪烁，黛安娜窗口的灯光透过树木的缝隙忽明忽暗。这里没有这样的东西；安妮知道，她的窗外是一条坚硬的街道，网状的电话线遮住了天空，外乡人的脚在路上行走，一千盏电灯闪烁在外乡人的脸庞上。她知道自己快要哭了，便拼命忍住。

“我决不哭。这是愚蠢的——脆弱的——第三滴眼泪从我鼻子旁边落了下来。眼睛里还涌出更多的眼泪！我一定要想到一些有趣的事儿来阻止这些泪水。可是，除了同阿冯利有关的以外，没有什么有趣的事儿了，那只会把事情弄得更糟——四滴——五滴——下个星期五我就要回家了。不过那好像是一百年以后的事了。哦，马修现在快要到家了——玛丽拉正倚在大门边向下看着小路等他回去——六滴——七滴——八滴——哦，数它们毫无用处！现在它们泉涌般流下来了。我没法高兴起来——我也不想高兴起来。还是心里难受些好！”

如果乔西·派伊不在那一刻出现，眼泪准会哗哗地涌出来了。见到一张熟悉的面孔所产生的欢乐，使安妮忘记了她和乔西之间从来没有多少友情。只要是阿冯利生活的一部分，连派伊这样的同学也是受欢迎的。

“你来了我真高兴。”安妮真诚地说。

“你一直在哭，”乔西带着一种使人加重痛苦的怜悯口气说，“我猜你是想家了——有些人在那方面不大能克制。我不打算想家，我可以告诉你。比起死气沉沉的破旧的阿冯利来，小镇可有趣得多了。我不知道自己怎么能够在那儿生活了这么多年。你不应该哭，安妮；这对你不合适，因为你的鼻子和眼睛变红了，这样你看上去就全是红通通的了。今天我在学校过得非常愉快。我们的法语教师简直太可爱了。他的小胡子使你的心怦怦乱跳。你这儿有什么吃的吗，安妮？我饿极了。啊，我猜很可能玛丽拉让你带了不少饼子。我就是为了这一点才来拜访你的。要不然我就和弗兰克·斯托克利到公园去听乐队演奏了。他和我在同一个地方搭伙，是个讨人喜欢的家伙。今天他在班上注意你了，问我那个红头发的姑娘是谁。我告诉他你是卡思伯特家收养的孤儿，至于你在那以前的情况，谁都不怎么知道了。”

安妮心想，虽然孤独和眼泪使她不能满意，难道乔西·派伊前来做伴就比孤独和眼泪好一些吗？这时简和鲁比出现了，每人的上衣上醒目地别着女王专科学校的一英寸的彩色丝带——紫色和深红色的。因为乔西那阵子不和简“说话”，所以她不得不有所收敛，不像刚才那样话里带刺了。

“唉，”简叹了口气说，“从早晨到现在，我觉得似乎过了好几个月。我应该在家里学习维吉尔的诗——那个讨厌的老教师给了我们二十行诗，明天就要开始教了。可是今天晚上我就是定不下心来学习。安妮，我想我看到了泪痕。如果你刚才哭过，就爽快地承认吧。这会挽回我的自尊心，因为在鲁比来找我之前，我也在掉泪。如果别人也是傻瓜，我当傻瓜就没有多大关系了。蛋糕？给我一块，好吗？谢谢。这是地道的阿冯利风味。”

鲁比看到桌上摆着女王专科学校的日程表，希望知道安妮是否打算争取获得金质奖章。

安妮的脸红了，她承认自己正在考虑这件事情。

“噢，这使我想起来了，”乔西说，“女王专科学校终于要得到一份艾弗里奖学金了。今天才得到消息，是弗兰克·斯托克利告诉我的——他的叔叔是学校董事会的董事，你知道。这消息明天将在学校公布。”

一份艾弗里奖学金！安妮感到自己的心跳加快了，她那雄心壮志的范围好像在一种魔力的影响下改变和扩大了。在乔西告诉她这条消息以前，安妮理想中的最高目标是年终得到一张一级地方教师合格证书，或许还有那枚奖章！可是现在一转眼间，安妮看见自己正在争取艾弗里奖学金。在雷德蒙德学院学习艺术课程，毕业时身穿长袍，戴着学士帽，所有这些都在乔西的话音消失以前一闪而过。因为艾弗里奖学金是英国人颁发的，安妮感到自己的一只脚正踏在故乡的荒原上。

新不伦瑞克一位有钱的工厂主死了，留下一部分财产作为一大笔奖学金捐赠了出来，按照各滨海省的许多普通中学和专科学校的不同地位，分发给它们。至于女王专科学校是否能分配到一份，曾经有过很大的疑问，可是问题终于解决了，年终在英语和英国文学两门课程取得最高分的毕业生将赢得奖学金——在雷德蒙德学院学习四年，每年二百五十加元。怪不得那天夜里安妮上床时面颊上带着激动的神情！

“如果拼命用功能够得到那份奖学金，我一定要争取，”她下了决心，“如果我成了学士，马修不是会感到很自豪吗？哦，有抱负是多么使人愉快啊。我很高兴我有这么多抱负。而且它们好像永无止境——这一点最棒了。你刚实现了一项目标，就看见还有另一项在更高的地方闪闪发光。这使生活变得非常有趣。”

第35章

女王专科学校的冬天

安妮的想家病渐渐消失了，每个周末的回家帮助她克服了这个毛病。秋天的每个星期五晚上，阿冯利来的学生们就出镇来到铁路新支线上的卡莫迪。黛安娜和阿冯利的另外几个年轻人一般总在那里迎接他们，然后大家汇成快乐的一伙，一起走到阿冯利去。安妮认为，望着远处阿冯利各家各户明灭的灯光，呼吸着令人振奋的清新空气，像吉卜赛人一样漫步走过秋天的山丘，这些星期五晚间的活动成为整个一周最美妙、最亲切的时光。

吉尔伯特·布莱思几乎总是和鲁比·吉利斯一块儿走，并为她提着书包。鲁比是个非常俏丽的年轻女子，她认为自己已经完全是个大人了，实际上也是这样；她尽量穿很长的裙子，长到她妈妈允许她穿的那个尺寸，还在镇上把头发盘了起来，虽然当她回家时，不得不仍旧把它披在肩上。她有一双湛蓝色的大眼睛，容光焕发，体态丰腴。她笑口常开，兴高采烈，心情愉快，无拘无束地享受着生活的乐趣。

“不过，我认为她不是吉尔伯特应该喜欢的那种女孩。”简小声对安妮说。安妮也有同感，可是为了艾弗里奖学金，她是不会这样说的。她也情不自禁地想到，如果能有个像吉尔伯特这样的朋友在一起说说笑笑，交谈读书体会、学习心得和志向抱负，该是多么令人愉快啊。她知道吉尔伯特是个有远大目标的人，看来他同鲁比讨论这些问题是毫无用处的。

在安妮关于吉尔伯特的想法中，并没有什么糊涂的柔情。当她想起男同学的时候，他们对她来说不过是可能结交的好同志。如果她和吉尔伯特结成朋友，她就根本不在乎他另外还有多少朋友或者他和谁一起走路。她在交友方面很有天赋，她有很多女朋友，可是她模模糊糊地意识到，与男性交朋友或许也是一件好事，可以加深一个人对友谊的想法，提供更开阔的判断和比较的视野。安妮并不能够清楚地说明她对这个问题的看法。可是她想，如果吉尔伯特和她一起沿着长满三叶草的偏僻小路，越过秋日松软的土地从火车站走回家去，他们就可能有许多愉快而有趣的谈话，畅谈那展现在他们周围的新的世界，抒发他们在那个世界里的希望和抱负。吉尔伯特是个聪明的小伙子，对事情有他独到的见解，并且决心要吸取人生最美好的精华并用全副精力投入生活。鲁比·吉利斯对简·安德鲁斯说，她对吉尔伯特·布莱思说的话似懂非懂，他谈起话来就同安妮·雪莉悠然出神时的神气一样；在鲁比这方面，她认为在没有必要的情况下为书本和诸如此类的事情操心劳神是没有什么乐趣的。弗兰克·斯托克利可带劲多了，可是他远不及吉尔伯特英俊，她实在无法决定她究竟更喜欢哪一个！

在学校里，安妮的身边渐渐吸引了一小圈朋友，她们都是像她本人一样思想深邃、想象丰富、雄心勃勃的学生。其中就有“玫瑰般红润”的姑娘斯特拉·梅纳德和“梦幻女郎”普里西拉·格兰特。她很快同她们结成了亲密的朋友。她发现普里西拉这个脸色苍白、神情超脱的姑娘十分调皮，喜欢开玩笑，同别人打趣，而那个生着一对活泼鲜明的黑眼睛的斯特拉却和安妮自己一样，充满着梦想和幻想，仿佛老是若有所思。

圣诞节假日以后，阿冯利的学生星期五不再回家，安下心来发愤攻读。这时女王专科学校的所有学生在名次上都已找到了自己的位置，不同的班级也已在个性上具有了明显而固定的差别。某些事实已经被普遍接受。人们承认奖章竞争者实际上已限于三人——吉尔伯特·布莱思、安妮·雪莉和刘易斯·威尔逊；艾弗里奖学金就不知鹿死谁手了，大致六个人中的任何一个都可能是获得者。人们认为数学青铜奖章多半会被一个身体肥胖、长相滑稽的乡下小个儿男生获得，他穿着一件打着补丁的外套，脑门凹凸不平。

鲁比·吉利斯是那一年学校里最漂亮的姑娘；在二年级的几个班里，斯特拉·梅纳德在评美中获胜，当时一小部分具有批判精神的同学更喜欢安妮·雪莉。有资格的评判员一致承认埃塞尔·马尔的发型最为时髦，简·安德鲁斯——穿着朴素、举止稳重、态度认真的简——在家政课程上一举夺魁。就连乔西·派伊也作为女王专科学校全体学生中说话最尖刻的年轻姑娘获得了一定的名气。因此，我们可以公正地说，斯塔西小姐过去的学生在更广阔的学校课程的角逐中仍然保持了不败的地位。

安妮刻苦踏实地用功学习。她和吉尔伯特的竞争像在阿冯利学校时一样激烈，不过班上知道这种竞争的人并不多，而且不知怎么，其中的苦味也消失了。安妮不再希望为了击败吉尔伯特而取胜；她倒是变得为了能够战胜任何一位值得较量的对手而感到自豪；即使失败了，她也不再认为生活是难以忍受的了。

尽管功课繁重，同学们仍能找到寻欢作乐的机会。安妮很多的空闲时间是在“山毛榉宅第”度过的，她星期天通常在那儿吃午饭，并和巴里小姐一起去教堂。巴里小姐逐渐变老了，她自己也这么承认，可是她的黑眼睛仍然炯炯有神，她讲话时的充沛的活力也丝毫没有减退。但是，她从来不讽刺挖苦安妮。对于这位苛刻的老小姐来说，安妮一直是最受青睐的。

“那个安妮姑娘每时每刻都在进步，”她说，“我对别的姑娘感到厌烦——她们那种始终不变的、一模一样的神态使人恼火。安妮像彩虹一样有许多不同的色彩，每一种色彩出现时都是非常绚丽的。我不知道她是否还像童年时期一样逗人发笑，但是她使我爱她，我喜欢那些能使我爱他们的人。这不用我自己费劲去爱他们，也就省掉了我不少麻烦。”

接着，几乎谁也没有注意到，春天已经来临了；远处阿冯利的环状残雪逗留在杂草枯萎的荒地上，五月花悄悄地探出了粉红色的小脑袋；“翠绿的薄雾”笼罩森林，萦绕山谷。可是在夏洛特敦，考试折磨着女王专科学校学生的思想，他们见面的时候句句不离考试。

“学期快结束了，这看起来好像是不可能的事，”安妮说，“可不是，去年秋天看看前面的日子似乎很长——整个冬季都是上课、学习。现在可好，下个星期就要考试了。姐妹们，有时候我觉得这些考试好像顶顶重要，可是当我看着那些栗子树上绽出的大片嫩芽和街道尽头回荡着的蓝色的雾气时，考试似乎就不那么叫人牵肠挂肚了。”

顺路来拜访她的简、鲁比和乔西却不以为然。对于她们来说，即将到来的考试一直是至关重要的——比栗树的嫩芽或五月的烟雾重要得多。安妮当然至少能够考试及格，因此很可以藐视考试，可是当你的整个前途取决于考试的成绩时——姑娘们确实是这样想的——你就不能等闲视之了。

“最近两个星期，我掉了七磅肉，”简叹了口气，“说不要发愁是不顶事的。我要发愁。发愁对你有点帮助——当你发愁的时候，你似乎就要采取一些行动。整个冬季我在女王专科学校上学，花了这么多的钱，结果要是我得不到证书，那未免太可怕了。”

“我可不在乎，”乔西·派伊说，“如果我今年不及格，明年再来。我爸爸有钱供我上学。安妮，弗兰克·斯托克利说，特里梅因老师讲吉尔伯特·布莱思肯定能获得奖章，埃米莉·克莱很可能赢得艾弗里奖学金。”

“那可能会使我明天的情绪低落，乔西，”安妮笑嘻嘻地说，“可是现在只要我知道绿山墙农舍下的山谷里紫罗兰盛开，放眼望去一片紫色，小小的三叶草在‘情人的小径’上探头探脑，我就实实在在地感到能否获得艾弗里奖学金没有多大关系了。我已经尽了自己的最大努力，并且开始理解‘奋斗的欢乐’这句话的意义。除了拼命争取然后获胜以外，最有益的事情便是拼命争取而遭到失败了。姑娘们，别再谈论考试的事情了！瞧着那些房屋上空的浅绿色的天穹，想象一下它在阿冯利紫黑色的山毛榉树林上空又是什么色彩吧。”

“你准备穿什么衣服参加毕业典礼，简？”注重实际的鲁比问道。

简和乔西立刻同时做了回答，然后她们岔开话题，围绕着无关紧要的衣服款式问题进行了喋喋不休的讨论。可是安妮却将两肘搁在窗台上，两只紧握着的手托住她那柔软的面颊，充满梦幻的大眼睛漫不经心地越过窗外城市的屋顶和塔尖，凝视着夕阳西下的天空中那片壮丽的半圆形晚霞，用年轻人特有的乐观情绪编织着她对未来可能出现的光辉前程的憧憬。所有“遥远的前景”都是属于她的，在即将到来的岁月里，潜伏着许多光明的机会——每年都有一朵充满希望的玫瑰被编进一只不朽的花环。

第36章

荣誉和梦幻

那天上午，女王专科学校的布告栏里将公布年终考试的各科成绩，安妮和简一起走在街道上。简笑逐颜开：考试结束了，她心安理得地相信自己至少是考及格了。简根本不为更多的忧虑烦神，她没有冲天的雄心壮志，因此，伴随着雄心壮志而来的不安情绪对她毫无影响。在这个世界上，我们获得或争取任何东西都是要付出代价的；尽管远大的抱负是可贵的，但目的并不能够轻易达到，要经过辛勤劳动、自我克制、焦虑不安和灰心丧气的层层考验。安妮脸色苍白，沉默不语；再过十分钟，她就会知道谁得到了奖章，谁得了艾弗里奖学金。在当时看来，除了这十分钟，其他一切都不配称作“时间”。

“不管怎么说，你肯定会赢得其中的一项的。”简说，她无法理解教员会不公平地另作安排。

“我没有希望赢得艾弗里奖学金了，”安妮说，“每个人都说埃米莉·克莱会得到这份荣誉。我不准备走到布告栏那儿当着众人的面看布告了。我没有勇气。我打算直接到女生更衣室去。你一定要去看一下布告，然后来告诉我，简。我凭我们长期的友谊请求你尽快地这样做。如果我失败了，你就直截了当地这么说，用不着想要吞吞吐吐地向我透露；不管你做什么，都不要可怜我。答应我这个要求吧，简。”

简一本正经地答应了。可是，事实证明这项保证是毫无必要的。当她们走上女王专科学校门口的台阶时，她们看见大厅里挤满了男生，他们把吉尔伯特·布莱思扛在肩上，扯着嗓子嚷道：“布莱思真棒，奖章获得者！”

安妮的心头顿时感到一阵失败和失望的隐痛。这么说她失败了，吉尔伯特胜利了！唉，马修会感到遗憾的——他一直对她的胜利充满信心。

且慢！有人高声喊道：

“为艾弗里奖学金的获得者雪莉小姐欢呼！”

“啊，安妮，”当她们在一片热烈的欢呼声中冲进女生更衣室时，简气喘吁吁地说，“啊，安妮，我真得意！这难道不是妙极了吗？”

接着，姑娘们围到她们身边，安妮是一群人欢笑祝贺的中心。人们拍打着她的肩膀，使劲地跟她握手。她被人推推搡搡、拉拉扯扯、搂搂抱抱，在这整个气氛中，她瞅个空子对简小声说：

“哦，马修和玛丽拉肯定会高兴的！我一定要立刻写信，把这个消息告诉他们。”

接下来的一件大事是毕业典礼。典礼是在学校的大会议厅举行的。会上发表了演讲，宣读了论文，唱了歌曲，当众发了毕业证书，颁发了奖品和奖章。

马修和玛丽拉也到场了，他们的眼睛和耳朵始终只注意台上的一位学生—— 一位高挑个儿、腮帮微红、双目炯炯、穿着淡绿色衣服的姑娘，她朗读了一篇十分精彩的论文，人们指着她小声议论说，这就是艾弗里奖学金的获得者。

“我想，你在为我们当初把她收留下来而感到高兴吧，玛丽拉？”安妮读完论文时，马修悄声说，这是他进入会议厅后第一次说话。

“我不是第一次感到高兴了，”玛丽拉回嘴道，“你就喜欢触人痛处，马修·卡思伯特。”

坐在他们后面的巴里小姐向前探过身去，用她的阳伞捅了捅玛丽拉的脊背。

“你难道不为那个安妮姑娘感到自豪吗？我也为她高兴。”她说。

那天晚上，安妮同马修和玛丽拉一起回到阿冯利。从四月起她就一直没有回过家，她感到自己连一天也等不及了。苹果树上花朵盛开，世界显得清新和年轻。黛安娜在绿山墙农舍迎接她。在她洁白的小屋子里，玛丽拉在窗台上放了一盆怒放的家玫瑰。安妮环顾四周，幸福地长舒了一口气。

“哦，黛安娜，又回到家来真是太好了。看到那些尖尖的冷杉树伸向粉红色的天空——还有那一片白色的果园和熟悉的‘白雪皇后’，真是令人赏心悦目。薄荷真是芬芳宜人。还有那株茶花——啊，它既是一首歌，又是一个希望、一句祷告词，三者合一。而且又能看到你，真叫人高兴，黛安娜！”

“我认为你更喜欢那个斯特拉·梅纳德，”黛安娜责怪她说，“乔西·派伊对我这么说的。乔西说你对她格外迷恋。”

安妮笑了，她用自己花束里凋谢了的“六月百合”向黛安娜掷去。

“除了一个人，斯特拉·梅纳德才算是世界上最可爱的姑娘，而那一个人就是你，黛安娜，”她说，“我越来越爱你了——我有许多事情要告诉你。可是我刚才觉得，好像只要坐在这儿瞧着你，就够快活的了。我厌烦了，我想——只对勤奋学习和雄心壮志感到厌烦了。我打算明天至少花两个钟头躺在外面果园的草地上，脑子里绝对不想任何事情。”

“你干得棒极了，安妮。我想，既然你得了艾弗里奖学金，就不会去教书了吧？”

“不教书啦。九月份我要去雷德蒙德。这看起来真是好极了，是不是？等我结束了三个月可贵而愉快的假期生活，我就会贮存一批崭新的抱负。简和鲁比准备教书。想到我们大家都及格了，就连穆迪·斯珀吉翁和乔西也不例外，怎不叫人眉飞色舞？”

“新布里奇的理事会已经把他们的学校给了简，”黛安娜说，“吉尔伯特·布莱思也准备教书。他不得不这样做。他的父亲毕竟没有那么多钱，明年供不起他去上大学，所以他打算自己挣钱读完大学了。如果艾姆斯小姐决定离开的话，我想他会得到这里学校的教职的。”

安妮略微产生一阵惊讶和沮丧的奇怪感觉。她还不知道这件事呢；她曾指望吉尔伯特也会到雷德蒙德去。没有他们之间振奋人心的竞争，她将怎么办呢？缺少了她的这位作为对头的朋友，即使在一所男女同校的学院里有希望得到一个真正的学位，学习起来不是仍然太平淡无味了吗？

第二天早上吃早饭时，安妮突然发现马修的气色不好。显然，他比一年以前苍老多了。

“玛丽拉，”等他出去以后，她嗫嚅地说，“马修的身体健康吗？”

“不，他身体不好，”玛丽拉用不安的口吻说，“今年春天，他非常严重的心脏病发作好几次，可是他一刻也不肯歇着。我着实为他担忧，他这会儿总算好些了，我们雇了个能干的帮工，我满心希望他能得到一些休息，逐渐恢复健康。现在你在家，也许他会好起来的。你总是能够使他心情愉快。”

安妮将身子从桌面上探过去，双手捧起玛丽拉的脸。

“你自己的脸色也不像我希望看到的那样健康，玛丽拉。你看起来很疲倦。我怕你一直工作得太辛苦了。既然我在家里，你就要好好歇歇。我只准备花这一天的时间出去访一访所有那些心爱的老地方，寻觅我昔日的梦幻，然后就轮到你闲散一阵子，由我来干活了。”

玛丽拉朝她的姑娘深情地笑了笑。

“不是工作——是我的脑袋。现在我常常头痛——在我的眼睛后面。斯潘塞医生老是过分强调要戴眼镜，可是眼镜对我没有什么好处。六月的最后一天，一位著名的眼科医生要到爱德华王子岛来，医生说我一定得去找他检查一下。我想应当去一趟。现在我根本没法舒舒服服地看书或做针线活了。嗯，安妮，我必须说你在女王专科学校表现得的确很出色。一年之内得到了一级结业证书，还获得了艾弗里奖学金——嗯，嗯，林德太太说骄者必败，还说她压根儿不赞成妇女接受高等教育；她说这不适合妇女的真正身份。这话我绝对不信。说到雷切尔倒提醒了我——最近你听到关于艾比银行的事了吗，安妮？”

“我听说它情况不妙，”安妮回答，“怎么啦？”

“雷切尔正是这么说的。上个星期有一天她上这儿来说，人们对此议论纷纷。马修感到很担忧。我们的积蓄全存在那家银行里——每分钱都在那儿。起先，我想让马修把钱存在储蓄银行，可是艾比老先生是父亲的一位好朋友，马修总是把钱存在那儿的。他说，不管哪一家银行，只要艾比当经理，就万无一失。”

“我认为多年来他只是名义上的经理，”安妮说，“他老了，实际上他的侄儿掌管那家银行的大权。”

“唉，雷切尔告诉我那番话以后，我要马修立刻去把我们的钱取出来，他说他要考虑考虑。而昨天拉塞尔先生对他说，那家银行一切正常。”

安妮在户外世界的陪伴下，度过了美好的一天。她永远没有忘记那一天；它是那么金光灿烂，美丽迷人，而且是那么明朗，没有一丝阴影，那么百花怒放，争芳斗妍。安妮在那颇有意义的一天里在果园待了几个小时，她来到“森林女神的水泡”“柳池”和“紫罗兰溪谷”；她还拜访了牧师住宅，同阿伦太太进行了一场彼此满意的谈话；最后，傍晚时分她和马修一起穿过“情人的小径”，将母牛赶到后面的牧场上去。森林在落日余晖的照耀下神采飞扬，夕阳温暖的光芒从西边山丘的缺口直泻而下。马修低着头慢慢地走着；修长挺拔的安妮放慢跳跃的脚步，与马修取齐步调。

“今天你干活太用劲了，马修，”她责备说，“为什么不悠着点干呢？”

“嗯，我似乎慢不下来。”马修说道，一边打开院门，让母牛进去，“这只是因为我渐渐年迈但总是忘记岁数不饶人，安妮。嗯，嗯，我一向干活很用力，我宁愿在干活的时候倒下。”

“如果我是你们托人领养的那个男孩，”安妮若有所思地说，“现在我就可以帮你不少忙，许多事情你可以不必亲自动手了。仅仅为了这一点，我打心眼儿里希望自己是个男孩。”

“嗯，我宁愿要你，也不要十几个男孩，安妮，”马修拍了拍她的手说，“请你记住——我情愿要你，不要十几个男孩。嗯，得到艾弗里奖学金的不是个男孩吧？这是个姑娘——我的姑娘——我为她感到自豪。”

他走进院子里，对她露出他那羞怯的微笑。那天晚上，安妮带着这个记忆走进她的屋子，在敞开的窗口坐了许久，回想着往事，憧憬着未来。窗外月光下的“白雪皇后”白得朦朦胧胧；果园坡那边的沼泽地里蛙声齐鸣。安妮永远记得那天夜里银光般的平静美景和芬芳的安谧气息。这是悲哀触动她的生活之前的最后一夜；一旦遭到那种冷酷而无法抗拒的触动，生活便永远也不会再依然如故。

第37章

收获者的名字叫死亡

“马修——马修——怎么回事？马修，你病了吗？”

这是玛丽拉在说话，语气急促惶恐。安妮穿过厅堂走来，两手捧满白色的水仙花——很久以后，安妮才能够重新喜欢白水仙的风姿或香味——正巧听见玛丽拉的声音，看到马修站在走廊的门口，手里捏着一张折起的报纸，他脸色灰白，脸奇怪地扭曲着。安妮丢下她的花，和玛丽拉同时跑过厨房向他奔去，她们都晚了一步；不等她们来到他身边，马修就跌倒在门槛上了。

“他昏过去了。”玛丽拉喘着气说，“安妮，快跑去叫马丁——快，快！他在牲口棚里。”

刚驾车从邮局回来的雇工马丁立刻动身去请医生了。路过果园坡时把巴里先生和太太叫了来。林德太太正在那儿办一件事情，也和他们一起来了。他们发现安妮和玛丽拉正在手足无措地想使马修恢复神志。

林德太太轻轻地把她们推开，试了试他的脉搏，将她的耳朵贴着他的心口听了听。她悲哀地看着她们焦急的脸，眼里涌出了泪水。

“唉，玛丽拉，”她沉痛地说，“我认为——我们对他毫无办法了。”

“林德太太，你不认为——你不会认为马修已经——已经——”安妮无法说出那个可怕的字眼：她变得虚弱而苍白。

“孩子，是的，我怕是这样的。看看他的脸。如果你像我一样经常看到这种脸色，你就会明白这意味着什么了。”

安妮看着那张一动不动的脸，从脸上看到了死神降临的征象。

医生来了，他说马修很可能是受到某种突如其来的打击而立刻死亡的，也许并没有感到痛苦。他们发现这种打击的具体内容是马修手里捏着的、那天早上马丁从邮局取回来的报纸，上面报道了艾比银行倒闭的消息。

消息迅速传遍了阿冯利，朋友和邻居整天聚集在绿山墙农舍，好心地为死去的和活着的人出出进进地忙碌着。腼腆、安静的马修·卡思伯特第一次成了一位重要人物；苍白威严的死神袭击了他，仿佛认为他已经功德圆满而把他同众人分开。

当寂静的夜幕轻轻笼罩绿山墙农舍时，这座旧房子显得沉寂宁静。在客厅，马修躺在他的棺材里，灰色的长发衬托出他那平静的脸庞，上面含着一丝和善的笑意，仿佛他只是睡着了，正在做着愉快的梦。他的周围放满了鲜花——旧式品种的芳香的鲜花，是他母亲做新娘的时候种在家宅里的，马修一直对它们怀有一种无法用言语表达的深挚的爱。安妮把它们采集了许多，带来给他，她那双痛苦的、没有泪水的眼睛在她苍白的脸上显得通红，她能为他做的就只有这件事了。

那天夜里巴里一家和林德太太陪伴着她们。黛安娜来到东山墙屋子，只见安妮正站在窗口，她轻轻地说：

“亲爱的安妮，你愿意我今天夜里陪你睡吗？”

“谢谢你，黛安娜，”安妮真诚地凝视着她朋友的脸庞，“我想，如果我说我希望独自待着，你是不会误解我的。我并不害怕。自从事情发生以后，每时每刻都有人陪着我——我希望单独待着。我想安安静静地来理解这件事情。我无法理解。在一半的时间里，我似乎觉得马修不可能死去；而另一半时间我又感到他似乎已经死了好久，从那以后我一直忍受着这种可怕的隐痛。”

黛安娜没有完全理解。玛丽拉在这场飞来横祸面前打破了沉默的天性和终生习惯的束缚，显得痛彻肺腑，比起安妮没有泪水的悲痛来，黛安娜更能理解玛丽拉的心情。不过，她还是好心地离开了，留下安妮独自一人哀伤地过了这第一个不眠之夜。

安妮希望泪水会在孤寂中涌出来。她感到自己无法为马修掉一滴眼泪是可怕的。她是如此热爱马修，他对她这样仁慈，昨天晚上他还在夕阳西斜时和她一起回家，现在却躺在楼下昏暗的小屋子里，他的面色异常平静。可是最初她还是没有眼泪，即使黑暗中她跪在窗口，仰望山丘那边的星星开始祈祷——也仍然没有眼泪，只有那种可怕的、悲哀的隐痛不停地刺伤着她的心，直到她由于白天的痛苦和激动而精疲力竭地睡去。

夜里她醒来了，周围一片寂静和黑暗，白天的事情像悲伤的波浪一样向她阵阵袭来。她仿佛能够看见马修向她微笑的脸，就像前一天晚上他们在大门口分别时他向她微笑一样——她仿佛能够听见他的声音在说：“我的姑娘——我为她感到自豪。”于是眼泪涌了出来，安妮失声痛哭。玛丽拉听到声音，悄悄地进来安慰她。

“好啦——好啦——别这样哭了，亲爱的。哭是唤不回他的了。这样哭是——是——是不对的。今天我明白了，可是我克制不住。他一直是我的慈爱而善良的好哥哥——只有上帝最清楚。”

“唉，就让我哭吧，玛丽拉。”安妮泣不成声地说，“眼泪不像心里的痛苦那样使我难受。在这里陪我待一会儿吧，用你的手臂搂着我——这样。我不能让黛安娜留下，她善良、亲切、温柔——但这不是她的伤心事——她是外人，她没法接近我的心灵深处来帮助我。这是我们的伤心事——你的和我的。啊，玛丽拉，没有了他，我们怎么办呢?”

“我们相依为命吧，安妮。如果你不在这儿——如果你根本没有来，我是会手足无措的。唉，安妮，我知道我也许一向对你有点严厉和粗暴——可是你千万不要因此认为我不如马修那样爱你。现在，我想告诉你。对我来说，要吐露我的心里话从来不是一件容易的事。可是在这样的时刻，就比较容易推心置腹。我爱你，好像你是我的亲骨肉一样，自从你来到绿山墙农舍，你一直使我得到欢乐和安慰。”

两天以后，他们抬着马修·卡思伯特跨过农舍的门槛，离开他耕耘过的土地、他爱过的果园和他亲手种植的树木；然后，阿冯利又恢复了往日的平静，就连绿山墙农舍的事务也回到了过去的轨道，人们像以前一样有条不紊地完成农活和任务，虽然他们总是痛苦地意识到“一切熟悉事物里的失落”。初次领略悲哀滋味的安妮认为，情况会变成这样，简直是让人无法忍受的——缺了马修，她们居然能够按照原来的方式继续生活下去。她发现自己在望着冷杉树林后面的日出和花园里淡红色的花苞时，心中仍能涌起过去的那种欢乐——黛安娜的拜访总是使她愉快，黛安娜快活的话语和腔调竟把她逗得发出笑声，露出笑容——总之，充满鲜花、爱和友情的美丽世界丝毫没有失去那种使她浮想联翩、心情激荡的力量，生活仍然在用多种声音执着地呼唤着她，这使她有点内疚和羞愧。

“马修不在了，我还能在这些事物里找到快乐，这似乎是对他的不忠。”一天晚上，安妮若有所思地对阿伦太太说。这时她们俩一起待在牧师住宅的花园里。“我那么想念他——始终不能忘怀——可是，阿伦太太，尽管如此，世界和生活似乎还是非常美好、非常有趣的。今天黛安娜说了一些有趣的事情，我发现自己在哈哈大笑。出事以后，我以为自己永远也不会再笑了。不知怎么，我总觉得我好像不应该笑。”

“当马修在这里时，他喜欢听你的笑声，也希望知道你从周围有趣的事情中找到欢乐。”阿伦太太温和地说，“现在他不过是离开了你，他仍然希望知道这一点。我相信我们不该关上心扉，不去接受大自然给予我们的治愈创伤的感染力。不过我理解你的感情。我认为我们都在经历同一件事情。当我们所喜爱的某一个人再也不能在这里与我们同享欢乐时，我们仍然觉得有些事情使我们很高兴，每次想到这一点心里总有点内疚，而当我们发现自己重新对生活发生兴趣时，总感到好像我们背叛了我们的悲哀似的。”

“今天下午，我到下面的坟地上，在马修的墓前种一棵玫瑰，”安妮神情恍惚地说，“我插活了一枝他母亲很久以前从苏格兰带来的娇小的白玫瑰；马修总是最喜欢那些玫瑰花——它们在多刺的梗子上显得那么小巧玲珑、香气袭人。我能够把它种在他的墓前，真使我高兴——好像我把它移植到他身边，是在做一件一定会使他高兴的事似的。我希望他在天堂里也有那样的玫瑰花。也许，他这么多夏季爱过的白色小玫瑰花的灵魂都在那儿迎接他。现在我要回家了。玛丽拉一个人待在家里，黄昏的时候她会感到寂寞的。”

“等你又离开她去上大学时，恐怕她会更加寂寞了。”阿伦太太说。

安妮没有回答；她道了声晚安，慢慢地走回绿山墙农舍。玛丽拉正坐在前门的台阶上，安妮在她身边坐了下来。她们背后的房门开着，被一枚粉红色的大海螺卡住，海螺光滑盘旋的内壁使人想起大海的落日。

安妮折了几根淡黄色的忍冬树枝条，把它们插在自己的头发上。她喜欢那种甜蜜的芬芳，它们仿佛属于某位时刻在她头上飞舞着的无形的赐福天使。

“你不在的时候，斯潘塞医生到这儿来了，”玛丽拉说，“他说明天那位专家在镇上，他坚持要我去检查一下眼睛。我想我最好去弄明白到底是怎么回事，如果那个人能给我配一副正好适合我的眼睛的眼镜，我就感激不尽了。我不在的时候，你独自待在家里没有意见吧？马丁得驾车送我到镇上去，家里有熨衣服和烤面包的活儿要干。”

“我会好好干的。黛安娜会过来陪我。我会一心一意把熨衣服和烤面包的活计干得很好——你不必担心我会给手绢上浆或用涂抹剂给蛋糕加佐料。”

玛丽拉笑了。

“那些时候，你是怎样一个专门闯祸的小丫头啊，安妮。你老是弄得没法收拾。那时我总以为你着了魔。你还记得你染头发的那个日子吗？”

“记得，当然记得。我永远不会忘记。”安妮微笑着摸了摸盘在她匀称的脑袋上的粗辫子，“现在，有时想起我的头发曾经给了我多大的烦恼，我总要轻轻地笑一两声——但我笑得并不厉害——当时这确实让人苦恼。我为我的头发和雀斑忍受了多大的痛苦。我的雀斑真的消失了；现在人们好心地告诉我，我的头发变成茶褐色的了——只有乔西·派伊除外。昨天她还对我说她真的认为它比以前更红了，或者至少是我的黑衣服把它衬得更红了，她还问我红头发的人是不是早已习惯，不在乎了。玛丽拉，我几乎决定不再企图对乔西·派伊抱有好感了。用我以前的话说，我做出英勇的努力去喜欢她，可是乔西·派伊没法招人喜欢。”

“乔西是派伊家的人嘛，”玛丽拉尖刻地说，“所以她没法不惹人讨厌。我想那种类型的人在社会上能起到某种有益的作用，可是我必须说，我不知道他们除了挖苦人以外还有什么用处。乔西打算教书吗？”

“不，她打算明年返回女王专科学校。穆迪·斯珀吉翁和查利·斯隆也是这样。简和鲁比打算教书，她们都联系好了学校——

简在新布里奇，鲁比在西边的某个地方。”

“吉尔伯特·布莱思也准备教书，是吗？”

“是的。”——回答得很简单。

“他是个多么漂亮的小伙子啊，”玛丽拉心不在焉地说，“上个礼拜天我在教堂看见了他，他看起来身材很高，很有男子汉气概。他似乎很像他父亲在他这个年纪时的样子。约翰·布莱思以前是个英俊的男孩子。我们曾是真正的好朋友。他和我。人们管他叫我的情人。”

安妮一下子来了兴致，她抬起头来。

“啊，玛丽拉——后来怎么样了？——为什么你没有——”

“我们吵了一架。当他请我原谅他时，我不肯。我打算过一会儿原谅他——我当时气愤难平，想先治他一下。他再也没有回来——布莱思家的人都有很强的独立意志。我总觉得——非常遗憾。我似乎一直希望我有了机会就原谅他。”

“这么说，你的一生也有过一点浪漫的经历啰。”安妮轻轻地说。

“是的，我想你可以这么说。看我的模样，你是想不到这一点的，是不是？可是人不可貌相嘛。每个人都忘记我和约翰的事了，就连我自己也淡忘了。可是上个礼拜天当我看见吉尔伯特时，我又回想起了这一切。”

第38章

峰回路转

第二天，玛丽拉到镇上去了，晚上才回来。安妮到果园斜坡那边去找黛安娜，回家后发现玛丽拉用手撑着脑袋，坐在厨房的桌子旁边。她这种垂头丧气的姿势使安妮打了个寒战。她从未见过玛丽拉像这样毫无生气地坐着。

“你累了吗，玛丽拉?”

“是的——不——我不知道。”玛丽拉疲倦地说，抬起了头，“我想我是累了，可是我没有考虑这一点。问题不在这上面。”

“你去看过眼科医生了吗? 他说什么?”安妮焦急地问。

“是的，我见到他了。他检查了我的眼睛。他说，如果我完全停止看书和做针线活，也不做任何伤害视力的工作，如果我留神不掉眼泪，如果我戴上他给我配的眼镜，他认为我的眼睛也许不会再坏下去了，我的头痛病也会消失。可是如果我不这样做，他说我肯定会在六个月之内完全瞎掉。瞎掉！安妮，你想想这个词的分量吧!”

安妮先是惊愕地迅速叫了一声，然后陷入了片刻的沉默。她感到自己没法说话。接着她勇敢而哽咽地说：

“玛丽拉，别这么想。你知道，他给了你希望。如果你小心保护，你是不会完全失明的；如果他的眼镜治愈了你的头痛，那将是一件了不起的好事。”

“我不认为这有多大希望，”玛丽拉痛苦地说，“要是我不能看书，不能做针线活，也不能做那一类的任何事情，我活着有什么意义呢？我宁可瞎掉——或者死掉。至于掉眼泪，当我孤独寂寞时，我会情不自禁地掉眼泪的。罢了，谈这事没有用处。谢谢你给我倒一杯茶来。我简直精疲力竭了。不管怎么说，暂时不要对任何人说起这件事情。我受不了朋友们到这儿来向我问长问短，表示同情，讨论个没完没了。”

玛丽拉吃过晚饭，安妮劝她上床睡觉。然后安妮自己来到了东山墙屋子，噙着眼泪、心情沉重地在黑暗中独自坐在窗口。从她回家后的那天夜里坐在那儿以来，情况发生了多么可悲的变化！那时她充满了欢乐和希望，未来仿佛是光辉灿烂，前途无量。安妮感到从那以后自己似乎生活了好几年，可是她上床以前嘴角露出了一丝笑意，心情也平静了。她毫不畏惧地正视她的责任，并且发现它是一个对她有帮助的因素——每当我们坦率面对它的时候，责任总是对我们有帮助的。

几天以后的一天下午，玛丽拉慢慢地从院子里走进来。刚才她在院子里和一位来客谈话——安妮一眼就认识这个人，知道他是来自卡莫迪的约翰·萨德勒。安妮不知道他说了些什么，使玛丽拉的脸色那么难看。

“萨德勒先生来干什么，玛丽拉？”

玛丽拉在窗口坐下，看着安妮。她不顾眼科医生的禁止，眼睛里又噙满了泪水，说话的声音也变了：

“他听说我要出卖绿山墙农舍，他想把它买下来。”

“把它买下来！买绿山墙农舍？”安妮不知道自己是不是听错了，“啊，玛丽拉，你不是打算出卖绿山墙农舍吧！”

“安妮，我不知道除此以外还有什么办法。我全盘考虑过了。

如果我的眼睛没有问题，我可以留在这儿，雇上一个好帮工，凑合着料理事情，把这个家维持下去。可是像现在这样，我没法留在这儿了。我可能会完全失明；不管怎么说，我也不适合跑来跑去经管许多事情了。唉，我从没想到我会活着看到我不得不卖掉产业的一天。可是事情只会越来越糟，最后没有人愿意买它。我们的每分钱都存在那个银行里，还有马修去年秋天签署的借据，要偿还欠款。林德太太建议我把农庄卖了，另外找个有吃有住的地方——我想就同她一起生活吧。农庄卖不出多少钱——规模很小，楼房也很旧了。不过我想卖得的钱是足够我维持生活的。我很高兴有那笔奖学金向你提供生活所需，安妮。不过假期里你将无家可归，我想想挺难过。情况就是这样。我想你总能够对付过去的。"

玛丽拉再也支持不住，失声痛哭起来。

"你绝对不能卖掉绿山墙农舍。"安妮坚决地说。

"唉，安妮，我也希望自己不必这么做。可是你也看得出来。我不能独自留在这儿。烦恼和寂寞会把我逼疯的。而且我将失去视力——我知道多半会是这样。"

"你不必独自待在这儿，玛丽拉。我要和你在一起。我不打算去雷德蒙德了。"

"不去雷德蒙德！"玛丽拉从捂着脸的手里抬起她那面容憔悴的头来，看着安妮，"啊，你这是什么意思？"

"就像我所说的那样。我不打算去领那份奖学金了。你从镇上回家以后的那天夜里，我就这么决定了。几年来你为我费了那么多的心血，玛丽拉，我当然是不会在你困难的时候把你一个人留下来的。我一直在考虑和盘算。让我把我的计划告诉你吧。巴里先生想在明年租我们的那片农田，这样你就不必操心了。我打算教书。我已经向这里的学校提出了申请——不过我不指望能够得到这个职位，因为我知道学校的理事会已经答应聘请吉尔伯特·布莱思了。

可是我可以到卡莫迪学校去——昨晚布莱尔先生在铺子里对我这么说的。当然，这不像在阿冯利学校教书那样合适或方便。但是我可以住在家里，自己驾车往返于卡莫迪和绿山墙农舍之间，至少在天气暖和的时候可以这样办。即使在冬天，我也可以每星期五回家的。我们要为此养一匹马。嗯，我已经完全计划好了，玛丽拉。我要念书给你听，让你心情舒畅。你不会感到乏味或寂寞的。我们一起待在这里会过得非常舒服和幸福，你和我。"

玛丽拉像个身在梦乡的女人那样听着。

"唉，安妮，我知道，如果你在这儿，我的生活确实是会过得很好的。可是我不能让你为我做出这么大的牺牲。那太可怕了。"

"胡说！"安妮快活地笑了，"没有什么牺牲不牺牲的。没有什么事情会比放弃绿山墙农舍更糟糕的了——没有什么事情会比这更使我伤心的了。我们一定要守护住这亲爱的老地方。我的决心已定，玛丽拉。我不打算去雷德蒙德了；我要留在这儿教书。你一点也不用为我操心。"

"可是你的抱负——还有——"

"我还像以前一样雄心勃勃。只是我改变了我所追求的目标。我要做一名出色的教师——我要挽救你的视力。另外，我还打算在家里学习功课，自修一些大学课程。哦，我有一大堆的计划，玛丽拉。一个星期以来我一直在制订这些计划。我要尽力使这里生气盎然，我相信活泼的生活会给我十分丰厚的报答的。当我离开女王专科学校的时候，我的未来像一条笔直的道路在我面前延伸出去。我想我沿路可以看到许多里程碑。现在路上有了个弯道。我不知道拐过弯去那边有些什么，但是相信那里一定有最美好的景致。那条弯道自有它的迷人之处，玛丽拉。我不知拐过去的道路通向哪里——有没有翠绿光华以及轻柔交错的光和影——令人耳目一新的风景——新的美感——拐过去是否还有许多弯道、山丘和山谷。"

“我觉得我不应该让你放弃它。”玛丽拉说，指的是那份奖学金。

“可是你没法阻拦。我已经十六岁半了，‘固执得像一匹骡子’，正如有一次林德太太对我说的那样。”安妮笑了起来，“哦，玛丽拉，你别再可怜我了，我不喜欢被人怜悯，而且也毫无必要。只要一想到我能留在心爱的绿山墙农舍，我就感到由衷的高兴。谁也不会像你和我这样爱它——所以我们非把它留在我们手里不可。”

“你这个舍己为人的姑娘！”玛丽拉说，她开始同意了，“我觉得好像你给了我新的生命。我想我应该坚持让你去上大学——可是我知道我没有法子，所以也就不再转这个念头了。不过我一定要让你得到补偿，安妮。”

当安妮·雪莉放弃上大学，打算留在家乡教书的消息在阿冯利传开时，人们议论纷纷。大多数的好心人不知道玛丽拉眼睛的情况，认为安妮太傻了。阿伦太太却不这么认为。她用赞许的话语把她的意思告诉了安妮，使这姑娘高兴得热泪盈眶。好心肠的林德太太也不认为安妮是傻瓜。她在一天晚上来到绿山墙农舍，发现安妮和玛丽拉在花香扑鼻的暖烘烘的夏天暮色中坐在前门门口。每当夜幕降临，白色的蛾子在花园里到处飞舞，清新的空气里充满着薄荷香味时，她们总喜欢坐在那儿。

雷切尔太太既疲倦又舒心地吁了一大口气，将她结实的身体蹭上门边的石凳，石凳后面长着一排高大的粉红色和黄色的蜀葵。

“不瞒你们说，能够坐下来，我真是太高兴了。我整整走了一天，两条腿载着二百磅的身子跑来跑去，实在够呛。不胖起来可是件大好事，玛丽拉。我希望你别小看这一点。嗯，安妮，我听说你放弃上大学的念头了，听了这消息我很高兴。你现在受的教育对于一个女人来说已经不算少了，应该心满意足了。我不相信姑娘们和男青年一块儿上大学，往脑子里装满拉丁文、希腊文之类的乱七八糟的东西有什么好处。”

“可是我还要照样学习拉丁文和希腊文，林德太太。”安妮笑着说，“我打算就在这绿山墙农舍学习我的艺术课程，学习我在大学里将要学的一切。”

林德太太大惊失色地举起双手。

“安妮·雪莉，你会累死的。”

“绝对不会。我会健康成长的。嘿，我可不准备把事情做过头。正如‘乔赛亚·艾伦的妻子’所说的，我要‘细水长流’。可是在漫长的冬夜，我会有许多空余时间，而且我在编织方面毫无才能。我要到卡莫迪去教书，你知道。”

“我不知道。我想你就要在这里的阿冯利教书了。理事会决定把学校给你了。”

“林德太太！”安妮嚷道，惊愕地跳了起来，“怎么回事，我以为他们已经把它给吉尔伯特·布莱思了！”

“他们是答应了。可是吉尔伯特听说你提出了申请，就去找他们——他们昨天晚上正在开事务会议，你知道——对他们说他收回申请，并建议他们接受你去执教。他说他打算到白沙镇去教书。当然啦，他放弃这所学校纯粹是为了满足你的愿望，因为他知道你多么想和玛丽拉待在一起，我必须说我认为他确实心地善良，能关心别人，就那么回事。这也是真正的自我牺牲，因为他将支付在白沙镇的膳宿费用，而大家知道，他必须依靠自己的力量读完大学。因此，理事会决定聘请你。当托马斯回来告诉我的时候，我高兴极了。”

“我觉得我不该接受，”安妮嗫嚅地说，“我指的是——我认为不应该让吉尔伯特为我做出这么大的牺牲——为我。”

“我想你现在没法阻止他了。他已经和白沙镇的理事会签了合同。你即使拒绝，也不会给他带来任何好处。你当然要接受这所学校啰。现在没有派伊家的孩子来上学，你会工作得非常顺利的。乔西是他们中间的最后一个，最会捣乱，就那么回事。最近二十年来，总有派伊家的某个孩子在阿冯利学校念书，我想他们的任务就是不断地提醒学校教师，世界上没有他们这些穷教师的容身之地。我的天哪！巴里家山墙上那些闪闪烁烁的亮光是什么意思?”

“黛安娜打信号叫我过去呢。”安妮笑着说，“你知道我们仍旧保持着老习惯。对不起，我得跑过去看看她要什么。”

安妮像只小鹿似的跑下长满三叶草的山坡，消失在“闹鬼的森林”的冷杉树荫里。林德太太宽容地望着她的背影。

“在某些方面，她身上还带有浓厚的孩子气。”

“在其他方面，她身上有了更多的女人味。”玛丽拉反驳道，一时又恢复了她往日干脆利索的谈吐。

可是干脆利索不再是玛丽拉的著名特征了。正如那天晚上林德太太对她的托马斯所说的那样：

“玛丽拉·卡思伯特变得温和了，就那么回事。”

第二天晚上，安妮来到阿冯利的小坟场，给马修的坟墓换上新鲜的花束，又给苏格兰玫瑰浇了水。她在那儿徘徊到黄昏。她喜欢那一小片地方的静谧和安宁，那里白杨沙沙作响，像友好的窃窃私语，说着悄悄话的青草随心所欲地在坟地里生长。当她最后离开那里，顺着伸向“闪光的小湖”的逶迤山丘的下坡路走下去时，太阳已经落山了，她面前的整个阿冯利沐浴在梦一般的余晖中——“那里还留有古代的宁静”。空气里有一种清新的气息，仿佛是刚刚吹过甜蜜三叶草地的一阵风里所包含的芳香。家宅的树丛中星星点点地闪烁着各家各户的灯光。远处静躺着雾气迷蒙的紫色大海，它那无休止的低吟声经常萦回在人们的耳际。西边是许多柔和的色彩混合而成的一片壮丽景色，池塘又用更加柔和的绘画笔法把它们绘入水中。所有这些美景使安妮心潮起伏，她感激地向它们敞开了心灵的大门。

“亲爱的世界，”她低声说，“你很可爱，我能生活在你的怀抱里，非常高兴。”

下坡的路上，一位高个儿的小伙子吹着口哨走出布莱思家的大门。这是吉尔伯特。当他认出安妮时，口哨声从他的唇间消失了。他彬彬有礼地抬了抬他的帽子，不过，如果安妮不停住脚步伸出手去的话，他是会一言不发地从她身边走过去的。

“吉尔伯特，”她绯红着脸说，“我想谢谢你为了我放弃这所学校。你太好了——我想让你知道我对此非常感激。”

吉尔伯特热情地握住安妮伸出的手。

“这根本不是我特别慷慨，安妮。我很高兴能给你一点小小的帮助。此后我们就成为朋友好不好？你真的原谅我过去的错误了吗？”

安妮笑了，想抽回她的手，可是没有成功。

“那天在池塘岸边，我就原谅你了，只是我自己并不知道。那时我真是个倔强的小傻瓜。我一直——我不妨完全承认——从那以后，我一直后悔不迭。”

“我们会成为最要好的朋友，”吉尔伯特兴高采烈地说，“我们生来就该成为好朋友的，安妮。你阻挠命运的安排，已经够久的了。我知道我们可以在许多方面互相帮助。你打算继续坚持学习，是不是？我也是这样。来，我送你回家吧。”

安妮走进厨房时，玛丽拉好奇地看着她。

“和你一起从小路走上来的是谁，安妮？”

“吉尔伯特·布莱思，”安妮回答，她恼火地发现自己的脸红了，“我在巴里的山丘上遇到了他。”

“我没有想到你和吉尔伯特·布莱思竟然是那么要好的朋友，你站在大门口和他谈了半个钟头。”玛丽拉带着一丝干涩的微笑说。

“我们以前不是——我们曾经是死对头。可是我们已经决定，将来结成好朋友要明智得多。我们真的在那儿站了半个钟头吗？看起来仿佛只有几分钟。不过，你知道，我们要把五年来失去的交谈机会追回来呢，玛丽拉。”

那天夜晚，安妮怀着一种心满意足的喜悦在她的窗口坐了很久。风在樱桃树枝间低吟，一阵阵的薄荷香向她扑来。星星在山谷里挺立着的冷杉树梢上忽闪着眼睛，黛安娜屋里的灯光透过那道古老的缝隙闪烁着。

自从安妮从女王专科学校回家后的那天晚上坐在那里以来，她的天地被迫缩小了；可是，纵然她脚下的小路是狭窄的，她知道恬静的幸福之花会一路开放。诚挚工作带来的欢乐、有价值的追求和志趣相投的友谊将是属于她的；任何东西都无法夺走她与生俱来的幻想的权利和梦的理想世界。总有峰回路转的时候嘛！

“上帝在天，愿世界太平无事。”安妮轻声低语道。